西方传统 经典与解释
Classici et commentarii

HERMES

U0366524

HERMES

在古希腊神话中，赫耳墨斯是宙斯和迈亚的儿子，奥林波斯神们的信使，道路与边界之神，睡眠与梦想之神，死者的向导，演说者、商人、小偷、旅者和牧人的保护神……

西方传统 经典与解释

Classici et commentarii

HERMES

古今丛编

刘小枫 ● 主编

梅列日科夫斯基与白银时代

一种革命思想的发展过程

Dmitri Sergeevich Merezhkovsky and the Silver Age:
the Development of a Revolutionary Mentality

[美] 罗森塔尔（Bernice G. Rosenthal）● 著　　杨德友 ● 译

华东师范大学出版社

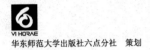

华东师范大学出版社六点分社　策划

出 版 说 明

　　自严复译泰西政法诸书至 20 世纪 40 年代，因应与西方政制相遇这一史无前例的重大事件，我国学界诸多有识之士孜孜以求西学堂奥，凭着个人禀赋和志趣奋力迻译西学典籍，翻译大家辈出。其时学界对西方思想统绪的认识刚刚起步，选择西学典籍难免带有相当的随意性和偶然性。50 年代后期，新中国政府规范西学典籍译业，整编 40 年代遗稿，统一制订选题计划，几十年来寸累铢积，至 80 年代中期形成振裘挈领的"汉译世界学术名著"体系。尽管这套汉译名著的选题设计受到当时学界的教条主义限制，开牖后学之功万不容没。80 年代中期，新一代学人迫切感到必须重新通盘考虑"西学名著"翻译清单，首创"现代西方学术文库"系列。虽然从重新认识西学现代典籍入手，这一学术战略实际基于悉心梳理西学传统流变、逐步重建西方思想汉译典籍系统的长远考虑，若非因历史偶然而中断，势必向古典西学方向推进。正如科学不等于技术，思想也不等于科学。无论学界迻译了多少新兴学科，仍与清末以来汉语思想致力认识西方思想大传统这一未竟前业不大相干。

　　"五四"新文化运动以来，学界侈谈所谓西方文化，实际谈的仅是西方现代文化——自文艺复兴以来形成的现代学术传统，尤其近代西方民族国家兴起后出现的若干强势国家所代表的"技术文明"，并未涉及西方古学。对西方学术传统中所隐含的古今分裂或古今之争，我国学界迄今未予重视。中国学术传统不绝若线，"国学"与包含古今分裂的"西学"实不可对举，但"国学"与"西学"对举，已经成为我们的习惯——即"五四"新文化运动培育起来的现代学术习性：凭据西方现代学术讨伐中国学术传统，无异于挥舞西学断剑切割自家血脉。透过中西之争看到古今之争，进而把古今之争视为现代文教问题的关键，於庚续清末以来我国学界理解西方传统的未竟之业，无疑具有重大的现实意义和历史意义。

"经典与解释"编译规划自 2003 年起步以来，迄今已出版二百余种，以历代大家或流派为纲目的子系初见规模。经重新调整，"经典与解释"编译规划将以子系为基本格局进一步拓展，本丛编以标举西学古今之别为纲，为学界拓展西学研究视域尽绵薄之力。

古典文明研究工作坊
西方经典编译部甲组
2010 年 7 月

目　录

译 者 前 言

    学习世界现代史，我们得知，世界现代史最重要的事件之一是俄国十月革命。这是人类历史上出现了阶级以后第一次实现了推翻剥削阶级、实现无产阶级专政的革命，是废除、消灭、抑或扬弃私有制的革命。是列宁关于社会主义革命可以在经济、文化落后的国家中取得胜利的证明。这个革命影响了20世纪大部分欧亚国家的历史进程，尤其影响和改变了中国的命运。《简明不列颠百科全书》中关于创造了苏维埃制度的十月革命的条目是"俄国1917年革命"，指出，"11月7日，布尔什维克党发动一场几乎不流血的政变，占领了政府大厦、电报局和其他战略据点……在彼得格勒召开的第二次全俄苏维埃代表大会同意这次政变，并批准建立一个主要由布尔什维克代表组成的新政府（俄历1917年10月24日至25日；公历1917年11月6日至7日—译按）"。

    关于十月革命，我们所见到的著述，绝大多数是从19世纪末期马克思主义在俄国的传播、列宁对马克思主义的发展开始，进而讨论一战前后俄国政治、经济思想等方面入手，作为切入点的。

罗森塔尔的《梅列日科夫斯基与白银时代：一种革命思想的发展过程》向我们展现了这个时期俄国人精神、社会情绪的一个具有根本意义的侧面。作者的主要观点是：列宁和布尔什维克对时局呈现出来的精神、文化和心理方面有精确的、脚踏实地的分析，而且政策和行动都很果断，所以取得了十月革命的胜利。

一场伟大的革命必定和一个国家、民族的历史文化息息相关，尤其是在革命舆论准备阶段。从整体上看，俄国是一个笃信基督教－东正教的国家，因此，宗教思想深入其社会生活的各个部分，其中的变化反映在"革命舆论准备阶段"过程之中。19 世纪末到十月革命前俄国文学白银时代期间的知识分子，部分地代表了当时思想界的一个侧面（另外一个是当时马克思主义者的革命舆论与活动）。象征主义诗歌是文学主流，而梅列日科夫斯基的"新宗教意识"则是从启示论（终末论的一个派别，预言世界末日上帝介入人类历史，审判万民，拯救信徒，信徒与上帝共同统治新世界后的启示内容）出发，进而提出个人与社会拯救的启示，即"解放协会"和宗教革命。梅列日科夫斯基的全部著述核心思想都与这一切有关，包括 1919 年到 1941 年在法国流亡（直到逝世）时期的著述。

在俄国当时语境下，无论诗人、宗教哲学学者、启示论者，还是宗教革命者，对社会进步和革命问题的分析和解决方法，都不免空泛、不切实际、不适应主导的社会精神和情绪，无助于动员千千万万的群众并形成巨大的力量，推动历史前进。只有列宁和布尔什维克担当了这一任务，并取得了革命的成功。

这部著作不仅展现了对于梅列日科夫斯基生平著作的剖切分析与研究，也揭示了俄国文学的特点和十月革命的特点，对于我们理解白银时代的俄国有很高的价值。在 20 世纪中期俄国文化对中国影响巨大,现在依然有不少国人对俄国文化怀有高度的兴趣,但本质上,俄国文化与中国文化是异质的,有根本性的、文明层次上的区别,从精神实质的根本来说,中、俄普通人依然互不理解,普通俄国人极少理解作为中国文化之根的儒道释,中国人,无论意识到与否,承认与否,血液里都含有中华文化之根的因素。而中国人,也只有少数研究俄国文化和历史的专业人士理解俄国人的精神和思绪——文化交流之难,可见一斑。

2008年,我在整理梅列日科夫斯基巨著《托尔斯泰与陀思妥耶夫斯基》译稿过程中,考虑如何书写"译者前言"和"后记"。除了阅读收集到的中外文图书,还在互联网上"请教"中外专家,寻找评论梅列日科夫斯基的专著,以便按图索骥。

我看到了关于比利时根特大学(Gent University)妮尔·格里莱尔特博士(Dr. Nel Grillaert)的条目;她的研究方向是俄国东正教、陀思妥耶夫斯基和尼采等。因为有电子邮箱,便去信请教,说本人翻译完了梅列日科夫斯基的《托尔斯泰与陀思妥耶夫斯基》这一巨著,请推荐对于这位作者的学术评论专著。很快得到回复,只有一句,实际上就是这本书的标题:"Bernice Glatzer Rosenthal: Dmitri Sergeevich Merezhkovsky and the Silver Age: the Development of a Revolutionary Mentality(伯尼丝·罗森塔尔:《梅列日科夫斯基与白银时代:一种革命思想的发展过程》)。"后来我自己查到了出版社、出版地点、城市和国家,以及出版年份:荷兰,海牙,马丁·希霍夫出版社,1975。在美国莱斯大学爱娃·汤普逊教授帮助下,找到了该书。上海华东师范大学出版社同意出版该书译本,负责人在赴欧洲法兰克福参加国际图书展销洽谈会期间,经过多方努力才得知版权归于作者管理,又设法和作者取得联系,才解决了版权问题。

另外，南开大学研究俄国文学的专家王志耕教授帮助我找到一篇讨论梅列日科夫斯基巨著《托尔斯泰与陀思妥耶夫斯基》的长篇论文。论文认为这部巨著乃是梅列日科夫斯基全部著作的指导性的著作，是他浩繁著述的顶峰，发挥了承前启后的作用。该文十分有助于阅读格里莱尔特推荐的这部著作。其中有一段可以说既是对《托尔斯泰与陀思妥耶夫斯基》的总结，也是对《梅列日科夫斯基与白银时代：一种革命思想的发展过程》的总结：

　　　　他"突然变得高大，毫不退让地向我们走来"。
　　　　……于是，在一百年之后，梅列日科夫斯基自己向我们"走近"，而且，用我们一位同时代的话来说，他的"梦游症患者的眼睛"吸引了我们的注意，召唤我们去寻找作家之谜的谜底，去努力理解时而是十分理性判断的，时而是洋溢着爱和真诚的、谈论近在眼前诸事的话语……
　　　　从实质上说，这部著作开始了梅列日科夫斯基成熟的创作时期；这部著作恰恰在现在返回自己的读者面前，这不是偶然的，因为新的几代人，就像在一百年以前那样，身处旧世界的废墟之上，急欲解决"折磨人的矛盾：矛盾的一方是生活、生活的外在的规则、既定的形式，另外一方则是与这些规则和形式矛盾对立的深刻的内在的需求"。他"展现文化和宗教哲学种种探索（不是来源于一个根子吗？）的业绩"在今天依然极度地诱使我们前往一个秘密的远方。一种深刻的感觉无意识地告诉我们，如果不能展示真理，那就不能沿着赤裸裸的逻辑、赤裸裸的思想的图景去接近它，而是要沿着一系列深刻得多的发掘的图景、宗教哲学的和艺术观察的途径。

现在,梅列日科夫斯基,就像他的研究著作中的人物那样,"正在向我们走近",我们受到了诱惑:要把"指责改变成为赞扬",这不仅是还给他以本来的面目。同时,谈自己只需要"和读者保持联系",对于这种联系的"珍惜,高于他自身"。并非"文学的外在的成功",而是"在对合一的敬爱之中,和读者的活的联系"。"在冰水中,索取火焰",直到自己最后的日子,他都没有放弃这个希望。今天,新的一代又一代的人正在寻求新的理想,"火焰"正在"融化"坚冰。

我们感觉到,今天的俄国,仿佛和大约一百年前的俄国有共同之处,又正在寻找民族复兴的道路,力求把俄国建设成为一个真正现代化意义上的伟大国家。这一点让我们也联想到中国如何才能建设成为一个真正现代化意义上的伟大国家。如果说历史是按螺旋上升的方式前进的,中国和俄国,尽管文化传统完全不同(俄国人绕不开东正教的文化精神底蕴,我们中国人绕不开儒道释文化精神底蕴),但在这一点上,面临的课题却颇有类似之处,我们和他们在讨论未来的时候,都常常返回到大约一百年前的问题上去。在过去的大约一百年,梅列日科夫斯基在苏俄被禁大约70年,在中国大陆,胡适被禁50多年,都是意味深长的记录。

所以,这篇论文译文作为本书附录献给读者,应该说是恰当的。

本书出版之际,向格里莱尔特博士、汤普逊教授、王志耕教授和华东师范大学出版社倪为国先生、编辑杨宇声、编辑古冈先生表示衷心的谢意。

古冈先生是一位诗人,从审稿的质疑中可以见出对散文内在的节奏的重视,遑论对书中拙译诗句的修改,再谢。

杨德友 山西大学
2013 年 10 月 25 日

致　谢

　　衷心感谢哥伦比亚大学俄国档案馆列夫·马格罗夫斯基（Lev Magerovsky）和国会图书馆塞尔吉乌斯·雅各布逊（Sergius Yacobson）和罗伯特·艾伦（Robert Allen）在使用收藏品方面给予的帮助和指导，衷心感谢尚佩恩-厄巴纳伊利诺伊大学泰米拉·帕奇穆斯（Temira Pachmuss）教授允许拜读她所拥有的梅列日科夫斯基和吉皮乌斯的个人档案，感谢伊利诺伊大学图书馆。也要借此良机表达我对我导师的衷心感谢，感谢伯克利加州大学尼古拉·梁赞诺夫斯基（Nicolas Riasanovsky）教授，感谢马丁·梅利亚（Martin Malia）教授、西蒙·卡林斯基（Simon Karlinsky）教授和马文·佩里（Marven Perry）教授，他们在我写作论文的不同时期审读过手稿，并且提出宝贵提示和建议。当然，有关事实和解释的全部差错，我愿意承担。

　　衷心感谢《斯拉夫评论》的主编善意允许摘用原本刊印于该刊物的第 III 章的部分材料。最后，衷心感谢伯克利加州大学、美国大学女子协会和福德汉姆大学研究评议会给予资助，帮助作者完成这一论著的研究和写作。

绪　论

　　作为现代史的核心事件，1917 年十月革命依然是历史研究和争议的主要焦点。不可避免的是，历史问题的概念与提出的证据是由历史学家关于对布尔什维克革命的欲望和这一革命不可避免的性质观点形成的。

　　1890 到 1917 年间是特别重要的时期，革命力量就是在这一时期形成的。在 1890 年代，财务大臣维特（Sergei Witte）为现代经济奠基。他实现了许多经济目标，但强行开展的工业化也促成了革命运动的复活；其直接后果就是政治的不稳定。在19—20 世纪交替的时候，农民公开造反，被异化的和具有战斗气概的城市无产阶级开始出现，整个自由派反对派开始形成。这些团体都要求根本性的改革，其中包括全体公民的政治权利。1905 年，他们聚集了足够的力量，迫使政府制定出一部宪法和称为"杜马"的立法机构。但是，双方都不满意。帝国政府试图收回被迫给予的许诺，而反对派则试图谴责这个制度，说它是"伪立宪主义"。只有小部分的人士愿意和政府合作，政府却未必总是愿意和他们合作。政府希望富足的农民发挥革命刹车板的作用，于是颁布了斯托雷平改革，用以"米尔"（mir）著称的旧

式公社制取代土地的个体所有制。1909 年,经济复苏,高速的
增长率维持到了 1912 年。总之,局面是复杂的。1905 年开启
的变革是否正在引导创造出一种行之有效的经济、社会和政治
的结构,并且具有进一步的自由民主演进的潜在机遇,乃是一个
议题,但是本文不拟做出回答。

我们所关注的是以白银时代著称的文化潮流及其与社会发
展的更大语境的关系。白银时代通常被认为始于 1898 年(亦即
论述艺术的第一本杂志《艺术世界》出现的年份),终于 1917 年
布尔什维克革命。白银时代是在艺术领域中开拓性革新和优异
创造显现的时代,其基础是对于个人及其自由的某种新的赏识。
白银时代是极其理想主义的,首要关注的是自由、艺术、美和形
而上的真理。这个时代歌颂人的创造力,而每一个人个性的独
特性都是其信仰的核心因素。

在指向白银时代以及民众教育的发展与"路标派"(Vekhi)
的宣言的同时,许多历史学家论证道,白银时代标志着俄国知识
分子在政治上的成熟,他们摆脱了旧知识分子阶层毫无意趣的
教条主义和政治上的狂热。特莱德戈尔德(Donald Treadgold)
认为,白银时代的总体影响是扩大文化创造性的基础和提高其
水平。[1] 他同意梁赞诺夫斯基(Nicholas Riasanovsky)的结论:
俄国最具西方色彩的时期是在第一次世界大战前夕。[2] 这些历

[1] Donald Treadgold:《20 世纪的俄国》(Twentieth Century Russia, Chicago, 1972),页 91—92。但是,在晚近的一部著作中,Treadgold 提出,俄国"可以被看作是处于其文化发展的关键时刻"。参见他的《西方文化在俄国和中国》(The West in Russia and China),卷 1,"俄国"(Cambridge. Eng., 1973),页 253。

[2] Riasanovsky:《俄国史》(New York, 1963),页 501—502。苏联历史学家一般都把这个时期看作是颓废的,是旧秩序破产的证明。参见,例如,V. E. and D. Maksimov:《俄国新闻学的过去》(Iz proshlogo russkoi zhurnalistiki, (转下页)

史学家认为,对于白银时代广泛接受的态度显示,俄国社会政治稳定下来,展开更为正常的追求,变得更注重自由,更人性化,较少革命性。

　　然而,对白银时代主要任务的艺术和思想作进一步的考察产生了对于这一乐观结论的疑问。这一考察提示白银时代虽然注重不可否认的人文主义,也催生了以激进解决办法和极端行动为依据展开思考的某种革命的精神。它是以抗议传统秩序的形式兴起的,最初是明确而坚定地非政治的,在1905年,时局的力量造成了几位艺术家眼中激进路线的日益政治化。他们美学上隐蔽的反叛激进主义变得明显。在1905年,一种确定无疑的革命思想已经出现。

　　这部研究著作将探索这一思想的发展过程,从1890年代的美学反叛,到神秘启示论中的顶点;我们是通过对白银时代领袖人物之一——梅列日科夫斯基(Dmitri Sergeevich Merezhkovsky，1865—1941)思想的考察完成这一研究的。艺术对于一个时代思想的影响是一个开放的问题,但本研究著作认为,白银时期艺术的革新和哲学的革新不是社会变化和经济变化的单纯消极的反映,而是广泛流传的革命精神的积极塑造者:这一精神

3

　　(上接注②)Leningrad, 1930);N. A. Trifonov 编辑《20世纪俄国文学:革命前的时期》,卷X(Russkaia literatura XX veka: dorevoliutsionnyi period, Moscow, 1954),页607,774；V. Asmus 编辑:《俄国象征主义的哲学和美学》(Filosofiia i estetika russkogo simvolizma),载《文学遗产》(Literaturnoe nasledstvo),卷XX-VII—XXVIII(Moscow, 1954),页1—53;《俄国文学史》(Istoria russkoi literatury),卷X (Moscow, 1954),页607,774;《三卷本俄国文学(上)》(Istoria russkoi literatury v trekh tomakh),卷III,(Moscow, 1968),页12,731。近期出现了善意重评《艺术世界》团组人士的迹象,和提请对于不同艺术派别的宽容态度。例如,参见:A. Gusarova:《艺术世界》(Mir iskusstva)和 D. Sarabianov:《1900年代末到1910年代初的俄国绘画》(Russkaia zhivopis' kontsa 1900-kh-nachala 1910-kh godov, Moscow, 1971)。

是神秘的、非理性的、必定接受政治和社会的激进主义。艺术对大众思想的影响难以精确测度,一批颇具影响的艺术家在政治上的激进化,对于受过教育的公众思想必定产生某种作用。许多艺术家在青年工人和青年学生当中都有大批拥护者,为了倾听他们拥戴的诗人朗读,不惜排队数小时等待,观看斯坦尼斯拉夫斯基(Stanislavsky)和梅耶荷德(Meierkholid)的实验戏剧,参与时代的主流文化活动。对白银时代的欣赏并不限于精英。白银时代精神的激进主义波及了广大的受众,强化了左翼的政治激进主义。

　　1890 到 1917 年,存在着两个并列的革命过程:众所周知的政治革命和艺术与思想的革命(我称之为美学革命),历史学家们对后者的研究现在才刚刚开始(关于这个论题的繁多文献,都是从艺术家、文学批评家、音乐家和哲学家的角度写的,都是相当注重技巧性的,相对地不关注革新发生所处的社会和政治的语境①)。美学革命是对工业化和城市化现象的回应,正是同样

4

----

①　作为整体的这个时期,依然没有出现阐释性质的研究著作。在文学流派的研究方面,D. S. Mirsky 的《现代俄国文学》(Contemporary Russian Literature)依然是英语中最好的著作。参见 Elizabeth Stenbock-Fermer 的《1980—1917 年的俄国文学》(Russian Literature 1890—1917),载于 Oberlander, Katkov, Poppe, von Rauch 编辑:《俄国进入 20 世纪》(Russia Enters the Twentieth Century)和 Martin Rice 的《布留索夫与俄国象征主义的兴起》(Valery Briusov and the Rise of Russian Symbolism, 博士论文, Vanderbilt, 1971)。在绘画方面,参见:Camilla Gray:《伟大的实验》(The Great Experiment);John Percival:《佳吉列夫的世界》(The World of Diaghilev, New York, 1971);Stuart R. Grover:《俄国的艺术世界运动》(The World of Art Movement in Russia),《俄国评论》(Russian Review, January, 1973),页 28—42,和 John Bowlt:《俄国象征主义与蓝玫瑰运动》(Russian Symbolism and the Blue Rose Movement),《斯拉夫评论》(Slavonic Review),卷 LI,第 123 期,(April, 1973),页 161—181。在音乐方面,参见:Peyser 的《斯特拉文斯基与法－俄风格》(Stravinsky and the Franco-Russian Style),见于 Peyser:《新音乐:声响背后的意义》(The New Music: The Sense Behind the Sound, New York, 1971),页 81—138。

的现象催生出了俄国马克思主义（当然美学革命的回应与之不同）。从 1905 年以后的新艺术得到广泛接受这一点来看，至少可以认为著名艺术家的革命精神是影响了政治生命的品格的。很明显，1917 年前后，艺术家的精神激进主义和左翼政治激进主义已经汇合成为一股宏大的革命力量。基本的设想、价值观和目的有所不同，但某种暂时的情绪上的亲近感被创造了出来，因为他们共享了新千年的共同方向，怀有摧毁旧秩序的共同愿望。

美学反叛与社会思想的关系最显见于文学。作家都意识到了自己的意向，并且言说出来。梅列日科夫斯基、吉皮乌斯、勃洛克、别雷、巴利蒙特和布留索夫都（直接或者间接地）受到尼采的影响，要求消除对个人的全部限制。这些人都像他一样，认为美、艺术和感性比繁荣和满足感更重要。他们拒绝充当"社会公仆"，提出作为超人、新真理发现者和预言家的艺术家形象，和左派①的"思索现实主义者"对抗。他们不满足于自己的处境，所以对于"不同于我们的世界"的渴望浸淫了他们的作品，还带有一种明确的神秘主义语气。

消除形式与类型的传统概念、令感受和认知革命化、超越现实达到"更高级"的世界的尝试，显见于在白银时代全部的艺术之中。在强调人的内心状态的重要性的同时，其激进的审美感

---

①　一直到 19 世纪中期，"左派"都是民粹派的左派，他们是别林斯基、赫尔岑、车尔尼雪夫斯基、杜勃罗留波夫和皮萨列夫的继承人。在形成"六十年代一代人"的唯物主义、实证主义、实用主义的教条方面，后三位特别重要。科学是他们的上帝，文学和艺术受到的评价以其是否为"人民"服务为准。对于土地公社（mir）的推崇，使得俄国社会主义有别于西方的社会主义。

他们在 70 年代和 80 年代的继承人，则在尝试酝酿民主民众起义和雅各宾式密谋夺取政权这二者之间摇摆。但是他们都坚持，只要"人民"还遭受痛苦，艺术、文化和感性的满足就都是奢侈品。他们为了革命而压抑自己的欲望，主张禁欲、厌恶艺术。

知显示出一种从根本上被转变的方向,亦即,个人的表达先于社
会义务。外在世界只有在侵犯艺术家的自由的时候,才是有关
系的。从这一个角度来看,政治秩序是表面的,而经济考量简直
毫无价值。

这些共同的意向给白银时代作家和艺术家带来某种确定的
一致性;从我们的观点看,这样的一致性远比他们之间的许多根
本分歧重要。他们对于个体自由的要求不为现存秩序所容,而
随着他们的思想渐渐受到欢迎,他们给生活与思想的全部领域
增添了革命的含义。

起初,白银时代代表了一种对全面压制个人的制度的非政
治形式的抗议。当这种抗议的广泛而散漫的性质超越了政治、
经济和左派所规定的社会福利这些比较狭隘的问题,白银时代
的要旨隐蔽地涉及重建整个社会,以令其符合审美的规范。现
实不再被看作是"既定的"。在设法逃避独裁和新兴物质享乐主
义的俄国社会现实而走向更高级的世界的同时,艺术家们实际
上是对沙皇独裁制度和左派的物质第一的乌托邦提出挑战。对
于这个制度,他们是具颠覆性的,正如对于既定秩序是敌对的,
对于激进的解决方法是忠诚的,一如左派的马克思主义者和民
粹派。他们提出的是精神革命,结果这一革命先是伴随、后是推
进社会秩序的革命,这正是左派所祈求的。

在十年之内,审美反叛的激进含义变得明显。许多艺术家
和作家对自己的处境痛感失望,于是把注意力转向他们在 90 年
代所避讳的政治问题和社会问题。起初,他们通过尝试逃避到
自己的世界、只跟自己的审美派别成员来往的方法来表达对俄
国社会的不满。但是,现实撞击他们的"反文化"更加猛烈。日
益加剧的社会混乱在 1905 年革命中达到顶峰,这一情况证明逃
避是不可能的,似乎强迫他们在虚无主义的反叛或者目标明确

的政治和社会的活动之间作出取舍。许多艺术家渴望激进地重建现实,对于妥协的解决办法和有始无终的措施抱有理想主义的厌恶,所以,他们的审美取向一旦转向政治,就走向激进主义。他们对革命纲领怀有一种自然的亲近感,这些纲领都主张首先铲除现存制度,然后全面重塑社会。

　　既然文学在俄国精神生活中占有传统的突出地位,文学风格和题材的变化就必定对社会情绪产生重大影响。伴随着1905 年革命之后的混乱,作家和艺术家的思想和态度渗透了社会有教养阶层的大部分。海姆森(Leopold Haimson)描写旧知识分子——传统的"社会意识承载人","一群群地放弃了"老旧的革命使命。① 持续的经济发展使得他们许多人得到固定的工作;他们变得不那么与众不同,失去了对政治的兴趣,扩展了文化趣味,易于接受新的理想和价值观。新艺术胜过了老旧的功利主义美学,某种精神的复兴在有教养社会的各层面中,甚至左派中,都日益明显。

　　如果和平演变是可能的话,就正是在那个时期。但是,艺术家的革命心态的确妨碍了他们去寻找把和平演变化为现实的实际解决办法。许多艺术家关注自由,但他们很多人倾向于一种避开妥协的乌托邦极端主义,坚持认为议会无可救药(甚至在杜马遭受阉割之前),还指责整部宪法有如闹剧。他们强硬的个人主义斥责一切限制,导致他们拒绝自己认定为肤浅和机械的法权和担保,"更深刻地"选择更具俄国特色的形式的自由——体现为"集体气质"这个不易把握的概念(sobornost,指保留了个性的集体统一性)。经济问题根本不能引起他们的兴趣。政治

① 　Leopold Haimson:《俄国马克思主义者与布尔什维克主义的起源》(*The Russian Marxists and the Origins of Bolshevism*,Boston,1955),页 218。

化的艺术家们不仅没能意识到需要现实解决办法（没有人指望艺术家们能想出办法），他们还动摇了那些要在俄国推行某种立宪制的人士的立场；他们的影响巧妙地令智慧的力量脱离实际解决办法。特别是在 1905 年以后，艺术刻画的都是神秘和启示录的主题。诗歌、散文和音乐都在歌颂革命；革命"气息弥漫"，因而强化了延宕解决办法、拒绝零星改革、坐等革命、破坏而不是建设的倾向。

这并不是说，审美派是革命的主要原因，不如说，他们所酝酿出来的革命心态切断了对于替代办法的寻求（替代的办法是否确实存在，是另外一个问题）。白银时代绝大多数的艺术家都没有直接介入政治活动；很少有人谈论政治，有意识地寻求政治和社会解决办法的人更少。这是他们对待紧要问题的态度和方式。还有，他们和左派活跃分子一样反对资产阶级。因此，具有讽刺意味且不明智的是，审美派助长了一种革命极多主义的情绪，布尔什维克能利用这一点。由于缺乏建设性的行动（这绝不是审美派仅有的缺点），形势恶化，以致到 1917 年时可行的似乎只剩下激进的解决办法。发端于抗议工业主义、实证主义、理性主义，抗议"六零一代"所赞成的一切的白银时代，制造出一种情绪化、迷失方向和对当下不满的心绪，简言之就是一种革命的心态，这一心态最终为推进左派的目标效劳。这种情况令人回忆起加缪在《反抗者》中的理论：艺术的反叛是一种形而上的造反，对抗现实的造反，而艺术家，一旦政治化，就是一个潜在的极权主义者，而不是一个自由派。加缪虽然把世纪末西方的艺术当作法西斯主义的先驱来谈论，他的理论似乎也适用于世纪末的俄国，至少适用于我们所关注的像梅列日科夫斯基和他周围的艺术家。

梅列日科夫斯基思想的发展说明，这些过程是怎样发生在单独的一个人身上的。他是讲解者、诗人、文学批评家、散文家、小说家、剧作家和具有高度文化修养的人（他懂包括希腊语和拉丁文的数种语言），综合来看，他是白银时代的领袖人物，这一时代的"高级祭司、主要立法者和最不知疲倦的战士"。① 对于许多青年作家来说，梅列日科夫斯基"不仅是一个作家，还是一位教师，几乎是一位先知。"②他的声誉源于他有能力界定令敏感的人们困惑的、模糊感觉到的焦虑与失望情绪，提出新的价值体系和新的生活方式，作为对令人不满意的当下的替代。

对于作为个人的梅列日科夫斯基和作为总体的白银时代的理解都必须依据这样的语境：全欧对于启蒙主义和实证主义及其在 19 世纪的粗糙衍生物的幻灭感。在以下各章，将对白银时代特殊的俄国根源展开详尽的讨论。需要强调的一点是，在俄国，文化和精神危机的并存与急剧的经济和社会变化、政治迫害结合起来，给俄国的世纪末带来一种明确的激进面貌。

世纪末心绪是从巴黎迅速传来的，因为资产阶级秩序的危机扩展到了整个欧洲大陆；所到之处，启蒙主义的自由价值观都失去魅力。知识分子探索新的价值观、新的标准和关于人的新观念。在英国，阿诺德（Matthew Arnold）谈到"信仰海洋"的衰落。他认为，旧世界已经死亡，新世界"无力诞生"。在俄国，梅列日科夫斯基谈到人民"被严重地分开……有过去的人民和未来的人民，（却）没有现在的人民……站在旧与新的边界上"，但

8

① James P. Scanlan：《新的宗教意识：梅列日科夫斯基与别尔嘉耶夫》，《加拿大斯拉夫评论》，No.4（1971，春季），页 17—18；也参见 Johannes Holthusen：《20 世纪俄国文学》，T. Huebner 英译（NewYork，1972），页 3—4，8—9。还可以提出许多著作证实梅列日科夫斯基的领导角色。

② A. Izmailov：《五彩缤纷的旗帜》（*Pestryia znamena*，Moscow，1913），页 123。

是不能越过。① 欧洲人共同的信念是,一个世代正在结束,当前的一代人必遭厄运。有些人的反应是决心尽可能利用飞逝的现时,"以坚硬的宝石般的火焰燃烧",颂扬感性,把生活变成某种艺术;他们热衷颓废派。另外一些人则转向神秘主义,把现时的混乱动荡视为向新的更高一级秩序的过渡时期。同样的神秘主义、情绪化、感性论态度,同样地弃绝理性、节制和进步,同样地谴责议会、工业和资产阶级——这些做法在艺术家和知识分子中间日益彰显,无论是在巴黎的茶会上、维也纳的咖啡馆,还是在彼得堡和莫斯科的沙龙。

在整个欧洲,艺术家和知识分子谴责:理性令灵魂饥饿,不道德的科学和令人着魔的物质第一主义正在把人变成孤独而沮丧的机器。被只是模糊领会到的社会变革连根拔起,人们对自己的个体意识变得敏锐起来。心理学、社会学和人类学的发展,皆源于对玛祖尔(Gerhard Masur)所说的西方文化"失去的维度"的深入探寻;思想家们以不同的方式寻求消除"世界和自我之间的分裂"。梅列日科夫斯基的宗教塑造文化并整合社会的信念,在德国由韦伯(Max Weber)、在法国由涂尔干(Emile Durkheim)分别独立地取得。②

---

① Dmitri Sergeevich Merezhkovsky:《达芙妮与克洛埃》,见《全集》(Polnoe sobranie sochinenii, Petrograd, 1914), 24 卷:XIX,页 203(以下称:《全集》, PSS)。

② Gerhard Masur:《昨日的先知们》(Prophets of Yesterday, New York, 1966),页 329。1890 年以后的文学充满对于无根性的议论。《连根拔出》(*The Uprooted* 是 Maurice Barres 一本小说的标题,而涂尔干的社会学的动力则是他要克服他看到的现代社会所特有的失范现象。参见 Ferdinand Tonnies 的《共性与社会》(1887),这是德国版本的对田园牧歌般的往昔的悲叹。也参见 Raymond Aron 的《社会学思想主流》(卷 II, New York, 1970),特别是论述韦伯和涂尔干的章节,因为这两个人都转向研究作为社会凝聚力的宗教。梅列日科夫斯基经常提及 bezpochvennost' 这个俄语词,其字面意义是"没有土壤",内涵与 (转下页)

　　但是,梅列日科夫斯基不仅仅是俄国的世纪末范例;他也是　9
一位真正有深远影响的思想家。的确,德国小说家托马斯·曼
认为梅列日科夫斯基是继尼采之后最伟大的文学批评家和无所
不在的心理学家。① 梅列日科夫斯基努力提倡的新信仰乃是一
种尝试,试图解决他所预见到的现代人所面临的重大问题。他
认为传统的基督教既不能满足人的需要,也不能为现代世界提
供道德的指南,于是转向艺术和文化,视其为全新信仰的基础。
他是率先从一种非正统观点向左派世俗实证主义知识分子提出
正面挑战的俄国人之一。起初,几乎是单枪匹马地跟左派的教
条主义和右派的蒙昧主义作斗争。他倡导了一场文化运动,引
进对古代异教和意大利文艺复兴的重新赏鉴和新的理解——这
在俄国长久以来都被遗忘。是他引进和传播了作为西欧新潮流
范例的法国现代诗歌和尼采哲学,也是他揭露了复兴的异教思
想的缺陷,并且引领了对与现代世界问题息息相关的新基督教
的寻求。

　　就连那些对他怀有敌意的人也证实了他在塑造新时代文化
方面的影响。别尔嘉耶夫称赞他为白银时代提供了文化信
仰。② 阿达莫维奇(George Adamovich)赞扬他从名副其实的颓

　　(上接注②)“无根”这个观念相同。

　　　1890 年以后,维多利亚时代对于原始社会的热衷转化为对于国民的某种
理想化。在政治学上,这一情况导致 Barres, Maurras 和 Trietzschke 的统合民
族主义(integral nationalism),导致 Sorel 的“暴力疗法”(Phillip Rieff 的术语)。
参见 Phillip Rieff:《弗洛伊德:道德家的精神》(New York, 1961),论述内容是
上升的非理性主义对心理学学科的影响。人类学的兴起与这同一个现象有联
系。参见 Marvin Harris:《人类学理论的形成》(New York, 1968)。

①　Heinrich Stammer:梅列日科夫斯基:1865—1941,《斯拉夫人世界》,1967 年 XII
期,页 142—154。梅列日科夫斯基在魏玛德国极具影响力。

②　Nicolas Berdyaev:《梦幻与现实》(New York, 1951),页 148—149。

10　废中拯救了俄国现代主义,坚持了文学面对人类处境的重大问题。① 布留索夫虽然不钦佩梅列日科夫斯基,却承认梅列日科夫斯基的第一部文集(1911):

> 会是独特的……是研究现代心灵的一部手稿,记录最近二十五年社会最敏感的一部分人全部感受的日记。这一历史的趣味将永远保留在梅列日科夫斯基的诗歌之中,无论人们从纯粹审美观点出发是多么严厉地对待这些诗歌。②

当时他受到热烈欢迎,如今却被忘记,这样的对照显示,他当时的情绪状态是和他所处那个时代的精神大致合拍的,他对当时社会病态提出的解决办法的总体纲领——尽管不是特别的细节——博得听信。布留索夫说,梅列日科夫斯基超常的敏感使他能够“在很大的程度上预见即将出现的社会情绪”;他的诗歌和散文描写了“过去的、或者很快必定到来的共同的情感、痛苦或者希望……”③他在座无虚席的讲堂作的内容广泛的讲演里传播他的见解,而他1892年关于俄国文学衰落的讲演被认为是俄国文学的一个里程碑。这些讲演总结了对于旧的美学不满的理由,指出一种新艺术乃是摆脱80年代文化和思想停滞的出路。

梅列日科夫斯基与独具磁石般吸引力和富争议人格的夫人齐娜伊达·吉皮乌斯(Zinaida Hippius,她坚持自己姓氏的拉丁

---

① George Adamovich:《孤独与自由》(Odinochestvo i svoboda, New York, 1955),页346。
② Valery Briusov:《往昔与近期的人们》(Dalekie i blizkie, Moskow, 1912),页63。
③ 同上,页122。

文拼写法）一起提供了传播他们审美和精神的见解及讨论他们
新价值体系中所涉问题的活动中心。在世纪交替的时期，他们
的每周沙龙吸引了俄国艺术和思想界的众多领袖人物。明斯基
（N. Vilenkin Minsky）、布留索夫（Valery Briusov）、伊万诺夫
（Vyacheslav Ivanov）、罗赞诺夫（V. V. Rozanov）、贝努瓦（Alex-
ander Benois）、索洛库勃（Fedor Sologub）、巴克斯特（Lev
Bakst）、努维尔（V. F. Nuvel）按时到会，而其他的名人，如未来的
哲学家别尔嘉耶夫和诗人勃洛克则是常客。有一段时间，别雷
也是梅列日科夫斯基家的一员。梅列日科夫斯基夫妇开办了一
个刊物《新路》（*Novyi Put'*）和一个辩论协会，即宗教—哲学学
会，以宣扬他们的思想。学会的会议被认为是彼得堡文化生活
的重要事件，吸引了大量的听众；协会支部后来在莫斯科和基辅
开设。

　　梅列日科夫斯基没有组建门徒圈子，他的副手们都最终和 11
他决裂，但是他所推动的美学的、神秘主义的、反资产阶级的方
向给俄国精神生活留下了不可磨灭的印记。他的精神发展反映
了微妙变迁的社会环境和精神环境、思想和态度复杂平衡中的
细微变化；而这一切都是白银时代的特点，强调中心从审美个人
主义转移到了革命的神秘主义。他试图填补传统信仰衰落留下
的空白，转向异教的过去，失败以后，又转向涉及未来的启示录
的景观。审美知识分子派的其他成员经历了类似的精神变迁。

　　梅列日科夫斯基发展的三个阶段和俄国文化几个鲜明的时
期对应。第一个时期，他的"美学时期"，始于 80 年代，延续到
1899 年。受到寻求新价值观欲望的推动，他的精神混乱在异教
个人主义哲学中达到顶峰，这是尼采启发出来的，这一哲学赞扬
美学的创造性和孤独的伟大。许多青年艺术家从 19 世纪 80 年
代思想的停滞和无孔不入的压制中、从作为其里程碑的叔本华

寂静主义中显现,他们都同样渴望某种新的信仰,而且,在一段时期之内,在美学个人主义中找到了。第二个时期,他的"宗教寻求"(1899—1905)发展,源于美学个人主义不能为令人满意的生活方式提供所需要的坚实的价值观这一事实。这是一种尝试,欲求能够引导和鼓舞生活与艺术的、更加确定的信仰。艺术与宗教结成的新的综合体以一种对包括异端在内的基督教的解释为基础。在更大的背景上,这是发现索洛维约夫的时代,作为宗教作家的陀思妥耶夫斯基(此前他主要被看作是一位社会批评家)的时代,还是复兴康德伦理唯心主义、对宗教问题产生总体兴趣的时代。第三个时期,他的"神政"阶段,始于1905年革命时期,当时的混乱表明,纯粹个人式的解决办法在社会革命时代是不够的,社会的拯救必须伴随个人的拯救。因此,梅列日科夫斯基试图构想出一种神政,这实际上是一个有机体的社会,以他一直推崇的新基督教原则为基础。通过精神上改造人的办法,一种"新启示"会解决社会问题。基督在其第二次来临中,将会教导"新的人类"如何调和个人自由与社会整合。在更大的背景上,许多艺术家都从革命中涌现,带有他们各不相同的神秘的无政府主义;在这些主义中,一种启示论的革命成为了精神复兴和社会和谐的催化剂。斯克里亚平(Skriabin)以此为基础谱出了一部交响乐。这种情绪延续到1917年,这一年,革命来临,而且显得是净化的火焰。关于梅列日科夫斯基的这部研究著作止于他离开俄国的1919年,但是他的"神政阶段"一直延续到他在1941年去世之时。他在流亡期间写出的著作没有真正的新颖主题;这些著作是对1905年开始的主题的延续和加深。更重要的是,他不再反映俄国的发展情况,他为创造革命的精神作出很多贡献,但是这样的精神造成的后果远远有别于他的希望。

这部论著不企望成为从文学视角出发展开的详尽而透彻的

梅列日科夫斯基研究著作，而是尝试聚焦于他的思想的历史意义，尝试评价他作出巨大努力开创和传播的思想和审美潮流的重要意义。关于这一时代文化面貌的简短概括见于对梅列日科夫斯基三个阶段的分别描述，以及相关语境之中。

第一部分　艺术是存在论的活动：
象征主义在梅列日科夫斯基
的世界中的作用(1890—1899)

13　　　80年代中期,俄国文学伟大的时代成为过去;屠格涅夫和陀思妥耶夫斯基已经去世,托尔斯泰宣布退出文坛。后继的文学真空被哲学的死胡同强化,因为鼓舞过知识分子的民粹派理念失去了可信性。在全部战线上,80年代都是一个静寂、被动和迫害的时期:1884年前后,主要的革命家或者身陷囹圄,或者被迫流亡。持续的社会停滞表明,艺术为社会实用作出的牺牲归于徒劳。民粹派作家乌斯宾斯基(Gleb Uspensky)甚至质疑农民是否真的是理想的共产主义者,而1891年的饥荒显示难民无可救药地反动和迷信,从而把幻灭推向极点。

　　美学上对民粹派教条主义的暗中反动始于80年代以前;而在80年代前后变得重要。80年代的作家们返回到人类处境的永恒的问题,不再谈论进步与革命,而形式与风格又得到赏识。长时间遭漠视的诗歌重新被写出,过去的抒情诗人如费特(Athanasius Fet, 1820—1892)、波隆斯基(Jacob Polonsky, 1819—1898)和马伊科夫(A. N. Maikov, 1821—1897)时兴起来。一位青年诗人弗芳诺夫(Constantine Fofanov, 1862—1911)继承了纯艺术的传统,但是针对社会需要的“公民诗歌”,

依然占有主导地位；纳德逊(Semen Nadson，1862—1887)和笔
名为维连金(N. M. Vilenkin，1855—1931)的明斯基是其实践
者。但是，80年代的作家缺乏力量和独特性；用米尔斯基公爵
(Mirsky)的话来说，他们的作品"保守、平淡、折中、怯懦"。① 这
一时期没有出现真正伟大的散文或者诗歌作品。

　　因为伟大文学的缺失和对他们自己作品与生活缺乏理想的
现状的忧虑，青年作家们寻求新的价值观。指向压迫个人和不　14
珍重艺术与创造性的社会的一股愤怒感鼓动了他们，他们需要
作为个人新概念之组成部分的新艺术。意识到了和占统治地位
的社会训导(培育个性的理想和"为艺术而艺术"从来没有在俄
国扎根)的俄国美学传统的决裂，他们为了寻求灵感的新源泉和
精神的补给而面向西方和古代文化。

　　培育感觉和雅致，通过艺术寻求更高的真实、拒绝依照常规
训诫生活变成了他们生活方式的诸方面，令他们脱离传统的社
会和民粹派知识分子。一小部分文人攻击一个共同的敌人——
meshchanstvo：俄语词，指"小市民习气、鄙俗、狭隘"等或平
庸——对艺术漠不关心或者持敌对态度。为了反对60年代的
"父辈"，80年代和90年代的一代是坚定而大无畏地反政治的。
在对控制出版媒体的左派发动讨伐的同时，他们的态度很快强
化，成为一种以法国象征主义为根据的意识形态。以"神童"著
称的梅列日科夫斯基和明斯基都以"公民诗人"开始事业，这时
他们都是青年人的领袖。

　　在美学上和哲学上，80和90年代是一个流动的时期：新思
想被引进、争辩、改变，或者抛弃。但是，90年代被证明是白银

---

① 　Minsky：《关于社会题材》(Na obshchestvennuiu temu, St Petersburg, 1909)，
　　页32。

时代的定型时代。正是在这个时代，其最突出的思想象征主义被引入、成型。作为自己设定一种连贯的世界观尝试的一部分，梅列日科夫斯基提出的象征主义美学的诸方面得到布留索夫和巴利蒙特这样的作家的采纳，以满足他们自己美学和个性的需要。作为象征主义诗歌实践者，这两个人的确比梅列日科夫斯基本人更重要得多。布留索夫的《俄国象征主义者》(1894)和巴利蒙特的《在北方的天空下》(1894)标志着梅列日科夫斯基所激发的新诗歌时代的来临。索洛维约夫(1853—1900)的神秘主义也很"风行"，但是缺乏法国象征主义的战斗冲刺力；就像索洛维约夫本人那样，这一神秘主义是折中和温和的。

　　像梅列日科夫斯基这样的作家所寻求的不仅仅是某种新的美学技巧；他们企望全新的世界观，这样的世界观会帮助他们确立自己在世界上的方向，求得在世界上的崇高地位。象征主义艺术不仅引发了形式、技巧和主题的变化；它还代表艺术家抛弃自己周围的世界，成为艺术家创造想象力丰富的、适合自己"安居"的卓越世界的尝试。

15　　就像与其颇有共同之处的浪漫主义那样，象征主义也是难于精确定义的；它既是一套看法，也是一种意识形态。但是，歌德的论断"一切存在的都正是(更大的超验的)一种象征"表达了它的基本哲学理念。象征主义设想存在着某种更高的现实，这一现实不能被客观的手段得知，象征主义强调艺术直觉和想象力乃是到达这一现实的方法。灵魂是和其他世界的联系途径。象征主义艺术是主观性的；它关注内在的人及其独特的个人经验。作为一种表现方式，象征主义发出提议和暗示，而不是作出宣告。它以创造某种情绪状态为目的，而不是表达某种确定的思想。它常常试图复制音乐的感性效果；诗歌，而不是散文，才是它最纯粹的形式。象征主义的作品含有一种神秘的阴影般的

特质，一种密教的性质，甚至异国情调，和一种鲜明的、张扬的反
民粹主义——这是艺术家想要表现得与众不同、要为具有敏感
心灵的精英创造一种反文化而带来的结果。象征派对物质主
义、理性、科学抱有明显的敌意，把资产阶级看成仇敌，放弃艺术
的现实主义、鲜明性和客观性。创造性和独特性是因为其本身
而得到珍惜，不是因为其实际用途。艺术家被看作精神的、心理
的和形而上的真理之发现者和阐释者，这些真理是拯救所必需、
但常人可望不可及的。总之，对于象征主义者来说，艺术既是认
知的手段，也是人的本质性的活动。①

　　在俄国，法国象征主义是和索洛维约夫的神秘主义与尼采
汇合为一的。范围广泛的构成成分包括了许多不协调的因素，
这些因素后来分离了出去。早在 1895 年，象征派内部已经有明
显分歧；这一年，索洛维约夫的弟子别尔卓夫(Victor Pertsov)
就象征主义的性质问题安排了一次辩论。梅列日科夫斯基提
出，象征主义的目标是表现世界固有的二元性质；这是人的欲望
的产物——人欲求达到普通认知能力所不可企求的更高级的现
实。巴利蒙特是一位苏格兰贵族的后裔和象征派中最具抒情意
味的，他认为象征主义诗人是一位预言家，其符号揭示出与一切
人能够看到的具体内容并存的、被隐蔽的内容。他的作品《在北
方的天空下》(1894)、《无边际的空间》(1895)中，表现出了驾驭
语言的高超能力；后续的两部作品，《着火的房屋》(1900)和《让
我们像太阳一样》(1903)，具有尼采式的格调，赞颂了个性、生 16
命、运动和暴风雨般的欲望。明斯基是较小的诗人，视象征主义
者的目标在于用形而上的心绪鼓动读者；对他来说，情绪不一定

---

①　Edmund Wilson：《阿克瑟尔的城堡》(*Axel's Castle*，New York，1931)，页 1—
　　25。也参见 Anna Balakian：《象征主义运动》(New York，1967)和 Edward En-
　　gelberg：《象征主义诗歌》(New York，1967)。

显示真正的内容。他的文章《凭借良知》(1890)，乃是尼采式个人主义和东方的涅槃观念的混合物；他宣扬理想主义，谈到创造一种高于普通大众的新人。对于这些作家来说，象征主义的神秘诸方面、其争取更高真实的努力，都是其首要的特性。他们坚持认为，伟大的艺术向来是包含象征主义因素的。另一方面，布留索夫认为，象征主义的目标是创造"我们称之为审美愉悦的感性的甜美组合"。首先是一种技巧，但是对于布留索夫来说，象征主义在魏尔伦之前是不存在的；仅仅有艺术而已。他自己的诗是理智和冷漠的，完全不同于巴利蒙特响亮的音乐特质和自然流畅。①

布留索夫是一个农奴的孙子、富商的儿子，有意努力要成为新运动的领袖。他出版诗集《俄国象征派》(1894)、《杰作》(1895)、《我就是他》(*Me Eum Esse*，1897)、《第三次守望》(*Tertia Vigilia*，1900)、《向着城市，向着世界》(*Urbi et Orbi*，1903)，个人动力和组织能力使他很快达到了目标。布留索夫有意和在彼得堡培育了一批拥护者的梅列日科夫斯基竞争，开始在莫斯科同样效仿。他倚仗的是由波利雅可夫(S. A. Poliakov)资助的"天蝎出版社"，该社出版了《北方花卉》、一系列的象征主义文选、他自己的作品，并在1904年创办了自己的杂志《天平》(*Vesy*)。

1900年前后，不同方向的流派明确分为对立的阵营——象征派和颓废派——双方都书写论争文章反对对方。象征派把艺

---

① P. P. Pertsov：《1890—1902年文学回忆录》(*Literaturnye vospominaniia*，1890—1902，Moscow，1933)，页219—220。关于布留索夫，参见 Victor Erlich：《双重形象》(Baltimore，1964)，页68—99；Mark Slonim：《从契诃夫到革命》(New York，1962)，页89—93；Renato Poggioli：《俄国诗人》(Cambridge，Mass.，1960)，页96—104。关于巴利蒙特，参见 Slonim，页93—96，Poggioli，页89—95。

术看作理解更高级现实的形而上的手段，而颓废派则把艺术看
作自身的目的，他们用各种技巧进行的实验首先是为了获得特
殊的美学效果。①

　　然而，象征派和颓废派形成了思想上的某种统一性；这样的
统一性，从有别于文学批评家的历史学家观点来看，可以证实我 17
们将其归属于自成一体的象征主义的理由。象征主义变成了艺
术表现的首要方式，而近似的取向令人极难断定某一特定作品
属于象征派阵营还是颓废派阵营。象征派和颓废派的趣味和价
值观有共同之处：二者都是审美的，二者都设法逃避一个格格不
入的世界，一个通过神秘主义，另一个通过感官感觉。但是，就
连感觉论者也不是特别欣喜。巴利蒙特的诗歌就有阴暗面（"我
需要匕首般的词汇和垂死时刻的呻吟 …… 我需要着火的房
屋……长嚎的暴风雨……罪恶肉体的痉挛和恶魔的诱惑"）。虽
然布留索夫摆出情色和恶魔的架势，他的狂欢是冷淡智慧型的，
他的性描写不表现快感。② 最后，象征派和颓废派都同样敌视
工业文明、科学和理性。最重要的是，尽管有分歧，他们的敌人
却是同一个——控制刊物的左派，所以在反抗左派方面，他们是
统一战线。

　　大部分象征主义者都接受丘切夫的论断"表达出来的思想
是谎言"及其悲观主义的结论：人与人之间真正的交流是不可能
的。但是，西方艺术家们甚至更显得突出；他们的作品被翻译成
俄文以后，其技巧和题材得到认真的研究，很快被吸收。波德莱

---

① 对于象征主义和颓废派之间区别的更详细的论述，参见 Sergei Makovsky：《在
　白银世纪的帕纳斯山上》(*Na parnasse serebrianogo veka*, München, 1962)，页
　19，和 Vyacheslav Ivanov：《象征主义的遗训》(Zavet'ia simvolizma,《阿波罗》，
　1910：2 no.8[8 月])，页 5—21。
② Erlich，页 75；Slonim，页 90—94。

尔得到特别的赏识。他已经在 1867 年去世,但他遭受折磨的生活、精神的焦虑、和大众爱恨交加的关系、感性与禁欲的特殊结合、对启蒙主义和民主的反感使他显得是一个让人亲近的灵魂。在得到梅列日科夫斯基的传播之后,波德莱尔就一直是对俄国诗歌有重要影响的人物。马拉美、魏尔伦、维尔哈伦和梅特林克广有读者,惠斯曼、维耶·德·利尔·亚当(Villiers de l'Isle Adam)、兰波和奥斯卡·王尔德亦然。这几位人士令人感兴趣,因为他们试图"反抗常理"、逃离生活,走到"阿克瑟尔的城堡"或者埃塞俄比亚去。兰波关于诗人是预言家的概念和他有意寻求疯狂以达到某种致幻的真实的做法引起了讨论。这些作家未能提供正面的信仰,因而降低了他们的魅力。布留索夫对纯粹技巧的推崇是例外;绝大部分象征主义者都寻求精神的安慰,并转向更神秘的北方。艾克哈特(Meister Eckhardt)、伯麦(Jacob Böhme)、谢林(Schelling)、德国浪漫派诗人和叔本华被重新发现,颇为时兴。从 80 年代起,叔本华就一直受到欢迎;"艺术乃是对于痛苦的逃避"的哲学观点正当其时。易卜生的个人主义,对家庭、阶级或者国家等一切羁束的抗拒态度,都使他得到这一代艺术家的亲近。瓦格纳的魅力在于他对艺术家铸造的"更高"形式的集体的寻求,这一魅力在 1905 年以后是最强有力的。①

　　然而,尼采的影响超过其他所有人。梅列日科夫斯基在一次欧洲旅行中发现了尼采的著作,于是和明斯基一起传播尼采的教导。法国大使馆参赞比尔勒(Charles Birle)也宣传了尼采。尼采似乎把被异化的艺术家们摸索追求的理想本身具体化了;

---

①　Makovsky,页 17。参见 Georgette Donchin:《法国象征主义对俄国诗歌的影响》(Hague, 1958)和 Yuri Davydov:《十月革命和艺术》, Brian Bean 和 Bernard Meares 英译(Moscow,1967),页 112、184—189。

尼采的超人哲学表达了他们模糊感觉到、但是对于新人和新文
化依然是强有力的理想和志向。的确，正是新艺术的"尼采主
义"首先得到公众的注意。别雷把《查拉图斯特拉如是说》看作
自己的教科书，①大部分艺术家都在某种程度上受到他的影响。
莫斯科的《哲学与心理学问题》杂志拿出大量版面解释尼采，为
尼采辩护或者攻击他。索洛维约夫认为他特别危险，并且用自
己的著作(《为善辩护》)的一部分驳斥尼采的非道德论。高尔基
是反对象征派的，却受到了尼采的强烈影响。②

　　俄国艺术家心中的尼采是美学家尼采，其笔下人物创造一
种新文化，超越人类的局限。尼采言说针对了西方文明面临的
价值观危机；他的著作乃是为更高级形式的人性发展新价值观
的尝试，正是凭借这一精神，他才在俄国被接受和传播。尼采似
乎为象征派拒绝按照民粹派模式构筑艺术提供了某种哲学的
辩解。

　　导致俄国马克思主义兴起和民粹主义衰落的同类的潮流可
以说明象征主义和尼采的魅力。1895年前后，俄国城市的群众　19
罢工让新的无产阶级在全体人民面前展现风貌。梅列日科夫斯
基担心人民被链条固着在"可恨的机器"上、③淹没在城市大众
之中、被非人格的经济力量控制——这一担心得到许多艺术家
和知识分子的响应。虽然旧的社会等级制度的崩溃可能具有解

---

①　Andrey Bely：《在两个世纪的交界线上》(Na rubezhe dwukh stoletii, Moscow,
　　1931)，页469。

②　的确，在1905年革命之后，形成了一个"尼采马克思主义者"派别。参见 George
　　Kline：《俄国的宗教与反宗教》(Chicago, 1968)，页103—126。关于尼采被引进
　　俄国，参见 George Kline 的《俄国尼采马克思主义》(Boston College Studies in
　　Philosophy, 2, 1968)，页166—183，尤其是页168。

③　Merezhkovsky：法国文学中的农民 (Krestianin v' frantzuzskoi literature)，《劳
　　动月刊》(Trud)，XXIII, 1894, No. 7，页198—200。

放的性质,在大城市的佚名状态中人可以凭自己选择生活,但总的来说,这新秩序是危险的。

随着工业化的迅猛来势,象征主义的魅力增长,尼采哲学变成其最突出的成分。审美个人主义许诺把艺术家从格格不入的社会变化中隔离出来,同时又为他的纯粹艺术辩护,并把他置入创造性精神向导的统治精英之中。审美个人主义基本上是非社会的;它的构成因素是自我定义和日益提高的自我意识。其注意中心不特别指向现实,而是内向;其主角是尼采的超人,孤身挑战要摧毁他个性的那个社会。最重要的战斗是内在的;主角创造一个新的自我。

这一类型的个人主义本质上是和古典自由主义的经济个人主义对立的;实际上这是符合俄国反资本主义传统的。艺术家们旗帜鲜明地放弃市场;他们拒绝为市侩们工作。虽然个别艺术家找到富商或者工业家当资助人,但是他们一般都认为资产阶级是他们的敌人,是他们所憎恨的小市民习气(meshchanstvo)和机械化社会的体现。商业上的成功不是他们所在意的。象征主义者们本身就有不同阶级背景,多数都是教授和官僚子弟,有些出身没落的贵族,索洛库勃出身农奴。[①] 共同的审美和精神的价值观超越了狭隘的经济利益。

象征主义者们坚持纯艺术,但他们从来没有真正打破俄国 20 在艺术与社会问题之间的传统联系。他们的艺术是训诫性质

----

① 更具体地说,布留索夫是农奴的孙子、又是一个成功商人的儿子。伊万诺夫是小公务员的儿子,曼德尔施塔姆的父亲是特别不成功的犹太商人,索洛库勃的父亲是一个穷裁缝。古米廖夫和阿赫玛托娃是海军军官的子女。勃洛克母亲是贵族地主,祖父是彼得堡大学校长,父亲是华沙大学法学教授。别雷父亲是莫斯科大学数学系主任。梅列日科夫斯基父亲是帝国公务员,母亲是警察局主任的女儿。他们确实不属于一个经济阶级或者社会阶级,把他们聚拢在一起的是他们所受的教育和对文化的热爱。参见 Stenbock-Fermor,页 276。

的；这一艺术主张"更高级的"价值观，寻求创造一种独立的、敏感的、审美的、在情绪上自由的新人。作为实际上的一种社会抗议形式，他们隐蔽的目标是改变社会，令其符合他们自己的价值观。90年代的象征主义是艺术家和非政治的知识分子中间创造一种革命心态的第一步；这样的心态抛弃了自然秩序和社会秩序，用神秘的主观设想取代实证主义理性。

世纪交替之际，他们中间存在很多差异，但存在着象征派确切的核心：梅列日科夫斯基、明斯基、吉皮乌斯、索洛库勃、巴利蒙特、布留索夫等人。俄国芭蕾舞大师佳吉列夫（Serge Diaghilev）和画家贝努亚创建《艺术世界》，使得他们能够把战斗推向受过良好教育的阶层，向残存的思想、艺术和文化的霸权提出挑战。

这样，就让我们来看看象征派反叛的性质和内容及其对梅列日科夫斯基的意义，是他规定了俄国象征主义的基本信条和目标，也是他将其当作一种审美表现方式加以推广的。

第一章　表达精神绝望的诗歌

　　梅列日科夫斯基的作品，主要是他的诗歌，所揭示的他在80年代和90年代早期的情绪构成，是这一章讨论的主题。我的目的不是把梅列日科夫斯基降低成为一个精神病患者，而是提出，是他自己的问题使他对于现代生活的紧张和压力极度敏感。作为对孤独、情感压抑和性的挫败的回应，他转向批评现存的思想和制度。我会作他性格形成年代的必要简述，这可以提供育成他思想的心理模型。

　　梅列日科夫斯基是一个深感不幸、备受搅扰的人，被他不能够解决的内心冲突包围，他的生活就是常年寻求某种信仰，以帮助他摆脱忧虑、找到生活的意义和目的。这种心理上的痛苦不断地驱赶他进入永不止息的探索过程，探索整合理性与感情、信仰与知识、精神与感性、自由与爱的办法。他觉得，只有随着坚定的信仰而来的整体感，才能为他受折磨的灵魂带来解脱。对于信仰无休止的寻求构成了他精神发展的过程。成为了他每一次离开旧观点和每一个新构想的起因；他会持续地检验不同的理智或者心灵上智慧或精神的补救办法，而后全然地或部分地加以扬弃。结果，仅剩绝望的寻求过程保持下来。但是，很明显,思想变化源于他长时间没有能够取得他所渴望的内心和谐。

　　精神上的不安表现在 80 年代和 90 年代早期的诗歌中,这一时期,他没有认同任何一套特定的理念。从中可以辨别出各种冲突的影响:波德莱尔、叔本华、尼采、乌斯宾斯基、柯罗连科(Korolenko)、米哈伊洛夫斯基(Mikhailovsky)(三位民粹派作家)和托尔斯泰——正是这一混杂的情况使得他的心理需要明显凸现。他还没有找到合理地解释这些影响的方法,还没将之总结为时代"病"这样一个表述方式。他的诗歌是他内心的直接表现;诗歌里表现的情感——孤独、精神的无根性质——都是发自内心。这些诗歌平实而不张扬的风格几乎不带有诗歌的奔放和夸张,其真诚尚未受到身为公众人物和自许为先知的自我意识的影响(这是他后来著作的特点),所以他的诗歌乃是探索他内心情感的最佳指南。① 透过这些诗歌,我们看到了不幸童年、徘徊歧路的青少年时代和暴风雨般的婚姻造成的持久的影响。

　　最后,因为他从来不向公众敞开他的心扉,他的诗歌就是我们窥探这个内在的人的惟一一把钥匙。他的文章和小说较少私人色彩;个中情感必须靠推测。两部日记实际上是文学评论集和自传随笔,是为他的选集第二版写的,枯燥地罗列事实而已。他痛恨写信;书信往来由他夫人负责。他不给夫人写信,因为他们从来没有分开过。然而,即使是对于她而言,他也是神秘的。吉皮乌斯说,

　　　　他并不是"掩掩藏藏的",但是有几分是本能地封闭了
　　　自己,所以深藏内心的事也只是在难得的瞬间揭示出来,甚

---

① 如果不是因为诗歌指明了梅列日科夫斯基成熟思想的种子,我们就不会评论;作为诗歌本身,并不是很出色的。

至对我也一样……我不能想象他会发自内心地、亲密地和
什么人谈心，或者甚至倾听他人的这类倾诉或者哀怨。这
不像是他能够做出来的事；别人会把（他的态度）多少看成
是冷漠、漠不关心、不以为然或者不信任。①

　　同时代人的叙述仅仅描写他的公共形象，几乎全然是负面
的。身材矮小、弯腰驼背、说话声音尖细，所以形象不太引人注
目。大约在 1908 年画的一张他的漫画肖像显示出，突出的巨大
眼睛、低陷的面颊、龅牙、大耳朵垂、稀稀拉拉的几根山羊胡子。
他脸上充满忧虑的表情，像一条生了病的狗一样，一个光环在他
头上飘浮——暗指他的"宗教研究"。② 他被广泛认为是片面
的，特别有脑筋的，"具有数学头脑的诗人"。③ 就连一位亲密的
友人也抱怨说，他完全生活在思想理念的王国，而他人不过是在
他周围模模糊糊忽来忽去的影子。"梅列日科夫斯基从来不是
23　谈话，"她说，"而是演讲。"④罗赞诺夫公开质疑他是否具有男子
汉气概。⑤ 特鲁别茨科伊（Eugene Trubetskoi）指责他怀有一具
僵尸的心理。⑥ 梅列日科夫斯基反唇相讥："如果我疼得呼喊，

————————

① Zinaida Gippius：《梅列日科夫斯基》（Dmitri Merezhkovsky，Paris，1951），页
　115。
② B.Meilakh：《象征派在 1905 年》（Simvolisty v' 1905 gody），《文学遗产》（Liter-
　aturnoe Nasledstvo，卷 XXVII—XXVIII），页 189。
③ Evgenii Anichkov：《文学形象与见解》（Literaturnye obrazi i mneniia，St. Pe-
　tersburg，1904），页 159。
④ Teffi：《论梅列日科夫斯基夫妇》（"O Merezhkovskikh"，Columbia University
　Archive no. 1531，无页码）。
⑤ V. V. Rozanov：《在说不同语言的人当中》（"Sredi inoiazychnikov"，《新路》，
　1903，no. 10，十月号）页 227。
⑥ Evgenii Trubetskoi：梅列日科夫斯基引用，见于《在宁静的浑水中》（V tikhom
　omute，全集，页 XVI，页 94）。

就表明我还不是一具僵尸。"①别雷把他描写成一个滑稽而悲怆的人物：这个人物轻视客人，穿着配有可笑的红毛绒球儿的天鹅绒拖鞋到处晃悠，对着到他家来的客人大声念叨他疯癫的告白，然后在永远包裹着他的一团褐色香烟烟雾中消失——这是他用来藏身的办法。②别雷还指责他使用精神寄生手段，假装帮助青年作者，只为了盗窃他们的理念。③勃洛克认为，梅列日科夫斯基自身的深渊远远大于梅列日科夫斯基在他周围的人身上看到的深渊。④

　　梅列日科夫斯基一生都遭受出版界的排挤。90 年代，民粹派左派控制了杂志，追捕一切和他们见解不同的人，而且"手段奸猾得要死"。⑤在他们看来，他扣人心弦的言说风格显露出"精神病人的戏剧式热情……只要看他一眼，就令观察者神经紧张颤栗……这样的一个批评家只能吸引不正常的读者"。⑥甚至在他的思想扎根之后，他古怪的性格也导致他和同派人士的恶斗，这些人用带强烈偏见的回忆录来算老帐。契诃夫是为数不多发出不同声音的人士之一。他认为梅列日科夫斯基"是一个健全的人和一位作家"，认为他"十分聪明"，"拥有热情而纯洁

---

① Evgenii Trubetskoi：梅列日科夫斯基引用，见于《在宁静的浑水中》（V tikhom omute，全集，页 XVI，页 94）。

② Andrei Bely：《世纪的开始》（Nachalo veka，Moscow，1933），页 173—176，189—190，423—424。也参见他的《史诗：勃洛克回忆录》（Epopeia：Vospominaniia o Bloke，Moscow，1922），页 167，212。

③ Bely：史诗，页 212。

④ Aleksander Blok：《梅列日科夫斯基》，《言论》（Rech，no. 30，Jan. 31，1909），页 3。

⑤ Pertsov，页 95。也参见页 86—87，218。

⑥ 《评论札记》，《上帝的世界》（Mir Bozhii），1896 年第 7 期（7 月号），页 239。这不是左派的杂志，但是批评语调类似。

的灵魂"。① 所以,可以理解的是,在这样充满敌意的环境里,梅
列日科夫斯基不愿意显露出自己的心灵,因而在 1896 年之后放
弃了诗歌,转向小说和论文,视其为更适于表达复杂而较少个人
性质的理念的手段。况且,吉皮乌斯也说服他,诗歌不是他的
强项。

24　　　在谈论诗歌本身之前,让我们对他自己②所述的和吉皮乌
斯在她的传记里讲述的他的生平做一简要概括。他于 1865 年
8 月 14 日生于彼得堡,是九个孩子——三女六男——当中最小
的,得到母亲的偏爱。他的确出身特权阶层:曾祖父是驻乌克兰
军事长官;祖父受沙皇保罗一世贵族封号,在伊兹马伊洛夫斯基
军团服役;父亲是帝国政府机构高官。母亲是警察局长办公室
主任的女儿。

　　他十三岁开始写诗,第一篇批评论文是关于《伊戈尔远征
记》的课内作业。他的文学兴趣得到父亲的鼓励,父亲带引他去
会见了陀思妥耶夫斯基。但是,他没有给陀思妥耶夫斯基留下
什么特殊的印象;这位大作家告诫他,得忍受痛苦,才能写出
好诗。

　　他所受的教育既没有满足他智慧上的好奇心,也没有满足
情感的需要。当时的中学特点就是死记硬背、操练和对权威的
低三下四的服从。他在 1884 年被录取进入彼得堡大学历史哲
学系,这个大学的情况也好不了多少。梅列日科夫斯基召集了

---

① D. S. Polityko 编辑:《契诃夫论文学与艺术》(A. P. Chekhov o literature i
　　iskusstva, Minsk, 1954),页 390。A. N. Egolin 和 N. S. Tikhonov 编辑:《契诃
　　夫作品和书信全集》(Polnoe sobranie sochinenii i pisem A. P. Chekhova, Mos-
　　cow, 1949),XV,页 144,329,400—401;XX.20。

② Merezhkovsky:《自传札记》(Avtobiograficheskiia zametki),全集,XXIV,页
　　107—115。

一个小组,准备研读莫里哀的作品(为什么是莫里哀,不详),但是成立小组一事引起当局的怀疑,这些男孩子都被捕、遭受审问,虽然没有被判入狱,小组却被解散。在这些学生中间,实证主义是主导的哲学,梅列日科夫斯基不能接受这一哲学的枯燥乏味、唯物主义,和不能揭示对他来说最基本的问题:关于生与死的问题。

大学毕业以后,为了找到某种更亲近的哲学,他投入阅读、写作和旅行(他有一份独立的收入)。给予他深刻印象的有托尔斯泰的《忏悔录》(1880—1882)和当时的民粹派作家:米哈伊洛夫斯基(1842—1904),他是民粹派领袖人物,用文学批评鼓吹一种基于道德价值观的社会主义和个人主义;乌斯宾斯基(1843—1902),很可能是这一运动中为首的作家,还有柯罗连科(1853—1921),他最著名的短篇小说《马卡尔的梦》讲的是一个原始的雅库特族农民,这个农民在审判日述说的苦难令上帝和天使潸然泪下。这些作家当中没有人特别看重文化艺术,不能为梅列日科夫斯基所寻求的连贯性的世界观提供基础。他当时的友人包括普列谢夫(A. N. Pleshcheev, 1825—1893),他写过一些"公民诗歌",是《北方通报》诗歌版的编辑;青年诗人明斯基;"公民诗人"纳德逊和小说家加尔申(1855—1888)二人一直到逝世;加尔申是有些病态的《红花》的作者。他跟诗人马伊科夫和波隆斯基也很友好,是通过音乐家的夫人达维多娃的圈子结识了他们的。这些人都不是大诗人;他们的作品没有什么特色,是模模糊糊的浪漫派。

1888 年 5 月,和明斯基一起到高加索去旅行,在一次舞会上,梅列日科夫斯基遇到未来的夫人吉皮乌斯。他仅仅二十二岁,就已经作为"少年才子"而知名,是他们的群体中名副其实的明星。他觉得吉皮乌斯土气,告诉她要阅读斯宾塞的书,但是她更喜欢读纳德逊的作品。他们俩的共同基础是对于个人主义问题的兴趣。婚礼是第二年在莫斯科举办的，仪式简单得令人惊奇，没有白色嫁衣、没有鲜花、没有音乐。除了对当晚没有圆房的暗示，①关于他们的共同生活，吉皮乌斯的传记提供的细节很少。他自己的自传札记也同样极少提及。

　　为求得这个儿童、这个少年、这个已婚青年的形象，我们必须看看他的诗歌。

　　《古老的八行诗》是最重要的一首诗。这首诗是自传性质的，很长，见证了忧郁而孤独的童年。吉皮乌斯自己认为那是对他早年儿童时期的可信的描写。无需援用"还原论"，也可以毫不夸张地说，他后来哲学的一大部分都是作为对此处如此锐利描写的极端不愉快童年的回应而形成的。

　　绝对的孤独是压倒性的主题——一个恒常孤独的儿童，惧怕"他人的脸面和声音"，瘦弱、常生病，不能和其他孩子一起玩耍。事实上，看起来他们总在欺负他。结果这造成活跃的想象生活；在他的内心点起"秘密的火焰"，他的精力转向泄愤，在他年幼的心灵里"悲痛与邪恶"滋生出来。

　　他的寓所又破旧、又阴冷，"像坟墓一样昏暗"，不是一个避难所。那是一个"死屋"，没有爱，九个孩子谁也不和谁亲近。纽带只存在于父亲母亲和每一个孩子之间。一丁点的家庭亲情是母亲创造的。母亲去世了，这一点亲情也就四散。父亲是一个雄心很大的官僚，全部身心投在职业上。他的生活是"悲哀的苦工"，他用强硬手腕严厉治家。"谁也接近不了他"，就连走过他的房门，孩子们也得踮起脚跟。他节约成性，从来没有多给孩子们一个戈比。后来梅列日科夫斯基体会到他父亲是爱他们大家

---

① Gippius，页34—36。虽然没有明说，事实是明显的。

的,但这父爱从来没有表现出来。"我记得那雪茄气味,那冷冰冰的晚安吻,'晚安,爸'(bonne nuit papasha)。"惟一流露出来的表情是愤怒。①

惟一能够安慰梅列日科夫斯基的是他母亲。据吉皮乌斯记载,她是一个美丽的妇女,他全部的爱都集中在她的身上,他从来没有像热爱她那样地爱过别人。在诗作中,她被描写成一个受苦而无助的牺牲品,受到丈夫全面的管制。诗中描写了为钱财经常爆发的争吵。她乞求和哭泣,父亲偶尔变得温和,怜悯她,她就感激得亲吻他的手。有一次,因为她没有得到父亲的许可给德米特里买了一个玩具骆驼,父亲就大吵大闹起来。父亲"野蛮凶狠的语言"、母亲的泪水和德米特里自己的恐惧,都在诗中再现。这不幸的女人得不到丈夫的什么爱。就连在他公务出差期间她写的温柔情切的信札,得到的也是敷衍了事的回复。结果,她消瘦憔悴,变成"一个悲伤而痛苦的阴影"。

> 喝完咖啡,奶娘告诉我们,
> 母亲生病,患偏头痛,
> 这无尽的悲哀压抑我心灵,
> 母亲在床上睡了三天。②

梅列日科夫斯基责备他父亲给全家带来的困境。

> 虽然他不悭吝,但是太长的时间

---

① Merezhkovsky:《古老的八行诗》,全集,XXIV,页 65—72,8—9,12—14。
② 同上,页 51。我对这首和下面诗的译文实际上是改写,目的在于传达原作的含义和情绪。除了会导致译文含混的地方外,我复制了每行的结构,但是没有执意再现节奏和韵脚。

　　　　　他为养家赚钱毁掉了生活。
　　　　　从儿时到老年都是官僚
　　　　　世俗事务干练、严格、毫不通融,
　　　　　从不考虑幸福,沉默中承担
　　　　　厌烦的生活重担,没有一丝笑容
　　　　　从不抱怨、也不流泪、一向老成。
　　　　　不识激情,从不认错。
　　　　　而这自命不凡的生活——
　　　　　就像暗灰窗户上的雨水和雾霭。①

27　　　　因为一个儿子是虚无主义者,他甚至不让他进家门。梅列
　　日科夫斯基说,失去儿子的悲伤加速了母亲的死亡。

　　　　　我们都是罪人,我不评判父亲。
　　　　　但我感到惊骇和情绪的激荡
　　　　　因为家庭受到折磨,无尽纷扰,
　　　　　从不休止,从不原谅仇敌,
　　　　　家里只有顺从面容的苍白
　　　　　或者无意的感叹泄露折磨:
　　　　　内里是扼杀,外表还保持
　　　　　合法婚姻的装饰,掩人耳目。②

　　　梅列日科夫斯基得出结论:母亲"和他一起走过漫长的路,
也非徒劳"。③ 在设想中,这样的痛苦在天堂会得到回报。

――――――――――

① Merezhkovsky:《古老的八行诗》,全集,XXIV,页 15—16。
② 同上,页 51。
③ 同上,页 16。

梅列日科夫斯基一直没有从早年这种冰冷的、毫无生气的、没有出路的绝望中恢复过来，那些岁月，"没有一天不是在苦涩中渡过"，"甚至死亡都不是可怕的威胁"。在痛苦的时刻，吉皮乌斯责难说，孤独之于他，是自然而然的，他不可能理解这孤独给他人带来的痛楚。① 他表面的冷漠可能来自儿童时期，因为被压抑的情感再也得不到发展。

> 但冰冷的生活很早就扼杀了花朵，
> 那一切我依然一无所知，
> 我心灵里珍惜和珍存的一切，
> 还没有诞生，就在寂静中死去——
> 我最热爱的一切，
> 爱得炽烈、温柔，却又徒劳，
> 在那些永远消逝的白日梦中
> 消失得无名、无声，没有留下痕迹。②

没有朋友，没有儿童游戏，学校的日常活动都是枯燥的；梅列日科夫斯基也没有办法摆脱家里的不愉快。生活阴冷而凄凉。

他早期对宗教的兴趣，是一种尝试，他要理解围绕着他痛苦的原因和这种生活的目的。儿童的思维是找不到答案的，所以使他质疑上帝是否存在。就像毛姆长篇小说《人性的枷锁》中那个不幸的菲利普那样，梅列日科夫斯基要求上帝为他"做出一个 28

---

① Temira Pachmuss：《吉皮乌斯：精神的肖像》(*Zinaida Hippius: An Intellectual Portrait*, Carbondale, 1971)，页143。
② 《古老的……》，页63。

小奇迹",来证实他的存在。① 他父亲和一位来访的传教士每礼
拜日的讨论令他入迷。但是他觉得教堂礼拜仪式枯燥,而圣徒
们的肖像简直吓坏了他。节日仪式,例如复活节吃"库利奇"(一
种特殊的面包)也吸引不了他。然而,只有在极少时候,他才能
忘记神学问题而感到快乐。②

　　1889 年他母亲的去世唤醒了他对宗教信仰真正的强烈愿
望(当时他二十四岁)。他强烈向往和他热爱的母亲重逢,这使
他坚持认为,深厚的爱给被爱的人带来不朽,"爱比死更坚
强"。③ 在他死去的时候,他一定能够再见到母亲,母亲会安慰
他说:

　　　　　"不要怕,不要怕死亡或者分离,
　　　　　我会给你唱歌,像以往你睡着的时候。
　　　　　好孩子,快睡吧,小宝宝。"
　　　　　我会守住这重大的约言。
　　　　　啊,妈妈,我很快就回到你的身边。
　　　　　像一个落水的人奔向干燥的陆地,
　　　　　我奔向你,欢乐地等待。
　　　　　我的灵魂要拥抱亲近的灵魂。
　　　　　在你亲爱的形象里,我会找到——
　　　　　你解开世间全部羁绊的时候,
　　　　　我的女神、永恒缪斯的神性形象。④

---

① 《古老的……》,页 57,参见《自传……》,页 109。
② 同上,页 57—59。
③ 这是 1897 年写的一篇中篇小说的标题,也是包括《薇拉》在内的许多作品的
　　主题。
④ "古老的……"页 71—72。

梅列日科夫斯基同时期的作品都在谈论对信仰的需要。《希尔维奥》(*Sylvio*，1890)结合了民粹的、尼采的和宗教的主题；在结尾处，是信仰拯救了主角，一个不快乐的尼采主义者。《暴风雨过去了》(*Groza Proshla*，1893)是对民粹派知识分子的攻击(恶棍是一个左派编辑，他宣扬妇女平等，可是虐待自己的妻子)，展示了没有信仰的生活在情绪上的腐蚀作用。《薇拉》(*Vera*，1892)证实了信仰主导的爱情的力量。

　　这首诗里揭示的儿童时期的经验，构成了他成年后即将拥戴的新基督教的宗教和社会理想的雏形。他对圣父、圣母和圣子的描写特别明显地酷似他的家庭。圣父，旧约里的愤怒的上帝严厉宣告律法，严惩过犯，很像他父亲。圣子宣告依据新的原则来治理，如和谐、和平、爱和自由，都令人想到梅列日科夫斯基儿童时期未实现的愿望。圣母克服了父与子的冲突，建立了基于爱的新秩序，她是这新宗教的中心形象，很像梅列日科夫斯基自己宗教的中心形象。"父亲惩罚；母亲解救。"她的治理将会消灭争吵、侵略和战争，因为"战争是男人的事"。① 她将开启一个持久和平、幸福、自由和爱的王国。梅列日科夫斯基后来的个人主义，拒绝服从任何人的权威，对"小市民习气"的反感，也可以追溯到他的早年。"小市民习气"原来也是包括了他父亲的短处——野心大、过度讲求实际、重物质。"小市民习气"造成精神和情绪的折磨，导致人本质的毁灭——这一信念是以他本人的经验为依据的。"小市民习气"是爱的对立面；有了"小市民习气"，就不可能有爱。

① 　Merezhkovsky：《三者的秘密》(*Taina Trekh*，Prague，1925)，页363—364。Merezhkovsky也断定，"世界正在毁灭，因为它忘记了母亲。男人一直统治女人。战争是男人的事，因此无尽无休。"还有，页343，圣三位一体的"第三位"是一个女人；"灵是永远在于女性的"。

因此,理想的社会是以爱、情感的自由表达和人的平等为基础的。一旦全人类都变成一个快乐的家庭,孤独和压抑就不复存在。

他青年时期最初的诗作描写了同样的"从摇篮到坟墓全部的孤独感",而且还增添了一个新主题:现代生活的空虚。[①] 因为缺乏诗、爱和信仰,所以现代社会提供仅有的兴奋就是运动和股票市场——都不是什么特别激励人的追求。诗作是一个极力填充情绪和精神真空的青年人的作品。文化追求给他带来仅有的愉快,文学活动变成了他生活环绕的支点。后来他告诉别尔嘉耶夫,如果说不是在生活中,那就是在文学中,"我不感到孤独"。[②]

他和吉皮乌斯的婚姻造成的焦虑是特别明显的。就性情和信念来说,他们二人都是顽固的个人主义者。他们经常争吵。他们彼此都坚持获得完全的自由,却又努力改造对方。最后他们达成协议,双方各随自己的意愿生活和写作;他们分房居住,作息时间各不相同。她好熬夜,他习惯早起。她为自己保持已久的处女状态得意,故意培育"颓废的圣母"的名声。但是她宣讲无限的性感,"在渴求征服对象方面,差不多就是一个堂璜",虽然他们大部分都是柏拉图式爱情的人物。维德列(Vladimir Weidle)回忆道,她有一条项链,是由渴求青睐她的众多仰慕者赠送给她的结婚戒指串连而成的。通常都有一个人和她特别亲近。在 90 年代,是沃楞斯基—弗列克谢尔(Volynsky-Flekser),《北方通报》的编辑。她和友人们通宵达旦的"热烈讨论"弄得梅

---

① Merezhkovsky:《我们世纪的神秘主义运动》(Misticheskoe dvizhenie nashego veka),《劳动》月刊(Trud, 1893, no. 4, 4 月),页 35。

② Merezhkovsky:《未来的野兽》(Griadushchi kham),全集,XIV,页 166—167。

列日科夫斯基没办法睡觉。[1] 1900 年，非洛索佛夫（Dima Filosofov）和梅列日科夫斯基夫妇公开形成"三口之家"。他们没有解释作出决定的哲学理由，飞短流长接踵而来，说梅列日科夫斯基不能过正常性生活，还说吉皮乌斯是一个"阴阳人"。在此前后，梅列日科夫斯基已经不再在诗歌中表达个人的热望，他早年的诗表露出婚后生活初期的矛盾冲突。爱情和自由不共戴天是主要的题材：

> 我们常常渴求以往的自由，
> 想要砸碎现在婚姻的锁链。
> 每一次都毫无希望，
> 我们只好承认受奴役的现状。
> 既不愿意预言以后的下场，
> 在一起生活也不可指望，
> 既不能完全彻底地痛恨，
> 也不能爱呀爱得海誓山盟。
> ……………………
>
> 和你打斗得筋疲力尽，
> 同时爱你爱得饱受折磨，
> 我亲爱的，我呀我只觉得
> 没有你的地方就没有生活。
> 虽有种种不忠和欺瞒，
> 命定一辈子彼此斗气，
> 因为彼此都想要称王

---

[1] Alexander Benois：《回忆录》（Memoirs, vol. II, London, 1960），页 124。参见 Pertsov，页 227—228，Makovsky，页 89,113—114。

　　　　　　谁也不愿意充当奴隶。①

　　　还有,

　　　　　　在冬季黄昏的清冷之中,
　　　　　　我们都痛苦,无话可说。
　　　　　　啊,我们俩早就领悟到
　　　　　　言语死寂,羸弱无力,
31　　　　　因为可怜的心灵千愁万绪,
　　　　　　话语无法表达其中的万一。
　　　　　　谁不能压住自身的傲气
　　　　　　也并不就该遭受到责备。
　　　　　　可能他会永远地孤独。
　　　　　　爱他人者必定是奴隶。②

　　　换句话说,爱情导致独立和自主的丧失。另一个人掌握权力,既能令人满意,也能令人失望。虽然人人需要爱情,却不能够想爱上谁就爱上谁。

　　　有一种观念认为,性是肮脏的,人必须时时抗拒肉体的欲望,下面的一个片段暗示出这一观念,这个观念可能就是造成婚后关系紧张的因素。

　　　　　　我的灵魂充满了羞耻和恐惧,
　　　　　　在污秽和血迹中迈步行走。

---

① Merezhkovsky:《爱情与敌意》(Liubov-vrazhda),全集,XXII,页173。
② Merezhkovsky:《爱情之中的孤独》(Odinochestvo v liubvi),全集,XXII,页174—175。

拭去遮蔽我灵魂的灰烬。

啊上帝，让我摆脱爱情的枷锁。

·······················

没有休息，也谈不到谅解。

我们生来都是奴隶。

我们都命定一死和忍受折磨

被判定受制于这情爱的枷锁。①

　　污秽、血迹和灰烬可能就是布朗（Norman O. Brown）所说的"排泄景象"的某种表现。把人体和粪便等同起来，这样的做法遮盖了对于具体的性行为的厌恶。圣奥古斯丁"我们都是在屎尿中间出世的"这句话，典型地表达了这个态度。布鲁斯坦（Robert Brustein）认为，这样的作家经常应对他们对肉体憎恨的办法就是完全躲避它，因而造成一个"虚无缥缈的乌有乡"。②这就解释了法国象征主义的一部分魅力——肉体和世界必须用某种新的神秘主义、对生命的某种飘渺的态度超越。迟至 1920年代，梅列日科夫斯基把激情定义为：

　　意志在人的精神躯体的实质中之极端的张力。在微弱的、不十分有激情的欲望中，一个人知道、或者认为自己确知在为自己欲求善、而非恶……以求拯救灵魂，不要失去它。但是，随着意志力量增长和欲望变得更加激烈，意志分裂，自相矛盾，自身反抗自身，人越来越不知道自己需要什么……在激情中，人的意志被扯成两半……就像一个人站

32

---

① Merezhkovsky：《被爱情奴役》（Rabstvo Liubvi），全集，XXII，页 47。

② Robert Brustein：《反叛的舞台》（*The Theatre of Revolt*，Boston，1962），页125。Brustein 引用 Norman O. Brown 的《生反抗死》。

在悬崖边缘上,他想要逃离,要挽救自己,但是又经受着一
种几乎控制不住的、跳下去的欲望。

……

或者,在一切激情中最强烈者的性爱之中,肉体的疼痛
有时候不仅变成最粗俗欲望的享受,而且,精神的痛苦也变
成最温柔的爱情的至福;在这里,二者纠结混杂在一起,就
像在根部分开却又长在一起的密不可分的两棵树;在这里,
情人不知道自己是想要抚摸所爱的人,还是要折磨她,为她
而死还是杀死她。①

这一论断酷似查拉图斯特拉的论断:心有一个"双重的意
志",②说明是梅列日科夫斯基承认自己有某种不可调和的二重
性,尤其是在性的方面。

婚姻有许多正面特征(共同的兴趣、共同的哲学方向和精神
倾向,还有虽麻烦,但深厚的爱情),但是梅列日科夫斯基从来没
有摆脱他在世上十分孤独的感触。他说,他凄惨的命运是:

永远在沉默中做梦,
远离全部的友人,
在底层,在最底层,
灵魂一直患病。
另一个人的心是另一个世界,
没有通向它的道路。

---

① Merezhkovsky:《明显的耶稣》(Edward Gellibrand 英译,London,1935),页
288。这里有确实的施虐—被虐因素,以及一种"死亡欲望"。
② 尼采谈到心灵"双重的意志",还使用了《查拉图斯特拉如是说》中深渊的比喻,
见《袖珍尼采》,W. Kaufman 编辑、翻译(New York,1958),页 254。

> 即使怀有厚爱的心灵，
>
> 我们也不得允许进入。①

  若干年后，在巴黎，他告诉一位朋友："世界上没有一个人爱别人。……我见识了，我知道。"②世人只喜爱他的著作，而不是他这个人。别雷暗示，吉皮乌斯和梅列日科夫斯基结婚、并且和他一直在一起，因为他是一位"名满全欧"的大师；这个判断可能部分是正确的。③

  为了麻痹自己，他首先在以叔本华为基础的寂静主义哲学中寻找避风港。梅列日科夫斯基在 80 年代写的许多诗作都否定对爱情和快乐的需要，表示欲望和激情会导致不可避免的失望。生活本身乃是一系列的"苍白的日子……哑然无声的、无尽的锁链"。人是"汪洋大海中微不足道的一滴水"。涅槃是他恰当的目的。"拒不思索是何等的快乐/毫无欲望是何等的幸运。"他提议，要像青草一样，不要思索。既然生活毫无意义，努力也都是徒劳无功。"啊我的灵魂，那就屈服于命运和大自然不可知的力量"。痛苦和欢乐都不会持久。没有理由惧怕死亡；生和死是一回事——是深渊的两个部分，都同样没有意义。④ 宁静就是他所需要的全部的事物，"宁静的天空和宁静的大地。"就像波德莱尔的"陌生人"一样，这个人没有朋友，没有国家，没有家庭，只喜爱浮云。梅列日科夫斯基相信：

33

---

① Merezhkovsky:《孤独》，全集，XXIII，页 156。

② Teffi。

③ Bely:《开始》(Nachalo)，页 434。别雷可能是爱上了她。

④ Merezhkovsky:《宁静与黑暗》(Tish i mrak)，PSS XXII;《打破沉默的时候》(Kogda bezmol'nyia svetila)，同上，页 20;《涅槃》，同上，页 182;《你能做什么》(Chto ty mozhesh)，同上，页 197;《双重的深渊》(Dvoinaia bezdna)，同上，页 190。这些在十二年间写出的诗歌表明，尽管哲学上有变化，但情绪是一贯的。

> ……只有这蓝色
> 这不可企及的长空，
> 永远合一、简单
> 不可思议，像死亡一样。①

　　梅列日科夫斯基在巴黎熟悉了波德莱尔的诗歌之后，也使用《恶之花》中的题材。他借用了波德莱尔的冰冷太阳的象征，用它来创造一种形而上的惊骇，来描写一个被剥夺了秩序和意义的世界，在这样的世界里，熟悉的事物变成了令人恐惧的事物。

> 没有光线，没有生命和温暖，
> 它像一具尸体，横陈在天上，
> 像夜雾一样地遮盖了大地。②

　　世界是死去的，十分可怕。生命、温暖和令人兴奋的事只能够存在于艺术家的想象之中。死亡乃是摆脱在这样的世界中的生活重担的、受欢迎的解脱办法。

　　既不相信来世，也不相信世俗的理想，梅列日科夫斯基缺乏任何积极的目标。在米哈伊洛夫斯基和托尔斯泰的影响下，他34 沿着伏尔加河旅行，访问农村，但是发现自己对这些人感到陌生，不可能喜爱他们。他不善于追随当时知识分子的传统，认为

---

① Merezhkovsky：《灰色的日子》，同上，页 38；《蔚蓝色的天空》，同上，页 172。Baudelaire：《给一位过路的女子》，见"巴黎风貌"（《恶之花》，郭宏安译，漓江出版社，1992，页 130）。

② Mereshkovsky：《太阳》，PSS XXII，页 62。题材是阿兹特克人用人做献祭的仪式。

自己"不是一个英雄……而是一具可怜的尸体。"[1]他没有"为自由而牺牲"的愿望,胸膛里不怀有"神圣愤恨之火焰",[2]所以他生活的空虚导致了他对死亡的着迷。死亡成为他哲学的中心问题。在渡过了虚无的一生之后再返回虚无的思想是无法忍受的。这就致使他要从寻求能够提供个人不朽的某种信仰方面来限定全部的问题。他说,对于死亡的意识乃是人的根本性的品格,这一意识把人和动物区别开来。[3]只有死亡的事实引导人去思索,创造,作哲学探究,以此来尝试超越人的有限性,而变得不朽。[4]

消极的寂静哲学没有能够满足他。1891年前后,他谈到了斯多亚形式的叔本华理想的不足之处(他认为,叔本华、斯多亚主义、佛教和托尔斯泰都是逃避生活的同一愿望的变体)。他说,罗马皇帝马克·奥勒留提供了一个客观的教训。奥勒留生活在一个意识形态时代的末期,忍受了和梅列日科夫斯基及其同时代人所忍受的"同样的怀疑主义和对信仰的渴望……同样的悲哀和疲惫"。像许多现代人一样,奥勒留经受了外在福祉与内在焦虑的同样的对比。奥勒留试图逃避世界,但是他对爱的需求又持续地把他带回世界,无尽无休地折磨他,阻止他获得真正的内在平静。梅列日科夫斯基得出结论:过渡时期的人,都同样处于同一个绝境——精神活动太多,生活活力太少。

主张活力说和"自娱自乐"的哲学家尼采似乎提供了几个答案。尼采的主题早在1891年就出现在梅列日科夫斯基的著作

---

[1]　Merezhkovsky:《有时候像普罗米修斯的形象》,同上,页10。

[2]　Merezhkovsky:《我愿意,也是徒然》,同上,页12。也参见:《我想爱;却不能爱世人》,同上,页11。

[3]　Merezhkovsky:《不为人知的耶稣》,页371。

[4]　Merezhkovsky:《永恒的旅伴》,(全集,XVII,XVIII),XVII,页28。

之中,梅列日科夫斯基的尼采主义高潮出现在 1894—1896 年。
尼采主义确认了梅列日科夫斯基摆脱一切羁绊的愿望,提出了
基于艺术和感性的宇宙论世界观。通过尼采主义,梅列日科夫
斯基希望克服恐惧和痛苦,感受到一直没有得到的那种幸福。
35　自我否定的态度被放弃,取而代之的是无所畏惧的个人主义;就
其想要在自身中包含全部存在的欲望而言,这样的个人主义几
乎是独断论(唯我论)的。

　　尼采对于梅列日科夫斯基和象征主义全部的意义将在以下
各章论述。这里必须提示一下,在他寻求某种一以贯之的世界
观过程中,尼采主义仅仅是一个阶段,未得减缓的孤独和精神的
无根性引导他从一组理念走向另外一组。他在 1891 年谈论的
信仰和怀疑的困境没有得到解决。当时他说,人的基本问题是,
人需要信仰,但是人的怀疑精神不允许这样做。强烈的内在的
冲突形成,摧毁了最坚强心灵之外的一切。[①] 某些人不加批判
地接受了教条,算是找到了避难所,但是信仰和怀疑的两分性质
只能通过寻求一种能够经受全部质疑的新的教条而得到解决。

　　这一点显现了梅列日科夫斯基对待问题的基本方式:陈述
两极性,然后论证二者必居其一的选择必不可少。梅列日科夫
斯基对待俄国知识分子面临的难题的处理办法就被固着在二者
之间:其一是对于人民的义务意识,其二是实现自我的欲望——
这样的情况提供了他的调和方法的另外一个例证。他认为,义
务与个人享乐之间没有矛盾。牺牲文化、美和知识,是无助于人
民的。人民不需要"天真烂漫的田园理念"和"民粹派的堂吉诃
德"(暗指托尔斯泰),而是需要明确的和理性的爱。真正造福于
人民的人,能够"把理性和感情、信仰和科学统一起来;能够把爱

---

① Merezhkovsky:《永恒的旅伴》,(全集,XVII, XVIII), XVII,页 44。

化为计算得体的寂静的力量"。知识和爱都是需要的,知识分子
必须学会把二者结合起来。① 这是他的解决办法;请注意:没有
特别的补救办法。在其他问题出现的时候,也是以极性的形式
构成,这些问题的解决,多少是靠包含在某种更大的整体之中的
第三种力量。他母亲死亡激发出来的总体的信仰意愿,很快变
成通过象征主义艺术对于其他世界奥秘的寻求。随着象征主义
的失败,他又寻求作为调和极性方法的其他"更高的真理"。

　　许多批评家都嘲笑他的动摇、反复、出尔反尔、当众否认以
往持有的见解,认为这是知识分子的反复无常。然而,这是误
解。他明显缺乏连贯性的态度不是缺乏严肃态度的后果,而是
恰恰相反。这是某种极力探索过程造成的结果,而这样的探索
就其目标的坚定性而言,是从来没有动摇过的。正是因为这样
的一种强迫感,梅列日科夫斯基才不可能满足,一种未能完全满 36
足他心智和情感上对信仰需求的世界观。

　　这就是对于他以后的诸多尝试的激励,他尝试综合在自身
周围所看到的极性现象——这些极性反映出他内心的分裂。别
尔嘉耶夫批评这些极性,说这是"某种动摇……某种学究式的对
位",某种"根本上分离的和解体的意识,这一意识已经失去了选
择和行动的能力"的证明。② 在这一分析中包含了悲剧性的真
实。分裂本身致使梅列日科夫斯基的综合尝试失败。他熟知行
动的必要性,但是没有能够采取行动;他甚至不能够决定向他人
推荐什么样的路线。陈述某种极性必须得到解决,但不等于解
决。所以,他实验了一种又一种的信条,总是看到其中的缺陷,
一直到最后才依靠神性的天意给他提供了一种"新启示"。

------

① Merezhkovsky:《永恒的旅伴》,(全集,XVII, XVIII),XVII,页116。
② Berdiaiev, 页140。

　　他的幸运在于，他个人对意义的寻求正好与一场总体的文化危机合拍。1890 年代俄国出现的变化动摇了许多知识分子的信念。其他人也正在探索新的理想和价值观。他有能力综合自己的问题，以显得具有广泛传播意义的术语来提出这些问题，并且使他自己的个人探索与他人的探索关联起来——这一情况使得他成为正在来临的时代的代言人。

第二章　象征主义社会精神的形成

俄国象征主义是对于 1880 年代的思想沉闷现状和 1890 年代工业化在艺术上的回应。俄国象征主义强烈的神秘主义、精致化审美论和极度的主观主义是从一种新思想的需要引发出来的,目的要战胜传统的知识分子和工业化主张的新势力。这样形成的战斗性的态势势必把象征主义变为某种世俗的宗教——某种艺术宗教。

梅列日科夫斯基的诗集《象征集》①(1892)和他关于俄国文学衰落的演讲②(1892)乃是克服前一个世纪的世界悲哀(Weltschmerz)的尝试:提出某种导向发现形而上真实的神秘的美学。尤其是他的演讲,显示出对于当时占主导地位的文化和社会潮流的、某种有意识的反抗的结晶,而批评者和仰慕者也都是这样理解的。这些演讲乃是俄国文学史上的里程碑,这一章将作出陈述,演讲还提出象征主义信条的本质因素。俄国艺术

---

① Merezhkovsky:《象征集》,《全集》XIII,该书 1892 年在圣彼得堡出版。

② Merezhkovsky:《论现代俄国文学衰落的原因和各种新流派》(O prichinakh up-adka i o novikh techeniiakh sovremennnoi russkoi literaturv),《全集》,XVIII,页 175—275。

家所处的 1880 年代和 1890 年代的状况就说明了演讲的意义。

　　民粹主义在 1880 年代丧失了思想活力,艺术家对这一点的感觉尤其强烈。他是坚持艺术要对人民言说之传统的继承人,但他早已失去了对自己发出的信息的信心。延续二十年的民粹主义不仅没有激发出任何重大的变化,而且,对沙皇亚历山大二世的谋杀还引起了镇压,令全部独立的思想陷入危险境地。1884 年,民粹派的主要刊物《祖国纪事》被取缔。该刊物的主要撰稿人最终在其他刊物找到了工作,但是俄国民粹主义的神经中枢已经死亡。运动沉沦而停滞。青年学生不再成群结队奔向农村,在大学里占主导地位的则是实证主义的一个特别死气沉沉的变种。个别的民粹派作家(柯罗连科、乌斯宾斯基)继续创作优秀的作品,但他们不再能够为艺术定调。

　　1880 年代的艺术反映出弥漫于有教养社会的迷惘和病态。作家们悲叹命运,强调焦虑不堪的孤独、痛苦、奋力的徒劳,还阅读叔本华。民粹派小说家迦尔询(Garshin)概括了这一时代特有的对生活的厌倦;他的作品描写的全都是邪恶、惧怕、疼痛、流血和苦难,他自己也接近了疯狂。纳德逊像其他诗人一样,转身离开了"公民诗歌",深信社会状况无可救药,因而他描写自己的种种感触。其他人则转向纯粹美学,模仿费特、波隆斯基和马伊科夫。《北方通报》(Severny Vestnik)是少数几个愿意发表更为个人性质的诗作的刊物之一;其主编弗列克谢尔(Akim Volynsky Flekser, 1863—1926)是一个理想主义者,绝大多数刊物还依然坚持艺术必须反映社会斗争。而公众是冷漠的,他们漠视新艺术。作家们倾向于形成自己的小团体,各自围绕着某一个刊物。梅列日科夫斯基与《北方通报》团体的联系使他得以发表一些诗歌,但是还是没有得到大量的读者,他为此而感到扫兴。

诗人，你住嘴吧，住嘴，大众不理睬你。

你充满悲戚的思想对大众毫无意义。

你重复过去的曲调，留给你自己。

这些曲调，我们讨厌，早已听腻。

⋯⋯⋯⋯⋯⋯⋯⋯⋯⋯⋯⋯

你是来得太晚的诗人：你的世界已经荒芜。

田野的谷穗和森林的树枝都再不

来自快乐时代的童话里的欢宴。

你只配得到没人要的残羹剩饭。

⋯⋯⋯⋯⋯⋯⋯⋯⋯⋯⋯⋯

什么也不能震动垂死的胸膛。

大众不在神圣畏惧中颤抖。

而对于最后歌手的最后呼声

没有人，没有一个人回应。①

　　纳德逊 1887 年才二十五岁，早逝于肺结核，据说是保守派的报纸《新时代》纠缠不休的社论加速了他的早逝。此事引发出另外一首类似的诗：

俄国的诗人不喜欢长寿。 39

他们都急忙熄灭自己的火炬。

黑暗、奴役和耻辱砸碎了他们，

他们的命运是在无言的绝望中死去。②

_____

① Merezhkovsky：《致我们时代的诗人》(*Poetu nashikh dnei*)，《全集》XXII，页 53。

② Merezhkovsky：《纳德逊之死》(Smert' Nadsona)，同上，页 153。

　　迦尔询在 1888 年死去——死亡之前五天在一次自杀行动中跌断一条腿,没有得到医治。

　　艺术家们脱离大众的原因之一是他们对大众无话可说。艺术失去了其民粹主义的坚实基础,艺术已经没有可以传达的信息,没有鼓舞艺术的理想。梅列日科夫斯基说:

> 现在我能够把什么奉献给人民?
> 应该是充满火焰和神圣的信仰。
> 而我,却不相信上帝和自由。
> 内心悲哀,抱着坚定的否定态度,
> 我没有向它走去的胆量。
> 以我的痛苦来教导他们。
> 把他们引向同样的废墟。
> 我为什么要摧毁他们的安宁?
> 又能用什么信念来取代?①

　　梅列日科夫斯基认为,1889 年前后,总体上缺乏享有信仰能力的现象,在各各流派、气质各不相同的作家当中,造成了精神的焦虑和情感的混乱。他说,作为某种新信仰之一的道德革命,乃是不可避免的和各方都欲求的。②

　　90 年代的工业化和 1891 年的饥馑进一步加强了对新信仰的需求。这一场饥荒造成了农民全部幻想的丧失,表明新秩序的非人的效果。对于已经处在游离状态的艺术家来说,工业化及其后果是一个威胁,很可能变成致命的打击。一个追求物质

---

① Merezhkovsky:《爱人民吗?》(Liubit' narod?),同上,页 12。
② Merezhkovsky:《柯罗连科》(Korolenko),《北方通报》(Severny Vestnik, 1898, 第 5 期,第二部,页 1。

的社会对于艺术家会是完全无用的。因此,艺术家没有为自己的命运叹息,而是被迫通过提出一套反制或者否定工业化效果的价值观来确认自己生存的权利。

在构建新的信条过程中,梅列日科夫斯基的《象征集》(1892)乃是迈出的一大步;同时代诗人认为它是一个大事件,诗歌中所述的主题,是他在同一年的演讲中将要扩展、诠释和论证的。他近期前往西方的旅行带来了思考和灵感,这本著作包含的诗作涉及了古典世界、大自然之美(尤其是地中海地区)、宗教人物和主题、爱伦·坡的《乌鸦》(在法国受到欢迎)的译文、一组"世纪末"诗歌、巴黎和彼得堡的现代生活。宗教问题占有主导地位,对于信仰的需求是最重要的一个话题。在这一点上,他是对全部宗教都感兴趣的,包括东方诸宗教,而且从社会方面来把他自己的无根性解释为在没有宗教信仰条件下成长起来的整整一代人的问题。

长诗《薇拉》(Vera)是最流行的。薇拉是女主角的名字,该词语在俄语里的语义是"信仰"。同时代人把这首诗看作那十年中最伟大的诗歌,布留索夫把它熟记于心。诗作描写了一个不幸的年轻学生谢尔盖对生活意义的追求。他放弃了民粹主义,却没有找到替代之物,又不善于爱他人,所以生活毫无目的。薇拉爱谢尔盖,但是觉得她的爱没有得到回报,因而自杀。谢尔盖认识到了自己对她的热爱,然而,为时已晚。但是,他对于爱情力量的认知,拯救了他们两个人。在另外一个世界,她是幸福的,她知道自己得到了爱,而他感到幸福,因为"她又和他在一起";她继续活在他的灵魂之中,将永远驻留在那里。所以,他变得坚强,能够为人民工作,而且他也热爱人民。

谢尔盖变成了寻求更高理想的象征。事实上,梅列日科夫斯基告诉了同时代人,人都不是孤立的,其他许多人是迷惘而不幸的。

> 在这残酷世纪有人真诚为祖国谋福利，
> 愿上帝能够保佑他们，助以一臂之力，
> 这些人身上，人性从没有磨灭，
> 因为他们寻求新的信仰、新的生活。
> 我的祝愿给予永不背叛祖国的人们，
> 他们对上帝怀有热烈的渴望。
> 良知从未减少他们的忧虑。
> ⋯⋯⋯⋯⋯⋯⋯⋯⋯⋯⋯⋯⋯⋯
> 我们大家都心怀同样的愤怒，
> 同样的爱，和同样的痛苦。
> 我们四海的兄弟，全属一家
> 怀有同样的渴望，痛苦不堪，
> 一起为我们的祖国落泪悲泣。①

　　这篇诗作反映的是悲切的渴望，而不是痛苦的思索，令现代
41 读者感到不解的是，为什么对于一个女人的爱竟会导致对于人
民的爱。但是，对于同时代人而言，诗篇是对托尔斯泰的《克鲁
采奏鸣曲》的一个答复；诗篇指出，个人的幸福、理想的追求和对
人民的爱不是互相排斥的。梅列日科夫斯基接受了民粹派必须
热爱人民的信条，赞同托尔斯泰的结论，亦即：信仰乃是走向人
民的途径。

　　和他的其他诗作，如《死：彼得堡诗歌》相比，《薇拉》是乐观

---

① Merezhkovsky:《薇拉》(Vera)，《全集》，XXIII，页 152—153。对于布留索夫而
言，"象征"是一种"事件"，他对《薇拉》熟记于心；参见他的《我的生活点滴》(Iz
moei zhizni, Moscow, 1929)，页 76。

的：谢尔盖至少在想象中获得了幸福。对于《死》里的一对情人来说，爱情仅仅是他们总体上不幸福的生活中的一个短暂情节，他们的结局是悲惨的。

> 我们是悲哀时代的孩子们，
> 我们的心里满是阴郁和怀疑。
> 虽然在一瞬间，阳光
> 照亮你的容貌，在幸福时日
> 那门槛之前……光明熄灭。
> 你们甚至没有过去可言。①

　　这是因为他们缺乏信仰。以往的世世代代都是为上帝或者社会理想主义而活着，而现在的一代却完全没有信仰。他们割断了同历史与人民的联系。

> 你们活着，有目标奔赴。
> 我们慵懒；连爱都没有。
> 从摇篮时代起就看不见阳光。
> 对一切都不相信。
> 你们为我们留下我们的遗产。
> 虽然衰亡，遗产还要抓紧。
> 走向故土，走向自由。
> 花卉被剪掉根系，
> 花卉被淹没在水里，

---

① Merezhkovsky：《死亡：彼得堡诗篇》(Smert'：Peterburgskaia poema)，同上，页52。

> 被包裹在夜晚的昏黑里，
> 我们死去，我们沉寂。①

　　注意，作为活力象征的阳光，甚至不是冷的——它早已完全消失。

　　在"世纪末"中，梅列日科夫斯基提出，他在巴黎看到的象征主义艺术包含了某种新的意义来源，里面含有尚未诞生的新信仰的种子。巴黎生活的活力给他带来深刻的印象，他用以对比彼得堡的停滞的生活：在彼得堡，保守派和自由派都同样像"没完没了拉磨的驴一样"。温特（Vint）纸牌游戏，乃是"受烦闷折磨的俄国现代的上帝"。② 对比之下，法国艺术家和知识分子们是有想象力的，"他们敢于相信，他们的梦幻是神圣的"。他们不惧怕社会、常规或者政府，对全部的信念和机制发出挑战。没有思想或者表达方面的限制能阻碍他们寻求新的美感和新的真实。"他们享有创作的自由 / 自由就在他们的灵魂之中。"他们的艺术实验和哲学探索揭示出了未来的面目。③ 他受到了西方理性主义心脏地区的神秘主义发展状况的巨大鼓舞，从而指向俄国同时出现的宗教躁动。他认为，世界范围内反对理性主义和唯物主义的思潮正在产生；新的信仰将会是最终的结果。

> 在我们当代的艺术中，你又取得胜利，
> 啊，伽利略……心灵回应了

---

① Merezhkovsky：《死亡：彼得堡诗篇》(Smert'：Peterburgskaia poema)，同上，页52。

② Merezhkovsky：《世纪之末》(Konets veka)(《彼得堡》)，《全集》，XXIII，页264。

③ 同上，《新艺术》(Novoe iskusstvo)，页257。

　　托尔斯泰的布道。基督的形象

　　在绘画中，在雕塑中，在一切地方。

　　他神秘、纯朴而永恒之书之美引人入胜。

　　每个人灵魂重又唤起对未知宗教的急切

　　寻求。在我们悲哀而昏暗的世纪，

　　也许人类又向爱回归，

　　以寻求世间幸福

　　这个大问题的解决。①

　　颓废的社会将要被摧毁。因为感受到了纯粹简洁信仰的鼓舞，一个新世界即将诞生。

　　睡吧，睡吧，你最后的时辰还没有到来！

　　狂人啊，你们将在惊骇中醒来，才会相信。

　　太阳第一道光辉对你们就像死亡。

　　我们老朽的世纪即将衰亡。黎明和敌人的刀剑

　　将要驱散妻妾和奴隶们的淫荡欢会。

　　·······························

　　但是人民的精神伟大，天才无限，

　　重新矗立的巴黎将像太阳一样永恒。②

　　读者的注意力被引导到梅列日科夫斯基对太阳与信仰的等同。在以后几年里，太阳变成了一种复兴了的异教主义的中心象征。梅列日科夫斯基的背教者尤里安就崇拜太阳；巴利蒙特

---

① Merezhkovsky：《世纪之末》(Konets veka)(《彼得堡》)，《全集》，XXIII，1891年沙龙(Salon 1891 goda)。

② 同上。

43 赞扬读者"要像太阳一样",罗赞诺夫热情描写了古代近东崇拜太阳的诸宗教。

《象征集》中表达出来的主题在以后不久的一次演讲《论现代俄国文学衰落的原因和各种新流派》(1893)中得到复述。这个演讲乃是对于控制艺术世界的实证主义的、在审美趣味上枯燥乏味的知识分子的正面挑战,是对唯物主义和理性主义臆说的攻击。梅列日科夫斯基断定人性本质因素正在被人们狭隘地强调政治的做法否定,于是,他声言为了那些愿意回复人的精神意识的人们说话。他系统地协调了迄今一直仅仅被模糊感受到的焦虑感的各种原因,总结了青年艺术家当中流行的病症的起因,并且指出象征主义意识才是启发新的形而上学的基础;这是实现个人发展和国家强盛的道路。他对理想主义的保卫不是新事;理想主义在 80 年代已经复活;但是梅列日科夫斯基把它栽种在使其茂盛的新鲜土壤之中。这篇演讲标志了某种确立的、自我肯定的象征主义。因此,这篇演讲值得细心关注。

梅列日科夫斯基开口就耸人听闻,宣称:俄国有伟大的诗歌,但是没有文学。这是说给这样一代人听的:这一代人受到的教育令他们相信,文学是民族的良知、是缺少发言权的人民的声音!梅列日科夫斯基宣布,真正的文学是民族思想的表现;这样的文学关注是精神的,不是经济的或者政治的。作为指导艺术家和人民沿着恰当的文化道路前进的一种活跃的、必不可少的思想力量,文学是一种社会现象。但是,现在不存在什么明确的俄罗斯思想;不存在把诗人和诗人、一代人和一代人、一个世纪和一个世纪联结起来的、共同接受的信念。作家们互相隔离,又都脱离人民,只有"文学圈子……某种文学的角落,这样的角落和一切角落一样,是拥挤的、憋闷的、闷热的"。①

　　在俄国,没有创造出民族的文学;俄国拿不出来堪与其他民族相比的文学,没有独特的、容易辨认的艺术派别:在这样的派别里,个人的变异和"伟大的民众意识"融合为一。从其他文学中综合和随意借用(这是对那些想要把俄国变成西方复制品的人的一拳猛击),加起来也算不了文学。② 在过去,俄国是拥有大诗人的(梅列日科夫斯基把诗定义为个人的创造活动;按照他的定义,散文也是诗歌。任何伟大的艺术作品都是诗歌)。和文学不同的是,诗歌可以在绝对孤独中写出,但是,如果缺乏理想,甚至诗歌也会消亡(陀思妥耶夫斯基死了,托尔斯泰耗尽了盛年,梅列日科夫斯基不认为契诃夫伟大)。 44

　　梅列日科夫斯基讨论了伟大的写作枯萎的原因,提出了补救的办法。他要求艺术摆脱非审美性质的考量,坚持艺术应该被承认为人的最高的形而上活动,而且认定,伟大的艺术乃是、而且从来就是宗教信仰的产物。最后他提出象征主义艺术是一种法术,是通向更高真实的手段,和通过文学从精神上复兴俄国的基础。整篇演讲都是对民粹派左派、"文化野蛮行径"和资产阶级物质主义的攻击。对于资本主义的敌视态度,贯穿了他这一时期的写作,显示出他对俄国工业化初始现象的意识和反对态度。

　　对艺术的自治权要求,这第一点,实质上是对民粹派的攻击,因为他们控制了主要刊物,不允许不同的观点表述。梅列日科夫斯基说,强加的思想统一,妨碍了对当时真正的问题的讨论。引证普希金的时候,梅列日科夫斯基抱怨说,作家们的声誉

---

① Merezhkovsky:《世纪之末》(Konets veka)(《彼得堡》),《全集》,XXIII,页183—184,参见页181。

② Merezhkovsky:《论现代俄国……》,页177—184。

不是人民的需求造成的，而是反复无常的无知编辑们造成的，这些人对文学、政治经济学和音乐横加判断，"无序可依，道听途说，没有基本的规则和知识，大部分听凭个人偏好"。普希金在六十年以前说过这样的话，梅列日科夫斯基有补充，但是形势却毫无变化。①

　　事实上，1893年之前，新派作家当中，只有明斯基和梅列日科夫斯基发表过作品；布留索夫还没有。② 这些演讲虽然具有明显的重要意义，却没有被接受；梅列日科夫斯基不得不自费印刷出版。他以往论冈察洛夫和马伊科夫的文章都发表在一个小杂志《劳动》上。《背教者尤里安》得以在1895年发表于《北方通报》上，仅仅是因为编辑的人事变化令希皮乌斯的朋友和同路的理想主义者沃林斯基负责刊物。原主编普列谢耶夫虽然是梅列日科夫斯基的朋友，却不赞赏他的这部作品。但是，在1897年前后，希皮乌斯和沃林斯基发生争吵，于是梅列日科夫斯基又陷入无处发表作品的困境。

　　正巧，1898年，《北方通报》破产，这是书报检察官对其指导方针和主要财务资助者留波芙·古列维奇所抱有的个人敌意造成的结果。因为她是沃林斯基的仰慕者，所以这个刊物之于她，就是某种十字军征战；她努力工作，把发行量从几百个订户提高到了四千多个。检察官滥用职权，隔一行删一行，根本不管文

① Merezhkovsky：《论现代俄国……》，页267。这段引文也出现在梅列日科夫斯基论普希金的文章中；参见《永恒的旅伴》，XVIII，页98。只是在米哈伊洛夫斯基写了一篇文章之后，梅列日科夫斯基的讲演才引起注意。《俄国人对法国象征主义的反思》在1893年2月对此发出攻击。文章重印见于米哈伊洛夫斯基的《文学回忆与当代的混乱》，II, St. Petersburg, 1910。

② 布留索夫1894年的诗集《俄国象征主义者》是一个意外。是一个文学欺诈，布留索夫以不同的名字为自己诗歌署名，结果造成丑闻；公众觉得他不诚实，于是遭到抵制。参见 Stenboch-Fermor，页267。

意。结果,发行量下降百分之七十五,留波芙·古列维奇陷入十五万卢布的债务。检察官的动机不是政治性的,但是他的行动揭示了令当局不满的作家们所面临的问题:攻击当权派是无用的。梅列日科夫斯基和他的理想主义者同伴们则集中注意非官方的"左派的检查"。明斯基称他们"旧式的官大人",沃林斯基的著作,包括《现代文学中的宗教》和《为理想主义而斗争》则是反对唯物主义批评的论战文章,单独挑出民粹派批评家米哈伊洛夫斯基为"俄国文学的宪兵"。

让我们返回演讲:梅列日科夫斯基指责说,民粹派霸权的那些年代令艺术低劣,甚至使艺术不再是讨论繁复、细腻或者精微思想的适当的媒介。政治问题和社会问题的强制侵入歪曲了艺术的表现。民粹派的说教要求使用"伊索式的语言"和"报刊行话",和明晰、准确与优雅直接对抗;这样的说教使语言粗俗,使语言只能够表达最原始的概念。民粹派编辑们创造出一种"脱离文化手法",在他们的监督下,一直存在着"加速的愚昧"。政治的平庸话语代替了知识和分析;因而思想本身变得贫瘠。他指出,只有凭借语言的复兴,才能创造出以共同理念为基础的民族文学的先决条件。知识分子,在目前的状况下,是不适合于领导俄国的。"文学民主"必须结束,严格的审美标准必须被引进和贯彻。

审美的标准,而不是政治的教条,必须被视为发表作品的唯一标准。只有艺术家可以使用这样的标准。民粹派对艺术和思想的垄断必须打破;任何一个团体都不能声称有权命令艺术家,告诉他们信奉什么理念,或者使用什么风格。想象力不能够被驾驭,就其根本的性质而言,如果没有自由,艺术是不能存在的。①

---

① Merezhkovsky:《论现代俄国……》,页 189—190,也参见页 198—199。

　　梅列日科夫斯基还说,财政方面的考量也妨碍了艺术的纯洁性,使艺术变成一个大集市,那些愚昧的买主专购买对他们粗俗趣味有魅力的货物。他说,稿酬是"财政野蛮状态"的突出事例,这是一种文化的"精神贫困"的象征本身,这样的文化令艺术家为最高的出价人效劳。① 理想的情况是,艺术家满足于"华丽的贫穷";艺术家活着,是为了表现自己神性的才能,自愿把才能献给人民。但是,稿酬毁坏了这样的理想。俄国不存在独立的精神贵族,某一为文化而文化的传统,所以稿酬是特别危险的。图书以大众版本按系列出版,"这样的出版社越来越多地受到吞噬一切的摩洛神——现代资本主义的强力控制"。②

　　梅列日科夫斯基立场的逻辑造成的结果是:凡是宣称自己是艺术家的人,都得到某种津贴。他认识到,官方的艺术学院导致一个派别的霸权。但是梅列日科夫斯基并没有探索这一思想线索。实际上他不关心具体解决办法的细节,他的目标是指出对于纯粹艺术的种种障碍(物质主义、功利主义),以求加以排除。"为艺术而艺术"变成了新运动的战斗号角,而艺术家的完全独立,乃是其主要目标之一。

　　梅列日科夫斯基显然持有某种异端的立场,坚持艺术纯洁性的态度的基础乃是表现在 90 年代全部写作中的信念,亦即,文化创造是人的最高形而上的活动。他相信,文化表达了人的本质;文化实质上是精神的,源于人所固有的对于知晓、理解、体验和创造美的需要。文化不是讲求实际的,不指向实际的目标;文化是人超越现时处境限制的手段。和文化比较起来,政治、社会、经济问题都是肤浅的;涉及人的躯体的同时,这一切都忽视

---

① Merezhkovsky:《论现代俄国……》,页 191—194。
② 同上,页 192—195。

人的灵魂。对梅列日科夫斯基来说，这一切追求的是为知识而知识，纯粹的科学和不求功利的学术才是文化的形式。但是，艺术是其"最崇高的花朵"。

艺术是人认知生活意义的手段。审美的创造性是人解决生存问题和达到理想之欲望的产物。美，尤其是人与神性的联结环节，是永恒在尘世可见的方面。全部文化都具有某种形式的美；与某种更高级的和谐一致说明了其普遍性的魅力。美能够满足种种的情绪和智慧，使人更接近上帝。在感受了美之后，人受到鼓舞，会更加向上，提出更高尚的理想。没有美，人就不再具有人性，就会变成只能生存的动物。

> 热爱美的人都知道，诗不是一种附加的层次，不是一种外在的美化，而是呼吸本身和生活的灵魂，如果没有它，生活会变得比死亡更恐怖。当然，艺术是为生活的，生活是为艺术的。其一不可须臾缺少其二。如果把美、知识、正义从生活中除去，还能剩下什么呢？把生活从艺术中去除，用圣经的话来说，"盐就不再是盐"。

> 对于活着的人们来说，它们是一，是同一个太阳的光线，是同一种开始的诸种表现，一如世界上的光明、温暖、运动——都是一个力量的变体、变化和发展。生活是为美、或者美是为生活这个问题，如果说存在，也是为了已死的人，为刊物的学究们，这些人从来没有体验到"活的生活"、不知道"活的美"。①

---

① Merezhkovsky:《论现代俄国……》，页200—201。

因此,艺术是本质性的;艺术使艺术家和民族表达、定义、持续地提炼它们的精神实质。艺术是民众灵魂的完满化;艺术家和人民通过艺术彼此强化和鼓舞。艺术家让民众灵魂的无声渴望发出声音;艺术家用审美的外衣来包装天真烂漫的民间信仰。文学以自己的方式,乃是一种教会;人民的天才就表现于其中。①

在提及古代希腊、中世纪世界、文艺复兴的意大利和俄国的同时,梅列日科夫斯基提示,全部伟大的艺术都是受到对宗教的向往的推动。希腊悲剧包含了希腊人对理解人及其在宇宙中的地位的尝试。例如,俄狄浦斯王受到惩罚,是因为他企图超越人的处境、变成一个神。② 希腊戏剧是为能理解有关问题的广大观众演出的。哥特式大教堂是基督徒升向上天的愿望的可见象征;中世纪艺术家是得到了时人的赏识的。米开朗基罗和达芬奇都受到了他们的愿望推动——从本质上解决宗教问题、在神性的纲领之中依据人的立场来发展新神学的愿望。俄国最伟大的作家们,果戈理、陀思妥耶夫斯基、冈察洛夫和托尔斯泰都议论过神学问题;它们的悲剧,尤其是果戈理的悲剧在于,他们的同伴不理解他们的宗教理想。梅列日科夫斯基坚持认为,所有伟大的文学,都是为回答人类处境的种种问题所做的尝试;所有的人提出的问题都是一样的。只是答案不相同。

因为艺术在古代希腊文化中扮演的核心作用,古代希腊对于梅列日科夫斯基便成为楷模。他希望在一个新的集体中复制古代希腊的精神,而这样的集体是受到某种共同理想的鼓舞,以

---

① Merezhkovsky:《论现代俄国……》,页181。

② Merezhkovsky:《代序:俄狄浦斯王:诗体译文与前言》,《外国文学通报》[Vmesto predisloviia, Edip-Tsar': Perevod v stikhakh i predislovie, *Vestnik Inostrannoi Literatury* 198 no. 1 (Jan.)],页50。

艺术家为其精神向导。这一时期，他把几个希腊悲剧翻译成俄语诗体。埃斯库罗斯的《被缚的普罗米修斯》在 1891 年、索福克勒斯的《安提戈涅》在 1892 年、欧里庇得斯的《伊波利特》在 1893 年、索福克勒斯的《俄狄浦斯王》在 1894 年以及欧里庇得斯的《美狄亚》在 1895 年被陆续译为俄语。

对于梅列日科夫斯基来说，16 世纪西班牙剧作家卡尔德隆是一位真正的民族艺术家。他不追求位在人民之上，"不是孤独的，不脱离人民"。卡尔德隆分享民间的信仰，所以"理解大众，一如大众之理解他。"①

因此，宗教是艺术家和人民之间团结一致的根源，是共同的志向，凭借这一志向来创作民族文学。但是，梅列日科夫斯基宣称，无神论的知识分子从观众的讨论语境之中剔除了宗教问题，从而铲除了这种团结一致；他们自绝于人民。唯物主义的民粹派很可能是理解不了宗教意识深厚的农民。农民十分虔敬，大概"如果不念叨上帝，连面包这个词儿也说不出来"，所以农民干脆是漠视他们的。农民对政治学、经济学和统计学不感兴趣；甚至对关于把庄稼种得更好的忠告也触动不了他们②（这是指民粹派的失败：他们尝试给农民带来变革，也指农民对于在 1891年饥荒当中帮助他们的人所持的怀疑态度）。

梅列日科夫斯基没有谴责或者无视农民的信仰，而是继续说明，知识分子必须理解自己在农民生活中扮演的角色。信仰把"自然的全部现象、生活的全部现象统一成为一个多样性的和美丽的整体"，因而给全部的生存带来秩序和意义。③ 因为有这样的根基，所以农民自身就不会分裂，不像知识分子那样。为了

---

① 《永恒的旅伴》(Vechnye)，XVII，页 83—84。
② 《论现代俄国……》，页 236。
③ 同上。

接近农民,知识分子也必须转向上帝;只有这样,知识分子和农
民才能互相靠近。

49 　　　　只有转向上帝,我们才能面对人民,面对伟大基督徒的
　　　人民。没有其他的途径……这样,我们就不至于愧对美、不
　　　至于愧对普希金、不至于愧对诗歌、欧洲文化,以及这些统
　　　计资料和政治经济学,因为人民现在需要这一切,他们的需
　　　要不亚于我们,或者,至少将来是需要的。①

　　梅列日科夫斯基强调,知识分子不应该模仿人民的愚昧;民
间的信仰不一定也是他们的信仰。但是,必须理解这一信仰,赏
识这一信仰提供的内在的完整性。知识分子必须理解,民众需
要某种信仰,并且去寻求这一信仰。

　　在俄国,宗教一直被等同于反动势力,等同于消极接受痛
苦,但是,梅列日科夫斯基表示,宗教也一直是鼓舞人的最高尚
的追求、最高贵的理想。他宣告,正义、自由、美、诗歌,都来自宗
教理想主义。它们每一项,都要以自己的方式,尝试实现在尘世
间超验性的理想。理性的一己利益,功利主义的算计,从来不能
启发出爱或者给予狂喜。讲求实际的人是永远也不会为了一个
理想而冒险的。梅列日科夫斯基指出,索洛维约夫就是宗教信
仰高尚作用活生生的范例;他是知识分子必须模仿的楷模。②

　　梅列日科夫斯基最后一个观点是,他那一代人面临一种全
新的局面。没有哪代人比他这一代人更需要宗教信仰;也没有
哪代人像他这一代人那样面临宗教信仰被彻底摧毁的境遇。过

---

① 《论现代俄国……》,页237。
② 同上,页272—273。也参见页250。梅列日科夫斯基认为,民粹派对人民的爱
　　来源于神性的理想主义,而不是理性的自我兴趣。

往世纪的神秘主义淡化到了无足轻重的地步；他和他的同时代人不能够依靠过往时代的智慧。他们和深渊之间没有屏障；面对来临的黑夜，他们无以自卫，但却是"自由而独行的"，怀着恐惧看待自己的命运。① 为了得到拯救，他们需要全新的真理。

象征主义将会帮助他们找到这真理；作为一种"新神秘主义"，象征主义特别摒弃了科学、理性和逻辑，视其为无济于事，因为都不能解释生活的意义和死后发生的事。歌德的论断"凡是存在的，都只是一种象征"，和波德莱尔的"我们漫步穿过象征的森林"，乃是象征主义的出发点。象征主义漠视被误称为现实的虚幻的面网，努力超越客观性的限度，达到更为重要的隐匿的世界。象征主义希望囊括全部创世的秘密，探测了人类灵魂的深处，探索了宇宙的秘密。 50

象征乃是"我们精神的神性的方面"②；以审美的形式体现出更高的真实。象征不是为取得审美效果而造成的艺术构建物，象征是"自然地和不由自主地从现实的深处"浮现出来的。③梅列日科夫斯基认为，伟大的作家们都凭直觉使用了把理念的全部复合体包容进来的象征主义技巧。果戈理、歌德、冈察洛夫在他们的小说和戏剧中都把人物当作鲜明世界观的象征来使用。他们本能地意识到，象征是直接地对无意识言说的；象征的效果就是其构建一系列联想、创造某种独特情感状态的潜力的功能。

对于梅列日科夫斯基来说，象征的本质就是其神性的内容。他指出，同样的象征反复出现在世界主要宗教之中，这些象征显

① 《论现代俄国……》，页 212。
② 同上，页 216。
③ 同上。

示了"人灵魂永恒的活生生的美"①；这些象征的持久意义超越
了所在的特殊和须臾即逝的语境。这一点上，就宗教象征主义
和象征乃是人与"集体无意识"的联系，亦即，理性不可企及的神
秘外物而言，梅列日科夫斯基是先于卡尔·荣格的。

　　梅列日科夫斯基预期了精神分析，认为象征主义的主题是
内在的人。象征主义指向人的灵魂，给灵魂带来的印象大于其
他的表现形式。象征主义目标指向描述情感、情绪状态和以往
没有得到表述的形状，以新形式使用旧的词语，创造全新的词
语。结果就是一种新的言语。象征主义借助于神韵、暗示和典
故描述真实的思想类型。旧式的艺术形式给经验下定义，把视
角限于可见事物，而象征主义则是针对"思想的无边无际的性
质"。② 不和谐形象的对比反映了人的真实感受，人是从尘世生
存混乱的多样性中取得随意性的刺激。象征主义诗歌的隐秘性
质戳刺了现实，揭示出现象世界中，是不可能找到意义的；必须
寻求更深刻的统一。其有意的模糊迫使读者感受自己的经验，
以求理解作品。读者不能保持消极状态，必须变成创造性行动
的积极参与者。象征主义对于读者和作者的直觉和想象力量的
刺激是一样的；这是发展和突出个性的手段。在梅列日科夫斯
基的运用下，象征主义几乎变成了一种医疗方法；象征主义使得
人发现自己的灵魂，确定自己在宇宙中的位置。

　　对于艺术家来说，象征主义的意义超过了一种世界观；给
予艺术家某种中心的地位。只有艺术家能够向人民解释象征的
意义；只有艺术家能够找到他们指向的那种更深刻的统一性。

---

① 《论现代俄国……》，页 218，及《永恒的旅伴》，XVII，页 100。梅列日科夫斯基
　　是在维护他对文学直觉的解释，亦即，文学是测度其背后精神的最佳手段。他
　　的主观主义方法实际上十分类似于马克斯·韦伯的理解（Verstehen）概念。
② 同上，页 217—218。

只有通过艺术家独特的洞察力,导向新的信仰的新象征才能被
发现。使用寻常工具的普通人,是永远也没有希望复制艺术家
的想象力。一种新的民族文化的创造要求艺术家成为精神向
导,艺术家是人民的先锋。

在结束演讲的时候,梅列日科夫斯基呼吁艺术家们投身到
摆在他们面前的伟大事业中去。他说,必须有意识地、勇敢地行
动起来,连接起把诗歌和文学分割开来的鸿沟;他们的责任是找
到某种独特的俄罗斯思想基础,亦即,新的信仰。在以后的战役
中许多人可能会遭受死伤。但即使他们倒下来,这"第一波"也
将会看到"新生活的曙光",伟大前途的开端。而"第二波"将会
继续前进,甚至如果需要,要踏着他们同伴的遗体前进。最终,
"神性的精神"将会传遍大地。①

通篇演讲强调的是他那个时代的世界缺乏维系精神和感情
的根基。他持续地强调指出,艺术将会提供现在人所缺乏的意
义;将会把人导向一种新的信仰。世俗的世界观强调繁荣和物
质的进步,但是阻碍了精神。1895 年,在《黄脸实证主义者》②一
文中,梅列日科夫斯基称实证主义为敌人,是全部世俗的、讲求 52
物质和讲求实际学说的隐蔽的哲学和共同的核心。和他们共有
的实用主义世界观相比,资本主义与社会主义之间理论的区别
是表面的。事实上,这篇文章是演讲的延续,使得含蓄的观点变

---

① 《论现代俄国……》,页 274—275。梅列日科夫斯基使用军事比喻,把艺术家比
拟为塞瓦斯托波尔战役中的士兵。他说,"第一波"可能倒下,但是"第二波"将
继续前进,如果必要的话,甚至踏着第一波死者的遗体前进。段落结尾的思想
是,神性的精神到底是什么,是不清楚的。绝对可以肯定的是,它必将出现。
"它比生命更强,比死亡更强。"
② 《黄脸实证主义者》(Zeltolitsye positivisty)最初发表在《外国文学通报》,1895
年第 3 期,页 71—84,在《未来的野兽》中重印,1906 年,也在《全集》中重印。

得鲜明。

梅列日科夫斯基认为，儒家学说是实证主义的一个变体；儒家学说具有同样世俗的、讲求实际和关注社会的方向（他熟悉中国经典，甚至把某些篇章译成俄语）。他以中国为例，提出警告，说实证主义正在空耗创造精神。如果由此得出逻辑结论，则实证主义必定会铲除纯粹的美和不涉及功利的知识，因为这些都没有实际意义；一切努力，都是为了舒适和方便。欧洲将会变成中国——一个"没有任何秘密的、没有任何深度的、对于'任何其他'世界毫不渴望的世界。一切都是简单的，一切都在一个平面上。"①

停滞和死亡是不可避免的后果。面对帝国主义列强，中国束手无策，就是中国实证主义造成的后果。中国人强调遵从和社会功用，却禁止探寻、大胆和想象。在熄灭了"普罗米修斯的圣火"之后，他们变得固步自封；对于古老的真理，他们不再提出质问和挑战。② 他们的科举制度鼓励了那些倾向于死记硬背的人，压抑了独特的精神。具有讽刺意义的是，这个突出地讲求实际的民族从来没有发展出科学来——虽然科学是最有用的工具。梅列日科夫斯基总结道，凡是在实证主义占了上风的地方，精神衰败的后果——"顽石化的僵凝"都必不可免。一个民族排斥想象力和无视具有创造性的少数人，是自毁长城。

艺术的民主是特别危险的：艺术探索的是人的精神。必须积极抵御对潮流的整齐划一，艺术家不必降低到大众的水准，但是必须紧紧固守崇高的理想。文化必须保持纯洁。

---

① 《未来的野兽》，页 6，40。
② 同上，页 59。

群氓"功利主义"的低下、贪图赢利的心理……正在渗入人类静观的高层领域：道德、哲学、宗教和诗歌……发出威胁，要将其降低到自己的水平，将其转化为赢利、节制和实用的美德；变成向饥民散发面包的慈善行为的工具，以此求得资产阶级良心上的安慰。

．．．．．．．．．．．．．．．．．．．．．．．．

褊狭者满足于褊狭并不可怕，但是恢弘者为了褊狭者而牺牲恢弘，这对于人类精神的前途就是十分可怕的。一位伟大的艺术家……脱离毫无功利之心的自由静观……等于在神圣的地方行为亵渎，和乌合之众沆瀣一气。[1]

梅列日科夫斯基对于新艺术、对于文化复兴、对于新的信仰的呼吁，得到了许多青年艺术家的积极响应；拯救将会得到实现，不是凭借捐弃艺术，而是依靠艺术。他的信条并非基督教的，但是足够宽广，以其审美倾向和对理想主义哲学的需求来适应知识分子。他似乎是在说，民族的伟大，是通过文化，而不是通过经济发展获得的。在寻求特殊的俄罗斯思想——而且是全新的、可以和其他民族思想并列的思想的同时，梅列日科夫斯基及其象征主义同伴们既不是模仿西方的西方派，也不是把俄国的过去理想化的斯拉夫派。某种潜在的救世主义令他们更靠近斯拉夫派，他们的目标却是成为欧洲文化一部分，以平等为基础，亦即，既有索取，也有付出。

象征主义看起来是要走向这一目标；象征主义也看起来是要协调艺术家审美和创造性需要与许多人仍然感觉到的为人民服务的义务。象征主义告诉艺术家，他们的创造包含有一种新

---

[1] 《永恒的伴侣》，XVIII，页132—133。

53

文化的种子,而真诚地追求美乃是艺术家唯一的义务。这样,艺术家就摆脱了非审美的要求,得以自由地表现自己。他在精神上为人民服务(实际上可能是遥远一点),比起迎合大众"粗俗唯物主义"来,显得是无限地高超。象征主义许诺把人的本性从束缚它的狭小模子里解放出来。象征主义变成了下一个十年创造性表达方式的主导模式。哲学中的理想主义、神秘和主观主义的潮流反映了象征主义的影响。

但是,俄国象征主义是相当有别于法国先驱者。俄国艺术家并没有真正地摆脱艺术必须为之服务的民粹派理念。俄国艺术家坚持艺术必须自由的态度,并没有构成某种真正"为艺术而艺术"的立场。绝大部分法国艺术家都主张全然忠诚于艺术;对纯粹形式和细腻感受的崇尚是共同的。法国或者英国的世纪末艺术家中很少有人把美看作是与真正形而上意义上永恒之物的某种联系。西方的这些艺术家可以被看作是世俗存在主义的先驱者。但是,对于梅列日科夫斯基和其他的俄国人来说,艺术并不就是目的本身,而是走向更高的真理的手段。的确,他们十分忠实于传统的俄国理念:艺术必须根据某种理想来改造生活。

54　　　从一开始,梅列日科夫斯基的象征主义就包含有某种强烈的道德论因素。他特别责备了注重形式而忽视内容的艺术家,坚持艺术"高于美",比"正义更宽阔"。这是涌出美和正义的源泉;人的心灵代表了二者"无意识的统一"。只有"正义的美"和"美的正义"存在。此二者的分离则引发二者的衰败。[1] 否定美,知识分子就危害了正义;但是,否定正义(理想主义),美学家们得到的就只能是"俗艳"。[2] 他说,西方的实验小说,是"粗俗

---

[1] 《论现代俄国……》,页 206。

[2] 《柯罗连科》,页 28。

唯物主义"的产物；而屠格涅夫、冈察洛夫、托尔斯泰和陀思妥耶夫斯基的小说，都显示出一种哲学的探索，所以要高超得多。①

　　梅列日科夫斯基激烈批判民粹派的艺术说教，但他的艺术在本质上也是有目的性的。艺术导向更高级的真实，使灵魂细腻，赋予生活意义，创造某种崇高的民族意识。梅列日科夫斯基有信心，认为伟大的意识会本能地达到这些目的，从而蔑视明显的说教，视其为多余和有害。② 任何事物不得歪曲艺术家的创造眼光，任何权威不得妨碍艺术家的探索。但是，探索是有目的的。艺术不是漫无目标的活动；愉乐不是其主要的功能。

　　然而，说教传统的延续性不应该模糊宣教内容的各种实质区别：理想主义取代唯物主义、美学取代科学、想象力取代理性、主观性取代客观。聚焦点是在个人，而不是社会。艺术对政治卑躬屈膝的终结得到传扬。

　　艺术和艺术家要扮演全新的角色。广泛阅读俄国象征主义文学，我们可清楚看到对于创造性活动的歌颂，是其魅力的主要来源。象征主义是一件工具，艺术家们用它来表达对于那些很可能要把俄国变成"粗俗而枯燥的西方"之摹本的潮流的不满。把象征主义者们团结起来的"不是对于他们生于其中的那个时代说出的'是'字、而是说出的'不'字"，③象征主义者们坚持，不 55 得为了一个被称作进步的抽象概念而牺牲美和文化。在对机械时代提出精神与主观性的反制的同时，他们指责，活的"人格"被

①　《论现代俄国……》，页274。

②　同上，页203。但是，契诃夫鉴别出梅列日科夫斯基潜在的说教，为此，后来拒绝在《艺术世界》编辑部和他合作。他说，契诃夫缺乏信仰，而梅列日科夫斯基信仰热切，会形成一只船向相反的方向滑行的局面。参见：《政治》，页390。

③　Bely：《在边界上》，页194。也参见他的《绿色的草地》(lug Zelionyi, Moscow, 1910)，页57，他断言："进步是一块赤裸的荒原，是抽象意义上的生命。"

"死的形式"禁锢。①

　　自然主义和社会现实主义把艺术家变成了一个摄影师；而象征主义则恢复了艺术家的真正功能：充实现实、描绘出现实应该表现出来的形象。② 艺术家不再是"社会公仆"，他的新身份是探索者、预言者和精神指导者。"资产阶级道德的枯燥"和"民主的无聊的生活"与他无关。③ 民主是敌视高超的个性、敌视精神贵族的；民主缺乏伟大的概念，抹掉全部的区别，把一切人降低到了平常的水平。④

　　通过象征主义，艺术家会在整个精神和情绪上变成一个新人。用别雷的话来说，他的艺术会变成"文化的惯例"，⑤成为提高和解放整个社会的方式。这些观点得到真诚的信赖，并不仅仅是遗弃人民的托词。

　　然而，随着象征主义的发展，艺术家与人民固有的互不相容的局面变得明显。梅列日科夫斯基没有澄清艺术家与人民准确的关系，也没有解释从民间信仰到他寻求的新信仰过渡的机制。他谈人民，也是用嘴，用笼统的措辞谈论；看来，人民是艺术家精神力量、根基的源泉，而且，人民还是听众，是艺术家积极地塑造

---

① Bely：《绿色的草地》，页 79。

② P. P. Pertsov：《论诗信札》(*Pis'ma o poezii*，St. Petersburg，1895)，页 11。在另外一个文段里，Pertsov 愤怒地说，"普希金和莱蒙托夫不是社会的仆人。"同上，页 39。他一再提及"完满的人"之审美与情感的需要，而这正是现代文化所否定的。Bely 又沿着同样的脉络叹息基本的自由沦丧，认为象征主义是"我们身上的新人"正在成形的具体象征。参见他的《两次革命之间》(*Mezhdu dvukh revoliutsii*，Leningrad，1932)，页 212。

③ 《永恒的伴侣》，页 138。

④ 同上，页 138。

⑤ Bely：《在边界上》，页 469。他宣称，艺术是认知的行动；艺术不是从现实中索取，而是创造现实。在页 194，Bely 把象征主义艺术家等同于上帝；像上帝一样，艺术家创造新的品格、新的语言形式。也参见：《开端》，页 111。

未来的文化。象征主义的主观主义视野中固有的个人主义,与其实践者们避开凡俗现实的倾向结合在一起,从而导致域外风格、秘教般和难以理解的作品。艺术家们创造出具有个性的语言来描写某种独特视野,就形成一个交流上的严重问题。连艺术家同仁也常常对彼此的作品感到困惑。显然,普通人不会有太多的兴趣。即使艺术家们谈论争当民众精神的创造人、民族文化的典型,他们还是日益脱离人民。

　　结果就是,具有创造力的艺术家被留在自我创造的想象的孤独内在世界之中。在考察他的感受的秘密洞穴、发明他自己的语言、以各种感受展开实验的过程中,他开始完全失去和现实的联系,走向唯我论。梅列日科夫斯基维护艺术家的孤立心态,理由是:在现存的社会秩序中,人民中间是不可能存在自由的;艺术家必须隔离自己,才能创作。1896 年,荒凉而澎湃的海洋被他用作诗人灵魂的象征。诗人就像海水一样,对海岸、对梦想制伏他"狂野的自发性"的那些呆滞公民展开了成年累月的斗争。① 巴利蒙特承认:

> 我憎恨人类。
> 我急忙逃离他们——
> 我惟一的祖国
> 就是我荒凉的灵魂。
> 在人民身旁,我无聊得绝望,
> 看他们都是一样……②

---

① 《永恒的旅伴》,XVIII,页 137。
② Konstantin Bal'mont:《摘自〈只有爱情〉一书》,《新路》(Iz knigi 'Tol'ko liubov', *Novyi Put*', 1903, no. 5(5 月号),页 49。

在一定程度上这是一种文学的姿态,姿态的选择本身却是意味深长的,和早先爱人民的态度对照,更是如此。以后的几年之内,象征主义艺术基于对人民想当然的设想而遭到厌弃;艺术家惟一的义务是为了自己。

对于个人主义的选择,也被证明不是令人满意的。象征主义没能给艺术家提供可作为其艺术根基的某种新信仰。俄国艺术家很少能够接受将美本身作为一种起整合作用的信念以及生活的目标。象征主义对左派关于艺术表达的垄断地位展开了成功的挑战,但没有达到自己理想的目标。部分原因是象征主义者把尼采当成自己的哲学家。因此,应该对尼采在 90 年代日益增长的影响加以解释。

第三章 尼采与俄国象征主义

尼采对审美视野的神化、对创造性活动的歌颂、对个人主义的称赞和对市侩们的憎恨,使得他的哲学对俄国艺术家们产生了巨大的诱惑力,《查拉图斯特拉如是说》的先知姿态及其格言和警句,都使作者显得是一位同路的诗人和探索者。尼采预见到控制欧洲世界的病态;他全部的哲学乃是克服虚无主义的一次尝试。尼采在法国已经颇具影响,而在俄国,他的作用更大。俄国依凭理念生活的传统趋向,令尼采哲学深入到象征主义尝试通过艺术来寻求新真理的哲学理论基础。

作为在俄国普及尼采的最杰出人物之一,梅列日科夫斯基取舍他的原因是这一总体潮流的重要标示。梅列日科夫斯基在19世纪90年代这十年寻求一种包括艺术、美、爱和永恒生活的信仰为开端;这十年结束之时,他仍然怀有这一希望。90年代初期,他的尼采哲学受到压抑,中期达到顶峰,1900年前后,他修改了早期的尼采哲学,将其融入他已经开始发展的新宗教。尼采哲学被证明是一个中间过渡阶段,其作用在于对他以后的宗教探索的性质和规模加以限定。正因为这样,尼采哲学中被选定的因素依然是他的哲学恒定的特征。

　　至少早在 1888 年,梅列日科夫斯基就对"个人主义问题"感兴趣。① 这一兴趣来源于尼采、还是斯宾塞的影响,是不清楚的。梅列日科夫斯基所熟悉的米哈伊洛夫斯基提出的民粹主义,也强调个人。无论如何,1890 年,梅列日科夫斯基肯定留意到尼采了,他的友人明斯基已经著文评论尼采。梅列日科夫斯基那一年写的戏剧《西尔维奥》描写了文艺复兴时期一位痛感寂寞无聊的王子,想要成为一个超人;惟一的目标是像鹰一样飞翔(鹰是查拉图斯特拉的两种动物之一),他的大喜悦是战斗。尼采哲学的说法被捐弃;这位不愉快王子的拯救是由一个谦卑的基督徒妇女完成的,她教导这位王子热爱人民。结尾是托尔斯泰式的,不是尼采式的。梅列日科夫斯基还没有和民粹派彻底决裂,主要视尼采哲学为某种粗俗武士的信条。此前不久,他放弃了艺术就是宗教的信念。以福楼拜为例,他提出,有意识的技巧和对一己情感的细腻描写,显然是极具理智的,因而对爱情有破坏性,而爱情又是首要的。②

　　1891 年,梅列日科夫斯基改变了对尼采的解释,赞同他对艺术、美和快乐的强调。对于古典世界的一次探寻导致了这一变化;使他接触到了把情感和理智结合为一、赞颂生命的艺术形式。这就是雅典的帕特农神庙,一种启示的、美的体现,理想化为真实。帕特农神庙对他的作用是怎样夸张也不为过的。而尼禄的斗兽场,他说,只不过是:

　　　　被推翻权力的僵死的宏伟。而在这里(在帕特农神

---

① 据吉皮乌斯认为,正是这一点把他们聚在一起。梅列日科夫斯基的友人明斯基多少也是尼采主义者,他最著名的著作《在良知照耀下》(1890)是对道德的尼采式评判。

② 《永恒的旅伴》,XVII,页 190—194,等等。

庙），则显现出活生生的永恒的美。只有在这里，我才平生第一次理解了美的涵义。以前我从来没有想到它，从来没有企望它。我没有哭泣，我不是高兴，而是满足……这一瞬间仿佛是永恒的，今后也是永恒的。①

这是他第一次感受到了内在的安宁。对他来说，帕特农神庙显得是遵从着神性的律法从土壤中拔地而起的，处于和自然环境完全和谐的状态。但是，神庙是人建造的；神庙证实了人的能力，显示出人所能够取得的成就。裸体的众女神表现出"裸体的美"本身，肉体变成了精神。躯体不必再是羞耻的对象（在他的历史小说中，维纳斯或者阿芙洛蒂特的雕像的出现，标志着一个社会发现了异教的主题）。他认为，异教文化主要就是希腊文化；他相信，古代希腊人用美来融合人与自然、心灵与思想、躯体与灵魂、宗教与生活，把一切融合成为一个统一而和谐的整体。因此，美的创造就呈现出某种新的光泽；美并不就是某种智力练习，美令生活变得富有意义，给人带来努力前进的勇气。

尼采对异教美德的颂扬和他对以美学价值观为基础的新的 59 生活风格的呼吁变成了梅列日科夫斯基信条的一个组成部分。尼采的《悲剧的诞生》的影响是显而易见的。

他的尼采哲学还依然受到压抑；梅列日科夫斯基继续渴求爱、惧怕死亡。在 1891 至 1893 年之间，他的尼采哲学和某种浪漫的半宗教的神秘主义共存，这一神秘主义视艺术为通向世界灵魂的道路。他这几年的写作结合了尼采题材和基督教题材。《象征集》（1892）包含了圣经题材和对古代英雄们的赞颂，诗歌《薇拉》中爱比死亡更强的主题，浪漫主义的《美之颂歌》，还有半

_____

① 《永恒的旅伴》，XVII，页 14。

异教的《众神的笑声》。热爱美，又依然因为母亲的逝世而悲痛，
他问道：

> 真实到底在哪里……在死亡中、在天堂之爱中还是痛
> 苦中？
> 还是在众神的阴影之中，在你尘世的优美之中？
> 在人的灵魂之中，就像在神庙之中，
> 永恒的欢乐与生命、永恒的神秘与死亡在论争。①

在《卫城》(1891)中，他对"新帕特农"发出呼吁，这新的神庙
应该由"世间酷似众神的人"②来建造。在摆脱了奴隶的道德之
后，他们不再俯首于他人，而是只听命于自己；他们将"只为幸
福……为生命"③而生活。他的诗作《罗马》表现出对其公民的
"自由精神"的仰慕；他们是"和众神同等的"，④他们的文化是普
世的；随着"新罗马"的到来，个人将再现辉煌，人类将会再次团
结一致。

> 罗马乃是世界的统一：在这古代的共和国
> 　异教严格的自由精神团结了所有的部落。
> 自由衰亡，英明的凯撒为永恒的罗马征服
> 　全世界，打出为人民谋福利的旗号。
> 帝制罗马衰亡，教会又以至高无上上帝的名义
> 　想要把全人类聚集在彼得的神庙，

---

① Merezhkovsky:《万神殿》,《全集》XXIII，页159—160。
② Merezhkovsky:《永恒的旅伴》,XVII，页18。
③ Merezhkovsky:《自由的……》,XXIII，页157。
④ Merezhkovsky:《罗马》,同上,页159。

但继异教罗马之后,基督教罗马衰亡。

在我们的心灵之中,信仰消亡。

现在,在古代的废墟之中,我们徘徊,痛感悲哀

我们是否能够再度找到一种信仰

把大地全部部落和民族团结起来?

啊未来的罗马,你在哪里? 还有你未知的上帝?[1]

梅列日科夫斯基强调,他所寻求的信仰必须是全新的,对于 60
盲目模仿旧形式的作法提出警告。他说,帕纳斯派诗人马伊科
夫(1821—1897)就是一个例子:对复兴希腊精神的错误尝试。
马伊科夫专注于希腊礼仪,却忽视了其背后的精神,没有能够把
握希腊人对悲剧、痛苦和邪恶的答案。片面而不真实的希腊精
神不能成为现代生活的指南。而且,马伊科夫的作品缺乏神秘
感,不奔赴理想,也不提出对死后的任何诺言。研究其他文化的
目的,是探视隐藏在其过时形式之中的永恒的多样性。[2]

对于一种新信仰的需求和象征主义将会导向这一信仰的
信念,成为他 1892 年演讲中论俄国文学衰落的主要重点(同
年创作的戏剧《暴风雨已经过去》也强调对信仰的需求)。作
为神秘主义和尼采的混合物,尼采哲学诸方面都强调艺术乃
是人活动的最高形式,想象力是人类最高级的能力,艺术家是
人灵魂的探索者和文化的创造者。神秘主义方面十分类似索
洛维约夫的思想(参见第二部分)。但是,尼采哲学认识论和
形而上的根基被弃置一旁。直到在 1915 年写的论诗人丘切
夫(1803—1873)的文章里,梅列日科夫斯基才深入讨论了这

---

① Merezhkovsky:《未来的罗马》,同上,页 160。
② 《永恒的旅伴》,XVIII,页 71。

些根基。1893 年,他拒绝接受尼采的世界是毫无意义的、是终极地不可理解的理念。尼采的信念是,更高级的真实不存在(只存在着更美丽的幻影)这一点依然存在于梅列日科夫斯基的思想背景之中;他把握并集中探索了尼采对美和生命的赞颂。

尼采哲学的主要推进力量,特别是其对尘世的肯定和对单纯的美与感性的喜爱,是和梅列日科夫斯基的愿望直接矛盾的:他想要把艺术当成通往其他世界的法术来使用。对人的真实的共同关注、使人高尚化的希望、对美的共同喜爱——是互相冲突的交汇点。二者都发觉市侩的世界令人厌恶。真正的结合并没有达到,总有某一种因素占上风。

1894 年,梅列日科夫斯基的尼采哲学达到了一个新阶段;他努力完全地感受这一阶段,把自己变成一个超人。显然,通过象征主义取得信仰的尝试失败以后,他有意地背向其他的世界,61 开始尝试克服从童年时代就把他笼罩起来的“生命的恐惧”。他决心忘记“万物中的神秘”、“永恒的黑暗和恐惧”,因而专注于获取这个世界上的欢乐。① 灵魂变成了心理,他对更高级真实的寻求带有某种世俗的形式。艺术和感性能够使得生活堪以忍受。人将会创造自身,超越自己现在的、人的种种局限。美变成了他新的上帝和新的生活方式,标示出对肉体的崇尚和对既定真理的挑战,这是对美的崇拜为基础的。艺术家是美的先锋——真诚是艺术家惟一的义务,鄙俗和丑陋是艺术家仅有的罪过。梅列日科夫斯基宣告,为了新的美,“我们将打破全部的

---

① Merezhkovsky:《众神之死:背教者尤里安》(*Smert' bogov: Yulian Ostupnik*, I, 页 183—185;页 185,主角承认,“我惧怕生活”。原来标题是“被唾弃者”(Otverzhennyi),在《北方通报》(*Severnyi Vestnik*)上连载,1895 I—VI (1 月—6 月)。

律法,跨越全部的界限"。① 对于艺术家来说,一切都是允许的。

　　这一个阶段——艺术、美的宗教,超人的宗教,一直延续到
1899 年,梅列日科夫斯基此前已经开始怀有另外的思想。事实
上,在 1896 年,他明确表示,尼采哲学是不够的。直到 19 世纪
末,他才明确放弃作为信条的尼采哲学。

　　梅列日科夫斯基 1894 年到 1896 年的写作,主要有《背教者
尤里安》(1895)、《新诗》(1896),和为自己翻译的朗古斯的《达芙
妮与克洛埃》(1896)所作的绪论,都歌颂尼采的价值观和贬低基
督教价值观(后来,梅列日科夫斯基从自己的选集中删除了最令
人不快的段落)。这些段落战斗性和直截了当的性质构成了他
对社会变化的答案;而这些变化是很有可能把他和他的艺术家
同像推进穷途末路的。财政大臣维特发起的工业化运动进展顺
利;1895 和 1896 年的罢工浪潮标志着无产阶级的来临——对
梅列日科夫斯基来说,他们不过是无根的"大众"。尼采哲学作
为强烈反社会的个人主义的信条,使梅列日科夫斯基得以确认
他自己的重要性。它强调反抗市侩、反抗资产阶级文化的创造
者,查拉图斯特拉则离开了市场。梅列日科夫斯基的意思是,从
事经济的人的狂热活动无足轻重,而艺术家则摧毁旧生活和创
造新生活。作为文化战士,他的活动领地是人的灵魂;其精神贵 62
族的身份使他成为个人性格的坚守者,成为群氓(俄语:chern)
的敌人。②

①　Merezhkovsky:《夜间的孩子们》(Deti Nochi),Modest Gofman 引用:《最近十
　　年俄国诗人之书》*Kniga russkikh poetakh posledniago desiatiletiia*（Moscow,
　　1909),页 313—314。"为了新的美 /我们要打破一切法则/ 超越一切界限"这
　　三行被从《全集》文本中删除,参见 XXII,页 171。全集没有收入他全部的诗,
　　只收入他认为重要的。他删除或修改了尼采时期写的诗,因为这些诗和他后来
　　的信仰冲突。
②　《永恒的旅伴》,XVIII,页 134。

　　梅列日科夫斯基早年对新的民族文学的希望显然没有实现。尼采哲学从理论上说明了梅列日科夫斯基一直不得接近人民的原因。尼采哲学允许他承认自己彻底地、深信不疑地脱离民粹主义,和骄傲地提出个人主义和精英主义,这二者曾经构成难堪和罪恶感的根源。诗人不仅是预言家,而且也是英雄——"观察的英雄";诗人的创作是"最高形式的行动"。[①] 不仅如此,英雄还是"受到命运的涂油,是世界自然和不可避免的统治者"。但是,现代社会是由"半心半意的基督徒"和"半心半意的异教徒"组成的(梅列日科夫斯基十分藐视节制),避讳英雄,惧怕英雄的力量。缺乏关于"伟大"的概念,所以资产阶级社会靠多数人投票、靠平庸的观念治理。[②]

　　《背教者尤里安》(1895)实际上是一篇尼采哲学论文。该书以试图复兴异教的一位罗马皇帝为素材,歌颂了勇气、美和对死亡的蔑视(梅列日科夫斯基将异教和尼采哲学这两个词语互换着使用)。该书原来题名《被唾弃者》,后来梅列日科夫斯基不再称呼尤里安背教者——对于他来说,尤里安是一种新信仰的先知。从销售量上看,这是一本成功的小说,很快就被翻译成欧洲各主要语言。这基本上是一本以描写丑事见长的作品,人物不过是理念的载体,所以现在早被遗忘。

　　尤里安显然就是梅列日科夫斯基,或者,更确切地说,梅列日科夫斯基会愿意成为的新人。尤里安的异教崇拜始于青年时期对一座维纳斯雕像的爱恋。因痛恨销毁如此美丽的雕像的基督徒,尤里安下决心消灭他们。他指基督徒是"加利利的乌鸦",谴责他们,谴责他们的奴隶道德、他们对死亡和受难的着迷。他

---

① 《永恒的旅伴》,XVIII,页137。
② 同上,页131—138。

说，他们的象征物，即十字架，是一个刑具，不值得自由人崇拜。①

面对他们病态的宗教，尤里安抵触自己的宗教——对"美之活的灵魂"的崇拜。② 这一新宗教以自我赞颂和欢乐的爱为基础，给人带来光明的欢愉将会消除全部的阴影、全部令人不安的疑问。"沮丧、恐惧、祭献和祷告"将会变得多余。人将决定自己的命运，创造自己的意义。审美的满足、战斗和斗争的兴奋给人带来的喜悦，使人不再考虑死亡。在人本身就是众神的新世界里，"奥林匹亚永恒的笑声"将会驱散哭泣的声音。③

> 不要说众神已经不再，而是更应该说，众神尚未生成！他们现在不在，但是将会出现，不是在天上，而是在地上。我们将会像众神一样——只是必须具有更大的胆略——这是世间任何人，甚至马其顿的英雄本人都从未有过的。④

尤里安教导人如何征服对死亡的恐惧。他宣布，要在战斗中勇敢地面对死亡："让加利利人胜利吧；等我们以后征服他们。像神一样的人（Bogopodobnykh）将会统治大地——而且会像太

---

① 《众神之死》，页 275—276。

② 同上。

③ 《被唾弃者》，VI，页 53，从《全集》中删除。1914 年，梅列日科夫斯基撤回了自己以往的观点。1895 年，他认为，基督教和异教是一个更大整体的两个部分。但在 1914 年前后，他认为自己以前的观点是"危险的亵渎"，因为二者都在耶稣基督的格位中结合。《全集》I，V。因此，他删除了尤里安中比较令人震惊的亵渎言论，淡化了异教的欢乐。

④ 同上，页 54。也从全集中删除。

阳一样展现永恒的笑容。"①查拉图斯特拉教导说:"要学会笑。"笑是尤里安的主题,是心情愉快的象征,而波德莱尔及其以前的许多基督徒则认为笑是罪恶的。

尼采的感性理想,像在尤里安身上沉寂的大自然节奏的回归,乃是梅列日科夫斯基自己翻译的朗古斯四世纪田园诗《达芙妮与克洛埃》引言的主题。索洛维约夫的《爱的意义》(1893)很可能也影响了他。梅列日科夫斯基谴责道,基督教禁欲主义诱导人否定自己最具活力的本能;对于人现今的悲惨处境,这样的禁欲主义负有直接的责任。肉体的爱不是罪恶的,肉体的爱是:

> 人的本质向自然的永恒的回归,向无意识生命的怀抱的回归。爱和自然乃是一回事;爱是灵魂从我们称之为文化的、人造的、培育出来的疾病中向最根本的、自发的健康展开激情的飞翔。②

文章全文歌颂天真而自然的爱,为知识分子生活中缺乏这样的爱而惋惜。大城市里的人,因为远离自然,已经丧失了生活感。他们只关心琐事、金钱、名誉、战争、图书,却忘记了什么是最重要的:"爱的神圣而无目的之游戏"。家庭义务缠身,他们又寻求个人的利益,所以他们不善于爱他人。他们说:"情爱,令人反感",情爱退避:

> 到了牧童的宁静田野,有山羊和绵羊的荒废的花园,在

---

① 《众神之死》,页 335—336。但是,最后一句话从《全集》中删除。而且,在最初的行文中,太阳本身几乎就是上帝。参见页 75,"被唾弃者",Ⅵ.尼采的论断"学会笑",参见 W. Kaufman ed.《查拉图斯特拉如是说》,页 408。

② 《达芙妮》,页 220。

那儿可以听到蜜蜂的嗡嗡声响和熟透的果实穿过树枝落在地上；情爱退避到了荒凉的海岸，到了自然被忘记的角落，而在那里，一直到今天，人都还依然像众神和动物一样。在这里，他们依然继续他们天真自发的游戏，这样的游戏揭示了普遍生命的秘密意义。潘神的放浪，协助他纯洁的林神，交媾的绵羊和山羊……都教导天真的爱。在这里，爱推动着河流，微风吹拂着爱。①

他得出结论：达芙妮和克洛埃是古代的、永恒处女乐园里的新亚当和夏娃。就像他们在圣经里的祖先一样，天真无邪，不识罪恶与羞耻。还有，在谈论古希腊的时候，梅列日科夫斯基警告说，古老的仪式是不能恢复的；自然的和自发的生活已经过去。适应现代生活的新仪式，必须加以创造。

人还依然不知道新仪式是什么。新仪式只有在旧仪式被破坏的时候才能出现；因此，破坏是首要的。然而，破坏是超人的任务；只有他们才能够作出真实的叛逆，进入内心的空虚，砸碎旧的价值系统。② 平常人是没有力量坚持叛逆的；他们缺乏坚持不懈的力量，忍受不了长时间的孤身反叛。没有勇气宣示自己的目标和寻求社会对他们的接受和保证，在显露短暂的大无畏之后，他们又滑到原来常规的行为。③

《新诗》歌颂了为创造真正新文化而挑战传统、而与上帝搏斗的英雄。尤其是米开朗基罗，他是作为一位孤独的超人、一位悲剧英雄而受到歌颂的，他推翻旧价值观的顽强尝试是永不停歇、永不妥协的。

---

① 《达芙妮》，页219。
② 砸碎价值观老旧训导是关于查拉图斯特拉的典故，参见页135—136。
③ 《达芙妮》，页206。

致米开朗基罗（梅列日科夫斯基 作）

无限的悠思已让我疲惫不堪，
我漫步在水波浊绿的阿尔诺河之边，
此后心灵对你的谢忱永不间断，

佛罗伦萨！我在你条条长廊中间
徘徊，昂然耸立的雕像沉默无言
紧紧注视着我，我走到他们面前，

崇敬的心情涌上心头。你林立的宫殿，
那古老的墙壁曾拥抱过多少梦幻，
大理石的人像活着一样生气盈然，

都是站立在周围的石龛之中：
参拜过的有切里尼，他渴望荣名，
还有薄加丘和他永远和蔼的面容，

马基雅维利，帝王将相狡黠的朋友，
彼特拉克，装饰简朴宜人的头部，
但丁，从地狱归来，表情肃穆，

还有达·芬奇，世人无法索解，
但对他十分钦佩；他奇异、神秘
像是一位来自古代波斯的僧侣，

在一切领域之内都堪称出类拔萃。

在他们中间作客，我难以进退，
虽有不速之嫌，羞怯，却幸运无比。

我踏着神圣石板地面的灰尘，
像少年一样心中充满惶恐不安，
抬头把充满智慧的导师观看——

我久久地凝望了他们：在我面前
他们的面容苍白，都十分庄严，
都十分伟大，表情淡漠，一如众神。

他们都显示出、闪耀出生辉的优美。
这里屹立着古代贤哲名人豪杰，
但我最为敬爱他们之中这样一位：

众多理想的重压下，他头部低垂，
他对良善熟悉，对罪恶也很了解，
用他一双疲倦的眼睛观察世界：

观感在前额上留下深深的印记：
那是悲哀和对生活的厌倦和无奈，
是我在人世间未曾体味的，

还有就是他对他自己的祖国，
在嘴角上挂着轻蔑、十分苦涩，
那是深刻悲哀之余生出的指责。

在你筋脉道道突起的双手上，
在那纵横交错丑陋的皱纹中，
紧锁的双眉和宽阔肩膀的转动，

我看到你工作顽强又永不止息，
《末日审判》的画家，我看到你愤怒，
看到你毫无留情的精神，啊，波纳罗蒂！

漫无目标的劳作带来的孤单寂寞，
还有世人的愚昧迟昏令你难过，
你从来没有享受过恬适的生活。

坚强的意志带来艰苦的努力，
你在世界之外创造了一个世界，像上帝，
但是梦想的痛苦折磨一直压抑着你。

你时时急躁，孤单，又很忧郁，
但是那些巨大雕刻的石块，
一件一件一块一块像梦中的呓语，

你一生也没能实现宏伟之极的设计，
你永远热爱无法量度的美，
却时时不能够把形体雕刻完毕。

你用锤子把坚硬的顽石敲击剥离，
时时感受到怒火在心中频频燃起，
但你永远得不到满足，不能满意，

你受到的鼓舞和感受到的绝望一样，
无法获得的收获是你的向往。
你的作品突兀出现，有强力又辉煌。

这是人类忍受艰辛劳作的极限。
你理解了有一种命运不可避免：
好事坏事——巨大行动的结果都是显然：

你感受到了平静同时体会到绝望。
你下跪，拜倒在耶稣基督的脚下，
诅咒世间爱情虽然温柔却飘忽欺罔。

你诅咒艺术，但是，在痛苦里，
虽无信仰，双唇还是呼吁上帝——
因为灵魂忧郁而且痛感空虚。

65

上帝不能消释你的悲哀，
从世人那里你也不能把拯救期待：
你永远沉默，双唇显出轻蔑。

你不再祷告，再无怨天尤人言语，
在孤独与痛苦中你变得冷漠孤僻，
什么也不相信，你渐渐地离去；

但你在这里屹立，没有被命运战胜，
你就在我的面前，低垂高傲的面孔，
突显出平静之中深沉的绝望。

　　　　　　像守护神具有强力，又无踪无影。①

　　"酒神颂歌"歌颂了酒神节的欢庆，象征着消除一切限制、一切罪恶的化身。狄奥尼索斯的（无穷的流动、本能）强过阿波罗的（结构、理性），因而解放了内在的人。通过狂喜，酒神达到了忘却，战胜了对死亡的恐惧。

　　　　　　你歌唱爱情，歌唱悲哀
　　　　　　每年春天心直口快
　　　　　　你为祝福而呼号嚎叫
　　　　　　像狗对着苍白的月亮！
　　　　　　……告诉你们，青年人：
　　　　　　意气消沉是最大的罪过。
　　　　　　生活惟一的功绩是欢乐。
　　　　　　生活惟一的真理是欢笑。
　　　　　　要让每一天都充满色彩
　　　　　　充满欢乐、歌声和斗争！……
　　　　　　像雄狮的咆哮强力而威严，
　　　　　　这就是狄奥尼索斯神圣的笑声。
　　　　　　……………………………
　　　　　　不必为裸体而害羞。
　　　　　　也不必惧怕爱情和死亡。
　　　　　　不要惧怕我们的美丽.
　　　　　　……告诉你青年人，

------

① Merezhkovsky:《米开朗基罗》，《全集》，XXII，页141。本书作者选用了该诗最后四节和最后一行。译者认为值得向读者介绍全文，故从俄语原文译出全诗。

意气消沉是最大的罪过。

生活惟一的功绩是欢乐。

生活惟一的真理是欢笑。

我们的呻吟就像是我们的欢笑。

强力的酒神，你们要亲近他，

敢于用天真无邪的笑声

打破全部的限制和律法。

我们品味生活的精髓。

迎接黎明，像天上的众神。

用欢笑我们将征服死亡，

内心对酒神十足地尊崇。①

66

　　"我们的呻吟就像是我们的欢笑"这一行表明，呻吟还时时出现；尼采哲学没有能够使得梅列日科夫斯基在狂喜的忘却之中战胜痛苦。《尤里安》中的一个人物，阿西诺埃（Arsinoe）是梅列日科夫斯基尚存的保留观点的载体。阿西诺埃引导尤里安去观赏被禁止的希腊雕像，因而要为他的异教论负责。因此，她后来皈依基督教一事是具有关键意义的。异教没有能够给她带来幸福，也没有排除她对生活的厌恶。她告诉尤里安，生活"比死亡更恐怖。"因为她想要和近期去世的姐妹团聚，所以皈依了基督教。至少，她会得到死后的幸福。但是这一点她又难以确信；她必须压制自己的智慧。虽然"智慧比任何的激情更具有诱惑力"，但是她还是决心抑制智慧。信仰会解放她；生命和死亡将会变得同等。只有这样，对于生活中的种种奇思幻想她才能具

---

① Merezhkovski：《酒神节女人之歌》（Piesnia Vakhanok），《全集》，XXII，页 45—46。

有免疫力。① 阿西诺埃的论断表明,在他叛逆的顶峰,在一本称
道一个敌基督的书中,梅列日科夫斯基仍然没有能够克服恐惧
和享受生活。《自深深地》(模仿英国作家王尔德)也揭示出仍然
在他内心激荡的混乱和冲突。

> 我爱邪恶,我爱罪恶。
> 我爱犯罪行为的大胆。
>
> 我的仇敌嘲笑我,
> "上帝是没有的:热情和祷告徒劳。"
> 我对你鞠躬折腰。
> 他回答,"起来,享受自由。"
>
> 我又一次奔向你的爱。
> 他在诱惑,高傲而邪恶
> "要大胆尝知识的禁果,
> 你的力量会等同于我。"
>
> 拯救,拯救我吧! 我在等待。
> 你看,我相信,相信奇迹。
> 我不会沉默。我不走开。
> 我将要敲响你的大门。
>
> 67　　　　我身上燃烧着嗜血的欲望。

---

① 《众神之死》,页 240—241。可以提醒读者的是,梅列日科夫斯基的母亲几年前
　刚去世。

我身上隐藏着衰败的种子。

啊请给我纯粹的爱，

啊请给我温柔的泪水。①

在这一首诗里，尼采的叛逆、基督之爱、世纪末的颓废、叔本华的寂静主义（"但是有时候似乎欢乐和悲伤 /生命和死亡就是同样的事物 /平安地生活，平静地死去 /这就是我最后的安慰"）都是互相冲突的。没有一种世界观取得胜利，但是对于基督之爱的盼望是最突出的。

1896 至 1899 年之间的写作显示出对尼采哲学日益增长的保留态度。虽然还依旧忠实于艺术和对肉体的崇拜，在内心里，梅列日科夫斯基却正在摸索新的价值观。异教的美必须保持，但是这是不够的。《夜间的孩子们》的悲观主义显露出他对作为生活指南的尼采哲学的幻灭之感。他正在慢慢地转向神秘主义，即 1892 年演讲中的宗教探索。

悲痛的孩子们，夜间的孩子们，

等着吧，我们的先知会来临。

我们心里怀着希望，

我们极为热切盼望

尚未创造出来的词汇。

我们对未来有所预感。

我们的言语大胆，

---

① Merezhkovsky:《自深深地》，《全集》XXII，页 176—177。

但是我们注定死亡。

来得太早的先驱，

来自太缓慢的春天。

·····················

我们站立在深渊的上方。

黑暗中的儿童，等待朝阳。

太阳一定到来，我们就像阴影

在太阳的光明中死亡。①

　　尼采说过，第一代人是个牺牲品。可以设想，梅列日科夫斯基和他同时代人是一个过渡时期的不幸的遇难者；他们不会活到见识新世界的那一天。

　　他对希腊文化的推崇走向对其悲剧性诸方面的强调，倾向于把希腊文化的欢乐看得几乎是不相关的。显然，他在尼采哲学中寻求的心绪上的满足感依然躲避他；他的生活（像尼采的那样）基本上依然是禁欲主义的。随着他对纯粹异教怀疑的增长，他更多地沉溺于异教的艺术，翻译了更多的希腊悲剧。他翻译的索福克勒斯的《俄狄浦斯在克罗努斯》于 1896 年出版。在序言说明中，他写道，问题在于俄狄浦斯作出反对整个世界秩序的姿态，试图把自己变成一个神。他又说，就其温柔程度而言，这一作品结尾几乎是基督教的。他翻译的《安提戈涅》于 1899 年出版；他认为这是一个感性和智慧的悲剧，悲剧预示了为理想而牺牲的基督教主题。通过这些评论和译著，通过《尤里安》，梅列日科夫斯基把希腊文化和俄国当时的问题联系了起来。

　　虽然满腹狐疑，他依然热爱美，继续歌颂古代希腊的艺术。

①　《夜间的孩子们》，同上，页 171。

1896 至 1900 年之间,梅列日科夫斯基和吉皮乌斯数次前往这个古典世界和西欧旅行,他还把注意力转向意大利文艺复兴。令他特别感兴趣的是要把基督教和异教的主题结合起来。对达·芬奇出生地的一篇研究文章于 1897 年发表,他还写出论15 世纪意大利中篇小说的短文。"爱比死更坚强"是新柏拉图主义典型的观念,这一观念开始在他的写作中占主导地位。他的感受集注于视觉的愉悦,越来越脱离社会,对现实生活几乎变得漠不关心。他的社交关系一如既往地都是艺术家同伴。

　　《永恒的旅伴》(*Vechnye Sputniki*,1897)显示出梅列日科夫斯基对尼采哲学持续的批判,把平衡、和谐、爱和积极的价值观跟尼采的永恒斗争和道德虚无主义含蓄地对立了起来。这是一本论具有永恒意义的世界文学中伟大作家的文集,每一位作家都被用以作为特殊世界观的例证。梅列日科夫斯基声称直觉地感知到了每一位作家的基本个性特征和源于这些特征的哲学。实际上,他是在描写他自己和他自己的反应、目标和欲望。抱有敌意的批评家们称这些文章为讲道文,也不无道理;每一篇都指出一个道理。[①] 论福楼拜、易卜生和陀思妥耶夫斯基的文章阐明了他对尼采哲学某些方面的失望,而论普希金的文章则提出了他的新目标。

　　福楼拜象征了作为宗教的艺术的失败。按照梅列日科夫斯基对福楼拜的解释,福楼拜是在审美的创造活动中寻找忘却,他"从世界逃避到艺术,就像一个隐士逃进了洞穴"。[②] 然而,这样 69 的尝试没有成功,对美的追求不再是一个抽象的原则,而是变成了某种狂热。因为着魔于对美的欲求,福楼拜牺牲了幸福和爱。

---

① 　N. Minsky:《关于社会题材》(St. Petersburg 1909),页 206。
② 　《永恒的旅伴》,XVII,页 190—194。

他把自己和他人仅仅看成是研究的对象,而他的感受能力和道德感衰退,是他自己造成了自己的孤独。既然他不善于爱,邪恶和堕落就开始令他着迷,而美德则显得枯燥乏味。这寓意就是,没有得到爱所指引的天才将会"吞噬心灵",因而摧毁作者自己。① 梅列日科夫斯基肯定是意识到了像兰波这样的某些法国艺术家的命运:这些人用自己的感受所做的实验导致他们想要自杀的绝望。这篇文章原来是在 1888 年写的;尼采对活力、大胆和行动的强调一度显得是要和这一倾向对抗。该文收入《永恒的旅伴》一事表明,作者已经返回自己早期的结论。

梅列日科夫斯基继续沉溺在艺术之中,为自己的工作活着。不同于许多艺术家,他是极端井井有条的:他工作按照一个固定的日程,每天早晨同一时间起床,固定的时间做午前散步。他以学者的认真精神对待工作,收集文件、手稿、信札,甚至旅行去寻找自己小说中事件发生地点的"感觉"。

易卜生之于梅列日科夫斯基,是个人主义的种种消极方面的象征,是不断叛逆的姿态。梅列日科夫斯基提示,易卜生戏剧的全部人物,本质上都是孤独的;他们不善于取得内心的平静或者社会的认同。常常克服各种限制,他们是内在的叛逆者,永远不满足。他们对任何事、任何人都不专注,他们的生活永远缺乏意义。海达·佳博勒(Hedda Gabler;易卜生同名戏剧主角—译按)体现了这样的虚无主义;她表示,一个人需要有一个积极的目标,"像这样的生活是不行的"。易卜生本人死去的时候,依然不和解,不快乐。他"愤怒的圈子"从他的小村庄扩大,包括了整个挪威、整个欧洲。他的孤独感变得更加残酷。梅列日科夫斯基总结说,易卜生证明,叛逆不可能是一种生活方式;这样的确

---

① 《永恒的旅伴》,XVII,页 190—191。也参见页 202。

认也是必要的。①

　　论陀思妥耶夫斯基的文章延续了这个主题；他笔下的人物都证明了世俗个人主义的失败。伊万·卡拉马佐夫为他父亲的死负责，而自己也被毁掉；基里洛夫同意沙托夫的谋杀，却也自杀；而拉斯科利尼科夫实际上杀死了两个老年女人。虽然拉斯科利尼科夫最后得救，但那是爱挽救了他、不是智慧。而且，挽救他的人不是一个超人，而是一个低微的妓女。梅列日科夫斯基警告说，智慧必须由人性的和道德的理想、由对于同伴的爱来引导。若非如此，结果就是他所说的"狂热行为的激情"、在狂热分子的抽象目标受阻时无视人的生命的倾向。②

　　梅列日科夫斯基认为陀思妥耶夫斯基是具有鉴别当今世人所面对的各种问题所需的勇气和眼光的、唯一的现代作家。陀思妥耶夫斯基没有漠视现代生活的种种复杂局面，也没有主张返回简单纯朴的时代。屠格涅夫是透过一层诗意的迷雾来看待世界的，托尔斯泰沉溺于从自己的乡间别墅发出傲慢的宣教，但是陀思妥耶夫斯基一直留在城里。他笔下的人物和困扰全部现代人的同样的问题搏斗。"他就是我们，带着我们全部的思想和痛苦……他理解我们……知道我们最隐蔽的思想，我们心中最罪恶的欲望。"③（注意梅列日科夫斯基影射他自己的颓废）他说，陀思妥耶夫斯基认识到，自由也可能就是某种诅咒，自由如果不受信仰和爱的制约，就可能造成形形色色的恐怖事件。他主张返回宗教。只有在这样的情况下，人才能享有为得到内心的完满所需的信仰，才能够爱。宗教会指导人的生活。在信徒的集体之中，人不再感到孤单。陀

_____

①　《永恒的旅伴》，XVII，页 240—242。

②　同上，XVIII，页 14。

③　同上，页 6。

思妥耶夫斯基本人在佐西马长老的伦理理想主义和大法官犬儒现实主义之间摇摆，但是他提出了这个问题：基督教与现代世界生活的关系的问题；梅列日科夫斯基坚持认为，这个问题必须得到答案。

　　《永恒的旅伴》中其他的文章谈论人的分裂，指出尼采哲学没有治愈他自己的分裂。梅列日科夫斯基在把黄金中庸和"一切都不过分"的古希腊理想跟尼采主张的欢乐与苦痛对立起来的同时，指出，小普林尼、蒙田和普希金乃是少数达到了内在和谐的楷模。他们都以不同的方式把尼采自爱的原则和爱人类的宗教原则结合起来。正是这一点使得小普林尼度过了一个衰败的时代而没有受到扭曲。梅列日科夫斯基认为他比他同时代的斯多亚主义者和基督徒高明，因为他没有逃避生活，而是能够平衡个人的快乐和为集体行善的活动。蒙田是走出宗教迫害"中世纪梦魇"的第一批人士之一。他的怀疑论乃是内心和谐的结果，没有把他导向绝望；事实上，怀疑论使他避免了当时政治的宗派主义。梅列日科夫斯基赞赏蒙田承认政治活动是"不必要的"，因为贵族的个人自由还没有陷入危险。[①]　换言之，在社会变革能够发生之前，人必须首先得到医治。

　　论普希金的文章是鉴定人分裂原因的一次尝试。梅列日科夫斯基说，有两个原理，或者，两个真理，亦即异教与基督教，陷入了争夺人的灵魂的永恒搏斗。历史就是这一搏斗的故事；历史记录了此或彼的上升。哪一方也不是充足的，二者必须以某种方式结合起来。

　　他对"两个原则"的定义如下。"异教"是尘世的快乐原则，

71

[①] 《永恒的旅伴》，XVII，页168—169。也参见页176："人人必须爱自己。"注意梅列日科夫斯基的非政治倾向。

器重个人自由, 颂扬美、文化、感性和繁盛。尼采哲学、实证主义、功利主义都是这同一主题的现代变体; 全部这些都是世俗的、以现时为中心的, 倾向于把人神化。基督教(后来称作"历史基督教", 以区别于梅列日科夫斯基自己的解释)乃是个人不朽的原则。它嘲讽世界, 颂扬无私, 器重禁欲主义, 宣扬谦卑和利他主义。异教寻求黄金般的中庸, 是讲求实际的; 而基督教理想主义给人灌输某种"对于永恒和无限的无尽地、没有度量地寻求", 而且蔑视"不可能性"这一概念本身。一个奔向上帝, 另一个脱离上帝。异教否认人的灵魂, 基督教否认人的躯体。在二者之间选择是不可能的, 选择也是不必要的。①

普希金的生平和写作证明, 这"两个原则"的创造性综合是可能的。普希金是俄国最伟大的诗人, 但他不仅仅是一位诗人(这隐约地是对艺术和美的一种辩解, 对皮萨列夫思想——"Pisarevshchina"的攻击), 他是一位无意识的哲学家和人的楷模; 他的作品与但丁和歌德齐名。如果当代俄国人能够理解推动了他的精神, 就会令他的功绩倍增。他欢畅轻快、热爱生活、清晰明丽的诗作, 洋溢着异教的精神; 异教精神也鲜明显现在他 72 对自由、美、和英雄气概的赞颂上。从普希金对全人类的爱可以见出基督教精神——他们是"青铜骑士们"的牺牲品、高加索的粗狂山民和天真纯朴的乡村少女。普希金对"多余人"的描写表明了他的信念, 亦即, 人是需要某种目的的, 人不能只为此时此刻生活, 普希金对十二月党人及其夫人们的描写表现出他对英雄理想主义的仰慕。普希金作品里, 英雄和民众、勇气和同情、对大自然的爱和对人民的爱、原初性的自由和高度的文化发展

---

① Merezhkovsky:《普希金》, 参见《永恒的旅伴》, XVIII, 特别是页 130—132, 136—137, 144, 154。

都在某种更高的和谐中结合了起来。①

　　普希金是俄国新的、在精神上优越的文化创始人,这是俄国和西方优秀因素的结合。普希金痛恨一切形式的暴政(政治独裁、社会陋习、群氓统治),他意识到,创造需要自由,他渴望把自由引进俄国。他既不是民主主义者、也不是平均主义者。他是一个精神贵族,他意识到,不平等是文化辉煌的前提;而西方"虚假的、平庸的、资产阶级的文化"让他感到厌倦。② 梅列日科夫斯基认为,普希金的《叶甫盖尼·奥涅金》完全是一部西方式的作品;奥涅金的心灵已经死去,不可能去爱他人。而塔吉雅娜体现了普希金对俄罗斯人灵魂尚未被意识到的潜力的信赖。普希金也展开了对"俄国的野蛮"的斗争;他不崇拜野蛮落后。③

　　梅列日科夫斯基提出普希金承认彼得大帝是一个与自己意气相投的人,认为彼得和普希金都是尼采哲学意义上的文化创造者。两个人都是世界主义者,渴望参与世界文化,都不愿意看到俄国放弃自己的精神内涵和否定它独特的民族特征。就其残酷性格而言,彼得是一个异教徒。普希金是伟大得多的人;他不轻视弱者。他的世界是两个世界的和谐联结。④

　　这一联结是无意识的,在他去世之后,俄国作家们只代表两极之中的一极。他们不是异教徒就是基督徒,不是西方派就是斯拉夫派。⑤ 有些人把两个原则的最恶劣特点结合了起来,而不是像普希金那样,结合最优秀的特点。例如,1860年代的一

73

---

① Merezhkovsky:《普希金》,参见《永恒的旅伴》,XVIII,页111,140。梅列日科夫斯基认为,普希金不仅仅是一个诗人;他还是世界文化的一个巨人,他的著作使得他享有跟歌德和但丁相同的地位。

② 同上,页122,134。注意梅列日科夫斯基关于"民主的野蛮"之评论。页93。

③ 同上,页97,122—123。

④ 同上,页168。

⑤ 同上,页160—162,167—168。

代人,就其唯物主义而言,是异教的,但是就其禁欲主义而言,又是基督教的。在托尔斯泰的时代,普希金的世界主义已经退化变成铁板一块式的一致。托尔斯泰没有努力保持每一种文化独特的创造性,而是要加以压抑;他要把彩虹的全部颜色混和成为"宇宙抽象论的一朵枯死的白花"。[1] 在托尔斯泰的个人生活中,内心的平静是迟钝的听天由命态度的结果,不是出于创造性的和谐。在普希金那里,艺术家和思想家是一个人;在托尔斯泰那里,思想家谴责艺术家,而禁欲主义者因为痛恨生活本身而退离生活。

1897 年,在寻求再现普希金平衡状态的确定方针时,他和吉皮乌斯跟《北方通报》主编沃楞斯基—弗列克谢尔发生争吵。弗列克谢尔是康德派唯心主义者,拒绝承认精确的新原则的必要性。既然摆脱了出版业务,他们就想游历欧洲。在西西里的时候,他们听说《艺术世界》创刊,便急忙赶回彼得堡参与。通过《艺术世界》和佳吉列夫,他们认识了几位新人,如生物学神秘主义者罗赞诺夫(V. V. Rozanov),他和他们一样,对美学和宗教问题感兴趣。

1899 年,梅列日科夫斯基宣布"转向基督",1900 年,他和吉皮乌斯开始有意地尝试创造一种包括"两个原则"的新宗教。这个宗教带有明显的尼采印记;个人主义和审美论被保留下来,基督教的信条被构想成对尼采缺点直接的、虽然是含蓄的回应。这些信条强调尼采漠视或者否认的爱、积极的原则和个人的不朽。

《俄国诗歌的两个秘密》(1915)[2]进一步澄清了 1894 至

---

[1]　Merezhkovsky:《普希金》,参见《永恒的旅伴》,XVIII,页 160—162,167—168。

[2]　Merezhkovsky:《俄国诗歌的两个秘密》(*Dve tainv russkoi poezii*, Petrograd, 1915)。

1899 年之间的这个时期。梅列日科夫斯基以 1890 年代审美论者们的代表丘切夫为例指出，象征主义（他们那个时代的哲学）已经把他们导向自杀的边缘。1915 年，他不再区分"象征主义者"和"颓废主义者"；艺术如果不是基督教的，就一定是"颓废的"。以丘切夫的几首诗歌为依据，这部著作显露出梅列日科夫斯基对文学主观态度的缺陷；著作对梅列日科夫斯基的论述多于对丘切夫的论述。但是，真正的麻烦是尼采。在 1915 年，梅列日科夫斯基还是不情愿承认尼采对自己的全面影响。早在 1908 年，他说尼采哲学是"儿童时期的病症……对成年人是致命的"，否认自己"被这种水货蛊惑"。① 1915 年，第一次世界大战已经爆发，梅列日科夫斯基很可能是愿意承认一位俄国人同胞是他的精神先驱（丘切夫在 1890 年代确实是有影响的，这和俄国的其他诗人一样，不过这不是重点）。他为自己攻击丘切夫说明理由：

> 病人比一切医生更了解自己的痛苦，因为病人从自己体内感受到了痛苦：所以，我们比一切批评家更了解丘切夫……
>
> 今天，在俄国，自杀和导致自杀的孤独感，就像死刑一样，是每天发生的事件。是谁造成的呢？俄国颓废主义者们，巴利蒙特、勃洛克、布留索夫、别雷、吉皮乌斯吗？是的，但通过他们……是丘切夫下手的……自杀的人甚至不知道，他们毒死自己所用的氰化钾就是沉默。

保持沉默，遮盖和隐藏

---

① Merezhkovsky：《在寂静的漩涡中》，全集，XVI，页 54。

你们的感情和梦想。

要学会自己独自地生活。

这就是我们的病症:个人主义、孤独、孤僻……①

梅列日科夫斯基解释说,1890 年代的审美主义者,就像 1840 年代的丘切夫一样,离群索居,是为了保护自己不受他人欺辱,让自己变得不会受到损害。但是,只有上帝才是不会受到损害的,人秘密地想要成为上帝。因此,人宣布自己是超人,想要取代上帝的地位。但自我神化是注定要失败的——人依然是易受损害的。个人主义者和可能的上帝又一次感到失望,于是尝试通过毁灭自己来结束不可避免的痛苦。人或者自杀,或者尝试在某种退却中抹掉意识,这一做法,又注定要失败。自杀由此而来。

出于另外一个原因,为了保存某种意义,人发明了一个非人格的上帝——盲目的意志、狄奥尼索斯式的流动、自然、一个神秘的一切,或者另外的某一种泛神论。这并不能解决有关意义的问题;上帝本身变成了混乱——混乱变成上帝。个人的不朽被否定,希望破灭。尘世间短暂的自我确认的时期不能补偿永恒的死。一想到面前出现的深渊,欢乐、快感和美就变得苍白。绝望随之而来。

其次,在一个没有意义的世界里,无一物神圣。如果世界是不可知的,那么道德标准是不能成立的;因为没有参照物,无以区分善恶。世人不被视为共有一个父亲的兄弟。的确,如果上

---

① 《俄国诗歌的两个秘密》,页 13。对于布留索夫,这也是困难的年份。参见 Rice,页 62。

帝无所不在,他必定是默许恶与痛苦的。因此恶变得可以接受,甚至占主导地位。"在夜间,全部的猫都是灰色的;在泛神论中,全部的神都是恶魔"。① 在一个恶不受制约的世界里,生存确实是一种困境;涅槃,或者皆空,是某种拯救。于是,自杀又变成有吸引力的。

丘切夫认识到了这一切,但是难于承认自己偏爱黑暗,难于承认对恶的喜爱和"既然世界是虚幻的,行动就是徒劳的"这一信条。随之而来的是他的"沉默"。梅列日科夫斯基说:"可怜的丘切夫,可怜的我们。他只是说出了我们大部分人的内心活动。"②

尼采哲学不仅没有给梅列日科夫斯基带来欢乐和使他摆脱恐惧,而且,实际上,还增加了他的苦境,令他确实渴求一死。实际上,梅列日科夫斯基也得出了丘切夫的绝望结论"没有必要寻求混乱,因为生活已经是混乱,没有必要寻死,因为生活已经是死"。③ 他以往对犯罪思想和对恶着迷的暗示变得明显(魔鬼崇拜存在于世纪末东方与西方的先锋派圈子里;布留索夫、巴利蒙特、索罗库勃和吉皮乌斯都以摆出某种恶魔姿态闻名,布留索夫试练黑魔法)。从这个绝望的结论,他又提到自己,他说,丘切夫"在恐怖中退缩,像溺水者抓住一根稻草一样抓住了基督教"。④ 面对在他面前出现的深渊,梅列日科夫斯基创造以艺术为中心的生活的尝试宣告失败。在不情愿之中,他意识到,他不是一个超人,他不能够支撑起在宇宙虚空中纯粹自我提升的哲学。因

---

① 《俄国诗歌的两个秘密》,页 13。对于布留索夫,这也是困难的年份。参见 Rice,页 81—94,等等。

② 同上,页 97。

③ 同上,页 95。

④ 同上,页 95—97。

此,他开始寻找一种特殊的基督教信仰,具有绝对的价值观和永恒的生命(巧合的是,在 1915 年,梅列日科夫斯基已经变成了一个社会活动家;文章的"寓意"是:俄国艺术家们必须学习涅克拉索夫——必须采纳他的社会意识,开始热爱人民)。

就这样,梅列日科夫斯基 90 年代的尼采哲学导向了他 20 世纪的宗教研究。他坚持认为,他的美学探索时期对他自己和俄国都具有持久的价值。通过践行美学个人主义的哲学,他认识到了它的缺点,并且揭示出它的无用。不过,他有所领悟;他的痛苦是一种"宗教的考验",他的艺术是"宗教探索"的表现。[1] 在没有有组织的宗教指导的情况下,他和美学家同伴(他此时称他们"颓废主义者")试图为善与恶定义。他们秘密地和生存问题搏斗,变成了俄国社会第一批"自发形成的神秘主义者"。[2] 他们的无政府主义理论是"最大限度的个人反抗",[3]不仅指向社会,而且指向宇宙的整体秩序;这是"对于世界的形而上学的不予接受的态度"。[4] 意识到在宇宙论的真空中生活是无法维持的,所以他们寻求某种新的创造。而且,他声称,通过打破左派对思想和艺术的垄断,"颓废主义者"解放了被压抑的精神力量,因而有利于对新理想的寻求。

并不是所有"颓废主义者"在梅列日科夫斯基的"宗教探索"中都跟随他,但是他深信他们最后都会看到光明。他把俄国比拟为一片森林,说"颓废主义者"是林木中最高的树枝。在雷电

---

[1]　Merezhkovsky:《不是和平,而是刀剑》。XIII,页 82—84。
[2]　同上。因为后来梅列日科夫斯基使用了这些术语,颓废派就是那些为得到愉快而强调艺术和感性经验的人,而象征主义者则把艺术和感性视作走向精神真理的方法。根据这个定义,他和吉皮乌斯(常常被认为是颓废派的典型)在 1899 年转向基督之后都不再是颓废主义者。
[3]　同上。
[4]　同上。

击落时,这些树枝不可避免地首当其冲,从这些树枝开始,整个森林都会燃起熊熊大火。这是对查拉图斯特拉的论断"人民正在变得厌恶他们自己,他们更多地渴望的是火,而不是水……火是伟大的正午的报信使者"的回答;对于梅列日科夫斯基来说,等待已久的"伟大的正午"是基督的第二次降临。① 穿过"深渊"(陀思妥耶夫斯基和尼采都使用这个术语,但是这里的比喻涵义是尼采的),人就渴望真理,渴望上帝的世界,渴望上帝之国在大地上建立。为了回应尼采,梅列日科夫斯基坚持说,宇宙不是不停的流动,宇宙具有确定的意义,确定的开始和确定的终结。

> 我们……相信终结,看到了终结,想要终结……至少是终结的开始。我们眼睛里的神色是人的眼睛从来没有过的——我们心里的感受是世人从来没有感受过的……
>
> 我们一直站在深渊的边缘上,在这极高的地方,什么也不生长。在下方的山谷里,高大的橡树在土壤中深深扎根。而我们,瘦弱、矮小,从地面上几乎是看不见的,却面对一切的狂风暴雨,几乎被连根拔起,几乎枯萎。从清晨起,从依然有云雾围绕的橡树顶端,我们的所见为他人所不见;是我们首先看到了伟大之日的太阳已在闪耀;是我们首先对他说:"啊,主啊,你来了。"②

以后数年内,梅列日科夫斯基从审美主义向宗教研究的过

---

① Merezhkovsky:《不是和平,而是刀剑》。XIII,页84。《不是和平,而是刀剑》最初在1908年发表。在读到这一段的时候,Bely说:"这只山雀要给他自己的海洋点火;他自己就是一个颓废主义者!"《开端》(Nachalo),页69。尼采的论断,见于W. Kaufman, ed.《查拉图斯特拉如是说》,页284。

② Merezhkovsky:《托尔斯泰与陀思妥耶夫斯基》(《全集》IX, X, XI, XII),XII,页272。

渡,在一定程度上,得到许多俄国艺术家和知识分子的扼要重述。梅列日科夫斯基呼吁自主的艺术仅仅五年之后,《艺术世界》的出现和成功显示出不同见解是广泛存在的。在世纪之交,尼采哲学流行,一种精神复兴开始成形。甚至在左派方面,康德也正在成为对马克思的补充。

1890年代的思想流动说明了这一进展情况;流动激发了对于新理想的渴望,却未能予以满足。象征派的精神太松散,不足以指导生活,其美学条规又太模糊,难以当作新的秩序原则。1894年以后的尼采哲学凸显了象征主义固有的缺陷。艺术家本来应该起领导作用,成为文化创造者,但他们没有积极的价值观拿出来宣讲。象征主义杀死了旧的诸神,摧毁了旧的信仰,使得很多艺术家和知识分子比以往更加没有根。新世纪的到来结束这个在情感上激烈过渡时期的愿望。

象征主义和尼采哲学不单纯地是一个过渡时期的思想意识。在下一个十年,象征主义依然是基本的表达模式,尼采依然是最受欢迎的哲学家。尼采的个人主义和象征派的神秘主义的某种结合,给白银时代的艺术和思想带来了特殊的韵味。二者对于内在经验和主观视野的共同喜爱影响了文学、诗歌、音乐、绘画和哲学。对艺术、文化和个性的新的赏识,缓慢渗透受过教育的社会阶层。1890年代艺术家们对理性、唯物主义和资产阶级文化的敌视常常导向鲜明的神秘主义方式。神秘仪式的实验,常常和秘密祭神仪式理论结合起来,是与宗教复兴和教会改革运动并存的。看不见的力量,神性的或者魔鬼的,都倾向于取代实证主义的解释,因而消除了象征物和迷信之间的区别。占星术变得相当流行。布留索夫的出版社被称作"天蝎座"——这是恶魔的星座象征。他的杂志《天平》(Vesy)指的是被金星制约的天秤。梅列日科夫斯基在自己的小说里用占星术典故:例如,达·芬奇的郁悒,被解释为是他出生时候月亮的位置造成的。他也谈到了土星的影响。

的确,神秘主义和宗教是象征派寻求更高的真实在逻辑上的顶峰。它所偏重的奥秘、直觉和本能培育出一种容易导向精神理想境界的情绪。它对内在的人的强调、对灵魂的寻找、重情绪变化胜过理智的倾向,具有同样的效果。并非全部艺术家都遵从象征主义的逻辑,一直到达其最终的结论。许多人止于中等水平的迷信,还有其他人尝试发展以模仿基督为基础的、纯粹个人的宗教。

梅列日科夫斯基对某种绝对的新信仰的寻求是例外。但是,对宗教的兴趣,常常作为对新价值观寻求的一部分,则是共同的。伊万诺夫的《受难上帝的希腊宗教》认定狄奥尼索斯是基督的先驱,是对神秘主义和基督教渊源新的关注的例子。别尔嘉耶夫和布尔加科夫领导原来的马克思主义者,复兴了康德的哲学唯心主义;他们也对宗教感兴趣,最终转向了东正教会。新唯心主义思想家对唯物主义和资产阶级文明抱有共同的敌意;他们认为,创造性,尤其是审美的创造性,是神性在人身上的表现。世纪交替之际是杰尔诺夫(Nicholas Zernov)所说的"俄国宗教复兴"的开端。①

79　　神秘主义和宗教也是对于持续的工业化和城市化的某种回

---

① Nicholas Zernov:《20 世纪俄国宗教复兴》(New York, 1963)。关于康德马克思主义,参见 George Kline:《宗教思想与反宗教思想》,页 91,和他的《俄国早期马克思主义中的理论伦理学》,《东欧历史研究》["Theoretische Ethik im russischen Frühmarxismus", *Forschungen zur osteuropäischen Geschichte*, 9 (1963)]:页 270—274。Ivanov 的《受难上帝的希腊宗教》,1904 年在《新路》连载。

　　George Florovsky 神父认为世纪末的思想酝酿完全是宗教性质的。对于他来说,这一现象完全不能从心理学上或者社会性上解释为资产阶级秩序解体的产物。参见他的《俄国神学之路》(*Puti russkago bogosloviia*, Paris, 1937),页 455,484。

应。1900 年,产生了象征主义的各种倾向变得更加突出。为了
与其展开斗争,需要一种更有力量的信条。在这方面,俄国象征
主义和俄国马克思主义就是对同一个现象的回应。二者以不同
的方式迎接种种旧限制的消亡,提出解放人、使人变得高尚的目
标。二者同样地意识到了城市居民被隔离和失范的状况,对他
们病态的不同方面加以打击。在谈论不同社会阶层时,马克思
主义者聚焦于艰难处境的经济和政治原因;而象征主义者则聚
焦于心理的原因。对于前者来说,工业化和战斗的城市无产阶
级的到来预示了剥削开始终结;对于后者来说,则是面目模糊的
新式野蛮人摧毁了个性和文化。例如,梅列日科夫斯基抱怨说,
在资产阶级的城市里:

> 互相理解是不可能的,依然是毫无指望的……一个人
> 在人群里比在沙漠中更孤单……我和他们、我和它,那生疏
> 的、黑色的、死的……在征服了自然的力量之后,人们自己
> 变成了力量。人的浪潮临近、离去、上升、降落。我不认识
> 任何人,也没有人认识我。每一张面孔都是一样的;不可能
> ——区分……(人)变成了瀑布中的一滴水,而那瀑布落入
> 深渊,落入虚无。在这一虚无之中,一切都联合了起来。①

孤独、隔离、无个性、无根,乃是自由和进步的代价。

对于他和其他像他那样的人,世纪交替时期预示了一个不
确定的未来。他们希望在新纪元的动荡之中得到某种可以依凭
的事物,某种比模糊不清的神秘主义更可观可感得多的事物,所

① 《不是和平,而是刀剑》,页 98。这令人想起波德莱尔关于城市人海的观点,二
者都是对于新的城市社会的反应。波德莱尔常常以纨绔子弟姿态出现,把群众
看作自己的一面镜子;而梅列日科夫斯基则完全躲避群众。

以他们寻求用永恒的真理作超人的补充,把个人主义和爱结合起来。对信仰、对根性、对联结一切的生命哲学、对某种紧密凝聚的社会的渴望,呈现出一种日益引人瞩目的形式。

第二部分　将凡俗神圣化：梅列日科夫斯基的"新宗教意识"(1899—1905)

在俄国,世纪交替时期是一场文化革命的开始,创造性活动真正爆发。对自由表达的传统障碍失效,艺术的全部领域都开辟出了新的园地。处处都在寻找新的经验模式、描写经验与情感的新技巧、感受和认知的新手段。俄国文化许多伟大的姓名都来自白银时代:芭蕾舞中的佳吉列夫和尼金斯基、戏剧中的斯坦尼斯拉夫斯基、绘画中的康定斯基和夏加尔、音乐中的普罗科菲耶夫、斯特拉文斯基、夏利亚平和拉赫玛尼诺夫。贫瘠的理性主义时长期沉睡的诗歌精神,在勃洛克、别雷、巴利蒙特、布留索夫和其他许多人的作品里发挥出来。1890 年代的目标,具有特征的俄国文化,的确正在被创造出来。1900 年,俄国画家谢洛夫(Valentin Serov)在巴黎展览会上获得金质奖章,科罗文(Korovin)和符卢别尔(Vrubel)、《艺术世界》的全体人员,都荣获奖章。

创造性的酝酿、伟大的期望、几乎是狂欢式的兴奋、急切的哲学的和精神的提问——这一切结合起来给这个时代带来了热切迷醉和几乎是狂喜兴奋的光环,这一光环已成为这一时代的特征。处于伟大变革边缘的感觉主导了这个时期,回应了焦虑与欢愉的特殊结合和常常在同一个个人身上的普罗米修斯式个人主义与对集体竭尽全力寻求的并置。一个旧时代的终结显示出了新黎明的光辉,生活彻底改变的开端。①

新挑战和新问题的强烈意识激发出对于新世纪生活性质和品质的热烈讨论。新的一组"炽热的问题"作为潮流走向前列,这些问题始于 1890 年代,现在呈现出更为确定的形式。艺术与生活、艺术与宗教、宗教与生活、个人与社会、感性与精神等等之间的关系,在沙龙、晚会、出版物和公开演讲中得到无穷尽的讨论。

白银时代的思想家们意识到,无论是被自身种种问题困扰的西方,还是俄国的过去,都没有值得模仿的完整范例,他们开始有意识地寻求新的价值观。目标是造就一个由具有自主精神的、有创造性的和在情绪上健全的个人组成的新社会;持续的个人主义证实了他们对于人能够达到这一目的的能力的信赖。他们意识到传统衰亡过程中固有的解放作用,千辛万苦地寻找新的道德规范,努力在一个仍然处于流动中的社会上留下印记。转向哲学和宗教的同时,他们把对西方思想的研究和对于自身过去的强烈兴趣结合了起来。

尼采得到了陀思妥耶夫斯基和索洛维约夫的补充,而不是取代。陀思妥耶夫斯基的思想是耳熟能详的,这里无需赘述。需要指出的是,白银时期解读了一个"不同的"陀思妥耶夫斯基。以往几代读者认为他是遭社会唾弃者的代言人,对于白银时代来说,陀思妥耶夫斯基首先是一个宗教思想家。按照他们的解释,他的作品谈论的都是在一个没有上帝的世界里的意义与价值观问题,在这个世界里,用陀思妥耶夫斯基的话来说,"一切都

---

① Berdiaev 以抒情的方式描写这个时代,参见页 141。

是合法的"。他关于"人神"（实即尼采的超人）崛起的预言和他
关于自由将会被证明是一种不堪忍受的重担的警告，使得他看
起来虽然令人难以忍受，却又是言之有理的。他对西欧文明和
源于西欧文明的启蒙主义传统的批判也是颇具影响的。

　　在为"白银时代"定调方面，索洛维约夫大概是更具影响力
的。由于个人的神圣气质和勇气以及思想品格，索洛维约夫受
到广泛的尊敬，他提出，人民和政府应该实行基督宣教的理想。
作为道德理想主义者和神秘论者，他被认为是陀思妥耶夫斯基
笔下的阿辽沙的楷模；早在 1873 年，他就谈到了西方哲学的危
机。他还预见到了尼采哲学必定施展出来的诱惑力量。

　　他在寻求某种培育心理认同和普遍兄弟情谊的神秘的一致
性，这一寻求是他复杂而艰深哲学的基本主题。他称这样的一
致性为神性的智慧（Sophia），预见到这样的一致性透过历史发
挥作用，给物质带来灵性和改造世界。结果将是一种新人，神人
（God-Man），和新的人性，神性的人性（Divine-Humanity），二者
都名副其实地和上帝合一。这是一种新建立的教会，包容了所 82
有 的 宗 教、种 族 和 世 界 各 民 族，将 会 体 现 出 集 体 气 质
（sobornost'，亦即包容了个性的集体一致性）。①

　　索洛维约夫的哲学中，美和性的快感乃是神性智慧的两个
方面，诗歌则是直觉的和达到终极现实——世界灵魂的惟一手
段。对于索洛维约夫来说，象征派气质的一个信条就是，象征都
名副其实是真的。他自己写象征派的诗歌，还滑稽模仿布留索

---

①　Vladimir Solov'ëv:《关于神人的演讲》，trans. Peter Zouboff (London，1948)。
　　也参见 Evgenii Trubetskoi:《索洛维约夫的世界观》[Miro -sozertsanie V. S.
　　Solov'ëva, 2 vols. (Moscow，1925)，S. L.Frank:《索洛维约夫选集》，trans. N.
　　Duddington (New York，1950)]。

夫的诗歌,因为他反对布留索夫缺乏理想主义的表现。[1] 他大概影响了美是人身上的神性因素(因而是自在的目的)这一象征主义的原则,坚持宗教必须停止仅仅视艺术和美为个人虚荣心表现这样的指责。他还认为,性的快感具有神性的目的;这不仅仅是繁衍后代的方式,也是上帝结束个人悲惨孤独处境的方法。成长的爱情消除自私自利,使得被爱者与自己同等。性的愉快还具有神秘的意义,这是精神焕发的方式,是肉与灵最终在神人中最终结合的前奏。[2] 索洛维约夫的性论有别于法国几位美学家,如于斯芒(Huysmans)和维耶·德·利尔·亚当,他们主张用更"细腻优雅"的感受取代性快感。

本来,索洛维约夫设想神性智慧是平和、和谐和循序渐进的。但是,在他 1900 年去世之前,一股新的、深度悲观主义的调子出现在他的言论中。在他眼里,邪恶的势力显现出骇人的规模,他提出警告要提防一个真实的和迅速临近的大决战。种族反种族(包括某种"黄祸")的世界大战,将要给历史带来一种恐怖的、名副其实的启示论的终结。[3]

这些观念,外加亲犹太主义和对雌雄同体的称颂显著地出现在新世纪的思想中。几乎其全部的领袖人物都受到他的影响。别尔嘉耶夫和布尔加科夫特别感激他给予的精神开导,勃83 洛克和别雷自认为是他的门徒。梅列日科夫斯基则坚持自己的思想是独特的。吉皮乌斯宣称,她丈夫从来就没有"专心"阅读过索洛维约夫的书,也没有和他深入交谈过。梅列日科夫斯基明确引用索洛维约夫的话来证明宗教并不反动这一做法,表明

---

[1] Marc Slonim:《现代俄国文学》(New York,1953),页 107。Slonim 引用 Solov'ëv 如下:"象征不是幻觉,而是现实本身。"

[2] Vladimir Solov'ëv:《爱的意义》,参见 Frank,页 154—179。

[3] Vladimir Solov'ëv:《三次谈话》(Tri razgovora,New York,1954)。

他是认真对待了前者的思想的。他们观点的惊人近似令人怀疑
梅列日科夫斯基和吉皮乌斯声明的真相。[①] 吉皮乌斯的论断
"生活的意义是爱,其形式是美,其基础是自由",[②]就带有索洛
维约夫的印记,而且,他们的刊物《新路》也是献给他的。索洛维
约夫的思想"到处弥漫",尤其是在圈内人士之中,例如波利克谢
娜·索洛维约娃(索洛维约夫的姐妹)的沙龙,他们是这里的座
上客。

　　白银时代始于《艺术世界》。这个刊物虽然短命(1898—
1904),但它把新的美学和精神的潮流带到公众面前,培育了对
艺术、美和个人主义的赏识。它忠实于艺术的自主精神和创造
性的美学生活方式的优越性,结束了持不同见解艺术家的孤立
状态。这个刊物最初是芭蕾舞团经理佳吉列夫和画家贝努瓦创
办的,后来接纳了巴克斯特、努维尔、索莫夫等画家,和罗赞诺
夫、明斯基、舍斯塔科夫、菲洛索佛夫、梅列日科夫斯基、吉皮乌
斯等作家以及俄国文化界其他主要人物。

　　刊物的第一期定下了基调。为了吸引读者的感官和思想,
他们十分注意视觉的魅力,插图以高超的技术忠实复制。佳吉
列夫写的专文讨论了"世纪末"问题。他说,在社会变革总体的
"一锅粥"里,艺术问题已经渐被搅乱。表现在创造性中人的精
神方面,面临被窒息的危险。要维护它,就需要艺术自由。主调
是在视觉艺术上,但文学副刊发表了梅列日科夫斯基翻译的《安
提戈涅》和他的评论介绍、索洛维约夫的《超人的理念》和罗赞诺
夫对性的颂扬。以后各期刊载的追加文章论述了尼采、关于象
征主义与颓废派的讨论,发表了舍斯托夫论非理性主义的论文、

① Hippius,页 74—76。她承认他们观点是"相当的一致",但是坚持说,因为索洛
　维约夫论普世教会的书在俄国受禁,所以她丈夫不可能读过。
② Pachmuss 引用,页 65。

关于古代俄国建筑与圣像的图解文章、贝努瓦论欧洲举办各种艺术展览的连载报告。全世界的艺术都见于这个刊物：论日本艺术、梅特林克和列维茨基的文章，叶卡捷琳娜时代的一位画家，表明了刊物的内容广泛。

84　　　　这本文化启蒙真正的刊物寿终正寝的首要原因不是公众的冷漠，而是编辑之间的冲突。他们没有一致的哲学观，对美和个人主义的忠诚态度不足以把他们凝聚在一起。当比亚兹莱（Aubrey Beardsley）的性感插图散见于梅列日科夫斯基连载的研究著作《托尔斯泰与陀思妥耶夫斯基》的时候，"颓废派"和"象征派"之间令人烦恼的冲突爆发出来。最后，梅列日科夫斯基夫妇离开这个刊物。其他在理论方面的分歧导致关于分配给视觉艺术和文学版面数量的争吵。这些争吵是造成最后摧毁刊物，陷于财务困境的主要原因。①

　　然而，在这一时期，俄国文化面貌发生了变化。强劲的"个体主义者"一翼出现在知识分子中间，对实证主义唯物主义者提出挑战。布尔加科夫、别尔嘉耶夫等人出版的极具影响的《唯心主义问题》(1903)，乃是他们通过向政治活动注入绝对的伦理形式来令其人性化的尝试。同年，列宁分裂了俄国马克思主义者们，具有战斗精神的自由派反对派（解放联盟）开始组建。接着，

① 关于在《艺术世界》上的争论，参看 Arnold Haskell 的《佳吉列夫：艺术与私人生活》(London, 1955)，页 106, 113—117。和 Pertsov：《文学回忆录》，页 280—281。据佳吉列夫认为，艺术家惟一关怀的是创造美。Haskell 引用他的话是："如果世界上的美乃是上帝意志的表现，则人，尤其是艺术家，就是这个意志最高的创造……艺术对世间种种可能的反应是不值得神性的灵魂注意的。"页 112—113。关于佳吉列夫的宗教观点，参看页 125。但是，在 1905 年前后，佳吉列夫受到即将到来的终结的搅扰，离开了俄国。

　　关于《艺术世界》，还可以参看 Gray，第 II 章。她引用了 Benois 的话："'艺术世界'是高于尘世间万物、高于众星的，艺术世界在那里统治，自豪、神秘、孤独，就像在积雪的山峰上一样。"页 44。

"个体主义者们"在像佳吉列夫这样的纯粹审美主义者与像梅列
日科夫斯基这样的精神真实探寻者之间分裂。所有人都集中注
意个人，强调人精神的和感情的需要，而不是物质的需要。他们
日益反对机械时代，论说问题在于个人的个性对决铁板一块的
集体主义、自由对决必要性、精神对决物质。全部的"个体主义
者"思想家都是审美个人主义者，认为创造活动是首要的。最
后，他们大部分人都找到了特别的基督教原则来引导自己，许多
人积极参加了改革正在获得活力的俄罗斯东正教会的运动。

　　因此，《艺术世界》的停刊并没有留下真空。当时，迎合不同
"个体主义者"观点的几种新刊物创办，其中有布留索夫的《天
平》和梅列日科夫斯基的《新路》。后者特别关注艺术中的精神
潮流。大部分是文学，它也开设论政治和经济时局的专栏，以扩
大读者群。它在 1903 年 1 月创办，延续到了 1904 年 12 月。
《天平》是现在象征派公认的领袖布留索夫（同时代人称他"小拿
破仑"）创办的，于 1904 年出版，延续到 1909 年。与其先驱者一
样，它重视视觉形象。《天平》专注于现代的艺术潮流，完全避开
政治主题。1903—1909 年间写的象征主义的大部分文学批评
出现在这一刊物中，当代法国诗歌原文和俄语译文都刊登其中。
整本刊物都是用法语俄语平行对照排印的，显示出布留索夫对
欧洲的重视。"神秘无政府主义者"的刊物《金羊毛》于 1906 年
创刊，强调纯粹形式的"阿克梅派"的刊物《阿波罗》（阿波罗超越
狄奥尼索斯或者无政府主义）创办于 1909 年；《阿波罗》主编是
谢尔盖·马科夫斯基，一位著名画家的儿子，本身也是艺术评论
家，刊物延续到 1917 年。

　　所有这些刊物都刊登俄国和西欧作者的作品。因此，法国
所有的象征主义者、凡尔哈伦（比利时人，用法语写作）、梅特林
克、霍夫曼斯塔尔、罗斯金、王尔德得以为俄国读者大众所知。

德国神秘主义者如迈斯特·艾克哈特和雅各布·波姆,和19世纪早期德国浪漫主义者被介绍过来;辛克莱的《丛林》令人惊讶地以连载方式刊出,大概是尝试揭露新秩序的不人道之处。文化重又成为受过教育阶层精神信仰的一部分。顺带地,在这样一种真正创造性的交流之中,俄国艺术和艺术家在西方也同时得到了热情的接受。① 俄国不再是单一消极借用西方主题的一方。

起初,明确地非政治的和相当程度上非社会的审美派知识分子主要是谈论自己。他们对待生活和思想的主观的、同时也是理想主义和感性的态度,大体上得到了更多的展示。而且,1900 至 1905 年政治和社会的动荡倾向于为其精神上的激进主义添加了政治的外貌。到了 1905 年,他们对新价值观的寻求超越了纯粹审美和宗教的渠道,变得社会化了,其明显的欲望是建立新型的社会,这一社会应当具有共同的信仰、对艺术的忠实和集体气质。

86　　　　在这些年代里,梅列日科夫斯基受欢迎的程度达到顶峰。他体现出了那个时代的首要特征:寻求作为一种严密的哲学部分的新价值观、感受狂喜经验的欲望,和一种结合了个人主义和社会认同的精神共同体性质。他是一位引人入胜的演说家和"反文化"的楷模,有力地影响了 20 世纪早期的精神面貌。

他身上保存了象征世界的主要因素,这些因素被转变为看上去更高的精神探索,反映出俄国知识分子特有的对于意识形态的需求。新信仰的确切组成部分没有被采纳,他创造一种"新宗教意识"的尝试在其更大的几个维度上是成功的。整整一代

---

① 参看 A. Gusarova:《艺术世界》,页 90。也参见页 68,94。在交换中,佳吉列夫起了桥梁作用。

艺术家和知识分子都变得确信，人没有信仰，或者至少，更高的
理想，是不能生活下去的。他所传布的、经过修正的思想变成了
时代意识的一部分。

　　因此，我们现在转向梅列日科夫斯基的"新宗教意识"，他所
达到的宗教结论，和他与吉皮乌斯用以传播他们新信念的方法。

第四章 "新宗教意识"

　　"新宗教意识"不是一种宗教,而是对于一种宗教的探索,是由梅列日科夫斯基寻求对于世界的一种特殊的、以基督教为基础的理解愿望所推动的。他认为,"历史的基督教"正在变得陈旧过时;他期待基督第二次降临的时候赐予某种新的启示录。这样一个时刻,基督复活的喜悦将会胜过他的苦难,而一向遭受排斥的异教的感性、尘世之美和利己主义的世界观将被融入新的启示录。俄国人应该为基督的来临作好准备,研究全部的宗教(包括异教)、尝试探索基督的"个体性"并和梅列日科夫斯基一起进行"宗教探索"。①

　　在维护自己的"新宗教意识"的时候,梅列日科夫斯基托出他自己刻画出来的基督"个体性"的图像,提出对人类展开精神评估的理论,这一理论(根据他的见解)是显露预示在圣经之中的。他在享有大批读者的书籍和文章中详述了他的观点,这些书籍包括他自己著名的元历史小说"基督与敌基督"三部曲,而

---

① 参看 N. Berdiaev:《在永恒的外貌下》(Sub Specie Aeternitatis, St .Petersburg 1907),页 347,可以看到对于梅列日科夫斯基当时宣讲的观点的描写。后来他又在《不是和平,而是刀剑》中谈论,特别见于"而是刀剑",页 5—35。

且,针对"精神共同体",他试图创建作为信徒集体核心的新
教会。

起初,他预测新教会从东正教会自身中发展出来,正如新约
从旧约中产生出来那样。取代摆脱世界的想法,他要给世界带
来精神的尝试,显然令人想起某些被杰尔诺夫称为俗人正教传
统的"根深蒂固的直觉",其例证见于恰达耶夫、陀思妥耶夫斯
基、索洛维约夫和菲奥多罗夫。[1] 但是,梅列日科夫斯基给这个 88
传统带来某种激进的、战斗性的色彩。他把自己的神秘主义观
点移植进了黑格尔式的辩证法,希望以理性和知识来加强自己
的观点,但很快就遇到了一个学理上的困境。结果,他的神学进
化论的一面被革命的一面蒙上了阴影,理性的一面被启示录的
一面蒙上了阴影。直到1905年革命和同时发展起来的宗教改
革运动失败之后,他才深信和东正教会彻底的决裂不可避免。

梅列日科夫斯基开始宣扬他的"新宗教意识"的时候,宗教
本身是不适合知识分子胃口的,以致他发现仅仅说明人是需要
宗教的,世俗的观点是根本不能令人满意的代用品,就必须花费
大量精力。他也花费大力气从历史教会的基督教方面推出他的
观点。

---

[1] Zernov,页285。尼古拉·菲奥多罗夫(1828—1903)是莫斯科公共图书馆的馆
员。他没有写过书,但是曾把自己独特的神性思想记录在纸片上,他的门徒将
其收集起来,在他死后出版,题为《共同事业的哲学》(Moscow, 1912)。据
Zernov认为(页293),陀思妥耶夫斯基、托尔斯泰和索洛维约夫都受到了他的
影响。他的教导包括通过精神的成长和科学的进步来逐渐消除不团结现象、敌
意、疾病,甚至肉体的死亡。上帝及其造物之间道德和心智的和解,最后的成果
将是生命战胜分裂。关于菲奥多罗夫,更多的见于 V. V. Zenkovsky:《俄国哲
学史》,卷 II,trans. George Kline (New York, 1953),页 588—604 和 George
Kline, James M. Edie, James P. Scanlan, Mary-Barbara Zeldin:《俄国哲学》,
卷 III (Chicago, 1965),页 11—55。

他说,宗教是"自我保护方面躯体感受的最高的、形而上的极限"[1];在人意识自己会死去的时候,宗教便开始有了。因此,人的不朽、"个性"的复活(躯体、灵魂和精神)就是宗教的本质关怀;所有其他方面,包括伦理学,都不过是人对永恒生命基本寻求的副产品。

否定"历史基督教"对灵魂不朽的强调同时,梅列日科夫斯基坚持认为,复活也包括躯体。他坚持说,基督是有"个性"的;全部个性都已经复活。梅列日科夫斯基相信,有位格的上帝是一种心理的需要;一个没有位格的上帝会令人失去对于自己意愿的关注,而祷告也会变得无用。神人基督乃是人的楷模。基督乃是人体和神的精神结合,基督预示了上帝为整个宇宙制定的计划。把世界和上帝之爱结合了起来,在历史终结的时候,所有的人都会变得和他一样。

89　　人有灵魂,这灵魂是上帝创造的;灵魂的需要是真实的,是不能被忽视的。信仰滋养灵魂,正如食物滋养躯体。精神遭受剥夺的后果就是绝望、无名的恐惧(今日心理学家称之为焦虑)和孤独感;这些感受和饥饿一样真实,深受其苦的人甚至不能界定是什么困扰着他们。生命的意义只有参考其更大的精神语境才能分辨出来。

　　　　对于"坟墓的黑暗"的过度恐惧出现时,对躯体衰败、对虚无、对全部尘世之物极为鲜明和清醒的意识,就是一个首要的迹象:一个特定文明的神性渊源已经枯竭⋯⋯生命力正在衰竭⋯⋯在所罗门的传道书中,听到的不是精神的复活,而只有死亡的肉体⋯⋯在饱食终日的伊壁鸠鲁派的怠

---

[1] 《不是和平,而是刀剑》,页 5—6。

倦之中，在罗马帝国衰亡的厌世态度中，在哲学家摆放在酒杯和玫瑰花当中的骷髅里，存在着一种粗糙的肉欲，这是与希腊的灵与肉完全不同的，这是一种没有灵魂和神灵的文化的、衰颓的物质主义。①

在面对现代人尝试的各种存在主义解决方法的时候，梅列日科夫斯基断定每一种办法都注定会失败。代用的宗教不能满足人欺瞒死亡的基本需求；这样的宗教只能使人忙于奔赴临时性的目标。只有他的部分需要得到满足；最终出现的还是绝望。纯粹个人的解决办法，例如科学、艺术和感官的满足都忽视人与更大的一个整体的关系，而社会的解决办法又强调集体而忽视"个性"。

科学因为忠诚于真实，他认为科学最接近宗教。但是，科学不承认"对其他的世界的渴望"；其他的世界是否存在，超出科学家的研究范围，大多数科学家本身对这个问题都持漠不关心的态度。

　　第二个问题接踵而来："科学是否将会穷尽人类存在的 90
全部真正可能性呢？"科学又回答："我不知道。"在这里，就
是在这个"我不知道"里，开始了全部现象带来的总体恐
怖——这些"我不知道"（以往从来没有像今天这样深广）越
是深广，则宗教的恐怖就越是不可抵御。我们曾经希望，归
根结底，非科学的世界阴影将会借助于科学而消失……但
是，相反，光线越亮，阴影就会变得越黑、越清晰、越鲜明、越
确定、越神秘。……阴影模仿人及其躯体……人变成科学

①　《托尔斯泰与陀思妥耶夫斯基》，IX，页 41—42。

家及其影子,鬼魂跟随着他们,也变成科学的。(鬼魂自己不相信他们自己的现实)称他们自身胡言乱语、胡思乱想,嘲笑他们自己……(但是)可怕的程度不亚于美好往昔的非科学鬼魂。①

作为西方人希望载体的科学之羸弱,是更加令人痛苦的。达尔文摧毁了对科学的乐观主义的支持;他的世界重新演示了吞噬自己孩子的克罗努斯那样的恐怖。人变成仅仅是一个动物物种,永远只为生存而与其他物种搏斗。个人的命运是无关紧要的。这样的生命甚至配不上为保存它而必须作出的搏斗。

"艺术的宗教"同样是徒劳的。在想到死亡和悲情戏剧的时候,美变得枯萎,尼采认为美鼓舞人心,但它只能加剧人的焦虑。人被剥夺了对自己命运的控制,面对非道德的众神和无法探测的宇宙力量变得无可奈何。

"家庭的宗教"(指罗赞诺夫的形而上学,讨论见第五章)完全逃避了对于超验理想的寻求。快乐家庭生活中感官的满足把人降低到了一切遵循本能的造物,却没能认识到孩子不是个人不朽的替代品。孩子们将会继续提出他们的父母早就应该解决的问题。②

"社会的宗教"(全部各种形式的社会主义)专注于人性之善。它有自己的信条、英雄人物、殉道者和历史。理想主义的个人把生命贡献给了某种更伟大的事业,希望以此绕过对纯粹个人意义的寻求,避免思想的负担。社会主义许诺满足人的全部暂时的需求,给人提供繁荣和某种归属感。社会主义魅力不是

---

① 《托尔斯泰与陀思妥耶夫斯基》,X,页142—143。
② 《不是和平,而是刀剑》,页7—9。

针对人的思想,是针对人的本能的——亦即,驱使蜜蜂、蚂蚁和母牛为了安全而聚拢在一起的同一种原始本能。在全部伪宗教中,最具危险诱惑力的社会主义显得只能减轻人的焦虑感和孤独感。臣服于不自由:某种暂时的集体不是人所希求的更大的整体,个人的不朽只能够通过自由意志来获得。而且,梅列日科夫斯基提出,当下这一代人正在自我毁灭;这是最"自暴自弃、狂妄、病态,甚至荒谬"的一代人。这一代人已经走到了道路的尽头。启蒙的乐观主义已经导向了达尔文,其"自由"导致了基里洛夫和尼采的"颓废与疯狂",其"平等"导致了"社会主义的巴别塔"。必须开凿出一条全新的道路。人在倚靠圣经和基督提供指导、希望和灵感的同时,必须开始"划出"分开精神病症和精神健康、生与死、拯救与毁灭的"线"。人必须提倡以肯定生活为依据的一种新基督教。①

　　阅读了四福音书之后,梅列日科夫斯基认定,提出一种对基督的新解释是必要的。"历史基督教"过度强调了死亡与痛苦。梅列日科夫斯基实在热爱自己从阅读中而直觉体验出来的基督的"个性",从而开始论证,还没有其他人理解基督,基督的完整信息还有待到来。基督在肉体和精神上的复活保证了他全部跟随者的不朽,他所提供的个人的再生是对希腊戏剧不可避免的悲惨结局的回答。梅列日科夫斯基进而向世界宣扬他的宗教灵感,揭露"历史基督教"的谬误,提倡新信仰。②

　　遗憾的是,他没有提出把"历史基督教"增添物从其实质内

91

---

① 《托尔斯泰与陀思妥耶夫斯基》,X,页 160,124—125。
② 对于梅列日科夫斯基,基督首先显得是一个美学的现象:福音书是戏剧,不同于希腊悲剧,因为福音书给予希望。《过去与现在,1910—1914 年日记》(Petrograd, 1916),页 352。对于别雷,基督也首先是一个戏剧英雄。《在边界上》(Na rubezhe),页 184。

92 容里区分开来的标准；事实证明，那些实质内容是他自己的个人偏好。其次，他在两种信念之间摇摆，其一是，基督教和异教本源上是在基督的"位格"中统一的（异教的因素后来遗失），其二是，基督还没有显露其完整的信息。如果情况一如前者，研究就可能揭示出对于现代人困境的答案。他思想的辩证论倾向提出了先决的条件，亦即，本源的统一、其后续的两极化，和基督本身即将提供的更高一级的综合。

聚焦于基督的"个性"，他希望开始解决基督教"两个起始"的问题（人只能开始，完成与否取决于上帝）。集中研究福音书的同时，他也探索了古代希腊的秘教，而且，数年之后，还扩展了他的视野，囊括了整个古代东方。他认为，东方宗教乃是对基督教的准备。

他对基督位格（不仅仅基督的教导）的崇拜是以基督战胜死亡的"事实"为基础的。他说，基督是尼采"徒劳寻找的"超人；基督超越了死亡，死亡是人的最大局限。① 对基督复活在躯体方面的重视，乃是梅列日科夫斯基对尼采"就连众神也要腐烂"这一论断含蓄的否定，可能也是否定佐西马长老肉身的腐烂，他的腐烂令其追随者失望。

不仅如此，梅列日科夫斯基认为，基督从来不是一个禁欲主义者。基督肉体的复活表明他接受肉体，他认可性欲和尘世乐趣，认为这是人的"个性"固有的组成部分。换言之，基督徒为了得救，不需要否定性或者世俗文化。基督从来没有主张放弃现世。

---

① 《托尔斯泰与陀思妥耶夫斯基》，XI，页143，XII，页264—265。也参看 Hippi-us，页76和《彼得堡宗教哲学学会纪事：1901—1902》（St Petersburg, 1906）页243，和《托尔斯泰与陀思妥耶夫斯基》XI，页31，论梅列日科夫斯基关于"神圣肉体"的观点。

梅列日科夫斯基认为,基督的禁欲主义和来世论都是权宜之计,用以把他的教导跟异教和犹太教区分开来。"历史基督教"通过保持禁欲论和消极态度、歌颂痛苦而使人信服诽谤基督的人。实际上,基督的教导使生活更美丽;凡是真正理解基督的人,都会"对生活充满信心,不惧怕死亡",就像最完美的希腊人。[①] 而且,基督不鼓励消极顺从,而鼓励积极的斗争。基督一方面和古代世界强权战斗,一方面又为了他的新目标而令兄弟反目。尼采指责基督体现了奴隶的消极道德,托尔斯泰认为基督放弃对邪恶的抵抗——这些责难根本是错误的。

最后,梅列日科夫斯基把基督解释成一个崇高的个人主义者;对于人的每一种"个性"的尊重,都是他教导的基本教条。基督不是一个平等论者(尼采曾这样指责),他消除表面差别的作法旨在提供展现"内在的人"更大的天地。梅列日科夫斯基坚持认为,上帝面前的平等无需把人变成蚂蚁和蜜蜂(这是他最常使用的比喻之一)。事实上,比现存的"更高的山峰"和"更深的山谷"将会形成[②](梅列日科夫斯基没有讨论这些新的山峦的基础,也没有界定表面的区别)。他直截了当确认,基督是把他的力量建立在说服和爱,而不是强力的基础上,基督叮嘱每一个人(不单是强者和自豪者,也包括弱者和谦卑者)发展自己的"个性"。据梅列日科夫斯基认为,每个人都能够变成基督教个人主义者。尼采的"优秀金发野兽"是一头吞噬活人的狮子;爱是自我肯定的神圣手段。

"历史的基督教"已经完成保存对基督的记忆和歌颂其精神的功能。一个更大的真理即将到来。梅列日科夫斯基以约翰福

93

---

① 《托尔斯泰与陀思妥耶夫斯基》,IX,页41—42。也参看《不是和平,而是刀剑》,页26。

② 同上,XII,页24。

音为其直觉的基础,提出将会有"第二次的降临"和"第三次的启示"。他说,人类历史的全部意义都包含在圣经之中。《创世记》是其开始,《启示录》预示其终结。人迈向精神的完美。耶稣基督和神人的"第三人性"是历史的神圣地制定的目标。神人资格(男人和女人变得像是基督)是通过一个精神的演变过程达到的;这过程有三个阶段,每一个阶段都符合一个特殊的神性启示。前两个阶段已经发生;第三个即将到来。他将揭示福音书的基督和启示录中预言的基督之间的联系。① 体系如下:

天父上帝在旧约中作出了"第一启示"。上帝显示,他的力
94 量和权威是真理,全部的造物构成一个整体。"第一人性"构成前基督的世界——"肉体"的世界。梅列日科夫斯基没有解释他的体系如何适用于异教世界,他对希腊的统一精神与宇宙一致性的歌颂表明,他的体系是适用的。

神子在新约中作出了"第二启示"。他揭示爱是真理,强调告诉人升向他的纯粹精神之爱。"第二人性"是精神与天堂的基督的世界。打破了旧约原有的统一,他却令人反对自己的躯体,使他与他人隔离开来,从而否定了他注入的爱。因此,基督的信息是不完全的。

梅列日科夫斯基在《艺术世界》的同事、宗教哲学学会的一位主导成员罗赞诺夫,也提出旧约"天父宗教"和新约"神子宗教"之间存在固有的对立。罗赞诺夫钦佩旧约的宏伟活力;他认为,基督宣扬一种关于死亡的宗教。他主张至少部分地返回旧约的活力和感性,他不赞成梅列日科夫斯基寄望于天父和神子通过圣灵的统一。

对于梅列日科夫斯基来说,"圣灵"是新启示中最重要的形

---

① 《托尔斯泰与陀思妥耶夫斯基》,XI,页31;X,页76,《纪事》,页384。

象,他断言,"圣灵"是女性的。① 通过圣母这神性的灵和尘世的肉结合的象征,现在折磨人的"宗教二元性"将会结束。梅列日科夫斯基相信,历史基督教的错误在于漠视圣母,在于祷告仅仅指向天父上帝。但是,在第三启示中,圣母将胜过权力的男性原则。基督宣扬爱,圣母将揭示,爱是自由;她将要向人显示如何使异教和基督教和解。

然而,"永恒女性"的性质和作用是梅列日科夫斯基神学中发挥最少、最模糊和最矛盾的方面。就连她降临的方式也是不清晰的。从他简略的描写来看,她是在基督第二次降临的时候随着基督降临的。在这一点上,她将向他揭示人的未来。上帝在尘世的国将从那个时候开始,"第三人性"的时期是由"神人"组成的。

"圣母"、"圣灵"和"永恒的女性"(他经常使用的另外一个词语)所指是否就是同一概念,是完全不清楚的。梅列日科夫斯基将其连接为一,另一方面,他却常常指第三启示是"他的",或者"它的",而不是她的。很可能基督和圣母不再是两个分别的"位格";她很可能名副其实地变成了他的一部分。的确,在以后的著作中,梅列日科夫斯基把强烈的女性特征加诸基督本身,视这位"神人"为双性,结合了女性爱和创造的原则和男性力量与勇气的原则。这样,"圣灵"可能就是基督"个性"的女性层面,用荣格的术语来说,他的"女性意向"。虽然梅列日科夫斯基欲使肉体神灵化,他似乎没有把圣母设想为一个"个人"。很可能,他相信,她的灵(爱)将会潜入人类,从而使人类神灵化,也免除了对两性的需要(繁衍不是他所关注的领域)。对于他来说,问题是

---

① 《不是和平,而是刀剑》,页 28。这只是许多可能的例证之一;这个术语反复出现。在这一特殊语境中,梅列日科夫斯基谈到了"身披阳光的女人"。

如何把爱归于人的意识和经验；但是，手段是有些模糊的。

梅列日科夫斯基神学更基础的方面，特别是他对于世界灵性化和女性原则作用的强调，用激进的心理学术语来说，也可以解释为对俄国正教部分的世俗化。据杰尔诺夫认为，"俄国宗教思想的基本信念是承认物质的潜在的神圣性质、全部造物的统一性和神圣性和人为实现最终的转化而提出的参与神性计划的呼吁"。[①] 换言之，全部的物质，包括"肉体"，都潜在地是神圣的，都可能得到灵性化。其次，据杰尔诺夫还认为，在东正教中有一个人类中心论脉络，认为宇宙本身乃是潜在的"个性"，它还有别于拜占庭教会，相信神性智慧（神智）的拥有者不是逻各斯，而是名副其实生养了他的上帝之母。杰尔诺夫说，圣母玛利亚乃是俄国宗教特征这一层面的核心；她受到崇拜，因为她是"一个人，她取得了精神、灵魂和躯体的理想的和谐，因而能够生出神人，而不被神性的火耗尽；在她身上，一个造物变成了造物主的真正合作者，而进化的目标终于达到了。"[②]

96   杰尔诺夫明确指出，这些新情况出现在官方教会之外；他没有把梅列日科夫斯基跟这些情况联系起来。的确，梅列日科夫斯基对正教的见解，与教会里的教导和神学院及神学研究所的讲解相同，可以看出，他没有意识到玛利亚在大众宗教中的角色。然而，他的著作表明，他很熟悉杰尔诺夫引用过的思想家：恰达耶夫、索洛维约夫和陀思妥耶夫斯基，尽管在给予圣灵和圣

---

① Zernov，页 285。

② 同上，页 287。据 George Fedotov 记载，"俄国的玛利亚不仅仅是上帝或者基督的母亲，也是普世的母亲，全人类的母亲"。她既是道德保护意义上的母亲，也是本体论意义上的母亲，是生命给予者。"在研究俄国民间宗教的每一步路上，都遇到对于一种伟大神性女性力量的、长在的热望……"参见 George Fedotov：《俄国宗教心理》（Cambridge, Mass., 1946），页 361—362。也参见页 175，Fedotov 的信念，"纯粹俄国的救赎理念是大地母亲的救赎"。

母的定义中存在疑难,他对这二者的强调可能是受到了这些作者①的影响,这也是他自己在心理学方面深刻思考的产物。梅列日科夫斯基与主张和解的索洛维约夫不同,也与模棱两可的陀思妥耶夫斯基不同,他对官方教会持反对态度,很快就要求与之彻底决裂。

　　他的宗教观比在俗或者教会的先驱们的观点更具理性、更具启示录精神。自由意志扮演了关键的角色;人性受到呼吁,要在拯救自己的行动中扮演更积极的角色。梅列日科夫斯基相信,新的千禧年得到预言,但是没有被先定。不是自动的进展,而是人清醒的和有意的选择,将决定结果。毁灭也是可能的。"神人资格"(Godmanhood)是一系列缓慢和痛苦步骤的结果,其中每一步都需要严酷的内心斗争和精神的勇气。在精神进化的过程中,旧的价值观转变成为新的价值观,这些新价值观又接着转换、并融入下一步。每一步都构成一个宗教的考验;"神人"正是在这个熔炉中锻造的。宗教的祷告与欣喜使人能够经受人向完美前进时遇到的折磨。这些清醒和有意选择的总和是一种新人,这个人的身上,全部旧的二分法都被消解。而且,这一切都是作为人的灵魂中对上帝的内在感受而非强力地发生的。每一个个人都有一个神秘幻象,能在其中理解上帝的终极真理。最后的阶段,看来——而且也绝非明晰的——乃是给予应得者的神之恩典的结果。

　　但是,结果是启示论的;新的人性在尘世这里被创造出来,整个世界得到改造,新的教会诞生。这不是某种组织的建构,或者物质的大厦,这新教会是一个"内在的圣殿",是对于上帝的新

---

① 特别参看 Zernov 对陀思妥耶夫斯基的解释,这一解释显然类似于梅列日科夫斯基的解释。Zernov,页 287—289。

体验。成员是自愿的，并且最终是普及的。三位使徒，彼得、保罗和约翰（也许是指索洛维约夫在看到某种普世教会时的神秘景象）的教导将会结合为一，新教会不是已经存在的教理的无力的组合，而是一个全新的概念。这个概念只能通过基督得到，而不是通过反对他、或者抛弃他得到。①

　　梅列日科夫斯基观念中的人，可以有上帝信念中可能存在的异教内涵，很多因素依然有待解释。许多基本的问题，如个人拯救与全人类的拯救的关系、异教"第一人性"与旧约"第一人性"的关系、自由意志与先定论的关系、基督与圣灵在第二次降临中相应的作用问题——都依然有待回答。读者将会注意到，梅列日科夫斯基在基督禁欲主义问题上态度是矛盾的，在第二次启示和历史教会的作用问题上是含糊的。他一方面谴责教会歪曲基督思想和宣扬禁欲主义与消极态度，一方面又提出神性论里每一个阶段在人的"宗教意识"的发展中都发挥了作用（在这方面，梅列日科夫斯基提醒读者注意马克思：马克思认为，资本主义发轫时期是"进步的"，在衰败的时候是"反动的"）。梅列日科夫斯基解释说，第一阶段是让人意识到物质的世界和自身的躯体，使他理解自己在宇宙中的地位，第二阶段是使他意识到精神世界的现实，第三阶段是在神性的综合之中谐调精神与物质。

　　最后一个阶段在时间上是特别难以确定的。我们可能会假设，内在的感受随着时间过去散布开来。某种奇迹是否会让每一个人都同时得到最终的景象呢？圣灵在哪一时间点上降临尘世？产生"第三人性"需要多少神人？如果人动用选择权利，选择毁灭，圣灵会怎么样呢？上帝的计划岂不是不得完成吗？整

_____

① 这是对于 Hippius 宗教观点的总结，见于 Pachmuss，第 4 章。

个体系都是基于圣约翰谜一样的预言的;模糊之处反映出其根源的模糊。

为了澄清这些问题和其他的问题,梅列日科夫斯基和吉皮乌斯开始了"宗教的探索"。他们受到神圣使命感的驱使,又作出某种先知的姿态,于是决定研究、讨论和投身于基督的真实精神,以求直觉地感知第三启示最终会揭示出什么来。人对新真理的积极探寻会加速整个的过程。虽然独立地进行他们自己的寻求而与正教分离,在内心里,他们仍然认为自己属于正教。①他们有信心认为他们的新教会终究会容纳旧教会。这是在1899 年夏天。吉皮乌斯称他们的努力是"事业",把一篇日记"论过去"用于记录其历史。"日记"是用半圣经的风格写的,每一段开头和重要的词语都划线强调,造成某种张力和出世的语调。②

他们的第一步是联系菲洛索佛夫、罗赞诺夫、明斯基、佩尔卓夫、贝努瓦、V. 吉皮乌斯(吉皮乌斯的表哥)、巴克斯特、努维尔和佳吉列夫,邀请他们参加宗教问题讨论小组。佳吉列夫表示不齿,菲洛索佛夫和罗赞诺夫很热情,其他人表示感兴趣。别尔嘉耶夫和索洛库勃也参加每星期举办的讨论。明显的是,讨论循环进行,并以性为主题。

为了满足对于更多形式和方向性的需求,一种"内在的教会"形成了。"内在的"教会将"巩固圈子"。圈子由梅列日科夫斯基、吉皮乌斯和菲洛索佛夫组成,实际上是一个三角家庭。三个人发誓要成为一个人,生活、工作和祷告都在一起,分享他们的感受和思想。通过"内在的教会","三者的秘密"(社会)会得

① Florovsky,页 457;Pachmuss, 页 116, 133—134。
② Temira Pachmuss:《忆往昔》(O Byvshem),《复兴》(*Vozrozhdenie*, no. 217),(1970 年 1 月),页 56—78。no. 218 (1970 年 2 月),页 52—70。

到解决。一个形式全新的集体,精神的集体,其成员合而为一,同时却又保持分离和独特——这样的集体可以成为未来人类组织的典范。以爱为基础的新自由概念也将演进。在适当的时候,"内在的教会"将会展现在世人面前。[①]

同时,"内在的教会"将作为指导核心发挥作用,而"三个人"则扩展了宗教研究,吸收世俗知识分子和正教教职人员。一个新的讨论小组,宗教哲学学会成立。学会目标是要变得:

99

> 较少封闭、较少秘密、完全深入生活,所以涉及金钱、官员和淑媛,学会全然可见和可感。从人员背景、地位和兴趣方面来看,应该是多元的;这样的一组,其成员若非讨论宗教问题和哲学问题,是不会走到一起的。而且,我们三个人⋯⋯由我们的纽带联成一体⋯⋯我们的内因将会对我们外因给予力量和驱动,反之亦然。[②]

("内在的主因"乃是"内在的教会")

他们礼拜仪式的发展和做法构成了他们"内在教会"演进的下一步。在某种意义上,他们延续了正教传统的一个部分,这个部分用艺术、习俗和行为,而不是理性的讨论来表达信仰。[③] 在12月,宗教哲学学会第二次会议之后,他们举行了第一次的礼拜,称为"爱餐"。作为一种手段,"爱餐"确立他们不同于教职人员和公众的独特性质,提供表达他们宗教情感的一种手段。这基本上是正教的圣餐仪式,他们认为这是解决"肉体秘密"的关键。对他们来说,圣餐仪式在参与者身上促成了深刻的精神转

---

① Pachmuss:《吉皮乌斯》,页 116, 133—134。
② 同上,页 123—124。
③ Zernov,页 283。

变。不许神父在场是主要的革新之处,是一个重大的决议。不知道实施圣餐礼仪是走向拯救还是毁灭的一步,他们都感觉迷惘与恐惧。

细心的准备工作标志了这一典礼的隆重。各个房间被重新布置;礼仪室内只有四把椅子,一把给基督。大家都穿特别的服装,吉皮乌斯穿一件白色礼服,男人们戴红缎子面纱。小链上的银质十字架被有意地贴身戴着,金色的十字架饰带缝制在他们的服装上。每个人都手执圆锥形的蜡烛。一个大烛台彻夜燃亮,为饮酒而购买了一个镀金圣餐杯。圣餐布也是红缎子的——他们还不够纯洁,不配用白颜色的。

礼仪在午夜开始,梅列日科夫斯基主持。他一开始就提问,他们是否还愿意继续进行下去。他们都相信,基督的爱将会原谅任何不经意的异端,所以他们同意继续。每个人都发誓对其他两个人承担道德责任。梅列日科夫斯基读福音书,其他人祷告。"爱餐"在清晨五点钟结束。自此,他们就用"伟大的星期四"①指称这第一次"爱餐",大概是借用基督钉十字架之后四十天的"升天星期四"的典故。

第二次"爱餐"在 1902 年 2 月举行。作了细致而昂贵的准备。买了一个银质圣餐杯,缝制了新的服装。但是"三人小组"破裂;菲洛索佛夫没有到场。到了复活节,他还是缺席。梅列日科夫斯基和吉皮乌斯决定无论如何还是要进行他们的复活节礼拜式,要祷告,无异于三人在场。梅列日科夫斯基朗读福音书中歌颂强者承受弱者羸弱无力状况的能力的片段。菲洛索佛夫终于在 1903 年 10 月吉皮乌斯母亲逝世后返回,"三人"小组继续活动,虽然真实的团结状况时有变化——一直到 1919 年。他们

① Pachmuss:《吉皮乌斯》,页 117—121,128—129。

私人的祷告集会每逢星期四举行,只邀请特选的友人参加。他们还举办沙龙讨论会,部分地向公众开放,目的在于吸引皈依者。关于这个沙龙和宗教哲学学会,参见第六章的讨论。

"内在教会"由三个人组成,圣经揭示了三个"人性",这都显示出梅列日科夫斯基解决各种问题的一种倾向:以三者为一组,对比各组中冲突的因素,三者之组包括一个中介因素。人的个性、爱、社会是一组;精神世界、人、物质世界是另外一组。"内在教会"获得若干皈依者,它也是以"三个"同心圆组成的,从主干向外辐射。每一层圆都似乎要引发出据信数字 3 所固有的神秘力量,每一层圆都必定是独特的,同时又要和其他的圆融合为一。基督教三位一体的教理变成了一个几乎是具有魔力的咒语。梅列日科夫斯基的历史系列作品"基督与反基督"——他凭此在 1931 年获诺贝尔奖提名——就是三部曲,一如他 1921 年后的历史小说系列那样,试图探索"基督以前的基督教"。

"基督与反基督"是梅列日科夫斯基的尝试:扼要陈述世界历史的各个阶段,勾勒最终出现的神人的面貌。每一部作品都聚焦于一位集中代表了自己时代"人性"的巨人人物。从总体来说,这三部作品都展示了梅列日科夫斯基的信念,亦即,历史是异教与基督教之间的某种辩证关系,最终必得消融。但是,作品没有形成连贯的整体,各部小说是在梅列日科夫斯基精神演进的不同时期写作的。

三部曲反映了"新宗教意识"的失败和为提出新宗教真理而促发的"宗教研究"。梅列日科夫斯基同时探索两个历史进程(圣经的父—子辩证关系和异教—基督教的对立),但二者没有101 融合。他对原历史阐释的尝试只模糊了他计划的实质轮廓,妨碍了对体系的聚焦。

第一卷,《背教者尤里安:众神之死》(1895)描写热爱世界、不惧怕死亡、大胆而欢乐的灵魂之第一人性的终结。1911 年，梅列日科夫斯基做了修改，弱化了异教的"个案"。从事后看，描写尤里安是要显示对自然的幻灭。奋进的智慧目标是跨越上天，继续前进。最后，天与地将会合一。

　　第二卷，《众神复活：列奥纳多·达·芬奇》(1900)[①]讨论异教主题的回归神人，因为将其纳入基督教背景而达到最终的和解。梅列日科夫斯基在强调达·芬奇的基督教同时，谴责达·芬奇同时代人把他看作是一个异教徒。达·芬奇事实上协调了"两个原则"，异教的因素含在一个基督教的主题之中。从基督教里，他汲取了某种精神的静谧。达·芬奇是他激情而备受折磨的艺术家同伴米开朗基罗的对立面，达·芬奇的"精神"使他能够在沉静的观察之中翱翔在世界的上方；米开朗基罗因为受到"肉体"的控制，所以依然污泥满身，身陷尘世，灵魂受到折磨。达·芬奇制造飞行器的计划指明基督教渴望天堂的欲望和异教对超人力量的欲望。他的绘画也昭示各种不同因素的和谐结合，其细节上的准确性源于一个热爱世界的人的细心观察，细节本身是为取回主题"活的精神"而服务的。在构思神人的时候，达·芬奇把下列诸多因素结合了起来：男性与女性、完美的爱与完美的知识、力量与同情、大胆与谦恭、感性与智慧、理想主义与注重实际、艺术与科学、对美的热爱与对精神的追求。

　　然而，梅列日科夫斯基认识到，达·芬奇是遇到了困扰的。达·芬奇的基督教不是贯穿始终的；他在温和谦恭的基督教理想与注重感官和个人自由的异教理想之间摇摆。他的艺术和生活都映射出他周围世界的二分法；令非道德的异教众神复活的

---

① Merezhkovsky：《众神复活：列奥纳多·达·芬奇》，《全集》II，III。该书最初在《上帝的世界》连载，1900 年 1—11 期。

文艺复兴的综合理念,不是完全成功的。达·芬奇一直没有解决"肉体的秘密"问题;他不善于爱他人,也总是与极乐失之交臂。他没有给他的继承人留下精神的遗嘱。事实上,他的一个门徒,乔万尼·波尔特拉菲奥,一个虔诚的天主教徒,死于一个白色"女魔鬼"的拥抱,那是梅列日科夫斯基热爱的阿芙洛狄忒的化身,也是一个女淫妖(传说中和睡梦中的男人交媾的女妖)。

　　梅列日科夫斯基描写女淫妖不仅仅是为了取得审美的效果;他想要"超越善与恶"的尼采式欲望的残余。他妻子吉皮乌斯写诗献给魔鬼;对于她来说,魔鬼是十分真实的。索洛库勃(1863—1927)在自己的诗中描写女淫妖、吸血鬼和各种恶魔;他是一个摩尼教教徒,宣称接受撒旦当他的主人,认为太阳是某种恶劣创造的魔头。希伯来魔鬼学中的女妖莉莉丝,是他的主要象征之一,他最著名的作品是《小恶魔》(1905),是关于一个残忍的农村教师的故事,这个教师被比他更邪恶的势力战胜。而不信神秘的布留索夫宣称同样地崇拜上帝和魔鬼。恶魔主题的主导地位常常和某种反常的情欲结合,部分地是一种姿态(例如在英国和法国的纨绔子弟中间),部分地又是某种宗教欲望的产物:这个欲望就是探索恶本身,以求理解恶在神性计划中的地位;动机依作家不同而不同。

　　让我们再看看达·芬奇,这部作品反映出梅列日科夫斯基的一个希望:文艺复兴会提供基督教与异教结合的范例。他还相信,文艺复兴时代的人是神人的先驱。如果超人是基督徒,就是一好百好,他善于爱人。达·芬奇属于早熟;世界还没有做好准备接受他的信息,而他自己也没有制定出信息的全部复杂内容。辩证法的每一个成分都需要进一步的发展才能够协调起来。达·芬奇是这个新宗教的预言家,但不是完成者。而且,他太脱离同伴,难以影响他们的思想。拉斐尔

的绘画体现了精神之爱和肉体之爱的结合,他事实上比达·
芬奇更接近新的理想。

　　小说本身冗长、枯燥、观点偏颇,而且人物死板。但是,塑造
新人物的尝试使这部作品在国际上取得成功。梅列日科夫斯基
让俄国人意识到了意大利文艺复兴。文艺复兴时期人的理想形
象正好和新时代日益增长的普罗米修斯精神吻合。其他的俄国
人,例如伊万诺夫、别尔嘉耶夫、舍斯托夫(Lev Shestov,1866—
1938),都开始研究艺术与宗教的联系,和基督教与异教可能的
融合。然而,这三个人演化的方向都很不一样。别尔嘉耶夫和
伊万诺夫就同一个主题展开进一步的研究。别尔嘉耶夫变成一 103
个存在主义神学家和他在基督教中所见到的精神自由的保卫
者;对创造性艺术的赞颂是他哲学本质性的主题。1906 年以
后,他接受了神秘论的无政府主义,也变成了象征主义者的一个
领袖。1924 年,他在意大利定居,不久以后,皈依了罗马天主
教。犹太人富商的儿子舍斯托夫,对宗教的逻辑式的研究很快
感到绝望,变成一个完全的非理性主义者;他的哲学在多方面近
似他后来仰慕的克尔恺郭尔的哲学。他在最后一部著作(1938)
中得出结论:雅典和耶路撒冷是不相容的;人们必须在两者之间
作出选择。[1]

　　在后来的年代里,梅列日科夫斯基认为达·芬奇是人神的
而非神人的——先驱,这是艺术与美的异教往昔和科学与理性
的异教未来之间的过渡形象。从这一观点来看,达·芬奇标志
了辩证法下一阶段的结晶。他所代表的异教因素必定发展,直

---

[1]　参看 Lev Shestov:《雅典与耶路撒冷》,trans. Rabbi Bernard Martin (Athens, Ohio, 1996)。也参看:Kline:《俄国的宗教思想和反宗教思想》,页 73—102:关于 Shestov;页 459,490—491;关于 B. Nerdiaev 和 Florovsky。Zernov 在页 156 引用 Berdiaev 论梅列日科夫斯基小组对于他的思想的重大影响。

至达到力量的巅峰,盖过基督教。到那时候,基督教的新形式将会出现。

三部曲的最后一部,《彼得与阿列克塞:基督与反基督》(1904)①描写了达·芬奇预设的综合体分解为其各个组成部分。异教与基督教都体现在高尚而具理想主义的人物身上,令其互不相容的性质更具悲剧性。异教因素暂时占有上风,但二者都遭失败。

彼得是反基督,尼采式的超人,文化创造者。彼得有"打碎旧戒律"的勇气,和打造铭刻自己价值观的石板的愿望。彼得鼓吹新的"国教",摧毁了莫斯科旧教会,动摇了旧的传统,坚定地把俄国引上一条新的道路。他充分意识到了必定造成的痛苦,他单枪匹马地凿开面向西方的窗户;科学和文化开始启蒙他原本蒙昧的国家。他依靠纯粹的意志,在原来一片沼泽的地方建造了一个宏伟的城市。他的行动是受到了神性启示的;他使世界更靠近普世主义,他取消牧首制的做法让俄国教会避免变成为一个教皇国,因而令它避开腐蚀了罗马的权力诱惑。

阿列克塞是基督。阿列克塞是彼得的独子,他体现了基督徒谦恭、温和和富同情心的美德。他意识到了他父亲对他的失望,支持了旧信徒,最后成为基督教的殉难者。彼得对阿列克塞的态度表明他改变了对基督教的态度。如果这部作品是在1895年写作的,阿列克塞很可能会被漫画化成为过多的"加利利的乌鸦"之一。在这里,他是一个悲剧人物。梅列日科夫斯基对双方的同情态度,使得这部作品成为他最好的小说,里面陷入

---

① Merezhkovsky:《反基督:彼得与阿列克塞》,《全集》,IV,V;该书在1904年首先在《新路》连载,后来继续在《新路》的后继刊物《生活问题》连载。

冲突的人物是最不呆板的。①

彼得陷入对儿子之爱和对俄国之爱的冲突之中,意识到他病弱的儿子缺乏治国的能力。阿列克塞缺乏一位国君所必要的冷酷。为了确保革新成功,彼得别无他法,只好牺牲儿子。事实上,彼得得到了免罪宽宥;谋杀归根结底,不是为了他个人的利益。在梅列日科夫斯基笔下,彼得甚至祷告上帝为他的罪行惩罚他,而不是俄国,祷告旧信徒们的诅咒,"彼得堡将会是一片荒芜"不要成真。对于彼得的理想主义的重视令人认为,梅列日科夫斯基曾考虑让彼得成为新的神人,但是又改变了主意。不能够表扬人的牺牲;牺牲他人者不能成为基督徒的楷模。彼得对人们痛苦的无情漠视,无论生命代价有多大也拒绝修改计划的态度,应该受到谴责(在尤里安和达·芬奇中,类似的特征被忽视)。

未来的希望既不在于彼得,也不在于阿列克塞,而在于一个纯朴的农民吉洪。吉洪的"个性"没有得到细致的刻画,他只是短暂地出现在小说的末尾。我们仅仅得知,他原来是一个旧信徒,对旧信徒们自我毁灭的狂热痛感失望,同时抛弃了旧信徒们的自我牺牲态度和彼得非道德的、不人道的、把农民变成奴隶的"国教"。吉洪意识到,旧信徒和国家的战争会摧毁每种信仰的拥戴者与俄国自身,于是他开始以"新天地"为基础的、全新的宗教,亦即,某种启示的解决办法。吉洪是热爱土地的农民,认识到他所需要的信仰应该包括、并且以虔敬态度对待土地。

《彼得与阿列克塞》反映出写作了达·芬奇之后的几年中梅 105

---

① 据 Donald Treadgold 认为,"关于彼得本人,梅列日科夫斯基的基本观点是健全的,触及了关于彼得的一场伟大的史学和思想的论争之核心,这场论争很可能是现代俄国历史上涉及面最宽的一场论争……彼得的改革最终还是涉及了文化的问题……"《西方文化在俄国》,页 90。

列日科夫斯基感受到的幻灭。宗教哲学学会诞生又消亡,却没有孕育出任何确定的新信仰。1900年以后,社会动荡加剧,梅列日科夫斯基开始意识到,政治镇压妨碍了在全部领域中对真理的寻求,包括"个性"的发展。他们1900年的宏大希望受到部分的压抑;他们的乐观主义减退。在四年的紧张研究和讨论之后,依然看不到明确的解决办法,而且,神人的特征仍然不比以前明晰。最多可以说,这些特征属于一位纯朴的农民,而不是勇敢的武士尤里安,或者艺术与科学天才人物达·芬奇。

　　梅列日科夫斯基为自己提出一项超人的任务;"新宗教意识"没有能够使他的进展超过"宗教探索"的阶段。他不仅没有得到某种更确定的信念,而且甚至这一信念的单个的信条(见于本书下一章)也依然处于尚未定型的状态。因此,梅列日科夫斯基愈益寻求某种奇迹来提供人类的努力难以达到的综合。

第五章　基督教与异教的启示论的决断

　　梅列日科夫斯基在直觉的引导下,没有真实的依据,只凭个人的偏好,寄望于神性的启示;他得出结论,认为,在第三启示中,"历史基督教"主张的性、艺术和个人主义,都将被转变成为"神圣的肉体"、"神圣的艺术"、"神性的利己主义"和"基督里的自由"。这样,基督教将要囊括异教最吸引人的特征,人将获得永生和爱。在追求这一目标的同时,他尝试向基督徒们为性、艺术和个人主义辩解,描写改变之后的每一项的内容。由于他的起初的规定模糊,研究和讨论都没有引导出他所寻求的、精确的新教义。因而,他转向对于启示过程的某种依赖;某种奇迹将会取代人自己的努力。

"神圣的艺术"

　　"神圣的艺术"是梅列日科夫斯基尝试从基督教方面来强调他早期对艺术和美的神化。和以往一样,他认为,美感是与生俱来的,美感让人理解自己精神的个性,构成了人和永恒灵魂的联系。因为得到了他新的强调,永恒的灵魂变成了基督,美变成了

"上帝的谦恭",而且,上帝用"终极的秘密"掩盖了"他的半透明现象布料造成的赤裸。"①象征物本身是"透明的",所以他仍然认为象征物是统一两个世界的手段。②

通过艺术,和通过肉体一样,人可以及于上帝。正如性的愉悦是对后启示时期的更大得多的愉快的预示一样,美乃是对于复活更伟大得多的美的预示。因此,凡是不欣赏艺术或者美的人,都不是真正的基督徒。他"不欲求在世界末日对世界的最后和伟大的赞颂。"③"历史的基督教"谴责艺术是人虚荣的表现这一点,是错误的;这是最高形式的精神追求。为了维护自己的信念,亦即:真正的艺术是基督教的艺术,因为这样的艺术融合了宗教信仰、受到宗教问题的启发,梅列日科夫斯基倾心于俄国伟大的小说家,托尔斯泰、陀思妥耶夫斯基和果戈理。

在《托尔斯泰与陀思妥耶夫斯基》(1900—1901)中,梅列日
115　科夫斯基提出,二者都是在普希金身上达到的那种综合所遭受分解的最终的极端事例;托尔斯泰是"肉体",而陀思妥耶夫斯基是"精神"。实际上,这部著作是对托尔斯泰的攻击;梅列日科夫斯基指责道,托尔斯泰不是基督徒,在生活观上是佛教徒,在对于"肉体"的专注上,是一个异教徒;他尝试通过对托尔斯泰的小说和他的生平的分析来证实他的观点。

梅列日科夫斯基提出,托尔斯泰的小说把生活描写成为一系列没有因果关系、目的和意义的无聊的事件。现实本身是一个没有里程碑标示的虚幻。在托尔斯泰全部的小说中,卡拉塔耶夫(《战争与和平》里的一个农民)是惟一的聪明人。只有他承认计划的徒劳。而《哥萨克》的主要人物叶罗什卡叔叔主张一种

---

① 《托尔斯泰与陀思妥耶夫斯基》,XI,页217—218。
② 同上,页217。
③ Merezhkovsky:《梅列日科夫斯基回答 A. B.》,《新路》,No.2(二月),页160。

不介入的生活态度和动物式的自我满足,这实际上是为托尔斯泰辩白的。他的作品里没有主角;只有陷入各个阶段的堕落的人。没有一个人物奔赴一个高尚的理想。

缺乏理想主义,注重"肉体"。每一个人物都是从个别的躯体特征来限定的,这是他的主旋律。所有的人都得到细腻的描写;心理特征是次要的。只有欲望保留下来;而欲望必须加以控制。女人不能成为友人——托尔斯泰的这个论断否定了女人的"个性",也把女人降低到了"肉体"的水平。但是,托尔斯泰的"肉体"不是热爱生命和世界的健康的异教"肉体",而是他自己对死亡和垂死的病态的着魔的结果。托尔斯泰不去颂扬自己的独特性和完善灵魂,而是寻求逃避自己的躯体,是通过模仿农夫(muzhik)和实行禁欲主义寻求忘却。他的人物都追求涅槃。他们没有能力决定自己的命运,或者被压垮,或者被动地屈服于自然的摆布。

梅列日科夫斯基不能原谅托尔斯泰写了《艺术是什么?》(1897),因为这部著作谴责了所有不是特别宣讲基督教兄弟情谊的理想、得不到最朴实农民理解的艺术,他指出,托尔斯泰的禁欲主义来源于对生活的痛恨。托尔斯泰的艺术观抹煞了梅列日科夫斯基所热爱的文化,降低了艺术家的地位。按照托尔斯泰的社会用途教化标准,希腊悲剧、莎士比亚、歌德、瓦格纳、波德莱尔和绝大部分现代艺术家都遭到指责,被认为毫无用处。艺术家不过是匠人,他花费的时间和资源本来是可以更好地用在别处的。对于梅列日科夫斯基来说,这是平庸和市侩作风的体现。生活一旦被剥夺了愉快、颂扬和欢欣,就会变成死亡。

梅列日科夫斯基继续说,托尔斯泰的道德论说教,因为他的 116 虚伪,变得更加令人望而生厌。他对自己妻子和孩子的冷漠表明他不善于爱他人,而他自吹自擂的禁欲主义和清贫都不过是舒适与方便的面具而已。实际上他是什么也不缺少的。他家具很少的简朴小屋离主房有一段距离,因为没有分神的事物,为他提供了理想的工作环境。他简单的饮食比他的仇敌屠格涅夫装门面的美食更有益于健康,他不抽烟、不饮酒也对健康有利,他农夫式样的外衣十分舒适。这是实用主义,而非禁欲主义,是对于肉体的独特的专注。①

他在性方面的禁欲主义暴露了对活力、创造力和生活本身的愤恨。他没有得到精神追求改变的"肉体"死后会返回尘世。他的哲学或者生活里,什么也不能得到颂扬;他的伦理学是克己的伦理学,否定欢乐所以扭曲了生活。基督教的核心,自由意志、个人的神圣、爱和灵魂的不朽,都被去除。他的宗教基础是对死亡的惧怕;惧怕之深厚"足以接近宗教的虚弱或者宗教的鲁钝"。② 真正的基督徒是不惧怕死亡的。

陀思妥耶夫斯基是托尔斯泰的反面,是纯粹的"精神",新基督教的精神。他的人物都积极寻求作为生存依据的理想;他们都以各种各样的方式试图超越人生的环境。陀思妥耶夫斯基的每一个人物都是以心理学的术语界定的。躯体特征甚至是不清晰的,他们的躯体是无关紧要的;突出的是个性特征。这些人物受到信念、受到"智慧的激情"的推动,显示出理想能够把人从肉体的统治下解放出来。他们以同样的强度展示出他们的信念,而不是只做理论探讨。理想将他们的思想和躯体融合成一个单一的意志。这样,人身上的分裂就可以消除。通过自由意志,而不是对历史或者本能的屈服,他们变成众兽或者众神。事件不十分重要,每一个人物的生活都是对上升到"精神最后的光明照

① 《托尔斯泰与陀思妥耶夫斯基》,IX,页41—46和第IV章,页53—79,这是对托尔斯泰整个生活方式的批评。
② 同上,页42。

耀的峰顶"的尝试。英勇的斗争和牺牲决定了人的命运。跟随陀思妥耶夫斯基就能够让人知晓上帝并且爱上帝,把努力指向包拢大地的更高一极的理想。

梅列日科夫斯基继续说,佐西玛神父的"亲吻大地",构成了 117 陀思妥耶夫斯基对人的宗教问题的无意识回答。他让阿辽沙离开修道院,出去见识世界。佐西玛特别告诉阿辽沙要对农民说话,"引导他们的心灵"离开对物质的关注。他的信息是,基督教必须扮演积极的角色,教导人如何生活。陀思妥耶夫斯基是本能地向着新启示的信仰摸索的。佐西玛的"新天新地"是他对正在来临的启示录式转变的先知式认知。陀思妥耶夫斯基自己是"福音之爱"、因上帝之爱而变得完满的新人性的先知,这是古老的信仰——理性,得到医治的精神与肉体二分法。即使陀思妥耶夫斯基并没有总是忠实于自己的洞察力,有时候甚至还主张"奇迹、神秘和权威"的奴役,但是,佐西玛的声音是正在来临的基督的声音。[1] 神性的秩序将是爱与自由的统一。[2]

对于梅列日科夫斯基来说,陀思妥耶夫斯基的"智慧激情"是一种解脱,解脱了同时代人眼中的、他自己过分的脑力。这是比本能的激情高超的,是建立在精神的理想上;它表明,知识分子能够达到梅列日科夫斯基所希求的信仰和健全。梅列日科夫斯基认为,陀思妥耶夫斯基把人物写成冷酷而非人性的狂妄分子,以便表明错误理想的有害后果。如果受到真正的基督教信仰的推动,人就会变得具有人性和爱心。就会在基督教的兄弟情谊中生根。通过陀思妥耶夫斯基,"肉体"没有被弃置,而是被揉合进了一种新的"精神"。人在上帝创造的世界上享有荣耀,

---

① 《托尔斯泰与陀思妥耶夫斯基》,XII,页48—49,145—146,253—258,266—257。"新天新地"的预言,出现在《启示录》。

② 同上,页145。

从禁欲的"历史基督教"走向新的启示。

梅列日科夫斯基下一部批评著作,《果戈理的命运》(1903)①是对"历史基督教"禁欲主义的一场攻击。梅列日科夫斯基尝试追溯包含在陀思妥耶夫斯基和托尔斯泰作品中的两极性的根源。梅列日科夫斯基评论说,普希金的镇静实际上是退离生活的态度。在创造性的观照之中,普希金对战斗报以超然的态度。他代表了抓住敌人的尝试,要击溃普希金所痛恨的小市民习气。对于精神纯洁性的颂扬是果戈理所使用的手段;他《与友人的通信》(1847)遭到误读(在书信里他赞扬了农奴制和独裁制度);这是他发起的运动中的一个情节。

118　　　果戈理把小市民习气定义为虚无、平庸、否定上帝、没有"灵魂"的"肉体",就像魔鬼本身一样,果戈理致力于揭露它。果戈理作品的人物,尤其是《死魂灵》的主角乞乞科夫,是对俄国外省的讽刺,以及《钦差大臣》的主角赫列斯塔科夫,是对官僚贪得无厌和腐败的揭露:这两个人物代表了魔鬼使用的两个面具。尽管他们表面上有区别,其本质是一样的。两个人都没有更高的世界的概念,谁也不为个人的长生努力。从内心上看,他们都是虚无、沉闷、平庸不堪。丝毫没有"个性"的。扮演了钦差大臣的赫列斯塔科夫,是世俗的个人主义者。回应个人权利的诗意呼唤时,他是动情的、激情的、奋进和浪漫的。他几乎是一个浮士德,欲望是难以满足的。在政治上,他是自由主义者,为一己利益而动摇传统。他生活在一个自己想象的世界里。常常受控于自己的理念,只落在果戈理的狂人身后一步,那个狂人认为自己就是西班牙国王。乞乞科夫买死去的农奴(称为"灵魂"),拿去

---

① Merezhkovsky:《果戈理》,《全集》,XV,页187—311。《果戈理》最初在《新路》上连载。

抵押；他是"保守派"，体现出中产阶级的稳定。他从来不为激情或者理性主义所动，在一切场合下保持镇静和清醒，为贪图舒适，千方百计、不辞劳苦地积累钱财。现实主义是他惟一的激情；他是一个纯粹的唯物主义者，十分讲求实际。乞乞科夫是一个为上帝和财神服务的"西方化的人"，甚至认为自己是一个启蒙主义的代表，给俄国落后的外省带来了进步。的确，梅列日科夫斯基提醒读者，启蒙主义是通过商业来到俄国的。中产阶级，尽管有全部的伪装，都是敌人；形式虽有不同，但是，小市民习气是他们的意识形态。"自由派"和"保守派"实际上都是毫无意义的术语；都和拯救人的基督没有关系。在二者当中，乞乞科夫的危险性更大；正是他的唯物主义在毁坏俄国。

梅列日科夫斯基继续说，果戈理正确地理解到，没有基督教的生活就是喧嚣和丧失和谐的。他本能地领会了"基督教是光明"，使得生活美丽。他对艺术的爱，是这一领悟的化身。他对意大利抱有热情，特别是文艺复兴时代的罗马，一如歌德和尼采，所以他分享他们的创造活力。

因为某种缘故，果戈理遭受"精神与肉体的重大不和谐"，某种"精神的疾病"。是"精神的疾病"导致禁欲主义神秘主义，还是禁欲主义神秘主义导致"精神的疾病"，这甚至是难以确定的。[119]他受到对于自己创造力感到的愧疚折磨，却是明显的。

果戈理到意大利、尤其是到罗马的旅行，加重了他内心原来的冲突。他受到了神秘论友人和一些罗马天主教神父的影响，在他返回俄国的时候，他受到了他"基督教"信念和他自己内心对生活的爱二者的撕扯。果戈理认为自己沉迷肉欲有罪、幽默逗笑的能力源于魔鬼，于是他烧毁了已经写出的《死魂灵》的第二部，接着神经崩溃。病愈之后，他开始凭借记忆缓慢而艰难地再现他毁掉的作品。

　　果戈理希求精神的再生，于1848年到圣地去朝拜。寻求的救赎景象他无缘见识（第二部分是表现俄国的精神再生）。返回俄国之后，在1851年，他受到宗教狂热份子马特维神父（马特维·康斯坦金诺夫斯基）的影响。梅列日科夫斯基认为马特维是基督教禁欲主义的化身，谴责他攻击果戈理的弱点。据梅列日科夫斯基认为，马特维说服果戈理，世界是邪恶的，生活在世界上就意味着生活在一己躯体之外。马特维宣教，一个真正的基督徒为了变成纯粹的精神，是要惩戒肉体的；基督徒要摈弃艺术和美，因为这是魔鬼的诱惑，要理解，世界是一道泪水和痛苦的深谷。果戈理听从了马特维的宣教，在1852年重又把《死魂灵》第二部付之一炬；梅列日科夫斯基说，实际上，他部分地牺牲了自身，不久之后因为完全崩溃而去世（烧毁作品之后，果戈理捱到床边，拒绝进食，九天之后，在极大的痛苦中死去）。

　　梅列日科夫斯基总结说，马特维不理解，他对艺术、美和爱的憎恨摧毁了生活的基础，而且亵渎了上帝的创造。梅列日科夫斯基坚持认为，阴暗的"历史基督教"不是用来跟世俗论和小市民习气斗争的信条。新基督教必须包含艺术，受到对生活的热爱之启迪。

　　从整体上看，梅列日科夫斯基论托尔斯泰、陀思妥耶夫斯基和果戈理的著作展示了他象征主义文学批评的威力和弱点。在他的手里，这是一类模式塑造，一种关注作者生活和作品基本原则的手段，一种从全景上看待多重细节的方式。他坚持只能够凭直觉理解这一点，提出全部艺术的基本原则是宗教。

　　"精神—肉体"的构想被简单化了，但是使梅列日科夫斯基得以说清要点。对于托尔斯泰、陀思妥耶夫斯基和果戈理来说，120宗教的确是基本原则。而对于每一位作家来说，主要问题都是如何把基督教教义用于生活。因此，他绘制的肖像是有说服力的,把同时代人引导到了对于他们作品的一种新的和更准确的理解。杰尔诺夫认为,他的评论是"俄国文化中的一个转折点",其重要之处在于结束了知识分子顽固的反基督教偏见。[1] 他触及了托尔斯泰与陀思妥耶夫斯基之间基本分歧的一个重要方面[斯坦纳(George Steiner)的《托尔斯泰还是陀思妥耶夫斯基》和柏林(Isaiah Berlin)的《刺猬与狐狸》是要具体指出他们之间区别的进一步的评论尝试。大部分读者都强烈偏向二者之一]。虽然梅列日科夫斯基的解释不完全,但没有错误。他论果戈理的著作鲜明勾勒出这位基督教艺术家的困境:他怨恨自己的才能,怀着爱意描绘了他应该蔑视的世界而感到内疚。

但是,技巧的主观性不可避免地造成歪曲;凡是不能渲染画面的细节都要遭到轻视或者删除。在构建物被用来证明已经断定的观点、而不是当作验证一个假设的探索手段时,这些固有的瑕疵就被放大。这三位作家的肖像不是完全准确的。可能的例证很多,姑且举出若干:对马特维神父的描述过分,他对果戈理的影响被夸大;果戈理的命运如何,不应该完全归咎于他。陀思妥耶夫斯基肯定不是纯粹的精神。他受到肉欲的折磨,可能甚至是一个强奸犯,他是一个嗜赌成性的赌徒,待人不好。有时候他对自己兽性的愧疚感几乎令他痴呆,因为不断寻求信仰而感到绝望。陀思妥耶夫斯基是否具有真的信仰,大法官的玩世不恭是否就是他自己的态度,都是可讨论的问题。在他的哲学里,恨和"福音之爱"一样多,这一点却是不容怀疑的。他痛恨犹太人、西欧人、一切不是正教教徒的人。就连梅列日科夫斯基也反对陀思妥耶夫斯基的西欧乃是墓园的观念和他对开展一场帝国主义圣战的呼吁。托尔斯泰的肖像也是片面的。托尔斯泰对肉

---

[1]　Zernov,页87。

体的专注和对死亡的着魔都被用来模糊他十分真实的精神追
求。在青年时代,托尔斯泰的《忏悔录》给梅列日科夫斯基留下
了深刻的印象。实际上,他坚持认为教会伪造基督思想、基督教
的本质可以在福音书中得到的态度,很可能来源于托尔斯泰。
梅列日科夫斯基的模式(model)无法解释在托尔斯泰皈依前作
品中不可否定的活力和对生活的热爱。他也漠视托尔斯泰对一
121 般人福利的关切和公然反抗正教教会与沙皇所需的非同寻常的
勇气。后来,梅列日科夫斯基承认了托尔斯泰的这一个侧面,甚
至承认自己接近他胜过陀思妥耶夫斯基。托尔斯泰被正教驱逐
出教门一事大概引起了对他的重新评价。他和吉皮乌斯在
1904 年访问了托尔斯泰,一定程度上是要去道歉,但是,会见差
强人意。后来,托尔斯泰告诉自己女儿说,他想要喜欢他们,可
是,做不到。

　　梅列日科夫斯基最大的理论是他分辨基本心理特征的能
力;他最大的弱点是倾向于把直觉上的发现嫁接在辩证的历史
框架之中。他对俄国文学发展的解释所依据的理由和方式是普
希金的综合解体,因而是相当模糊的。异教享乐主义层面(连
"异教徒"也是禁欲主义的)发展失败的理由没有得到解释。梅
列日科夫斯基仅仅说果戈理领悟到"不可能重复普希金",却没
有讲清楚果戈理为什么以其特殊的方式接过普希金的"战斗"。

　　至于性,梅列日科夫斯基要把艺术融入他新宗教的愿望给
他带来了新的见地,却没有能够帮助他将二者协调起来。称理
想是宗教的这一做法解决不了问题;这样的做法不过是笼统归
纳了宗教的概念,因而令其失去特殊的基督教意义。对于世俗
的艺术家来说,这个方法是不周全的;迫使这些艺术家的作品纳
入不相容的模式,歪曲了这些作品。梅列日科夫斯基虽然谈论
现代诗歌中的精神潮流,他似乎不太熟悉绘画和音乐在那个时

代的发展情况。事实上,因为他漠视音乐,使得他在相当程度上脱离了他的时代。

从他的目的来看,更重要的是,他为过去的艺术提出辩护,对于未来的艺术,他却没有提出指南。他只是告诉我们,艺术的神秘来源于艺术的神圣,来源于面对崇高感受到的敬畏感,而象征物表现了这种神圣性。据梅列日科夫斯基认为,象征物将指向精神—肉体的最大能见度;这些象征是肉与灵的活生生的结合体。揭示上帝的世界的秘密、同时又对其加以掩饰,象征物的模糊性质实际上是上帝对于自己的作品的谦虚。一个机器是没有秘密可言的;机器的每一个零件都是"清晰的、有用的、不知耻的、赤裸的";而神的造物则是不可解之谜。① 现实主义和自然主义显然是不神圣的。按照这一逻辑,非客体的艺术,例如立体主义,是完全抽象的,"没有肉体的"。

有意形成的模糊,也使得有意识的基督教信仰的作用变得 122 不清晰。梅列日科夫斯基认为,为艺术而艺术是真实的,但是这不够。艺术家为美服务,但是美也为我们服务。

> 最伟大的艺术家有时候迫使美服务⋯⋯为更高级的某物(他们牺牲美),因为他们知道,在祭献牺牲之前的最后一分钟,例如伊菲格尼在她父亲刀下的那一分钟⋯⋯变得更加美丽。的确,在最后一分钟,常常有神圣的奇迹挽救她。②

一个艺术家是否应该宣教,如果应该,应在什么时候,仍然

---

① 《托尔斯泰与陀思妥耶夫斯基》,XI, 页 217—218。注意神圣与机器的对立。
② 同上,X, 页 162。

是不明确的。判断一件个别的艺术品是神圣、还是亵渎的标准依然阙如。梅列日科夫斯基不在自己的评论刊物《新路》上发表他认为精神内涵不足的文章。

别雷公开谴责他放弃了艺术,屈服于他在左翼人士和托尔斯泰那儿反对的教化说教。别雷告诉他:"你谈到肉体,可是你没有实在地感受到它。"别雷坚持,并不是任何一物都必须具有某种更高级的目标的。世界并没有可怕得使人必须逃进神秘主义。

> 对于我们来说,世界依然是充满魅力的,主要是充满了*期许*。并不是到处都有铁路,都有桥梁;在有些地方绿草依然生长,鲜花依然开放,发出芬芳。在这些鲜花当中,主要的、最神秘的、最迷人的、最具神性的——是艺术。我们西方人向艺术灌输了我们母亲的乳汁,我们理解艺术魅力的无尽的深邃。但是,你,你谈艺术——请原谅我——多是依据道听途说,所以很容易背叛艺术,如果不是通过咒骂,就是通过遗忘。你所谈的新艺术必须发展成为一种新宗教……你把维纳斯变成了一个圣母。这种巧妙取代之法是一种狡猾的手段……二者不能等同……二者都是善,没有必要互相取代。①

实际上,梅列日科夫斯基无意牺牲艺术,也无意决定艺术的内容。他自己不知道新的真实是什么;艺术的目的就是导向新的真实。艺术家可以自由讨论宗教问题,在个别对精神的观点

---

① Andrei Bely:《艺术家 A. B. 写给梅列日科夫斯基的书信》,《新路》,1903,No.2（二月）"Pis'ma khudozhnika A. B. k D. S. Merezhkovskomu'",页 156—158。

上可以保留不同意见（他发表了索洛库勃描写魔鬼的诗）。别雷批评了梅列日科夫斯基的神秘主义，但他自己却是一个神秘主义者；然而，他担心全部艺术都会被强迫穿上精神的紧身衣这一点，也不是没有来由的。梅列日科夫斯基如果不能够发现艺术品所根植的宗教原则，就不认为该作品是艺术。

　　梅列日科夫斯基对于艺术的强调令人想到正教传统中美的 123 中心地位。许多观察者都在正教礼拜式里看到了超俗之美的特质，注意到了俄国礼拜中圣像所具有的突出地位。索洛维约夫认为索菲亚——神性的智慧，是和美本身紧密相连的，①他大概是回顾中世纪俄国的精神论，而杰尔诺夫则认为后彼得时代的教会压抑了这一精神。梅列日科夫斯基的"艺术导向信仰"的信念是符合这一传统的。他对教会的攻击因为教会的艺术定义之狭隘、对世俗艺术的疑虑和宗教艺术的风格化而激化——上述诸项都是在它的庇护下发生的，没有给艺术家的个性留下空间。赋予全部艺术以精神的理念使得梅列日科夫斯基把他所热爱的世俗文化也包括进来；而且，他还相信，思想的交流将会对宗教的创造性本身产生某种富有成果的作用。他希望，新的宗教灵感能够把俄国教会送回被它所谴责和放弃的那个世界中去。

　　然而，问题在于，"神圣的艺术"是不可界定的。正如"神圣的肉体"那样，"神圣的艺术"还依然是一个意向的表述。展开哲学思考的人很少；就艺术家们的气质而言，模糊本身很可能就是魅力的源泉。白银时代之所以认定艺术以某种神秘的方式走向神性，而艺术家则是神性的预言者，梅列日科夫斯基所激发出来的思想脉络乃是其中一个首要因素。

---

①　Zernov，页 283—287，290—292。Zernov 谈到的传统把礼拜之美和荣耀视为比正确的教理更重要（页 37）。也参看 Fedotov，页 368—377。以及他的《俄国精神宝库》(London 1950)。

"神性利己主义"

"神性利己主义"是梅列日科夫斯基通过提出实现上帝意志的一种新类型,而为利己主义或者个人主义辩护的尝试。根据读者现在所熟悉的他的模式,他坚持认为"历史基督教"错误地谴责了利己主义,于是他尝试用基督教的形式来描述它。

梅列日科夫斯基认为,克己、谦恭、利他主义都不是恰当的基督教特征;这些品格反映了个人乃是痛苦之根源这一佛教的概念。一己利益不是恶;人如果"大胆"为自己谋求利益,是不会"迷失"的。在专门谈论托尔斯泰的时候,他说,关怀个人自己的家庭、而不是去拯救人类,不是错误的;这是获得神示核准的自我保存本能的一种显示:这一同样的本能"叮嘱野兽守卫自己的窝穴、鸟儿看守自己的鸟巢、人在灶膛里生火"。① 本能不应该受到谴责,而应该视为神圣。如果受到抵制,它还是要以虚假的形式继续下去。为了避免冒险造成"重大的悲剧式的毁灭",人把自己的抱负限制为世俗的和低俗的目标,例如他的职业。利他主义尤其是虚假的;利己主义者否认自己有野心,假装为他人服务,他表面的自我牺牲实际上是控制他们的一个手段。

对于人的各种能力的颂扬必定导致更高一级形式的利己主义:"神性利己主义"。"神圣利己主义者"可以从他为自己设置的"伟大的任务"和他对俗务、物质和实际事物的轻蔑态度辨识出来。他要把自己的行动范围扩大到整个人类;他要成为上帝计划的一件工具。

拿破仑和歌德代表了"神性利己主义"的不同方面。拿破仑

---

① 《托尔斯泰与陀思妥耶夫斯基》,IX, 页34。

毫不羞耻地告诉他的士兵："我需要我的生命,你们必须为我牺牲你们的生命。"他代表了"以牺牲他人为代价无限扩张一己的自我"的做法。他的利己主义改变了欧洲;他引导欧洲更接近神性的普世论理念。拿破仑意识到了自己的使命,把自己等同于太阳、创造性的象征。实际上,他完成了尼采提出的对价值的重估。他的影响十分巨大,需要半个世纪的缜密思考才能理解他。①

歌德的革命是在人的灵魂里;歌德扩展、并且颂扬了"个性"的神性概念。他的创造性包括了文学和科学,而他个人的生活是完满的;他享有多样化的经历,他熟悉世界文学,爱过许多女人。经历了他自己的狂飙突进的时代的激荡情绪之后,他达到了奥林匹斯山理想的均衡与静谧。他最伟大的作品《浮士德》,是异教与基督教成功融合的象征;爱情挽救了这位终生奋斗的主角。梅列日科夫斯基总结说,读者通过《浮士德》领悟到,"爱自己和爱他人都是对上帝的同一种爱"。现实本身就是"我走向上帝"。一个人为了自身中的上帝爱自己,为了他人身上的上帝爱他人。②

"神性利己主义"显露出梅列日科夫斯基构想中的各种困难。拿破仑、歌德和歌德描写的人物浮士德都为了他们一己的 125 满足和野心而牺牲人民。这一点是绝对不能够和每一个人的神圣性质这一基督教理想协调的。没有禁止神性利己主义者跨越的伦理界限,也没有解决特殊的道德难题的明确规定。显然,如果伟大人物为自己提出"伟大的任务",他就可以随心所欲。个人的野心只不过得到了一个新的名称、脱离了"低俗的"经济扩

---

① 《托尔斯泰与陀思妥耶夫斯基》,XI,页 83, 117。
② 同上,页 93—94。

张而已。仅凭人民和社会习俗可能阻止不了在完成神性计划过程中渴望征服一切的英雄，或者渴望体验一切的艺术家。

"基督里的自由"

"基督里的自由"是梅列日科夫斯基给予自由一个方向的尝试，以便将其与"脱离基督的自由"分开；他认为后者是随意的、撒旦式的和混乱的。[①] 在他的框架之中，个人的自由将会导向新的基督教教义。

他坚持认为，批评和质疑的自由对于宗教的活力至关重要；争论表明宗教变得与生活息息相关。书报检查制度是"精神的奴役"，必须被取消。他认为，取消农奴制的做法解放了躯体，现在到了解放灵魂的时候；他问道："难道灵魂不比肉体更重要吗？难道精神的奴役不比肉体的奴役更恶劣吗？"[②] 梅列日科夫斯基反对教职人员硬说罗赞诺夫有异教言论而要将其逐出宗教哲学学会的做法，他说：

> 怀疑对于信仰的营养，正如枯枝之于燃烧的火焰。我们的主要目标之一就是和我们自己的最强烈的怀疑做斗争，不是孤立地，而是公开地，和其他人联合在一起。最真诚的否定意见好于虚伪的、无关痛痒的赞同。我们不是要压制、而是要击溃对罗赞诺夫的反对见解，为此，首先必须

① 《纪事》，页 188。
② Merezhkovsky：《论言论自由》(O svobode slova)，《新路》，1904，No.10（十月），页 323—324。

听完他的言说,而且要正确理解。①

他认为托尔斯泰被逐出教门(1901)一事是对于一切敢于对宗教愚民制度发出挑战的人士的攻击,于是把学会的两次会议用来评论这一事件,他提出,凡是珍惜自由的人都会保卫托尔斯泰。

还有,在彼得大帝以后,教会本身是一直处于瘫痪状态的。教会对沙皇和政府的奴颜婢膝态度伤害了教会的言论,剥夺了教会的道德权威。为了重新获得活力,教会必须独立。但是,教　126会本身不能成为某种独裁制度;它不能强力推行宗教信仰。使得各宗派在自己的宗教信仰上比正教更为自由这一具有讽刺意义的局面,必须改变。必须召开一次新的宗教会议(Sobor),以决定教会与国家的关系,考察圣宗教会议(Synod)把异端分子逐出教门的权力。②

在这一个时期,梅列日科夫斯基仍然是不介入政治的。他的《俄国自由主义的父与子》(1901)提出,俄国知识分子必须接受过去、停止彼此的争斗、寻求基督。他主要的关注是他和他的同事们能够自由地拟定新的教条,不允许权力机构妨碍他们的探索。

梅列日科夫斯基认为,作为新宗教的基本规则,是需要教条的。他的纲领是,"参照即将来临的新启示录",首先批判地重审全部现存的教条,开始发展新的规则,专门把基督教应用于这个世界的生活问题。梅列日科夫斯基试图让教条这个词语脱离其有压抑性质的词义内涵,坚持认为教条不是一套"镣铐或者锁

---

① 　Merezhkovsky:《答读者》(Otvet' chitatel'iam),《新路》,1904,No.2（二月）,页285—286。

② 　《纪事》,页73—74。

链"。相反,教条构成宗教探索的"最遥远的地平线",显示出对于人的志向的集中关注。① 教条类似于卢梭的"总体意志",是梅列日科夫斯基希望能够得到发展的精神集体的共同和起统一作用的因素;来源于每一个成员里的神性因素。它的发表表明,一个问题得到了解决。梅列日科夫斯基从来没有讨论过,共同的因素何以有别于独特的因素("上帝的秘密"),他意识到,随着人更接近基督,一种新的自由概念将是必不可少的,教条本身不可能是静态的。在所有场合下,教条都应是自愿接受的,不是强加的。而且他也没有解释谁具有提出教条的权威。

　　梅列日科夫斯基拒绝迫使自己澄清自己立场是实证主义立场。作为一门学科或者已经揭示出来的一个知识领域的神学,在他的体系里是没有地位的。理性不能测试启示,不能够建立新的教条。如果神学"搅扰了通向基督的道路",神学就必定被摧毁。它变成了一个监狱;人能够留在里面,或者头要碰壁,或者摧毁墙壁。"如果神学知识代表墙壁,我们就必须找到降低这些墙壁的方法",甚至拆毁整个的建筑物。② 在这一方面,梅列日科夫斯基是克尔恺郭尔所说的"一跃跳进信仰"的拥戴者。梅列日科夫斯基说,基督"主要是在我们的心里。如果我们以基督之名聚会,如果基督在我们当中,我们就是有权利对启示抱以希望的,尽管实证主义神学家们呲牙冷笑……"③

　　梅列日科夫斯基对于自由和教条的欲望十分强烈,竟然看不到种种困难。他殷切渴望消除对个人自由的全部限制,同时还怀有一个信念,即,他人也会像他一样找到基督。他的"基督里的自由"和他关于新基督教的概念足够宽广,足以容纳广博的

---

① 《纪事》,页 426。
② 同上。
③ 同上,页 436。

思想和行动。对于他来说，自由既是目的，又是手段。他迷迷糊糊地意识到，教条一旦确立，是可能限制自由的，没有考虑到这一点也可能是一个严重的危险。

对于教条的寻求表明，梅列日科夫斯基想要离开完全主观的"内在感受"的世界，开始建造人与人之间可知可感的桥梁。他还没有开始考虑行动自由的问题；他的思想因为指向一个小团体与自己亲近的人士，是相当缺乏某种更大的社会语境。教条在后启示时代的作用是模糊的，除了教会以外，别无任何的机构。全部的协会都是自愿的，全部的冲突都用爱来解决。整个的概念都取决于人的神奇变化。

启示即综合

梅列日科夫斯基协调异教与基督教的尝试没有达到目的，显露出来了他的启示思想。对于福音书和古代近东各种宗教的无尽讨论和研究没有引发出他所寻求的新教条。在心理上，他不能接受模糊概念，他日益依靠启示录本身。通过启示录，全部的旧类别都将消失。"基督教"与"异教"、"精神"与"肉体"、宗教与艺术、个人与集体、自由与教条，都将会结合起来。凡是人的力量受挫的地方，基督都会到来。

下面的论述指出他的弥赛亚愿景和他的希望，亦即，现实强加的限制将会被克服。

西方走到窗户前面止步，意识到不能再多走——而东方想要飞出窗户。西方说，这是不方便的，你会摔断腿的，128还是走屋门吧。但是，东方看到，那门指向其他的门，指向铁路、工厂……但没有透过窗户看到的广阔无限的景象。

> 窗户是通过艺术、科学、文化对无限的观察,还有对各种限
> 制的观察……在宗教里……飞翔的愿望。[1]

"飞翔的愿望"是征服世界的希望。《为羽翼祷告》(1902)是同一主题在诗歌上的表现。梅列日科夫斯基在呼唤新歌手、新歌曲、还不为人知的歌曲的同时,也为自己的现状叹息,于是得出结论,只有"神圣精神的羽翼"才能够拯救他。[2] 在他的作品里,羽翼和飞翔是反复出现的主题。对于弗洛伊德学说的拥护者来说,飞翔的梦意味缺乏达到性释放的能力。无论这一点适用于梅列日科夫斯基与否,他多年的羽翼愿望表明某种没有得到释放的压抑和想要通过变得酷似上帝的办法来克服压抑感。

梅列日科夫斯基对历史以启示录形式终结的愿望是清晰的、不会被误解的。他告白的语调和他的历史逻辑都指向生存条件的启示论的转变和新型的人的出现。对于他来说,正如对于许多痛恨现存秩序超过改革或者重建秩序的人来说那样,只有与过去鲜明的决裂才足以发挥作用。在《众神的黄昏》中,邪恶必须被彻底击溃。他对启示录的影射,比他为接续启示录的乌托邦的计划更为明显,数量也不可比拟地多。和即将在人内部架构的"内在教会"对照,梅列日科夫斯基逐渐把启示录看成一个可知可感的和客观的事件。

然而,他对启示录的描写提出的问题比给予的回答更多。他特别指出,启示的前兆是巨兽,并没有指明,巨兽是谁、他的功能、在大决战里,是谁、或者什么将被打败。显然,对于梅列日科夫斯基来说,巨兽是无处不在的;小市民习气和恶棍作法仅仅是

---

[1]　Merezhkovsky:《回答 A. B.》,页 159。

[2]　Merezhkovsky:《为羽翼祈祷》(Molitva o Kryl'iakh),《全集》,XXII,页 193。

其表现中的两种。但是这些也是邪恶的方面。邪恶是否就是巨兽，二者是否就是虚无——是没有界定的。而且，如果其一、或者二者是"虚无"，则邪恶的起源和力量必须加以说明。邪恶是"虚无"呢，还是"虚无"是邪恶呢？如果巨兽是"虚无"，在大决战中，是谁、或者什么教会被打败？实际上，最后的争斗会显得多余；激活善的力量应该是足够的。如果巨兽只是前兆，谁是反基督，他和巨兽有什么关系，反基督又从何而来？

　　为了深化问题，梅列日科夫斯基也把巨兽当作人里的动物 129 的象征来使用。巨兽"是善与恶的另外一面……他知道一切……是我们称之为本能的黑夜视力"。他继续解释："人里的巨兽现在正睡着……但是他可能会醒来的。"①如果在这个意义上使用，巨兽就不是邪恶的，而是非道德的，不善于作出有意识的选择。除了完成人的"个性"，唤醒他的目的是不清楚的。如果本能是善，如同它与永恒联合的纽带所显示的那样，就没有必要打败它。如果邪恶源于压抑，那么允许本能勃发便能消除它。这再次表明，进行一次最后的争斗的必要性不清晰，谁将被打败也是不明确的。从这一前景来看，也许压抑本身将被打败。

　　梅列日科夫斯基含蓄的摩尼教信念使得大决战与全部的启示的关系稍稍明确了，也解释了他思想的辩证性质（两极性质）。一般都认为，善与恶具有同等的力量，允许本能充分勃发意味着，二者充分发挥其潜力。在某一点上，会出现"摊牌"，上帝本身参预，站在善的力量一面；于是，历史终结。邪恶的扩散不是绝望的原因，而是显示解救近在眼前。然而，启示本身是一个单一的事件，还是一个漫长的过程，依然不明。

————————

① 《托尔斯泰与陀思妥耶夫斯基》，X，页 77。梅列日科夫斯基以同样的精神谈论关于本能和关于"夜间视力"的新的真实。页 76。

　　启示的思想常常作为对于深深的挫折感的某种回应。这是思想显得无力解决绝对必须加以解决的困境或冲突的产物。对理性的力量感到绝望，趋向寻找打破旧类别、再以新的方法将其混和的奇迹。打破阻挡解决的障碍之后，选择变得没有必要；二者都可以纳入新的秩序。

　　在这个时候，启示思想是普遍的，甚至在那些不是宗教探索者的人士当中。即将来临的幻灭和世界大战的景象在俄国和西方都不是不寻常的。在俄国，布留索夫的小说《南十字共和国》（1904—1905）预示了一个实证主义的乌托邦，在那里，在物质上得到餍足的居民突然暴怒，自相杀戮。布留索夫完全不是一个神秘主义者，他受欢迎的诗《白马》是启示主题的。1905 年，他写了《即将到来的匈奴》，又一次预言文明的毁灭。斯洛尼姆130 (Marc Slonim)认为，这首诗不"单纯是精神被虐狂的表现"；还显示出，布留索夫接受了群众革命运动。布留索夫不喜欢沙皇制度，感受到这一制度的垮台不可避免，1905 年，他站在社会主义者一边。[1] 根据霍尔图森（Holthusen）记载，[2]甚至索洛库勃都写了一些明确的革命诗歌；在政治上，索洛库勃是一个无政府主义者，对一切有秩序的安排都持敌视态度。他既站在革命一边，又站在革命的牺牲者一边。这不是启示观点，但其必然结果是破坏。政治问题和社会问题没有得到解决，反而加剧，人民与各种团体之间的心理距离感日益扩大，日俄战争中日本的胜利——这一切都加重了危机正在到来的感觉，萌生出灾难的前兆。

　　对于 1905 年革命结果的失望加深了启示的情绪。在讨论

---

①　Slonim：从契诃夫到革命，页 92。

②　Holthusen，页 17。

一些美学家当中革命精神的发展的最后阶段之前,应该讨论一下梅列日科夫斯基促进改宗的活动。这些活动的结果是神秘主义和宗教兴趣的散布,也是上文所指启示思想散布中的一个主要因素。

第六章　改宗"第三启示"

　　通过一个沙龙、一种小组讨论和一家评论,梅列日科夫斯基在著作中表达的思想得到了更广泛的传播,明显地影响了其时代的文化氛围。

"穆鲁奇之家"

　　典型的彼得堡知识分子一星期举行几次沙龙聚会和晚会;这些活动给他提供了和知识分子同伴会面和讨论他的作品与思想的机会。每个沙龙都有它的"常客",他们倾向于认同一套特殊的思想,在每星期固定的一天晚上举行活动。审美知识分子的圈子包括"佳吉列夫之家"、"罗赞诺夫之家"和梅列日科夫斯基的"穆鲁奇之家"。后者是依照他们在利杰伊内大道的住宅定名的,是散播新的神秘主义的主要中心点。彼得堡教育协会主要成员都受到理想主义、唯灵论、英才、文化和对集体的希望的吸引,而参加聚会;成员有别尔嘉耶夫、别雷、索洛库勃、努维尔、巴克斯特、明斯基、勃洛克、罗赞诺夫以及一群小有名气的才俊。吉皮乌斯致力于引起青年作家和大学生的兴趣。

　　这位著名的男主人及其妻子是吸引力的主要来源。梅列日科夫斯基和吉皮乌斯有意创造一种超俗的、不同寻常的和异国情调的气氛。一切平常物都去掉,有意识地创造出某种神秘的、有些颓废的气氛。新唯灵论和世纪末思想结合起来,强调要震撼一切市侩;基督教圣徒、异教诸神、圣像、原始的生育女神,都并列站在献给灵与肉的神坛之中。吉皮乌斯身穿精心制作的奇异服装(常常像一个男人),装模作样用加长的烟嘴吸烟,透过精致的眼镜观看一切(她的确是近视眼)。她的绿眼睛和长头发使 132 得她异国情调的姿态臻于完美。她吸引了整个沙龙的注意力;彼得堡的许多知识分子都爱上了她,所有的人都已经着魔。巴克斯特为她画肖像;托洛茨基宣布,她的魔力是巫术造成的结果,别尔嘉耶夫谈到了弥漫整个聚会的某种魔咒。这特殊的气氛又因为梅列日科夫斯基雪茄常年不断的褐色烟云而加重。别雷说,实际上,梅列日科夫斯基本人是发绿的。他自身的丑陋和怪气也加重了密谋和反叛的气氛。这位名作家总是高声迎接客人:"欢迎欢迎,我们是你的人,你是我们的人;我们的经历就是你的经历,你的经历就是我们的经历。"他间或从褐色雾霭中现身,以酷似教皇的姿态高声发出一项先知般的声明,然后隐身。对于年轻人来说,他是连接俄国过去的文化巨人的环节。而有关"神圣肉体"和情色的谈论引发出来罪孽和狂欢的谣言,反而扩大了这个沙龙的吸引力。①

　　沙龙是献给精神团体的理想的;目的就是通过分享思想和经历让所有的参与者变成一个人。梅列日科夫斯基希望为"主要事业"(Glavnyi)召集到新成员,在他们的领导下,形成一个新

____

① 关于这个沙龙的光环的更细致的描写,参看 Berdyaev:《梦与现实》,页 145—147;Bely:《世纪的开始》,页 190,和《史诗:回忆勃洛克》,页 181—189;G. Chulkov:《漫游的年代》(Moscow,1930),页 129—139。

的艺术流派。

　　这个精神团体的实际活动情况是不明确的,而且看来并没有实在的组织。给人的印象是人不断来去,是半集体式的生活。像别雷这样的青年作家只是和他们一起活动。勃洛克短期参与。团体的活动是和吉皮乌斯进行长时间的讨论会。别尔嘉耶夫从来不是这个家园的成员,但是与她关系非常密切。

　　沙龙成功地吸引人来参加讨论,真正的精神集体却从来没有形成。"主要事业"(Glavnyi)仅有的新成员是吉皮乌斯的两个妹妹,娜塔丽娅和塔吉雅娜,还有爱塔吉雅娜的卡尔塔舍夫,和吉皮乌斯的堂妹 V. 吉皮乌斯。后来,别雷认为他和梅列日科夫斯基夫妇共处的几年完全是浪费时间。他说,所谓的"我们",是根本不存在的;个人的身份被淹没在一个没有个性的神秘整体之中,又少有真正的交流。青年作家得不到帮助;他们是订了契约的仆人,而主人为自己收取他们最好的思想。① 后来,卡尔塔舍夫指责梅列日科夫斯基和吉皮乌斯著述过度抽象,他们忽视他人。别尔嘉耶夫指责说,这个集体是一个为推进他们自己的利益而建立的小集团;他认为,他们的宗教实际上是掩盖他们不同一般的利己主义的面具,是他们反对世界的武器。还有另外一段论断,指责他们受到了对权力的微妙的爱、而不是精神集体的爱之推动:"要么是我们,要么没有人,要么拥护我们,要么反对我们,要么牺牲你们自己,要么你们背叛我们。"这是他们真正的信条。他们极具占有欲,要求极高,他们坚持"拯救"他们的朋友,而他们预言性质的大话都是不鼓励有独立见解的思想。他们把任何离开了他们圈子的人、甚至敢于批评他们的人都看

① 《史诗:回忆勃洛克》,页 211—212。也参看页 193,279。

成仇敌。① 虽然反映的都是旧账,但是评论还是真实的。

　　梅列日科夫斯基个人的失败说明他不善于团结拥护他的人。例如,别雷把他看作是"新人"的生动榜样,才受到了他的吸引,不久就发现梅列日科夫斯基是和他一样迷惑的。离开他自己的环境,他就不知所措,甚至在家里,也是吉皮乌斯当权。其他的年轻作家也有类似的经历。梅列日科夫斯基不能够保持他的讲演所激发起来的具有强烈魅力的期许;失望是不可避免的结果。

　　"穆鲁奇之家"结果是从美学个人主义到社会激进主义道路上的客栈。它的精神集体主义不令人满意。别雷和勃洛克拒绝放弃自己的个人特征,别尔嘉耶夫对情色和神秘论感到愤怒。这些都超过了对梅列日科夫斯基个人的失望。它为不满意实证主义、政治激进主义和唯物主义的知识分子提供了一个聚会场所;那里举办的讨论激励参与者重新思考他们自己的理念、澄清他们的价值观和目的。作为新式生活的某种实验,它提高了他们的精神意识,深化了他们与传统社会的心理距离感。他们后来所主张的各种不同的社会理论反映了每一位参与者自身经验的、不同的结论。他们散乱的神秘的渴求开始汇集于一个共同的主题——对宗教会议集体气质(Sobornost)的需要,和宗教会议将会提供的新信仰之需要。

宗教哲学学会

　　宗教哲学学会原本是吉皮乌斯的构想,是一个专注于宗教与生活关系的讨论小组。在 1901 年 10 月,吉皮乌斯说服了梅 134

---

① Berdyaev:《梦与现实》,页 144—145。

列日科夫斯基、菲洛索佛夫、圣教会会议秘书杰尔纳夫采夫(V.
A. Ternavtsev)和《大众杂志》(*Zhurnal dlia Vsekh*)编辑米罗
留波夫(V. S. Miroliubov)随同她去访问圣宗教会议官员波别
德诺斯采夫(K. S. Pobedonostsev),请求他允许小组人士聚会。
他们解释说,他们不寻求对抗,而是寻求新的真实,因而得到允
许。彼得堡都主教安东尼(瓦德科夫斯基[Vadkovsky])以其自
由派见解著称,同意让教职人员参加。

　　第一次会议于 1901 年 11 月 29 日在地理学会大厅举行。
芬兰的谢尔盖大主教和彼得堡神学院院长(伊万·尼古拉耶维
奇·斯特拉格罗茨基,1867—1944)任主席,另外一位主教,神学
研究所所长谢尔盖,任副主席(第一位谢尔盖是从 1925 年到
1943 年事实上的正教会的牧首,斯大林在战争压力下作出这一
官方的任命)。在主席的右侧,更高一级的平台上,坐着教职人
员和平信徒 V. 斯克沃尔卓夫(1859—1932),他是《传教概论》的
编辑,也是波别德诺斯采夫的助理。左侧坐着知识分子:梅列日
科夫斯基、吉皮乌斯、菲洛索佛夫、明斯基、贝努瓦、V. A. 杰尔
纳夫采夫,以及神学院的两位教授,安东·卡尔塔舍夫(1875—
1960)和瓦西里·乌斯宾斯基。1912 年,卡尔塔舍夫成为学会
主任和克伦斯基政府的宗教部部长。此时,他已经返回到传统
的正教立场,和梅列日科夫斯基夫妇的交往激发了他自己在宗
教上的变化。杰尔纳夫采夫虽然是神学院毕业生,但仍然是平
信徒;他对宗教会议的立场、他的弥赛亚信念(当时他的信念十
分近似于梅列日科夫斯基夫妇)、他的艺术家气质和文学上的博
学,使得双方都接受他。[①]

　　"知识分子与教会"是他作出关键的发言。发言面向教职人

---

① 　Zernov,页 91。

员,表明了与知识分子和解的愿望(谢尔盖主教发言针对平信徒)。杰尔纳夫采夫说,创造性的活力已经离开教会;宗教热情衰落了。俄国面临精神和经济的双重毁灭。俄国的复兴只能够发生在宗教的领域,为此,教会本身必须改变。

　　他继续说,教会一向太消极;它专注于"上天的真理",而忽视了"地上的真实"。世俗的知识分子已步入这一个真空。鼓吹 135 者是一位新型的说教者,宣讲基督教的自由平等理想。他的利他主义、自我牺牲精神和对法制的崇敬态度都证明他的心是基督徒的心;他的虚无主义实际上是对于信仰的热烈愿望的反面。知识分子对宗教的敌视态度是教会的错误造成的;因为教会无视这个世界的需要,和反对派结盟,为独裁辩护。

　　以后的会议都沿袭了同样的模式;准备好的论述基督教与生活的某一问题关系的报告、朗读和讨论。讨论常常在几次聚会上延续。[纪事都分期刊登在《新路》上,合集于 1906 年出版。夏伊博特(Peter Scheibert)发表过出色的会议总结。[1]]会议召开过二十二次;每一次都有很多人参加。会议厅有二百个座位,总是挤满了人。有权利参加讨论的仅限于彼得堡的神职人员、神学院的教授和一批精选的世俗知识分子。基本的方向是非政治的;含蓄的假设是:宗教的复兴将会激发社会的改良。梅列日科夫斯基是最优秀的发言人之一,好几次会议都用来讨论他对托尔斯泰、陀思妥耶夫斯基和果戈理的分析,以及这些人与当时时局的关系。吉皮乌斯很少发言。

　　在讨论的题材中,有良知的自由、教会和国家的性质(有人指出,国家之于人,是外在的,而教会则是一种内在的力

---

[1]　《纪事》(在引用的著作中),和 Peter Scheibert:《彼得堡宗教哲学学会纪事,1902—1903》,《东欧历史年鉴》,1964,XII, No.4(四月),页 13—60。

量),力量与权力之间的区别和二者在基督教里的角色,为了成为俄国人是否必须成为正教教徒,教会是否具有排斥世俗文化的理由。在他们讨论的全部主题中,有三个是最有争议的:教会与国家的关系、基督教的性观点、正教的教条是否完整。

梅列日科夫斯基攻击圣宗教会议革除托尔斯泰的教籍 136(1901),号召重新提出圣宗教会议与教会和俄国人民的关系的整个问题(应该说明,圣宗教会议乃是国家的一条手臂。是正教教会的主政机构,但它不制定政策。它由十二个高级教会官员组成,这些官员都是沙皇指定的,他可以随意撤掉他们。它的主要代理人是一个平信徒,是沙皇的个人代表。他事先拟定议程,成员们只能够就他所提出的问题投票表示赞成或者反对,不能提出自己的问题。代理人可以随意取消否决的投票结果,只要不向沙皇报告就行。1880 年以来一直担任主要代理人的波别德诺斯采夫,是一个极端的反动分子,决心阻止一切的变化。对国家负责的官僚们对宗教的生硬控制,造成了宗教与反动势力的认同,也导致了对大众宗教教育的忽视。教堂斯拉夫语的祷告文很少有人懂,全部的布道文事先必须得到更高权力机构的审查和批准,所以神父们就不宣讲布道文。收入低微、缺少威望,使得神父的资格几乎变成与俄国社会其他阶层隔离的、世袭的种姓。他们的神学训练常常十分有限;很多神父在知识上准备不足,应付不了挑战。随着俄国社会的变迁,越发明显的是,这些缺憾正在削弱宗教本身对人民的影响)。

学会正是面对了这些问题,尤其是宗教与反动势力的认同和教职人员的隔绝状态。梅列日科夫斯基谴责说,因为革除了托尔斯泰的教籍,教会疏远了全部信奉自由的人,使诅咒落到自己身上。即使托尔斯泰不是真正意义上的精神领袖(按照梅列日科夫斯基的论断),他也有资格表达自己的见解。宗教的活力要求自由和公开的讨论;有不同见解是健康的。教会没有回答他的问题,却诉诸镇压;它的愚民政策使得它在精神上无力反抗社会主义煽动家们的攻击。梅列日科夫斯基提示,具有讽刺意义的是,各个教派都比正教享有更多的宗教自由;没有人告诉他们应该信仰什么。

　　讨论显现出许多不同的见解。谢尔盖主教说,教会和国家乃是一事;他是教会理想的最高级的代表,国家不能容忍无神论和异端。斯克沃尔卓夫(Skvortsov)认为教会是一个有机体,圣宗教会议是它的头脑。卡尔塔舍夫和罗赞诺夫要求举行新的宗教会议来重审圣宗教会议的立场和权威。知识分子和一些教职人员反对圣宗教会议的压制政策,关于圣宗教会 137 议应该如何做,却没有取得共识。有人想要使教会独立于国家,而其他人则希望完全取消宗教权威。例如,在第四次会议上,明斯基提出,走向拯救的道路不是一条,而是两条:"历史基督教"的纯粹精神之路和使得"肉体"精神化的全新之路。两条道路是相同的,宗教革新不仅应该得到宽容,而且得到鼓励。正教与国家十分密切地联系在一起,这一次和以后的对于相关主题的辩论实际上都是对于教会与国家关系的一而再、再而三的重申。

　　米哈伊尔·谢缅诺夫(Mikhail Semenov)在第十二次会议上作的论基督教婚姻的报告,引发了以后几次会议对"肉体的秘密"的特别激烈的争论。米哈伊尔认为,性欲只能表现在婚姻之中,目的是生儿育女;婚姻之外的性是罪恶的。在第十三次会议上,罗赞诺夫坚持认为,性行为本身是神圣的。在争论性自由的时候,罗赞诺夫否认教会管制结婚和离婚的权利;他说,独身主

义者不应该干涉他人个人的生活。因为他自己的独特处境,①
他特别反对教会严格的离婚法律。对于罗赞诺夫而言,教会本
身是不重要的;家园就是他的庙宇。在夫妇的私人生活中、父母
和子女的私人生活中,他看到了宗教的神秘,并且坚持说,宗教
的情感维度(对于他来说是最重要的),在家园之外是不能够复
制的。

梅列日科夫斯基认为,米哈伊尔和罗赞诺夫都把婚姻降低
到了生物学上的功能;两个原本分开的人在精神上的结合才是
首要的目的。梅列日科夫斯基不同意罗赞诺夫关于私人生活的
礼赞,认为信徒的集体对于"肉体的秘密"和个人的拯救问题的
解决极为重要。和罗赞诺夫一样,他也反对米哈伊尔对情色的
指责;梅列日科夫斯基认为,快乐本身是一种善。

乌斯宾斯基在第十七次会议上关于基督教教条的报告,是
他们所讨论的最后一个重大的问题。他的报告基本上是一系列
的问题:基督的教条教义是否完备,如果不是,宗教进一步的创
造性还是否可能,如果可能,走向它的道路是什么,现代欧洲在
艺术、科学和哲学中的发展是否具有教条的意义。至少有三次
会议都在讨论这些问题(第二十一和第二十二次会议的纪事遗
失),本来被压抑的冲突忽然迸发,变成公开的激战。不仅教会
教理的一个方面、作为教义解释者的神职人员的权威和地位,都
受到质疑。创造新的教义对于它的功能、它的垄断地位和它的
权力都是一种直接的挑战,被大多数教职人员视为对于宗教和
伦理的严重危害。明斯基和罗赞诺夫否定任何教义的价值,要

138

---

① 罗赞诺夫合法娶了 Apollonaria Suslova,陀思妥耶夫斯基以往的情人。这个泼
  妇拒绝和罗赞诺夫离婚。结果,罗赞诺夫和另外一个女人同居,生了孩子,但是
  一直到他合法的妻子在 1918 年死去,他才正式娶了这个女人,而一年后,他自
  己也去世。

求一种容纳全部信仰的人们的普世宗教——这一情况促发了教职人员对道德无政府主义、疯狂的情色论和宗教毁灭的恐惧。

梅列日科夫斯基自己相信需要教义,坚持认为全新的教义是必要的,平信徒必须参与对教义的创造。他说,教义来源于基督的重要教导,随着条件的变化,必须重新加以解释。传统的教导已经变得过时;人已经尽其可能地解释了第一次降临的教导。梅列日科夫斯基推论:"第一次降临的光明已经减弱;现在几乎是黑夜",上帝不会把人送回黑暗;人必须往前走,必须到达边界,几乎就在第二次来临的黎明时刻。① 在半昏暗中,到处一片混乱。甚至基督的伦理也不再清晰。福音书是模糊的,"在这样的模糊面前,我们都是软弱的、无助的……世俗人士和教会人士都一样"。② 教会没有反驳尼采,而普通人感到迷失。只有新的启示录能够解决这个问题。在回应一个个人的诽谤的时候,梅列日科夫斯基否认他对基督教感到厌烦,否认正尝试转向某种新的信仰。他强调说,他对第二次来临的见解不是异端;它的见解符合基督预示的主流。

与此形成对照的是,教职人员把教义看得或多或少是完备的。神学院的教授列帕尔斯基(P. I. Leparsky)说,教义是固定不变的,是汇集的事实,别无其他。谢尔盖主教断言"每一个人都知道到哪里可以得救";他认为,第一次降临的光明¹³⁹永远四射。索列尔金斯基(S. A. Sollertinsky)神父强调的是基督教道德的、而不是教义的方面;对于他来说,道德的方面都已经在福音书里明确表述,不需要重新解释。神学院的布里连托夫(A. I. Brilliantov)教授是最具弹性的;他认为,既然基

---

① 《纪事》,页520。
② 《纪事》,页384—386。这次会议的主题是罗赞诺夫关于明斯基的"两条路"的报告。在讨论过程中,涉及启示录的问题也被提出。

督的启示是指向人的理性的，就允许解释有所不同，而且，解释本身可以随着时代变化而变化。但是，就连他也没有预示某种新的启示。

1903 年 4 月 5 日，波别德诺斯采夫下令关闭学会。吉皮乌斯指责一个佚名的告密者，大概是《新时代》的合谋者，告发了他们。她承认，波别德诺斯采夫很可能只是对于大众表达异教见解的做法失去了耐心。吉皮乌斯本人不为所动，不去缓和形势。她还依然喜欢引人注目，开会的时候总是穿一件白色连衣裙，镶着粉色丝绸衬里的褶子。她一走动——她经常走动——那褶子就分开，粉红色的衬里让她显得好像底下是赤裸的。教职人员把她看成"白色的女魔鬼"。

基本的问题是，教职人员和知识分子之间的鸿沟太深，不能依靠讨论来消除。每个团体都是诚恳的，运作依据的前提却不一样。对于教职人员来说，这个学会乃是"对知识分子的使命"（斯克沃尔卓夫的话，但也是共同的假定）；他们自认为是已经揭示出来的真理之传播者，却几乎不考虑自己对真理的解释正确与否。许多教职人员一旦意识到知识分子不是在谦卑地寻求精神指导，就失去兴趣。

而在知识分子方面，他们是在寻找全新的真理，把教职人员看成伙伴和寻找真理的同伴，而不是师爷。他们急切寻求新的真理，觉得教职人员枯燥乏味，过度专注礼仪。有些神学家，例如列帕尔斯基，几乎就是实证主义者——他们坚持事实和逻辑，否定创造性的灵感。

回顾起来，梅列日科夫斯基曾经解释说，真理之于他是神圣而美丽的，可以说，披着锦绣大袍，对于教职人员来说，信仰乃是一件老旧衣装,虽然舒适,却不能给人带来灵感。[1] 知识分子寻求的事物是不现实的;他们告诉教职人员,他们所投身的理想是错误的,要求他们放弃他们自己的精神依托,抛弃他们的权威。所以,辩论反复循环。

开始的时候有过真正的交流,双方都是真诚的,在第四次会议的时候,说话就已经不顾及对方。他们都没有努力理解对方 140 的要点,讨论变成了与对方的辩论,有时候为人身攻击。谢尔盖主教指责梅列日科夫斯基,"背教者尤利安没有权利评判宗教会议"这样的话是不少见的。[2] 对于基督教教义的挑战都太有颠覆性,所以得不到认真对待,受到漠视。梅列日科夫斯基说,教职人员"像棉花一样柔软,但是,在这样的没有骨头的柔软当中,包着一块石头,而我们全部思想里最锐利的,或是碰在石头上迸裂,或是进入这柔软的一团,像刀刃切入奶油一样。"[3] 而且,知识分子还常常认为教职人员没有文化,这是不公正的。[4]

1905 年 3 月,由于民众的动荡日益严重,除了其他的改革,沙皇尼古拉还许诺包括取缔教派无民事行为资格的规定(civil disabilities)。当时的首相维特说服尼古拉,宗教自由会使教派分子处于比较有利的地位,于是尼古拉宣布有意召开宗教会议,重审教会与国家的关系,这类重大的措施所必须的稳定一旦恢复,就进行所需要的改革。促使沙皇作出这一决定的另外一个因素是,政府的许多官员都开始相信,国家的稳定取决于一个真正有活力和受到欢迎的教会。波别德诺斯采夫反对改革,圣宗教会议推出一项措施,要设置一个预备咨询委员会,为宗教会议

---

① 《不是和平……》,页93。

② 纪事,页91。这是第四次会议;不可调和的分歧已经变得明显。

③ 同上,页92—93。

④ 参看:Zernov,页96—99。

做准备——这正好是在他因病缺席的那一天。听到他们拒不服从的消息，波别德诺斯采夫辞职。这是在 1906 年 1 月。

宗教哲学学会内部的争论预示了将要出现在预备咨询委员会里的争论，委员会会议在 1906 年 3 月到 12 月举行。委员会面对的最棘手的问题之一（也是一直没有得到解决的问题）是如何重组教会的行政机构：是沿着一位选出的牧首的主教路线，还是沿着教区级别上的具有更大首创性的会众路线。在一定的意义上，关于行政机构的辩论也是学会中关于权威在宗教中地位之争的延续（1906 年，人们认定圣宗教会议即将被取缔）。也是在学会里，有人指责教会牺牲宗教感情和真实的信仰，而强调礼拜式和礼仪。在委员会里，有人提议用本地话取代教堂斯拉夫语，以便复兴祷告文，促进对祷告文的理解，改善对于神父的培训。但是，预备咨询委员会的工作没有成果；对手们的拖延策略占了上风。1907 年，社会安定恢复了，改革运动失去了动力。委员会在 1912 年恢复了工作，宗教会议本身直到布尔什维克革命之前不久才召开，已经太迟。

圣宗教会议对国家的依赖使它有别于本身是一个国家的梵蒂冈，改革者对其权威的叛逆很像抗议宗的宗教改革。俄国宗教改革者和早期的抗议宗都要求在教义解释和宗教表达方面的更大自由。这大概令当时的人们想起了路德早期的激进言论（"每个人都是自己的神父"）和路德教职人员独身身份的名誉，于是他们称梅列日科夫斯基"俄国的路德"。[1]

比较不能延展得太远；梅列日科夫斯基和路德都认为唯物主义和权力有害于宗教的纯洁性，两个人的观点都以强烈而明显的个人需要为依据，但他们二人之间是有重大区别的。路德

---

[1]   Oleg Maslenikov：《疯狂的诗人们》(Berkeley, 1952)，页 131。

反对罗马教会的庸俗，而梅列日科夫斯基反对俄国教会的超俗。路德回盼圣经初衷的恢复，而梅列日科夫斯基企望某种新的启示。

这两个运动的不同结果大概不是因为教理的区别，而是时间的机遇，由于两个人生活的历史时代不同。路德反抗的是外国的势力，得到了德意志诸侯的支持，他反对罗马教皇的主要行动发生在农民起义之前。因为这次起义，在政治上，路德变得保守。在俄国，维护宗教权威的是强大的国家，而宗教改革运动没有获得像路德改革获得的那样的力量。1905 年革命激发了宗教改革运动，由于令许多改革者恐惧，也挫伤了运动的激进的锐气。面对群众的反抗，不敢摧毁所有权威，宗教改革运动终于失败，被轻易超越。梅列日科夫斯基本身变得更加激进；他不是委员会的成员，所以他转向政治行动，号召开展"宗教革命"（参见第七章）。但神职人员和预备咨询委员会的知识分子都没有跟随他。①

宗教哲学学会没有完成宗教改革，也没有把神职人员和知识分子协调起来，从其他的理由来看，这些辩论是重要的。辩论提供了发表新见解的场所，吸引了彼得堡大部分有教养的人士。甚至高尔基也参加了；佳吉列夫是少数有意避开的人之一。关于教皇权威、艺术的作用、性的重要性等问题的辩论被引发出来，新的神秘主义倾向及于大众。更重要的是，宗教哲学学会把教职人员送到了一种位置上：他们会受到攻击，被迫为自己的见解辩护。在学会里，平信徒和教职人员是平等的。公众的挑战本身就是革命性的。在以往，知识分子很少对高层教职人员说话，即使说话，也得先表示谦卑。而教职人员因为没能回答宗教

① 据我所知，关于宗教改革运动，还没有更新的研究著作。

的质疑和反驳异教言论,使得其精神和道德的威望被进一步腐蚀,从而削弱了政府高居教会之上的国家大厦。

政府也捕捉到了革命的种种意向。从一开始,学会在政府里也有强大的对手。随着对于教会的攻击增加,革命活动加剧,对手占了上风。他们的信念是,作为独裁堡垒的宗教权威不能受到挑战;这个信念被接受了。不能给异端邪说提供公共平台。

具有讽刺意义的是,学会的关闭却激发了政府一向惧怕的政治意识本身。在以前,参加者们对政治都不感兴趣。现在他们领悟到,每种文化活动,甚至是最非政治的活动,都需要公民的自由。许多人在此期间变得政治化,开始为言论自由、思想自由、集会自由和个人权利的总体保证而战斗。[1] 学会的关闭肯定是梅列日科夫斯基较迟得出"独裁源于反基督"这个结论的重要因素(吉皮乌斯和菲洛索佛夫早就得出这一结论)。[2] 甚至有些教职人员,例如都主教安东尼(瓦德科夫斯基)都提出关于某种独立教会的主张。所以,社会是激发上文提及的宗教改革运动的因素之一。

143　　　学会在 1907 年恢复(不是梅列日科夫斯基夫妇恢复的,他们当时在巴黎),活动延续到 1915 年。在基辅和莫斯科建立了分会。从参加人数来看,高峰是在 1912 年到 1914 年。但恢复的学会缺少其先驱的激进锐气。它执意避开拯救俄国的希望,为自己提出一个狭隘得多的目标;从词意的消极意义上说,它变成了一个清谈协会。为了恢复原有的活力,梅列日科夫斯基尝试举办一场民粹派和马克思主义者之间的辩论,但神职人员拒绝参加。

---

① 　Berdiaev:《在永恒的表面下》,页 138—139。
② 　这是在 1905 年 7 月。

想要返回 1905 年以前的学会,但学会协调知识分子和神职
人员努力的失败显示,知识分子在精神上还是独立的。知识分
子对新信仰的渴求没有得到满足,问题也依然没有得到回答。
对于民族复兴新原理的寻求还在继续,寻求脱离了机制的渠道。
一种日益激进的、虽然还不是明显的政治化的神秘主义,继续通
过彼得堡有教养的社会阶层秘密传播。

新　　路

《新路》是模仿法国《法国新诗评论》的刊物,封面也是丁香
花。这原是吉皮乌斯的创意,她说,因为"厚本杂志"都正在把读
者推向报纸,需要一种能迎合特别口味的新型刊物。《新路》施
展魅力的对象是有文化修养的神职人员和知识分子中信教的成
员。[1] 它的目的是为宗教和哲学思想"新趋势"提供一个窗口,
成为新艺术的核心。

第一期在 1903 年出版,别尔卓夫是编辑,耶格罗夫(E. A.
Egorov)是文书。别尔卓夫在社论里谈到,需要把费特和涅克
拉索夫(美与社会效益)结合起来,把 40 年代的理想主义者和144
60 年代的探索新思想的现实主义者结合起来,把"人的真实"和
"人民的真实"结合起来。他继续说,审美个人主义是他那一代

---

[1]　Maksimov 兄弟(被引用的著作)把"厚本杂志"的衰落归咎于资本主义。据他们
　　认为,是资本主义造成了知识分子被划分为各种专家和专业人员,从而剥夺了
　　"厚本杂志"以往的爱好文艺的读者。有许多投合特别口味的杂志涌现,其中就
　　有象征主义评论。Maksimov 兄弟认为,象征主义是资产阶级个人主义的哲学;
　　其神秘主义是其物质主义实际行动的反面。怨恨大众和大众文化是其主要特
　　征。Maksimov 兄弟在斯大林开始掌控文学的运动时写出的指责文章说,象征
　　主义是资产阶级的工具,这个说法变成了斯大林时代的陈词滥调。特别参看页
　　83—128("早期象征主义的刊物")和页 131—154("新路")。

人对实证主义父辈的叛逆。他们发现，主观主义也不是答案，现在要寻找对基督教的某种新的解释。这就为刊物定下基调。读者确信将会看到"独唱歌手，而不是合唱"。没有党派路线，每种严肃的信念都得到宽容。

杂志分成各种不同的专题：图书评论、论文、诗歌、罗赞诺夫专栏"在我自己的角落"，和关于艺术、宗教、内政和外交近期动向的报告。诗人布留索夫为外国文学和外交专题撰稿。图书评论和评论文章的作者们是裴斯托夫斯基（Vladimir Pestovsky）、谢尔盖耶夫—岑斯基（Sergei Sergeev-tsensky）、仑德别格（Evgeny Lundberg）、弗洛连斯基（Pavel E. Florensky，神学院教授，后来成为著名的神学家）、卡尔塔舍夫、乌斯宾斯基、谢苗诺夫和克拉伊尼（Anton Krainyi，吉皮乌斯的一个笔名）。这些人也向编辑写信，把信件当成对某一观点提出阐释的借口。有一封信寄给梅列日科夫斯基，署名是"大学生"，提出贞洁是真正的"精神享乐主义"，而"神圣的肉体"是不可能存在的。梅列日科夫斯基写了回信。并不是每个专题在每一期都出现。宗教哲学学会会议纪事收入一期专刊。他们对刊物的视觉形象予以细心注意，也许是由于梅列日科夫斯基有为《艺术世界》辛勤劳作的经验：全部插图都必须严格符合文章内容。

象征派诗歌、哲学论文和西方著作的译文，在精神上显得很有意义，构成刊物主要内容。专题部分实际上是扩大吸引力的办法。受到推崇的诗歌包括巴利蒙特的《只有爱情》和索洛库勃的《地下室的歌声》。梅列日科夫斯基发表了自己的《彼得与阿列克塞》和果戈理研究作品；吉皮乌斯发表了诗歌和散文；罗赞诺夫写出论古代希伯来人宗教与犹太教基本教理的文章，伊万诺夫发表了论酒神秘密崇拜的研究作品《受难之上帝的希腊宗教》。与尼采的《悲剧的诞生》不同的是,伊万诺夫的论文强调狄奥尼索斯的悲剧命运,并且令其认同于现实的悲剧方面:疼痛、受苦、牺牲和恐怖,以忘却来和记忆(阿波罗)对立。由于狄奥尼索斯每年的肢解和再生,伊万诺夫认为他是一个基督的形象。他的结论是,包括艺术在内的全部文化,都来自宗教,艺术不应该只关注欢乐(悲剧和死亡是生命的固有的组成部分),需要宗教(狄奥尼索斯)来克服个体化 145 在文化上的分解作用(阿波罗)。伊万诺夫对悲剧的强调是他的思想和梅列日科夫斯基思想之间最突出的区别之一,因为后者坚持基督就是欣喜、欢乐和爱。

刊物内容呈多样性;在两年之内,刊登的文章讨论了尼采、施特纳(Max Stirner,德国无政府主义者,1845 年《自我及其所属》作者,尼采的先驱者)、梅特林克、柏林会议、英国美学家伯恩—琼斯和罗塞蒂。《圣方济各的小花》和斯特林堡的戏剧《单独》的译文发表。画家列宾(Ilia Repin)是巡回派的主要成员,这是同情民粹派思想的批判现实主义者的派别;列宾写了论艺术的文章,索洛维约夫的学生特鲁别茨科伊(Eugene Trubetskoi)讨论了索洛维约夫的哲学。

发表的作品水平很高,刊物也遇到了许多困难——经费、书报检查、摧毁它的运动和编辑之间的争论。经费问题十分严重,只有年轻作者得到报酬;其他人工作毫无酬报。对募捐道路的探索,归于徒劳。有人建议,凡是订购一定数量者,都可以在编辑方针上有发言权,但是,这样的订阅者根本就没有。梅列日科夫斯基夫妇专程奔赴莫斯科筹款,却空手而归。梅列日科夫斯基在绝望之中请求《新时代》保守的主编苏沃林帮助。他说,他、罗赞诺夫和苏沃林虽然有表面的分歧,基本上是一个思想。罗赞诺夫把这一口实拉进他们 1914 年的纷争,即争议梅列日科夫斯基在罗赞诺夫因为反犹主义而被开除出宗教哲学学会时扮演的角色。当时也得到披露的是，1908年，梅列日科夫斯基曾请求苏沃林写一篇关于他的著作《在静静的浊流中》的好评。在当时，梅列日科夫斯基是一个政治激进派，公开辱骂了苏沃林和《新时代》。① 所以，他变得像是一个虚伪的人；他的许多对手都幸灾乐祸地指出他缺乏精神的纯洁。他为自己辩护，辩说政治上的敌人仍然可能是私人朋友，还有就是，他意识到和苏沃林决裂得太慢，可是这些没有力量的辩护词却是互相矛盾的。到1914年，《新路》早已停止出版，而且不仅仅是因为经费问题。

146 　　书报审查是一道可怕的障碍；每一篇文章都必须通过一个世俗的检察官和一个教会的检察官。每一篇文章发表之前，隔个词语就要引发令人厌倦的争斗。宗教哲学学会的纪事引发出最激烈的争斗。最后终于发表的时候，纪事细节早已经枯燥乏味，令编辑绝望；会议实况生动活泼的气氛根本不见踪影。第五次和第六次会议的纪事完全没有公布。1904年2月，纪事遭到完全禁止；所以第二十一和第二十二次会议变成空白。1904年10月，只是偶尔出现的无害的国内新闻栏，也被禁止。事实上，刊物接到通知：刊物得以生存与否，全凭行为端正。

　　各种反动派社团都要求取缔这个刊物——"撒旦的工具"。《传教要闻》指控"新路"编辑们提倡聚众取乐的宗教。像古代庞培城一样，他们要用肉感的形体美化他们的寺庙。维纳斯和阿波罗的雕像要掩蔽或者排斥十字架。人不会再受到死亡和痛苦的提醒；祷告和谦卑将被完全取消。祷告书只包括雅歌、启示录、古代英雄故事，而勃洛克和吉皮乌斯宣告他们的诗歌都是神

---

① 《新时代》，1914年1月27日，页4；1月29日，页4；1月30日，页5。也参看《俄国财富》1914，No.3（三月）页387—388。

圣的情色。酒神会变成神庙里日常上演的节目。①

明斯基代表刊物宣称,他们并不崇拜肉体,目的是使肉体精神化。

> (你们)不能说,因为我们不沿着老路走,就是沿着撒旦的路走。我们的目标是让生活精神化——但是,不同的力量引导我们走向同一个目标……对于从高空凝望艺术与科学的以太空间里的隐士来说,他们显得无足轻重,太过世俗,对天堂几乎是敌对的,不是和上帝在一起,而是和撒旦在一起。我们在大地上生活的人相信,这些物品不是来自撒旦,而是来自上帝,为了全部的神性,他们必须得到宗教真理的启明。走向这样的启明,我们新的道路……②

其他撰稿者们说,编辑们比起那些忘记了基督本身、忽视"活着的秘密"和否定人的需要的神职人员,是更好的基督徒。147 他们说,神职人员抽象的禁欲主义,已经挫伤了基督教的创造性,压制了宗教生活,把文化丢给了不要上帝的人;《新路》正在尝试恢复为了基督的文化。《传教要闻》没有作出回答;因为有国家支持,没有必要自我辩护。

《新路》编辑部内部的分歧更多地削弱了它。策略和内容都是梅列日科夫斯基和吉皮乌斯制定的,他们把刊物看成是他们

---

① 《传教要闻》,1903 年 6 月,页 1382。杂志编辑部似乎一直有冲突。在宗教哲学学会开创初期,其活动是以常规的形式报导的,称为"来自宗教哲学学会大厅"。但是,未能吸引知识分子所带来的失望,刊印细节所导致的异端更广地流行,这一切都显得令编辑担忧和令保守派得胜。

② N. Minsky:《新路—撒旦之路》,《新路》,1903,No.4(四月),页 198。也参看 B. Bartenev:《不成功的解释》,《新路》,1904,No.7(七月),页 167—172。

自己的财产。他们拒绝刊登布留索夫的诗歌,认为他的诗歌颓废,所以造成了布留索夫的辞职。原来的编辑别尔卓夫对自己没有任何自行决断的实权感到失望而辞职。随着革命活动的增长,分配版面的问题变得更加严重。1904 年 8 月,订阅者的持续减少表明,政治主题必须加入。作为对于这个需求的妥协,无政府主义者丘尔科夫(George Chulkov)被任命为编辑。他召集了别尔嘉耶夫和布尔加科夫,他们都是过去的马克思主义者,现在为社会问题寻求基督教的解决办法。他们领导社会问题专栏,而梅列日科夫斯基夫妇依然负责文学。对菲洛索佛夫来说,重组是一个胜利;他相信,革命具有宗教的意义。但是,过了几个月,丘尔科夫在和吉皮乌斯就是否刊登她的一首诗发生争执后辞职。他说,那是一个借口——真实的理由是,"一匹种马和一只发抖的小母鹿不能套在同一辆马车上"。[①] 然而,指向怯懦是根据不足的。梅列日科夫斯基夫妇对政治完全不感兴趣。连俄国被日本打败的惊人事件,他们也是从宗教上看待的。日本的神道教是实证主义和军国主义的;日本的文化,像美国文化一样,是浅薄和物质主义的;只有俄国的精神复兴才能挽救俄国免于毁灭。[②]

　　1904 年 12 月的一期是最后一期。刊物最终还是屈服于重重压力:定数剧减、经费困难、书报审查和编辑们意见分歧。梅

148

----

① Chulkov,页 63—64。引文摘自普希金《波尔塔瓦》,长诗描写一个不相称的婚姻。

② 阅读《新路》可以看出俄国被日本打败一事对俄国人的巨大影响。1904 年 2 月的一期载有几篇文章,论述日本文化和社会的物质特征(归因于神道教),和日本与"浅薄的美国"的共同之处。索洛维约夫提出的"黄祸"警告也是记忆犹新的。Merezhkovsky-Hippius-Filosofov 的戏剧《罂粟花》(1906)把战争当作一个分裂了整个家庭的迫切问题加以描写,发表在《俄罗斯思想》1907 年 11 期(11月),页 96—164,大概是 Hippius 一个人写作的。

列日科夫斯基夫妇到国外寻找新的资助,刊物本身改名《生活问题》继续出版,新的编辑是别尔嘉耶夫和布尔加科夫。

因为过去是马克思主义者,别尔嘉耶夫和布尔加科夫的方法比梅列日科夫斯基更合理、更系统、更依据历史的进程。受到梅列日科夫斯基夫妇的激励,别尔嘉耶夫受过法学的训练,对正统的哲学感兴趣,尤其是康德。在 1904 年,他的思想和梅列日科夫斯基的思想走向不同的方向。布尔加科夫学习过经济学,在基辅工业学院讲授经济学;他的主要著作是《资本主义与农业》(1900),是一部两卷集的研究著作,他的第一部著作是论述市场在资本主义生产中的作用(1896)。别尔嘉耶夫和布尔加科夫从来不很确信马克思主义唯物主义,都走向神秘主义;他们的神秘主义是抽象和不涉及人格的,而梅列日科夫斯基则专注于基督的个性。他们对于基督教伦理学内容的重视,不符合梅列日科夫斯基的信念:没有有位格的上帝,伦理学是没有意义的。他说,对基督的爱是第一训诫,这是其他一切训诫的源泉。他认为,康德不是一个基督徒。礼仪、信念和解释可以不同,但是,如果不信基督,人是不可能称为基督徒的。[①] 别尔嘉耶夫和布尔加科夫正在发展出在认知上更具核心意义的基督教。几年以后,两个人都认为教会是神性智慧的载体,尝试放弃他们以往的启示观念。[②]

虽然别尔嘉耶夫和布尔加科夫彼此并不总是意见一致,

[①] 《纪事》,页 243。主题是梅列日科夫斯基关于托尔斯泰与陀思妥耶夫斯基的报告。热烈的讨论集中于陀思妥耶夫斯基的观点:没有上帝,人不可能善。

[②] 关于 Berdiaev 的启示论,参看 Florovsky,页 490。关于 Bulgakov,参看 Treadgold:《西方文化在俄国》,他引用的 Bulgakov 的句子如下:"我告诉自己,人将会是神;我觉得,其他人也是这样的。"(页 221)也参看 Zernov,页 97—98。关于 Berdiaev 和 Bulgakov 在 1905 年以后的哲学,参看 Zenkovsky,页 760—780 和 873—916,和 Zernov,页 137—159 和 283—308。

但他们都相信,基督教乃是透过历史发挥作用的自由精神。深受德国唯心主义的影响,他们还是比德国人,比如黑格尔,赋予了人在完成上帝计划过程中一个更大的作用。布尔加科夫在 1918 年被任命为正教神父;不久以后,他被驱逐出了俄国,在巴黎,他变成一个杰出的正教会神学家。别尔嘉耶夫一直是有些异教徒的特色,在和梅列日科夫斯基夫妇决裂后,他对神智学发生了兴趣。甚至在他转向了正教会之后,他也没有完全接受它的权威。他激进的社会观点使得他在巴黎流亡者的几个圈子里以"红色哲学家"闻名。他虽然强调自由,在他的趋向之中还是有某种禁欲自控的因素,对情感的某种不信任,对本能的某种惧怕。他对审美的创造性的强调,在某些方面,是要升华、克服自然的低俗欲望的指令。他一向是有些厌恶主观态度的。

　　在哲学观点和气质上,《生活问题》的成员们是互不相容的;后来分歧的种子已经萌生。值得注意的是,《新路》只是造成了更多的问题。梅列日科夫斯基继续为它撰稿,一直到布尔加科夫拒绝刊登吉皮乌斯论勃洛克的文章,因为他认为勃洛克无足轻重。等到文章终于发表,却没署上她的名字。于是,梅列日科夫斯基夫妇转向支持布留索夫完全脱离政治的《天平》。

　　即使没有这些问题,这个评论刊物的魅力也有与生俱来的局限性。1903 年,这个刊物有 2558 个订阅者,其中 445 个在彼得堡,247 个在莫斯科,1822 个在外省,445 个在国外。① 大部分人是在彼得堡城外,很可能是订阅者想要阅览宗教哲学学会的会议纪事。纪事不存,魅力不再。1904 年的订阅数字不详,显

---

① Maksimov,页 166(原文数字如此,拟有误——译按)。

然出现了锐减。对于作为拯救之路的艺术的关注都有些倾向于重复主题内容；美学家们对于连续不断的说教感到厌烦。不断发展的政治和社会的动荡使得《新路》显得与生活本身毫不相关，虽然这个刊物是努力用宗教的真理来照亮生活。刊物原初的许诺：把"人的真实"和"人民的真实"结合起来的许诺，没有兑现，后者几乎是被忽视了。

但是，不能认为这个刊物是一个失败。在一般刊物出版一两期就倒闭的时代里，这个刊物存活了两年。订阅者当中包括重要的艺术家和知识分子，他们又影响了他人。评论为左翼激进主义在精神上的（有别于纯粹美学的）取代物的讨论提供了论坛。（《艺术世界》更注意视觉特色，更主张享乐，较少哲学意味）。在强调美学直觉和神秘主义洞见之间联系的同时，《新路》实际上把艺术和宗教拉得更近。彼得堡以外的读者们渐渐认识到了宗教哲学学会里讨论的各种问题。在《新路》里变得明显的新潮流——宗教研究、肉欲主义、神秘主义、启示论，在1905年150革命后变得更加突出了。梅列日科夫斯基夫妇的目的是为在艺术和思想中表现和传播新的神秘主义趋向提供一个场地——这个目的达到了。

梅列日科夫斯基的《宗教研究》对于俄国文化现状具有深远的意义；他们提倡改宗的活动结果是催化剂。强调满足人类的全部需要，追求给生活增添新的审美和精神的品格，他们锐气十足，使得经济的进步和物质福利显得是没有价值的目标。在宣扬追求通过艺术、性感和神秘主义实现新生活的欲望的同时，他们提出广泛抛弃现存习俗，因而对两方面提出挑战：知识分子的世俗理性主义观点和教会与政府对现状的保守主义的方针；他们激发了对现存实际情况的质疑和疑虑。尽管个别的思想没有被接受，他们美学的、性感的和精神的价值观提供了他人希望通过不同手段达到的目标。

　　马科夫斯基的结论是,艺术与宗教相接近没有能够"在俄国人的灵魂上留下深刻的印记"①;这个结论不完全正确。这种接近确实留下了深刻的印记,表现的方式不易把握:微妙的变动、新的风格、强调对象的变迁、某种清晰却又难以描述的品质。一种明确的新情绪事实上被创造了出来;这一情绪在那一时期的艺术作品和精神产品中的存在是明显的。甚至列宁对"意识"的强调和他对"自发性"的恐惧很可能(部分地)是对于业已变化了的文化气候的某种反应。

　　的确,"新宗教意识"太有秘教性质,太具狭隘的个人性质,难以达到其创建者所欲求的那种宽广的社会影响。知识分子没有皈依启示录的基督教,基督教教义依然保持原样。严肃的宗教研究,有别于大众神秘主义和神灵论,仅限于少数人,而这少数人依然是与广大的社会运动隔离的。在许多方面,梅列日科夫斯基夫妇还没有脱离"地下状态";他们仅仅扩充了成员人数而已。迟至1905年秋天,梅列日科夫斯基判断说,个人的痛苦比社会的痛苦要严重得多,而社会福利使得个人感受到更多的痛苦。

　　只有在1905年革命闯入了梅列日科夫斯基隐士般的封闭世界以及他的圈子,并且表明脱离社会变化的做法不可行之后,像梅列日科夫斯基这样的知识分子才开始投身于社会整合的问题,才试图把宗教运动和美学运动与社会运动结合起来。

　　梅列日科夫斯基"新宗教意识"的命运类似他早期的象征主义的命运;二者都没有被抛弃;其基本教导都得到保存,并

---

① Makovsky,页32。关于更正面的观点,参看 Treadgold:《西方文化在俄国》,页31,241,253。

且吸收进一种新的理论。就像象征主义的两极性（理性与情感、认知与创造性、艺术家与人民）被囊括进了一套新的两极性（肉体与灵魂、宗教与生活、个人与社会）之中那样，"新宗教意识"的两极性也被整合进 1905 年后的宗教革命和神政社会理论。

第三部分　个人拯救与社会拯救的启示：
梅列日科夫斯基的"神政协会"(1905—1917)

　　1905 年革命的失败动摇了俄国知识分子铁板一块的教条主义。1905 至 1914 年的突显的气息，大致上归因于他们的失望和绝望的反应，一切阵营的知识分子都对旧的教条提出疑问，同时寻求新的答案。

　　政治领袖们从近期的事件中得到不同的教训。列宁和托洛茨基修正了马克思主义理论以适应俄国；其他的马克思主义者失去了他们的革命狂热。俄国马克思主义之父普列汉诺夫(Plekhanov, 1856—1918)指出，俄国还没有做好无产阶级革命的准备，提出和资产阶级建立有条件的联盟。未来的教育部委员卢那察尔斯基(Lunacharsky, 1877—1933)和未来的作家协会主席高尔基(1868—1936)都为看似遥远的共产主义未来理想的人之形象而感到欣慰；他们的"造神"异端是尼采马克思主义的一个类型，把得到改造的人民变成了神，并崇拜人的创造性的神性精神。[①] 在回应这些潮流的时候，一个老派马克思主义者

----

① 对于各种类型"造神"的描写，参看 Kline：《宗教思想与反宗教思想》，页 103—126。

哀叹"运动右倾"，"对宗教问题兴趣的空前高涨"。[1] 普列汉诺
夫抱怨，"满目所见，社会问题一片混乱……甚至高尔基也和超
人理念拉拉扯扯"。[2] 自由派阵营也分裂了；米留科夫(Paul Mi-
liukov)领导的激进派一翼试图把杜马变成从沙皇那里榨取进
一步让步的工具，而现代自由派则主张和政府合作，更加保守的
人物形成了一个全新的党——十月党人。因为老俄国受到的威 153
胁而惊醒的新势力在右派那边出现——黑色百人团和俄国人民
联盟，这两个组织都积极酝酿总体上反对革命、特别反对犹太人
的暴动。

　　革命的精神效果不限于政治活动分子；整个的文化场景都
从政治转向艺术。社会用途不再是评判艺术的标准；象征主义
者取得成功。他们关于艺术和艺术家的信条被接受；唯美主义、
理想主义、神秘主义和启示录思想成为艺术与思想的主导论题。
象征派对"内在的人"的强调导向了进一步的审美实验；与绘画
和音乐发展平行的是在诗歌中创造新韵律和新形式。所有的人
都寻求纯粹感性的效果，努力复制"音乐的精神"。[3]

　　在音乐中，革命性的革新强调不协和和弦和不协和音。斯
特拉文斯基的作品，很多是以民间题材为依据的，以实例说明了
他的信念，亦即，音乐应该是纯粹感性的；他有意避免指向心智
的文学和图像的联想。《彼德卢什卡》(Petrushka，1911)和《春
之祭》(Rites of Spring，1913)以本国神话为基础，而《火鸟》

---

[1] P. Yushkevich:《新思潮》(St. Petersburg，1910)，页 i 和 1—3。也参看
　　Berdiaev:《梦与现实》，页 136；他赞同这一发展情况，提及"意识情绪整体的
　　变动"。
[2] Georgii Plekhanov:《文集》(Sochineniia，1924)，XIV，页 318。
[3] Blok 常使用的词语。关于音乐在白银时代的重要性的有趣讨论，参看 James
　　Billington:《圣像与斧头》(New York，1970)，页 475—518，特别是页 475—484。

（*Firebird*，1912）是以巴利蒙特的一首革命诗歌（1907）为基础的。标题用词"火鸟"可能暗指基督教前的斯拉夫神话中引人注目的凤凰。斯克里亚平把索洛维约夫的神秘启示论和尼采的超个人主义结合了起来，这样的结合在当时是十分典型的。通过他的音乐力量，通过像《普罗米修斯》和《狂喜之诗歌》这样的作品，他希望能够改变世界。他的《奥秘》（1908）描述了启示论的革命和集体的拯救；肉欲、欢乐和自我赞颂在后启示的世界中占主要地位。斯克里亚平常常谈到他想成为上帝的欲望，把整个世界包容在他自身；同时，他还渴望一个有机体的社会。

在绘画中，非具象艺术继续沿着更加抽象的路线发展。康定斯基宣称，艺术的任务乃是创造"从外在的角度看与现实毫无关系的一个世界。它是内在地服从于宇宙的法则的"，康定斯基分享了象征主义者对于精神的追求。他歌颂道："在多年的物质主义之后，灵魂出现，经历了斗争和痛苦的锤炼。"新艺术家将不描写"比较粗糙的"情感，如恐惧、欢乐和悲哀；新艺术家将会激发出更细腻的、尚未定名的情感。① 康定斯基早在 1910 年就前往德国，其他的画家和雕塑家，例如拉里昂诺夫、刚察罗娃、马列维奇、塔特林，继续沿用实验传统做法的各个方面，同时，《艺术世界》小组继续反映出更早前的象征主义的情绪；例如，弗卢贝尔（1856—1910）圣像绘画，但他喜欢的题材是"恶魔"。

在诗歌和散文中，从象征主义里发展出许多新的主义。1910 年以后，"清明派诗人"和"阿克梅派诗人"，如古米廖夫和

---

①   Wassily Kandinsky:《论艺术精神》，trans. Nina Kandinsky（New York，1947），页 310—324。《艺术世界》小组的艺术家们原来都是印象派。他们的先锋派领袖地位很快让位给了更抽象的小组，如"蓝色玫瑰"、"驴尾巴"和"金刚石工匠"。"至上主义者"Malevich 和后者有联系。参看 Alain Besançon:《俄国绘画的特异性质》，见于 Cherniavsky 编辑:《俄国历史的结构》（New York，1970），页 381—407 和 Gray，章 3—6。

阿赫马托娃,都强调形式和明晰性;他们愿为了玫瑰的美而喜爱
它,而不是为了它象征的价值,他们反对对艺术的神秘化。1909
年创办的《阿波罗》是他们的刊物,布留索夫特别喜爱古米廖夫。
马雅科夫斯基领导的"未来派"用词汇自身的声音进行实验;他
们的诗是应该高声朗诵的。别雷的小说《彼得堡》(1913)刻画了
非理性本身;虽然有情节,但主要的行动是心理学上的。城市本
身作为一个超现实主义实体出现,带着通过父子冲突看到的彼
得堡日益严重的不和谐音的效果。父亲是一个官僚;他的名字
是阿波罗、秩序的象征;他喜爱直线,这是目标明确的行动的象
征。儿子是革命者,他弄错了杀死父亲的指令。结尾是神秘的。
父亲和儿子的鞑靼人起源(内在隐藏的野蛮人的象征,和对索洛
维约夫泛蒙古论的暗示)被强调;而西方化,甚至在父亲身上的
西方化,是一个门面。

　　艺术家们摒弃形式、和谐和客观的态度,显露出失去了对
理性的文化和对人类智慧本身力量的信赖态度。安德列耶夫
(1871—1919)受欢迎的作品:无名群众反抗富人的戏剧《饥饿
之王》(1907)和描写发生在中国东北满洲的日俄战争的短篇
小说《红笑》(1905),故意引发出形而上的恐怖,甚至没有指出
一点希望。安德列耶夫的作品虽然包裹了象征的外衣,却具
有明显的无政府主义色彩。他自己是一个感到幻灭的自由
派;他关系密切的朋友当中有激进派和社会主义者们,主要是
社会革命党人。

　　作为旧秩序正在到来的激变终结的预告,启示论得到更广
泛的流传。事实上,毕灵顿认为,"在欧洲,启示论文学的数量和 155
强度在任何地方也不如在尼古拉二世统治下的俄国"。毕灵顿
宣称,艺术家们对圣经和俄国民俗中的启示文学的热衷,部分是
因为这一文学"对于他们想要接触的新的群众读者特别熟悉,同

时,这一文学充满他们自己所喜爱的秘教象征语言。"①

不断增长的思想混乱和不断加速的社会与经济变化增加了对信仰和信实心理的需要,所以神秘主义和宗教探索赢得了新的皈依者。在哲学的层面,关于自由与必然性的问题造成了"形而上学向其宗教根源的回归"。② 据弗洛罗夫斯基认为,俄国人不仅寻求新的理解,而且寻求"内心的精神法则"、"生命的节奏",③哲学的一个特别的分枝——宗教哲学,才发展了起来。成果之一是在1909年创办了"大路"(Put')——一家专营宗教著作的出版社。这个出版社是一位富有的工业家的遗孀莫罗佐娃出资建立的,源于她的沙龙里进行的讨论。著名的思想家,包括别尔嘉耶夫和布尔加科夫都和它有联系。其他这类非正式讨论也在彼得堡和莫斯科兴起。④ 在民众层面上,研究犹太人集体屠杀的复活派神父伊廖多尔的影响,证实了惧怕外国原教旨主义的趋向。弗洛罗夫斯基认为,早在1911年就已经威力十足的拉斯普京是俄国"精神危机时代"⑤最凶险方面的象征和征兆。

这些美学和神秘主义的潮流表明,1890年代象征派的反叛是成功的。那一次的反叛是由一个虽然很小、却很坚定的小组领导的,是1880年代的政治压迫和审美停滞激发出来的。1905年革命不可比拟地更富激变性质,对于它的反应相应地也是更普遍的。整整一代人的知识分子变得在精神上无家可归;1905年以后对价值观的重估几乎影响了整个有教养的阶层。

---

① Billington,页514—515。
② Florovsky,页484。
③ 同上,页484—485。
④ Zernov,页106—110。
⑤ Florovsky,页498。

　　于是出现了奇异的价值观换位。知识分子丧失了对于旧时
社会和政治活动的兴趣；他们放弃了对"人民"以往的那种忠诚 156
态度，很多人转向理想主义、宗教和文化；彼得堡建造了四个歌
剧院，许多外省城市也至少建造了一个。同时，许多神秘主义美
学家变得热衷于政治问题和社会问题。斯洛尼姆指出："佩吉
(Charles Peguy)的观感'神秘论被引向政治'在俄国比在其他
地方都更显得真实。"① 梅列日科夫斯基、吉皮乌斯和菲洛索佛
夫在他们共同创作的戏剧《罂粟花》中描写了对 1905 年的失
望。② 审美论者布留索夫和巴利蒙特都写了革命歌曲。《新路》
原编辑丘尔科夫创办的杂志《火炬》宣扬"神秘无政府主义"。丘
尔科夫认为，神秘无政府主义是艺术中颓废现象的逻辑的顶点；
颓废派抛弃了道德，无政府主义抛弃了国家。二者都不承认自
身之外的法则。《火炬》在 1905—1907 年间间断地出版；《金羊
毛》承继了它。《金羊毛》本来是对不同艺术流派开放的（布留索
夫曾一度是事实上的编辑），后来还是认同于神秘无政府主
义者。

　　神秘论无政府主义的指导精神来自维亚切斯拉夫·伊万诺
夫。他生在莫斯科；1905 至 1912 年，他在彼得堡寓所"高塔"举
办的星期三沙龙，是俄国精神生活的中心。他被称作"诗人国
王"和"豪迈的维亚切斯拉夫"，讨论会成员十分严肃地聆听他预
言式演讲。他和跟随他的人否定的不是上帝，而是上帝的创世
（和伊万·卡拉马佐夫相同），拒绝接受经验的世界，否认任何道

---

① 　Slonim：《从契诃夫到革命》，页 186。
② 　《罂粟花》描写 1905 年革命对象征了俄国精神的一个富裕家庭的影响。这个家
　　庭最高尚的成员是一个浪漫的理性主义者，他把自己全部的生活都献给了信
　　仰。家庭其他成员反对革命，在革命过去之后，他们却承认他们共同的愧疚，从
　　而接受了痛苦，为了和平和谐的未来而克服旧的分歧。剧本中的一个马克思
　　主义者是犹太人，显得浅薄、死守教条，即，和俄国真正的精神格格不入。

德权威或者法律束缚的效力。他们强调爱是一种认识的动因，宣称只有通过厄洛斯才能走上通往恢复神秘经验和新的人性之路。伊万诺夫既是异教徒，又是神秘论者，认为诗人能够保存古老的奥秘，最多地承担起新的崇拜精神。①

157　　　为"火炬"杂志撰稿者都是艺术家，包括勃洛克、索洛库勃、布宁和安德列耶夫。勃洛克否认自己是神秘无政府主义者。出自个人和哲学见解上的原因（别雷爱上了勃洛克的妻子），别雷攻击了勃洛克、伊万诺夫以及他们的小组，指责他们把艺术庸俗化和缺乏伦理原则。别雷受到布留索夫的刺激；布留索夫控制了《天平》杂志和天蝎出版社，成为俄国象征主义 1904—1909 年间的实际独裁者；富有野心的布留索夫希望击溃这个成为对手的杂志。布留索夫个人难免有各种缺点（大部分评论家都认为他完全没有原则），但他的推动能力和组织能力对于这个运动是重要的；一旦没有了《天平》，象征主义就失去了前进的驱动力量。②

　　　别雷、勃洛克和伊万诺夫终于和解，但象征主义各派之间的隔阂继续扩大。1910 年，《阿波罗》版面上出现了某种对立。伊万诺夫在谈论俄国象征主义规则的时候写道："俄国象征主义不愿意、也不可能仅仅是单一的艺术。"布留索夫回答："象征主义想要成为、而且一向也仅仅是艺术。艺术是天经地义的；艺术有它自己的方法和自己的任务。"③

---

① 　参看 Poggioli：《俄国诗人》，页 161—164，Maslenikov，页 126，179—216。Slonim：《从契诃夫到革命》，页 186—189，Holthusen，页 38。

② 　Maslenikov，页 126，宣称 Briusov 除了落后于时代之外没有坚实的原则。但是，如果缺少了他的组织推动力，俄国象征主义就缺乏活力。也参看 Erlich，页 92。Erlich 认为，正因为 Briusov 缺乏伦理上的承担，才使得他有可能接受苏维埃制度；他还以同样的态度引用了 Mirsky。

③ 　Erlich 引用，页 71。

　　梅列日科夫斯基在自己的美学中是形而上学派，却称神秘
无政府主义者为"神秘派恶棍，神秘派江湖骗子".① 部分敌意
是个人性质的。伊万诺夫以"第二波"象征主义者的领袖身份出
现；梅列日科夫斯基过去保护过的人，勃洛克和别雷，走近他的
对手，而伊万诺夫的"高塔"正在遮盖住"穆鲁奇之家"。哲学观
点的差异也是一个因素。梅列日科夫斯基赞成神秘无政府主义
信念，即：艺术家是革命的预言者，也把人民看成活力和灵感的
源泉，他反对"第二波"的模糊的宗教性，坚持需要更明确的伦理
学，继续尊重个体。伊万诺夫认为，个体接近"个体化"，这个词
语具有贬低性质，黑格尔和叔本华用它来指认原子论的个人主
义；他主张全然浸入一个神秘的整体。他说，"骄傲的个人主义"
死了；"超人"杀死了它.② 艺术家必须走出隔离状态；自我肯定
必须服从于集体气质；艺术家必须"迎合人民的心灵".③ 勃洛 158
克(Blok)突出地意识到了把有教养阶级和原始民众分别开来的
这一层薄薄的隔阂，但没有做好为人民而牺牲文化的准备。最
后，他和别雷都开始支撑弥赛亚式的社会主义。梅列日科夫斯
基和吉皮乌斯也坦言和人民结合，爱好农民服装。的确，对民间
艺术的兴趣很时兴；1911 年，在彼得堡开办了一所民间艺术
学校。

　　和许多艺术家一样，伊万诺夫意识到戏剧对群众潜在的魅
力，他视艺术为在文化上改造群众的一种手段，是建造联系艺术
家和人民的桥梁的方法(他不喜欢中产阶级)。在宣传瓦格纳理
念的同时，伊万诺夫主张全部艺术和一种"联合行动戏剧"的结

---

① 《在寂静的漩涡里》，页 38。
② Vyacheslav Ivanov：《遵照众星指引》(St. Petersburg, 1909)，页 95—96。
③ 同上，页 196, 243。也参看 Gusarova 对于 1905 年以后面对个人主义感受到的
　　失望的描述，页 61—68。

合。艺术所固有的魅力品格会激发出教会的感觉;剧院会变成新的有机的社会圣殿,圣殿依靠以民间神话为基础、由艺术家创造的新宗教巩固起来。据伊万诺夫认为,这就是艺术家的使命。在一场关于剧院功能的辩论中,斯克里亚平呼唤一种所有人都参加演出的新艺术,观众不再是一个分离的、消极的群体。索洛库勃谈论过积极的观众和集体创造性。①

对于伊万诺夫来说,艺术是崇高的价值;他的意图是让有意地设想出来的新神话导向新的宗教灵感,还是取代宗教,一直不是很清楚的。② 他对艺术的强调使得他比勃洛克或者别雷都较少政治意味;在他夫人于 1907 年逝世之后,他观点中的情色成分变得不如以往明显。他依然相信,最高的艺术成就是集体创作(史诗、民歌),社会的革命转变对于新的信念出现必不可少。他的目标是某种新秩序,在这样的秩序中,一切人都是艺术家。

就某些艺术家而言,对于民间文化的热衷是和类似于索莱尔(Georges Sorel)的血与暴力的神秘联系在一起的(事实上,索莱尔 1906 年发表的《对于暴力的思考》是对和平与繁荣同样的厌恶感之产物)。他们把革命看作一个炼狱,指望革命释放出据信被理性的文明入驻的创造性的力量。其他人则把革命视为英勇的、利他主义的新人的催生者,中产阶级品格的摧毁者。在《匕首》和《革命赞歌》(1907)中,巴利蒙特用美学术语描写暴力本身。同样,对于布留索夫来说,革命是一种审美的经验。他写

---

① Marc Slonim:《俄国戏剧》(New York, 1962),页 206—208,参看他的《从契诃夫到革命》,页 186,和 Davydov,页 185。

② Florovsky 相信,Ivanov 有一个美学系统,但是 Ivanov 感受到了真实的宗教渴望,他以美学文章来止息这样的渴望。参看页 458。然而,Maslenikov 称 Ivanov 为象征主义的"奇才";页 198。

道："东方国王享有权力的光辉,是美丽的,砸碎摇摇欲坠宝座的
人民愤怒之海洋,是美丽的。但是,半途而废的措施,都是可
恨的。"①

　　因为许多俄国艺术家都自认为是、也被他人认为是民众心
灵的诠释者,他们皈依神秘无政府主义的行动,虽然天真,却对
同时代的思想与行动产生了影响。神秘无政府主义及其必然后
果——社会启示论的特征,是因艺术家不同而不同的。他们都
有一个共同的核心;大家都寻求建立一个有机体的社会,里面住
着新型的人,大家都依靠某种神秘的幻景,呼唤他们期望的革
命。这个幻景看起来将会在革命的过程中出现。

　　新艺术引发出公众广泛的响应;民众的教育创造出新的、扩
大了的听众。为了回应已经变化的要求,音乐评论家、歌德、尼
采和瓦格纳的仰慕者梅德涅尔(Emil Medtner, 1871—1936),
是为象征派抒情诗谱曲的作曲家梅德涅尔的兄弟,他开始出版
三个新的系列:文学是"穆萨盖特"(Mussaget),神秘论是"俄尔
甫斯",哲学是"逻各斯"。通过梅德涅尔,西方神秘论者如斯维
登堡(Swedenborg),在俄国流行起来;梅德涅尔的合作者包括
别雷、勃洛克、吉皮乌斯、斯特卢威(重要政治人物)、谢尔盖·索
洛维约夫(哲学家索洛维约夫的侄子)和其他人。1904—1910
年,巴利蒙特大受欢迎;他是青年们的偶像之一,他的诗被谱曲,
他登台亮相的时候,听众欢声雷动。据弗洛连斯基记载,有教养
的俄国人对待文学十分认真,名作家或者前途被看好的作家的
一本新书出版,就是一件大事。维德列描写俄国青年学生几百
人排起长队在票房门口彻夜等待,就是为了倾听勃洛克或者阿
赫马托娃的一首新诗朗诵,或者观赏著名女演员科密萨尔热夫

————————

① Erlich引用,页 390—391。

160 斯卡娅在莫斯科艺术剧院的表演。① 莫斯科剧院的保留节目都
是高尔基、易卜生、霍普特曼和契诃夫的社会剧,但斯坦尼斯拉
夫斯基导演的梅特林克象征主义戏剧《青鸟》才是 1908 年演出
季时大家议论的对象。② 两年前,梅耶荷德在彼得堡上演了一出
象征派的戏剧,勃洛克的《市场上的国王》。1914 年,他演出了吉
皮乌斯的戏剧《绿环》,该剧宣扬"宗教的社会性"乃是解决俄国种
种问题(包括"父与子"的冲突)的药方。和西欧的交流也在继续。
1906 年,佳吉列夫在巴黎艺术展览会上的俄国圣像展大获成功。
通过他的努力,夏里亚平一举成名;穆索尔斯基和鲍罗金的音乐
在西方流传开来,《俄罗斯芭蕾舞》和歌剧《鲍里斯·戈都诺夫》受
到热烈欢迎。1911 年的巴黎演出季是"俄罗斯季"。③

　　在俄国真正上演的少数几出象征派戏剧(大多数象征派戏
剧太抽象,不适合在舞台上演出)还不能够显示出象征派力量的
真实程度。苏联艺术史专家古萨罗娃宣称,他们"具有范围广泛
的影响",使得俄国文化面对了新理念。④ 斯洛尼姆认为,整个
的审美氛围都浸入了象征主义和唯美主义。⑤ 1908 年前后,在
俄国戏剧中,《艺术世界》小组占有了主导的位置,而戏剧是最大
众化的艺术。贝努瓦和巴克斯特为俄国芭蕾舞和许多戏剧演出
做舞台美术设计、布景和服装。布留索夫是保留剧目委员会成
员,是梅耶荷德和科密萨尔热夫斯卡娅的顾问。反现实主义精
神的实验是在彼得堡音乐戏剧剧院和很受欢迎的剧院酒馆里展

---

① Vladimir Weidle:《俄国:过去与现在》(New York, 1952),页 90—91。也参看页
88。
② Slonim:《俄国戏剧》,页 167。
③ Gusarova,页 90。
④ 同上,页 94。
⑤ Slonim:《俄国戏剧》,页 167。《从契诃夫到革命》,页 185—187。

开的。象征主义者们及其同伴都是批评家，他们控制了大厚本的杂志，这也有助于他们塑造公众的文学趣味。梅列日科夫斯基主持颇有影响的《俄罗斯思想》，却因为是否刊登勃洛克一首诗歌的争执而辞职，他还依然在这个刊物上发表著述。布留索夫创办的刊物《天平》无疾而终，因为再也没有人需要它。1910年，布留索夫受聘进入《俄罗斯思想》编辑部；象征主义变得受人尊敬。先锋派、更新的流派不再出来对它提出挑战。甚至这些更新的流派也以象征派的术语表示反对的态度，是对于象征主义本身不同方面的回复和反应。事实上，这些流派可以被看作是原有的象征主义思潮的阿波罗一极或者狄奥尼索斯一极的激进衍生物。 161

贝桑松(Alain Besançon)宣称，绘画(也指其他的艺术)的革新是发生在"温室"里的，①新艺术太令人震惊，俄国公众接受不了。但是，这个情况应该予以说明。新艺术虽然可能被误解，正是因为令人震惊，所以受到欢迎。对于格雷(Camilla Gray)来说，"未来派"在匪夷所思的滑稽噱头卖弄方面花费的大量精力，见证了他们"不惜一切代价引起社会注意的努力"。"未来派"滑稽模仿象征派，希望打破孤立的状态，依靠言说人民懂得的语言，把艺术带给"人民"。②

绘画是私人收藏家们收集的；他们的收藏表明，买主(常常是有产者)"到来"，同时表现出自己脱离已经废弃的官僚制度而异化。实际上，关于有产者保护人的作用，足可以写出一本大书；这些人里有波利雅可夫(S. A. Poliakov)，里亚布申斯基

---

① Besançon，页 394。但是，Besançon 引用了对许多艺术新潮流持敌视态度的 Berdiaev。Besancon 宣称，新艺术"既不寻求说服、也不寻求传播"，但是实际上并非如此。
② Gray，页 99。

(Nikolai Riabushinsky，他资助了《金羊毛》)，伊万和萨瓦·莫罗佐夫(Ivan and Savva Morozov)资助了莫斯科艺术剧院和象征主义文学的各种创新活动，萨瓦·马蒙托夫（Savva Mamontov)和杰尼舍娃公爵夫人一起资助了《艺术世界》，也支持了实验剧院。据维德列认为，古代艺术和现代艺术的展览都总是可以保证吸引观众的。[1] 有教养的公众本身就是一个"温室"，不过，这是另外一个问题了。

梅列日科夫斯基的后革命哲学乃是"神秘无政府主义"的多种形式之一。他认定 1905 年革命具有宗教意义，还是把注意力转向了政治问题和社会问题，并和社会主义革命者一起工作。

梅列日科夫斯基继续塑造着时代的情绪，虽然程度上不如以往。具有讽刺意义的是，随着他以往拥护的思想取得胜利，他却丧失了美学运动公认的领袖地位。有更激进艺术形式接续的"第二波"的象征主义，把他置于先锋派之外。他的"宗教社会性"只是为有机社会设计的许多纲领之一。抽象的方法是大众根本接受不了的，他宗教的秘教方面实在妨碍吸引拥护者，作为162 消弭冲突的方法，他精密的规定显得可笑而不完备。他长时间远离俄国，令人觉得说他已经丧失现实感的指责是理所当然的。

然而，他在这一时期的思想具有重大的意义。这一思想属于以往美学家提供的解决方法的共同体裁，提供了革命巨大思想冲击下的"个案研究"。即使他不再是美学家们公认的领袖，也依然是一位杰出人物，他在美学上的许多对手也都分享他的启示论和神秘主义。他在 1905 年以前创作的小说和评论著作出版过多次；1905 年以后的著作包含了许多对他同时代人的思考上有意思的精辟见解，都是在颇具影响的《俄罗斯思想》和受

---

[1]　Weidle，页 88—91。

欢迎的报纸《俄罗斯文学》(Russkoe Slovo)与《言论报》(Rech)
上发表的。他同时为《天平》和《金羊毛》撰稿，能够在两个美学
阵营中立足。当时有一出讽刺话剧，主角名叫"梅列日吉皮乌
斯"①，足以说明他的名气之大。

　　现在我们来看看他的"宗教革命"的概念和紧接其后的被称
为"宗教社会性"的乌托邦。

---

①　Vladimir Weidle:《访谈》,1968 年 4 月 30 日。

第七章　宗教革命

　　1905 年革命中,梅列日科夫斯基是以一个宗教革命拥护者面目出现的,主张宗教革命将会名副其实地开启一个新千年,解决全部的个人问题和社会问题。在 1905 年和 1917 年之间,他放弃了自己以往很多的信念,主张艺术中的社会启蒙主义和"行动的宣传".[1] 社会启示论成为他新观点中最突出的特点。

　　他关于革命思想的基本内容是:1905 年革命具有宗教意义,艺术必须宣讲"宗教革命",国家必须被摧毁,正教教会必须借助于知识分子的参与而变成为一个革命的集体。在描述每一项的内容之前,不妨简要总结一下他在 1905 年到 1914 年的活动。

　　起初,革命令他惊骇。暴民破坏性的狂热、他们对任何一个看着像是知识分子的人的攻击令他胆战心惊,他说:"这不是革命,这比革命坏得多,在历史上闻所未闻。"他补充说:"从这烧毁

---

[1]　梅列日科夫斯基实际上没有使用这个术语,但是他对行动的讨论类似 1905 年以后欧洲无政府主义特有的"宣传事实"哲学。参看 Barbara Tuchman 的《骄傲的塔楼》(New York, 1972),章 2。

的废墟中,除了无赖,是什么也出不来的。"①他被迫承认,个人自由和文化是需要恰当土壤的细弱的植物,于是把注意力转向了社会问题。

1905 年 10 月,他希望结束与民众运动的隔绝状态,对时局施加影响,于是他会见了社会革命党人领袖萨文科夫(Boris Savinkov)和布纳科夫—冯达明斯基(Il'ia Bunakov-Fondaminsky)。他宣称,革命从人身上释放出来的野兽实际上是启示录的先兆, 164 他希望说服他们把政治革命转化为宗教革命。他热心涉足革命密谋,在他的公寓住所里建立了"类似革命司令部的机构"。② 在那里也举行了解放同盟的秘密会议;到会者都被逮捕、审问、释放。③ 秘密集会、发表革命宣言成为某种有刺激性、危险的生活的一部分。据贝努瓦认为,梅列日科夫斯基实际上从来没有陷入险境;他的革命活动不过是"虚声恫吓"而已。④ 但是,梅列日科夫斯基无疑是把自己视为一个英雄的。他充满激情而认真地维护自己的新见解,有某种近似强迫症的欲望要向革命兄弟忏悔自己以往的错误,以期他们能够接受他。为某一个事业工作,给他带来情绪上的满足,为他提供了走出孤独感的机会。⑤

---

① B. Meilakh,《象征主义者在 1905 年》,《文学遗产》(Moscow, 1937),XXVII—XXVIII,页 171。引文摘自梅列日科夫斯基给明斯基夫人的一封信,他在叹息"毫无意义地破坏一切"的现象。

② Benois,II,页 226。

③ 同上。Benois 对他在梅列日科夫斯基政治论谈中看到的"玩票行为和缺乏严肃认真的态度"持批判态度。

④ Donald Lowrie:《反叛的预言者:别尔嘉耶夫传》(New York, 1960),页 89。Loerie 自己的资料来源是 Madame Kuskova。

⑤ V. Chukovsky:《论梅列日科夫斯基、涅克拉索夫和艺术中的政治》,《阿波罗》,1913;2 No.7(七月),页 50 列出对于梅列日科夫斯基的新政治见解的极具偏见的观点,说这是一个无所事事之人的无聊娱乐。V. Ellis:《论现代象征主义》,《天平》,1909,No.1(一月),页 81,说"他为了不独处,才想要行动"。

　　1906 年，他、吉皮乌斯和菲洛索佛夫惧怕在俄国出版他们的著作《沙皇与革命》，所以前赴巴黎；著作次年在巴黎出版。他们在巴黎戈蒂耶大街置了一个永久性的公寓。① 常客有克伦斯基、薇拉·菲涅耳、布纳科夫－冯达明斯基和萨文科夫。② 与此同时，随着宣讲"内在教会"，他们和下列人士有过长谈：别尔嘉耶夫、维亚切斯拉夫·伊万诺夫、让·饶雷斯(Jean Jaurès)、柏格森、法朗士，以及天主教现代派人士。

　　1908 年 7 月，他们返回圣彼得堡，发现他们的宗教事业正在解体。勃洛克和妻子分居，勃洛克自己变成颓废派。别尔嘉
165 耶夫转向正教，正在揭发梅列日科夫斯基夫妇，说他们是异教徒。卡尔塔舍夫离开了他们的"内在教会"；塔吉雅娜·吉皮乌斯的三人"外缘之圆"③是惟一还存在的，她们不喜欢她的祈祷文。他们自己的"三人"是摇摇欲坠的；比起"主要事业"(Glav-nyi)，菲洛索佛夫显然对政治更感兴趣。在他们不在的时候宗教哲学学会得到恢复，可学会是停滞的；学会主席，彼得堡大学的梅耶尔(A. A. Meier)成了他们的朋友，但没有积极地传扬他们的观点。在艺术中占主要地位的是情色，而不是对更高理性的寻求；知识分子当中流行着某种通病。他们感到失望，在 1909 年复活节后出国，在国外逗留整整一年，旅行并为"主要事业"寻找信徒。

　　1912 年以后，宗教哲学学会又变得重要起来。社会动荡重

---

① 整修这个公寓的花费是吉皮乌斯描写他们在 1917 年以前生活时惟一一次谈及的财务之事(Hippius：《梅列日科夫斯基》页 154)。不过，梅列日科夫斯基在比较陀思妥耶夫斯基和托尔斯泰的时候确实谈到了"贫穷之痛"。
② Benois，II 页 226。也参看 Pachmuss：《吉皮乌斯》，页 135—137 和 169—170。
③ "外缘之圆"指吉皮乌斯所谓三者的同心圆纲领，三者从她自己的、作为中心的"三"辐射出来。目的在于防止个人的个性被铁板一块的整体销毁；理念是每一个"三"都必定具有自己的"个性"。

起,成为它重振的一个因素;1911 年以后年年发生学生罢课,而
列那河金矿罢工时矿工遭受屠杀激起的劳工战斗,一直持续到
战争爆发。卡尔塔舍夫成为新的主席;他和梅列日科夫斯基夫
妇协作,热情宣扬他们的观点。各个阵营的杰出知识分子都参
加了,斯特卢威这个领头的温和自由主义者、别尔嘉耶夫和布尔
加科夫常常发言。吉皮乌斯受到学会成功的鼓励,试图吸收普
列汉诺夫到"主要事业"中来;她已经对斯特卢威、布尔加科夫、
图干－巴兰诺夫斯基展开说服,她认为这些人是"理想主义马克
思主义者"。① (他们谁也没有入会,这是不足为奇的。)贝利斯
在 1911 年被捕后,他的案件在学会里得到充分的讨论。一个十
一岁的男孩安德列·尤钦斯基在基辅惨死,身上有四十处刀伤。
政府办案人员抓住机会把群众愤怒导向传统的替罪羊身上,指
责犹太工人门德尔·贝利斯谋杀。这个案件变成轰动的案件;
贝利斯受到审判,在 1913 年被开释;在学会里,梅列日科夫斯基
是贝利斯最雄辩的辩护者之一。1914 年 1 月,梅列日科夫斯基
夫妇前往巴黎,在战争爆发后回国。

1905 年的宗教意义

　　梅列日科夫斯基在 1906 年写出的两本书里阐述了他的
"1905 年革命具有宗教意义"的信念,这两本书是:《未来的野
兽》和《俄国革命的预言者:陀思妥耶夫斯基》。前者通常翻译成 166
《未来的大老粗》或《未来的无赖》,梅列日科夫斯基觉得,"大老
粗"是"野兽"的诸多方面之一,而《未来的野兽》更好地体现出了
原文的涵义。在两部著作中,梅列日科夫斯基都提出,启示和毁

---

① 　Pachmuss:《吉皮乌斯》,页 147,169。

灭即将到来。两本书的主题都是："俄国毫不犹疑,径直坠入深渊。独裁正在衰败。正教严重瘫痪。"①野兽无处不在;只有宗教革命能够拯救俄国。

在《未来的野兽》中,梅列日科夫斯基提出,政治革命只会放出野兽最危险的一面——小市民习气。梅列日科夫斯基相信,另外两个方面,独裁与正教,都已经死亡,或者正在死亡;小市民习气是对未来的威胁。他把黑色百人团、虚无主义者、社会主义者、实证主义者、士官生、自由主义者、资产阶级和流氓地痞堆在一起,认为所有这些团体都是同样一种小市民习气的不同方面而已。由于在他看来,他们都缺乏宗教理想主义,故而,他们的多样性对于他来说几近于无。

在果断转向斯拉夫派之后,他宣告,俄国宗教精神将拯救世界。他对自由主义、民主和社会主义发起进攻,断定这些观念都是否认人的"个性"精神本质的、肤浅的条文。在讨论自由主义的时候,他强调穆勒(John Stuart Mill)承认"多数人暴政"的危险。在讨论俄国社会主义的时候,他坚持说,俄国社会主义的创建者赫尔岑(Alexander Herzen,1812—1870)体现了俄国知识分子无意识的宗教渴望。梅列日科夫斯基解释说,赫尔岑离开俄国前往欧洲的时候,不过是用精神的羁绊调换了躯体的羁绊;他发现,虽然有表面的自由和法律上的平等,欧洲的宗教就是小市民习气——舒适与平庸。到了欧洲以后,赫尔岑的无意识理想主义引导他离开资产阶级、它的议会和它的社会原子论。目光转向俄国,他为拯救而仰望俄罗斯精神。他歌颂农民公社,变成了社会主义者。赫尔岑没有意识到,农民典型地代表了亚细亚古老的停滞。

---

① Merezhkovsky:《俄国革命的预言者》,见《未来的野兽》,《全集》,XIV,页189。

在《俄国革命的预言者：陀思妥耶夫斯基》中，梅列日科夫斯 167
基关注陀思妥耶夫斯基对信仰的坚持。他说，陀思妥耶夫斯基
认识到，俄罗斯精神寻求普世的统一；他致力于将鲜明的宗教内
容赋予普世性。陀思妥耶夫斯基注意到了现代人的宗教问题，
预言世俗主义会导致混乱、破坏、残酷和凄惨。为了防止这一
切，他主张返回农民的朴素的基督教。国家将成为一个宗教的
集体，要迫使欧洲和亚洲皈依俄罗斯正教。

梅列日科夫斯基说，这是陀思妥耶夫斯基认真的回答，但这
是不充分的；陀思妥耶夫斯基没有能够界定俄罗斯的基督。作
为他信仰依据的农民，不是正教徒；想要做农民，也做不成。不
存在什么基督教"大地真理"；农民是从基督教所诅咒的土地上
汲取力量的。陀思妥耶夫斯基把未来看成了现在；在新基督教
把大地神圣化之前，大地会一直处于混乱之中。陀思妥耶夫斯
基预言农民革命，但没有预见到"历史基督教"本身注定灭亡。

梅列日科夫斯基说，儿童时代的一个经历可以说明陀思妥
耶夫斯基的错误。他曾受到一匹狼的攻击，一个农民救了他。
这个农民说："孩子，别害怕，上帝和你同在。"梅列日科夫斯基认
为，在以后的一生，陀思妥耶夫斯基一直把农民看成是勇敢的，
一直在农民的信仰中寻求救赎。他在"大法官"中说，整个的社
会都应该变得像纯朴而虔敬的农民。那匹狼是陀思妥耶夫斯基
的反基督象征；把这匹狼看管好是陀思妥耶夫斯基哲学的核心。

但是，梅列日科夫斯基宣称，陀思妥耶夫斯基的政治哲学是
向这匹狼的投降。陀思妥耶夫斯基主张，每一个民族都创造自
己的上帝，而俄国人的上帝是惟一真正的上帝，这样一来，他就
把其他的民族变成了猎物。陀思妥耶夫斯基反对犹太人的民族
例外论，他确实有同样的罪过（梅列日科夫斯基强烈地反对反犹
主义。他说，以色列是"基督的躯体"。凡是诅咒以色列的人，都

在诅咒自己）。梅列日科夫斯基坚持，任何一个民族都没有自己的上帝；上帝只有一个，他佑护我们大家。陀思妥耶夫斯基要把国家变成教会的愿望很可能是无法实现的；国家来自魔鬼。它的方法是暴力；基督的方法是爱。国家不可能变成教会，正如黑不可能变白。只有社会能够变成教会；通过消灭国家，俄国革命将要引领道路。

梅列日科夫斯基继续说，陀思妥耶夫斯基的无意识哲学包含了他真正的预言。佐西马长老的"亲吻大地"象征了陀思妥耶夫斯基对启示正在来临的感知。梅列日科夫斯基坚持说，1905年革命其实是由农民对"大地真理"的宗教愿望引起的；他们对土地的渴望不过是对于更大得多的渴望的表层显露而已。

> 没有土地……这个从来没有止息的怨言变得声音越来越大，最后化为一个绝望的嚎叫。农民的造反呼啸成为民族的大革命。土地洒满殷红的鲜血，天空因为火光闪耀而通红。基督教向往上天，抛弃了土地和农民，因为基督教对于大地真理痛感失望，准备为了上天的真理而放弃希望。这是没有上天的土地，没有土地的天空……没有尽头的混乱。①

农民虽然没有意识到，他们实际上在造反反对正教教会，反对它批准的不义和它宣传的对生活的否定。

梅列日科夫斯基宣称，1905年革命仅仅是一场更剧烈的革命的第一阶段。就像一个巨大潮水的波浪一样，在海岸上还看不出来，革命还"没有唤起最深层的基本民众。它像暴风雨一样

---

① 《预言者》，页192。

可怕,还只是地下涌动的激流的微弱回声;这是大地震之前出现的暴风雨之一."①到最后,整个世界都会被改变的.

天空将要降临大地,像情人一样拥抱大地.大地要升起来迎接天空,向天空敞开,从而创造"新天新地".② 佐西马长老的预言会真的实现.希腊神话中常见的性的典故含义是,正在来临的革命将会解决个人的全部问题.梅列日科夫斯基说,天与地是世界上的两性;他的意思是,地震是某种宇宙的性高潮.

梅列日科夫斯基对陀思妥耶夫斯基的评判是犀利的,他自己的推理显示出那是狂热分子的封闭体系.在决定了答案之后,他强迫将论据纳入他的体系;如果论据不能纳入,他就将其忽视.把无意识的动机推给农民和陀思妥耶夫斯基,是前者的事例;漠视陀思妥耶夫斯基笔下父亲被农奴谋杀(有碍于陀思妥耶夫斯基笔下农民据说和蔼可亲的形象)是后者的事例.整座大厦都建立在对于野狼攻击事件之重要性的想当然的假设上.169 梅列日科夫斯基提及陀思妥耶夫斯基在西伯利亚苦役营的经历(一般都认为是残酷的),但没有予以讨论.著作的大部分都是《卡拉马佐夫兄弟》和《群魔》的大段引文.后者证明,陀思妥耶夫斯基预见到了无神论社会主义的危险.沙托夫"我要信上帝"的断言和伊万·卡拉马佐夫和魔鬼的谈话(二者都没有赢)强化了梅列日科夫斯基的信念,亦即:正教不是陀思妥耶夫斯基真正的宗教.陀思妥耶夫斯基无意识的启示论期望已经变成了俄国宗教革命的利剑.

在1905年以后发表的全部著作中,梅列日科夫斯基坚持

---

① 《预言者》,页222.
② Merezhkovsky:《陀思妥耶夫斯基,俄国革命的预言者》(St. Petersburg, 1906),页15.全集中的这一段遭到某种阉割;参看 XIV,页233—234.也出现在《托尔斯泰与陀思妥耶夫斯基》,XII,页48—49.

说,俄国不能走欧洲的道路;俄国不能用"苍白的妥协"取代地上的天国。法国大革命是世界解放的第一幕;它解放了躯体。但是,俄国革命将会解放灵魂。在《沙皇与革命》中,梅列日科夫斯基断言,浅薄的欧洲人不能理解俄国;他们只凭外在的事件来评判,却忽视俄国的精神。他们相信,经过革命大风浪之后,俄国人会摒弃极端主义,满足于宪法、资产阶级民主、批发和零售,变得像欧洲人。但是,俄国是不一样的;比起欧洲来,俄国同时是更无政府主义、更社会主义、更激进、更具破坏力量的。俄国跟欧洲是截然相反的。

> 阿波罗在你们身上,狄奥尼索斯在我们身上;你们的精神是适中,我们的是极端主义……对于我们来说,运动很难,我们一旦运动起来,就势不可挡——我们不是走,而是奔跑,不是跑,而是飞翔,不是飞翔,而是坠落……你们喜欢中段,我们喜欢终结。你们是清醒的;我们是醺醉的。你们是理性的,我们是狂热的。你们讲求公正,我们不知守法……你们到达了你们自由的最后限度——所有的人都是十足的公民。我们,处在深层的农奴制之中,几乎从来没有停止造反,没有停止充当秘密的无政府主义者,而这个新的秘密刚刚变得清晰起来。对于你们,政治是知识,对于我们,政治是宗教。我们常常接近完全的否定精神,几乎是虚无主义,但是,在我们最秘密的意志里,我们是神秘主义者。①

俄国人的政治极端主义表现出他们无限的乐观主义,这是

---

① Merezhkovsky:《一本书的前言》(Predislovie k odnoi knige),《不是和平,而是刀剑》,页162—166,特别参看页163。

他们"无限的宗教本性"的结果(对于他来说,独裁和革命,二者都是宗教)。俄国人不妥协;他们寻求绝对。不到达上帝之城, 170 他们不会休止。他告诉欧洲:"跑吧,你们消灭不了我们。我们要烧毁你们。"①俄国和欧洲都将在火焰中上升。一种新型的社会将会在灰烬中建立起来。旧式的民族国家将会消失;受到"永恒女性"的鼓舞,"第三人类"即将开始。②

艺术与革命

梅列日科夫斯基深信,俄国必须在拯救或者毁灭之间作出抉择,于是他放弃了自己原有的美学理念。他说,"为艺术而艺术"已经变成了陈词滥调;③艺术家必须为更高的目标服务。他必须传扬宗教革命。梅列日科夫斯基的艺术一直是教诲性的;这是对社会的侧重,明确否定作为目的本身的文化——这一点是新颖的。他强调说,文学是一种社会事物;像认为私人生活重于一切的罗赞诺夫那样的人士,都是虚无主义者。他特别反对罗赞诺夫化名挖苦地讲述冲突观点的积习,指责他亵渎艺术的神圣使命。他补充说,主观主义不包括"说谎的权利"。④

社会教诲的象征,涅克拉索夫,变成了他的新偶像。他说,涅克拉索夫的诗歌不精致,但是优美。涅克拉索夫听见了穷人

---

① Merezhkovsky:《一本书的前言》(Predislovie k odnoi knige),《不是和平,而是刀剑》,页 165。别雷评论说,梅列日科夫斯基在法国的时候告诉社会主义者领袖 Jean Jaurès,欧洲人都只是人,而俄国人不是野兽就是众神。参看《两次革命之间》,页 164。

② 《不是和平,而是刀剑》,页 28。关于俄国正教中妇女的形象的一段有趣讨论,参看 Billington:《缺席的圣母》,载《圣像与斧头》,页 346—350。

③ 《两个秘密》,页 24,《重病的俄罗斯》,全集 XV,页 19,《过去与未来》,页 321。

④ 《过去与未来》,页 222—224。

生活中"不和谐音的音乐";他是真心热爱他们的。和涅克拉索夫对人民的深厚关爱相比,他的审美怪异缺乏关联性质。梅列日科夫斯基对比涅克拉索夫和丘切夫,强调艺术中的清晰。他说,现代艺术都沉没在复杂繁乱的湿地迷雾之中;故作玄虚的秘教风格妨碍艺术家们接近人民。艺术家绞尽脑汁而无所作为;他们尝试解决的谜,根本就不值得解决。涅克拉索夫主张艺术具有某种社会目的,是正确的。然而,梅列日科夫斯基的社会教诲论,却是要成为一种权宜之计。宗教革命一旦过去,艺术家就会返回对于美的观赏。

　　他对"非功利的观察"的评价经历了类似的演变;为了某一类型的"行动宣传",他否决了"纯粹的思想"。他说,"思维的权利"不是人的惟一的避难所;"欲望的权利,亦即感觉和行动的权利"是首要的。① 思想是无力的,理性是贫瘠的;行动是走向真理的方法,更有说服力。"观察的终极深度仅仅见于行动的终极深度……布鲁图斯所知的凯撒为莎士比亚所不知。"②布鲁图斯谋杀暴君表明,他认识到了暴君之恶,他在情绪上和理智上都相信自由。在 1905 年秋天写作的一篇文章《洗手》中,梅列日科夫斯基严厉批评了不肯为一个理想牺牲生命的有教养人士。③ 思想和生活渐渐成为他 1905 年以后哲学的主要的一极;行动是合成因素。对于梅列日科夫斯基而言,行动具有团结人民的持续的价值;他说,观察只是单独的追求。④ 人类的全部努力,都应该指向革命。

171

---

① 《过去与未来》,页 97。
② 《重病的俄罗斯》,页 18。
③ Merezhkovsky:《洗手》,《天平》,1905, No. 9—10(九一十月)他也宣称因为缺少社会痛苦,所以,比较之下,个人的痛苦变得更严重;参看页 54。
④ 《两个秘密》,页 78—81。

第八章　神政协会

革命后的社会是神政无政府状态；基督本身成为惟一的统 196
治者。没有机构，没有权威。爱取代了法律，使得像宪法或者个
人权利的法律保障这类对权力的限制变得没有必要。全部的人
一旦学会相爱，非正义和剥削就会终止。全人类都成为一体，
"这是血和肉在一种新的真实本质中的结合，一个活生生的宇宙
机体，是教会"。一种"超有机的"社会，"神性的人性"教会将会
形成。①

这是梅列日科夫斯基对神政的描写；他没有提供细节，也没
有制定具体的计划。第七章描写的教义是他对结构的惟一让
步，作用是模糊的。也许是梅列日科夫斯基意识到了人不能预
期基督将做什么，他只局限于讨论将会成为神政基础的原则。
这是基督给人的"三件礼物"："理性"、"自由"和"爱"。② 通过澄
清梅列日科夫斯基对每一个术语的定义，可以使读者有对于他
的目标的概念。基督将指出怎样到那里去。"礼物"这个词语表

---

① 《不是和平，而是刀剑》，页 109。
② 《未来的野兽》，页 172—173。

明，神政是不能够仅仅通过人的努力达到的；这是上帝的礼物。梅列日科夫斯基坚持"理性"、"自由"和"爱"不能够在世俗的社会里实现，他对每一个术语的讨论所包含的对对立哲学的批评多于他自己的建设性解决办法。但是，这些批评意见是有启发性的。

"理性"

"理性"本质上是自由意志，人在"上帝和秩序"或者"无政府现象和混乱"二者之间作出选择的能力。① 梅列日科夫斯基认为，以关于白板说为依据的启蒙主义时代的"理性"，是决定论的；它否定人的自由意志，使人成为环境力量的消极接受者。而唯物主义者科学家忽视人的灵魂，否决人的自主权利，让人遭受奴役和死亡。梅列日科夫斯基预见到行为主义"超越自由和尊严"的运动，论证说，科学家们把人看作是可以操纵的对象。梅列日科夫斯基在评论当时的实证主义决定论时宣称，马克思主义的说法奴役人、使之服从于"必然性的铁的规律"，达尔文主义的说法把人降低成动物，而社会达尔文主义则把整个社会变成一个武装的军营。这是经济斗争还是军事斗争无关紧要；要点是启蒙主义的理性概念之不充分把人导向可怕的困境。"我的理性否决我的生活；我的生活否决我的理性。"人如果采取严格理性的观点，就必须"承认荒谬"和完全否定理性，或者否定荒谬，接受自己最终的死亡。②

但是，对基督的信仰提供了脱离经验困境的超验的道路。

---

① 《未来的野兽》，页 170—175，180。
② 《不是和平，而是刀剑》，页 7。梅列日科夫斯基特别地使用荒诞（nelepost'）这个概念和词语，虽然当时他还没有阅读过克尔恺郭尔。

理性如果服从于某种更高的法则，神性的理性，理性就能够重新获得。基督的复活是一个奇迹；按照自然法则，他的躯体应该已经分解。整个的世界秩序包含在这一奇迹之中。

> 或者整个世界的终极目标是非存在、涅槃，或者基督真实地再生。
>
> 或者没有办法协调人的意志，这个意志在生活中寻找宗教的意义……爱，在对于个人存在的绝对确认中，以人的理性否定在世界现存秩序中对这一确认的可能性——或者基督真实地再生。
>
> 或者全世界都毫无意义、受到诅咒、陷入混乱，人是这一混乱的牺牲品，或者基督真实地再生。①

一个奇迹不会打破经验的法则，奇迹实现这一法则。进化是受到局限的；在某一个点之后，革命必定打开新的道路。然后进化继续进行。

> ……每一次的"打破"都是一个局限，是发展的结束——神学秩序中的一个目标。每一次的发展都预备促成一个打破的开始，"终结的开始"，决定论秩序中的一个原因。在这个意义上，进化和革命是同一个普遍历史动力的内在和超验的两个方面。②

如果脱离神秘论的术语，这就意味着有时候革命是必要的。198

---

① 《不是和平，而是刀剑》，页18—19。
② 《重病的俄罗斯》，页76。

奇迹是"神性的革命",是战胜自然法则。人应该怎样实现奇迹,
或者甚至决定什么时候需要革命,依然是不清楚的。

"自由"

"自由"的涵义是自愿接受上帝的律法;消除时间限制的目
的是给予人跟随上帝的自由。梅列日科夫斯基依然认为小市民
习气是自由的大敌,赞扬与其斗争的作家,例如拜伦和莱蒙托
夫。他说,莱蒙托夫是"超人的诗人",[1]他承认人需要理想,所
以他被置于讨论上帝与人的关系的俄国文学传统的前沿(莱蒙
托夫最著名的作品《当代英雄》(1840)描写了"多余人"的痛苦。
他的诗歌《天使》(1831)表现了对于上帝的渴望,而他在 1829—
1833 年创作的长诗《恶魔》以同情的笔触刻划了恶魔对一个凡
人没有出路的爱情)。题材都是宗教性的;梅列日科夫斯基坚持
认为,莱蒙托夫是在无意识地寻找上帝。

但是,他那个时代的俄国文学已经不再奔向上帝,而是漠视
上帝。据梅列日科夫斯基认为,自 1880 年代以来,俄国文学已
经登上一个"形而上学的阶梯",从契诃夫到高尔基,到安德列耶
夫。它的主题不是人和上帝,而是人和人;它从讨论脱离上帝的
人,演变成讨论没有上帝的人,最后是反对上帝的人。现代作家
的目标都是要证实人能够制定自己的律法,决定自己的命运,变
成自己的上帝。[2]

契诃夫位于"形而上学之梯"底层的横档。他为指望使人高
尚化的知识分子说话。对于他们和契诃夫来说,人不仅仅是动

---

① Merezhkovsky:《莱蒙托夫:超人的诗人》(Lermontov: Poet sverkhchelove-
　　chestva),见《在寂静的漩涡中》,页 157—205。
② 《未来的无赖》,页 69—73, 102—110。

物的又一个物种；人身上有某种奇迹。他们是有宗教的，实证主义的"人性的宗教"；基督教伦理学是它的一个突出组成部分，他们崇拜基督。

契诃夫的戏剧表现了他善意的宗教带来的结果。全部的人物都是不幸福的；他们的生活仅仅是生存而已；从来没有发生任何的重要事情。他们陷入了"无边的荒原"——外省低俗平庸生 199 活的泥沼之中。没有一个人为一个高尚的理想努力；烦闷和听天由命的态度是他们最明显的特征。没有点滴的创造性或者激情减轻他们淡淡的悲哀，甚至连大自然也是无精打采的。契诃夫笔下的人完全不是神；这些人物是可叹又可怜的对象，被其周围的小市民习气击溃，得不到"人性宗教"的引导。契诃夫描绘了俄国知识分子的真实的画面；他的描写恰如其分。

高尔基上了梯子的第二个横档；他主张人完全放弃低俗的社会。《在底层》里的流浪汉是高尔基描写的自发性反叛的象征，是"人的个性激烈抗议"社会强加之重担的象征。高尔基的用意是，对社会的抗击能够使人得到解放；人会成为神，制定自己的法律。高尔基的流浪汉完全没有理想。他虽然藐视资产阶级的道德，但他没有取代之物。道德必须以上帝为依据，有人问卢卡上帝是否存在的时候，卢卡的回答是，对于欲求上帝的人来说，上帝是存在的。卢卡接受尼采的理念：真理是相对的，他不能够提出他所奔赴的理想。卢卡代表的不是自由，而是"内心的流浪状态"。① 没有标准、没有价值观、没有自我，他不能选择行动的方针，本能和权宜办法主宰了他。他不做选择，所以他是不自由的。

---

① 《未来的无赖》，页74—75。按照梅列日科夫斯基的定义，"内在的流亡"是"虚无主义终极的心理终结"，是"精神贫困的赤裸"。内在的自由，接受正面的目标，必须伴随着摆脱了外在限制的那种自由。

梅列日科夫斯基说,像高尔基这样的知识分子在理论上可能肯定虚无主义,在实践中,他们是受到严格的道德束缚的;形而上学理想主义和宗教伦理的无意识的遗存物限制了他们多数人,使他们免除了真实的非道德。但是,这个流浪汉不受这类限制制约,完全无所顾忌,无耻地施行尼采还只是宣讲的非道德。一切都不神圣,一切都没有价值。就连美丽的幻景也被摧毁;只剩下了"赤裸的人"。流浪汉会期待"在底层"的什么人给予他同情,但他认为普通农民都是"大老粗";他对他们的蔑视超过他对这个戏剧里的另一个人物——"男爵"的愤恨。

梅列日科夫斯基坚持认为,这个流浪汉除了一天一天过日子,别无其他目的,他变得不可预测——他没有根和非道德使他变得危险。这个流浪汉是受本能控制的。没有人能够预料他会干什么。他自己今天也不知道明天要干什么。他变成俄国知识分子的同盟或者打压俄国知识分子的黑色百人团的同盟,都纯粹是偶然的事。①

1915年,高尔基试图阻拦莫斯科艺术剧院演出《群魔》,表现出他对自由的并非百分之百的忠诚。梅列日科夫斯基在评论这件事的时候重复了他的信念,亦即:"内心的流浪"不能导向自由。"内心的流浪"是"自我意志",而"自我意志"实际上受本能的奴役。惟一真正自由的人"自己不是自己的上帝,承认有高于自己的存在,自己被他解放。"②早期纳粹、法西斯和布尔什维克运动的社会成分表明,在这方面,"宗教反动分子"梅列日科夫斯基是比"激进派"高尔基更多地意识到了自由面临的这种危险的。

---

① 《未来的无赖》,页72—73。
② 《过去与未来》,页277。

安德列耶夫是这架梯子最高的横档，但是还几乎难以看清。安德列耶夫有一种"丑陋意志"；他偏向于描写混乱和怪异，这暴露了他对这些现象的真实欲望。他的短篇小说《拉撒路》是颓废的俄国的精神；拉撒路在经受了底层生活之后，发现那儿和一般的生活命运区别。没有希望，没有值得努力争取的理想。存在本身是徒然的；"现在如何，将来也如何"。如果安德列耶夫关于人的生活（一出戏剧）的概念是真的，那么，"当人不如当野兽好，当野兽不如当一棵树好，当一棵树不如当一块石头好"，什么也不当最好。安德列耶夫的人物知道这一点，于是就在情色、残酷和破坏中寻求安慰。他们最终落入《红笑》中虚无主义的恐怖——这是一个被人血染红的世界，没有复活的启示。安德列耶夫是一个预言者。安德列耶夫比有理想的契诃夫和高尔基更多地表明，没有上帝的人不是巨人，而是一个被长着"猿猴爪子"的精明怪物绑架的赤裸婴儿。安德列耶夫的人已经开始变成野兽。① 进化被逆转。

梅列日科夫斯基得出结论：这三个人都不由自主地成为预言者；"他们祝福他们要诅咒的人，诅咒他们要祝福的人"。他们证明，没有上帝的人"是野兽，比野兽更坏，是畜生，比畜生更坏，是腐肉，比腐肉更坏，是虚无"。他们证明，"形而上的奴役"（否定上帝）导致实际的或者经验的奴役。某种纯粹的世俗道德占上风，则整个社会将会变得像是中国的"蚂蚁窝"。人变得无足轻重，残酷的人会得出结论，连根拔除这些无足轻重的东西是允许的。② 201

梅列日科夫斯基对三位作家，尤其是安德列耶夫，有失公允，他的自由需要形而上基础的观点很可能是真实的。他预见的纯

---

① 《在寂静的漩涡中》，页36—39。
② 《未来的无赖》，页115；《在寂静的漩涡中》，页37—39。

粹世俗道德观造成的问题,在我们今天已经变得更为严重。情景
伦理学和道德相对论可能确实会侵蚀自由本身的思想基础。心
理学家和行为主义科学家仍然在艰难探索决定论问题,而心理
学、生物学和技术目前的进步确确实实正在把个性推入困境。

梅列日科夫斯基的精辟见解没有得到赏识,一方面原因是
这些见解被包裹在神秘主义的迷雾之中,一方面原因是这些见
解互不连贯。例如,他关于"自由"的概念包括了永生和"飞翔的
自由";这取决于自然法则的中止。① 因为坚持神性的干预,梅
列日科夫斯基打破了他依赖的自由意志概念本身。他坚持认
为,对于奇迹的信仰不是荒谬的。在莱特兄弟发明飞机以前,飞
行被认为是荒谬的;如果人能够到天上去,天也能够降落到地上
来。但他讨论的心理问题是真实的。他的绝望图像、他对世俗
论的评判、他的"荒谬"的形象和他自己"跳跃进入信仰",都很像
克尔恺郭尔和前存在主义圣贤(presage existentialism)。然而,
克尔恺郭尔是遵循严密的逻辑的。他基本上是不问政治、不顾
社会的,认为革命是亵渎,宣告真正的基督徒采取对生活高度厌
倦的态度。② 梅列日科夫斯基仍然致力于把异教和基督教统一
起来。

"爱"

"爱"是神政社会的凝聚力量。作为基督"三件礼物"中最重

---

① 《未来的无赖》,页 77。参看《重病的俄罗斯》,页 167—172,梅列日科夫斯基关
于"飞翔的自由"的概念。莱特兄弟发明飞机一事是一次宣讲人飞上天空的意
志的信号。

② Sören Kierkegaard:《现在的时刻》,见 T. Hollander 编辑、翻译的《克尔恺郭尔
著作选集》(New York, 1960),页 245—246。

要的一件,爱使人达到内在的和谐,协调个人的自由和社会的认同,助人战胜死亡。爱是"绝对的力量"和"绝对的自由"。[1] 爱不是智慧的信念,而是存在的一种状态。知道真理是不够的;人 202必须在真理之中,爱就是真理。神政的"爱"是一种全新的爱,是上帝之爱和情爱的综合,它无所不在,包罗万象。[2]

上帝自身不是权力,而是爱。梅列日科夫斯基反驳巴枯宁的信念:如果上帝存在,人就是一个奴隶,他说,上帝是爱人的,他不愿意奴役他所爱的人类。爱是存在于相爱者之间的惟一的力量,爱的力量不是权力,而是自由;"完全的爱是完全的自由"。[3] 想要奴役所爱的人没有真正在爱之中。

梅列日科夫斯基相信,人需要自由("无政府主义的真理"),也需要归属于一个"有爱的群体"。巴枯宁的无政府主义仅仅是一个更大的真理的一半;社会主义的敌对的原则是另外的一半。巴枯宁和马克思的恶斗不过是两个原则的"永恒敌意"的一个例证。无政府主义是非社会的;宣扬没有爱的自由,令个人反对社会。它最终的结论是"我反对一切人。有我,就没有别人,只有我"。[4] 缺乏社会创造性的原则,它只能导致混乱;无政府主义者不可能长时间合作来创建任何事物。只要他开始建设,就必定纳入社会主义的原则,尽管规模较小,只在地方社区内。"社会主义的真理"是超越阶级和民族的普遍的爱。虽然社会主义者在理论上肯定"个性",但在实际上,社会主义倾向于非个性。

---

[1] 《不是和平,而是刀剑》,页34。

[2] 《两个秘密》,页123。梅列日科夫斯基论断,涅克拉索夫爱大地"像是母亲的躯体",而丘切夫爱大地"像爱人的躯体"、永恒的母亲、永恒的爱人,"一个姐妹……另外一个新娘。现在她们是两个人,但是很快她们会成为一个……天上将是尘世",表明,现代人的性问题也将得到解决。

[3] 《未来的无赖》,页18。

[4] 《不是和平,而是刀剑》,页12—13,31—32。

它的"个性"是一个经济的单元;阶级斗争煽动为了物质利益而以暴易暴。小市民习气是以群众民主为基础的,这一风气变成了其统治原则。乌合之众吞噬了全部的独特性,抹煞了天才,把生活降低到了粗俗平庸的境地。梅列日科夫斯基总结道,社会主义是魔鬼的陷阱。魔鬼利用人普遍的志向和对爱的欲求,引诱人放弃个人的自由。但牺牲是徒劳的;社会主义是"如果不是四海之内皆兄弟,就是奴役"。① 集体变成了新的神祇;活生生的"个性"为它而牺牲。每个人都是他人的奴隶,没有人是自由的。只有在一个共同的天父下面,才能获得真正的兄弟情谊。

203　　　显然,梅列日科夫斯基是更多地同情无政府主义的;他认为巴枯宁、施提纳和尼采(都是无政府主义者)是"正在来临的曙光的最初光线"。② 他的神政论是比社会主义更具无政府主义色彩的,联合是"无限的、无意识的和个人性的";社会主义的组成部分是对于他勉为其难的认识的一种妥协,这个认识就是:每个人的拯救都取决于所有人的拯救。通过爱,无政府主义和社会主义的"真理"将会在神政中和解。梅列日科夫斯基称这一论断为个人"在彼此之爱和对上帝之爱中"的统一。③ 和各民族或者阶级的"外在的、强迫的统一"(在这里,个性丧失)不同,综合的宗教方面将会确保"个性"被保留下来。"社会性"是"无限的爱的群体"。社会发展将会与个人发展平行。爱给出的教导是,人同时是上帝和社会的一部分;当人确认自己的时候,也确认了社会和上帝。

　　别尔嘉耶夫和布尔加科夫都认为创造力是个人性质的,梅列日科夫斯基反驳他们说:

---

① 《未来的无赖》,页 173。
② 《不是和平,而是刀剑》,页 166。
③ 同上,页 109。

　　基督教确定,个性的创造力不是惟一的,个性的宗教范围是统一、集体气质、社会性、教会。教会集体乃是基督的躯体,是新的神—人"我",只有在里面,人类的每一个个人的我才能实现其完满。在教会之外,是没有拯救的。在社会之外,是没有个人的拯救的。是的,一切人都将是一,在你,在天父里,在我,我在你里,然后他们也将是在我们里的一。教会的基础就在这一契约上。你取消了这个契约,就取消了教会。如果个性的宗教力量是仅有的力量,如果在社会里没有宗教的力量,就不会有教会,不会有基督教,不会有基督。①

通过爱,最终的和最重要的奇迹完成;人获得不朽。爱是"对个人存在的超验的肯定";通过爱,"上天变成地上"。二变成一。

　　有爱的人活着……爱是灵魂的力量……是灵和肉在个性的完美统一之中的真正的复活。爱不是从这个世界到那个世界的道路,爱是那个世界在这个世界的完满启示——是两个世界的完美统一。爱不是关于上帝的知识,爱就是上帝……爱是到地狱的旅行,是克服地狱和死亡的胜利,是复活。②

梅列日科夫斯基对于"爱"的讨论显示出见于他对"自由"之 204

---

① 《重病的俄罗斯》,页 74。
② Merezhkovsky:《地狱中的同情》(Sochestvie v ade),《全集》(St. Petersburg, 1911),15 卷,XII,页 237—238。这一版不如 1914 年版完备,但这篇文章在 1914 年版全集中被删除。

讨论中的刺激性直觉与神秘狂喜的同样的结合。他对无政府主义和社会主义的评论是十分恰当的。看来，这两种思想都吸引了不同的心理类型。无政府主义群体因内讧而解体；民主社会主义没有能够把人变得高尚。他宣称，社会主义者们为了权力的"肉汁"要牺牲人的自由，坚持权力将会成为在他所预见的"新阶级"意义上的，实践中的社会主义的主导原则。[①] 他自己的神政概念，"宗教社会性"，是属于另外一个世界的。

战争与革命

梅列日科夫斯基对于神政社会的期望因战争和革命而受阻。跟许多东西方世纪末知识分子迎接战争，把它看作是展现英雄主义的机会不同；梅列日科夫斯基把战争看作文明的终结。他写道："谋杀的精神……自杀的精神，飘浮在欧洲上空。""我们飞向死亡，像蜜蜂飞向蜂蜜。"[②]他对战争最初的反应是一种"防御论"。他不能强迫自己希望俄国战败，也不能支持独裁制度。他和其他 150 位俄国知识分子一起，在一封致《每日电讯报》的反对德国人侵比利时的信件上签字。起初，他不指望这场战争会重振俄罗斯精神。

到了战争的第二个冬季，他开始看到这场战争是等待良久的大决战之开始。巨兽就出现在普通人当中；恐怖和破坏的日益加剧显露出魔鬼的操纵。吞噬世界的大火被看成是天下和平王国的开端。现在的恐怖是一场"必不可少的总体的疯狂"，是宗教的考验。他谴责德国路德宗教会支持战争，指出它为了"外

---

① 《不是和平，而是刀剑》，页 31。
② 《过去与未来》，页 13。

在的人"而压制"内在的人",把人和他人隔绝,和传统隔绝,军国主义和"没有灵魂的官僚"是不可避免的后果。宗教塑造社会,宗教不是私人的事物,而是共同的关切所在。现在的战争是一场宗教战争;这是基督教文明和德国野蛮政策之间的战争。

在战争的第三个冬季,梅列日科夫斯基把希望从战争转移到了革命。他意识到,军事的胜利将会加强他所憎恨的独裁制度,所以主张人民要把战争转化为宗教的革命,解放俄国和欧洲。他和吉皮乌斯都断言,立即开展宗教革命是切实可行的;战争已经加快了俄国的精神进程。混乱和痛苦已经摧毁了"旧的资产阶级思维方式",使得中间派那种庸碌无为的态度难以维持下去。选择是在自下而上的革命("疯狂的无政府现象")和由精神精英指导的自上而下的革命之间展开的[1](注意和列宁的平行比较:列宁宣称,战争加剧了资本主义的各种矛盾,因而立即开展无产阶级革命是可行的)。

梅列日科夫斯基和吉皮乌斯很不喜欢马克思主义者,惧怕吉皮乌斯所说的士官生的"你们要让自己的思想丰富起来"。[2]他们信赖一场群众革命,和无政府主义的社会革命党人紧密合作,写宣言,向他们敞开家门。他们认为,只有社会革命党人拥有在战后领导俄国、在旧与新之间架起桥梁所必要的组织;他们的"根"在人民之中(但是没有人知道这些"根"有多坚韧)。

三月革命之后,他们接近了临时政府中的要人。在内阁重组过程中,7 月下旬,克伦斯基被任命为总理,利沃夫(V. N. Lvov)很快辞去圣宗教会议的总监职务。他们的友人、利沃夫的助手卡尔塔舍夫接替了他。在卡尔塔舍夫提议下,这个职位

---

① Merezhkovsky:《从战争到革命》(*Vom Krieg zur Revolution*, München, 1918),页 137—142, 161—174。也参看 Pachmuss:《吉皮乌斯》,页 180—199。

② Zinaida Hippius:《蓝色之书》(Belgrade, 1929),页 26。

本身被取消,教会和国家分离;卡尔塔舍夫本人被任命为宗教团体部部长。

　　梅列日科夫斯基夫妇相信克伦斯基同意他们的弥赛亚理想,所以热情支持克伦斯基。到了夏末,克伦斯基的体制显然陷入困难;梅列日科夫斯基和吉皮乌斯便开始与老朋友、当时的战争部长萨文科夫合作,目的是为了撵走克伦斯基。在科尔尼洛夫运动中,萨文科夫扮演了重要的、谜一般的角色。运动失败后,梅列日科夫斯基夫妇所惧怕的"疯狂无政府现象"变成现实。政府权力解体;布尔什维克的政变几乎没有流血。①

　　对于梅列日科夫斯基夫妇来说,布尔什维克党人都反基督;他们几乎愿意和反对过他们的任何人合作。作为敌对阵营里的
206 知识分子,他们得到的配给物品很少,而 1918 年严寒的冬季对所有俄国人来说都是可怕的。萨文科夫在来年春天的流产政变使得他们的处境更坏了。几乎全部作家都陷入极度的困境。为了提供工作,高尔基制定了一个公共事业振兴(WPA-Works Progress Administration)类型的翻译外国文学作品的计划,但是梅列日科夫斯基想要宣讲他自己的理想。最后,为了筹款,他提出为《真理报》编写一本布尔什维克党领袖传记词典。《真理报》接受了这个建议,但梅列日科夫斯基没有编写。白军部队在西伯利亚遭受失败之后,梅列日科夫斯基夫妇处境困难,他们相信到国外去能够最大限度支援俄国,所以他们逃离了俄国。1919 年 12 月 24 日午夜,这"三人",和成为他们秘书的青年诗人兹洛宾(Vladimir Zlobin)前往波兰。据一个布尔什维克记者记录,梅列日科夫斯基离开的时候,带走了《真理报》预先支付给他的"一大笔钱"。据梅列日科夫斯基记载,这"一大笔钱"还不

---

① 　Pachmuss:《吉皮乌斯》,页 193—205。

够买一大块黑面包。① 然而,他有预见,在 1917 年 12 月银行账户被没收之前,把自己的账户转到了国外。梅列日科夫斯基原来主张的有机体社会形成了,但形成的方式是他最害怕的——集体变成了新的上帝。

梅列日科夫斯基意在成为人类解放者,自由、平等、归属和爱的新秩序的预言者。个人的神圣性质乃是他信经里的核心信条。以这一名义,他反对战争、流血、暴力、反犹主义、开除托尔斯泰教籍和对贝利斯的陷害,争取言论自由、出版自由和良知的自由。他十分执意消除压迫和铲除通向共同体的全部障碍,他的哲学某些方面的极权主义涵义竟然没有引起他的注意。虽然他批评了他所认为的俄国文学在 1860 年代以后向上攀登的"形而上学之梯",他实际上已经沿着一个降落到极权主义的"形而上学之梯"步步下行。

梅列日科夫斯基反对英国自由主义自然法哲学寻求定义和限制政府的权力,他的目的是完全取消政府。从他的视野看,涉及政府适当功能、有效使用政治权力、司法可能发挥作用的领域的问题,都会变成时代错误,对千年至福的期望使得清醒的政治讨论无法展开。

按照他的定义,"理性"、"自由"和"爱"都是人的努力所不可 207 企及的。他承认这一切都在正常的政治范围之外,将其化为现实超出了任何政府的力量,他的目的是完全超越政治秩序。把爱置于良好社会秩序的范畴之中,他首先模糊了、继而抹煞了公共生活和私人生活之间的主要区别。他甚至没有想到给人民提

① I. Yasinsky:《我的一生就是小说》(Moscow, 1927),页 258;《出版与革命》(Moscow, 1921), No. 1,页 180; Merezhkovsky, Filosofov, Gippius, and Zlobin:《反基督的王国:俄国与布尔什维克》(München, 1922),特别是《黑本子》一章。

供爱会引起多么巨大的困难(扎米亚金 1919 年的小说《我们》描写了一个极权社会,在那里,为了让公民在情绪上和智力上平等,性生活是受到统一管理的。每个人都有一定数量的票证,凭这样的票证过性生活;浪漫的性生活遭到禁止)。看来,社会政策能够制造惨境,却不能够保证幸福。

　　对基督的信仰使得梅列日科夫斯基主张铲除全部现存的机构,为基督的神政提出包罗万象的要求。梅列日科夫斯基明确承认混乱导致专政,他不明白,自己的观点也许只能导致混乱,如果破坏保护个人免受政府和他人欺压的机构,他就是天真地为他所预言的和反对的极权主义建造地基。

　　更重要的是,梅列日科夫斯基没有意识到他自己的神政概念中固有的极权主义涵义。他的神政——有机体社会,来源于正教的集体气质教理,这是由圣灵引导和保护的基督教团体;它也和正教强调的内容有联系:教会是信徒的团体,不是一个按照纲领组织起来的会社。杰尔诺夫宣称,俄国教会的纯粹精神特质使得它在面对世俗的国家攻击的时候束手无策。[①] 梅列日科夫斯基关于教会与国家是誓不两立仇敌的信念,部分地来源于俄国教会给予的经验。他也认识到,一开始是纯粹精神团体的路德宗教会,已经变成了国家的一种延伸之物。因此,对于界定到底什么属于凯撒、什么属于上帝,他缺乏兴趣。凯撒必须被铲除;整个世界都是上帝的。

　　对于纯粹精神无所作为的状况,他提出的解决办法是解释本质上的神秘性,和用社会的、物质的和可观可感的词语传播集体气质的信念。全部信徒都在基督神秘的躯体里聚合这一条教理,以各种形式见于绝大部分基督教教派之中。梅列日科夫斯

---

① 　Zernov,页 37—38。

基按字面来理解这一教理;他试图解释无法解释的教理,结果形
成一种有歧义的理论,很容易遭到歪曲。

　　例如,他坚持,基督的教导必须深入社会的每一个部分,这
样的态度很容易导致铁板一块的严格纪律。他反对世俗会社要
把宗教从中心地位清除的动向,按照他的看法,这又属于人们关
切问题的边缘部分。最后,他相信,把宗教当作私人事务会使得
宗教失去活力。共同的理想、价值观和信仰当然是社会凝聚力
的一个活跃的方面。但是,在一个被共同理想推动的社会和被
绝对教义统治的社会之间,是有区别的,特别是当教义超越了
"实证主义的"批评的时候。也许可以说,区别是一个程度的问
题,不过,梅列日科夫斯基却不是从程度方面来思考的。他不敌
视私人生活本身,看重个人,他的宗教特质来势汹汹的冲力很可
能把他神政社会中生活的所有方面都威压下去。而且,他特别
反对在思想意识方面进行强迫,他的神政是被上帝揭示的单一
的真理"治理"的。

　　梅列日科夫斯基欲求的有机体社会和中世纪政治理论家
们、和伯克(Edmond Burke)设想的社会鲜有共同之处。由教会
和国家的冲突形成的中世纪的理论,划定了社团政治(body
politic)每一部分的功能,试图澄清权威与等级的界限。结果是
一个完整的建构,法律在其中是每一个部分的权利与特权的保
障,是它反抗侵袭的手段。但是,梅列日科夫斯基对于法律的区
分很不耐烦,怀疑其纷繁复杂,坚持认为人不能管理他人。伯克
是传统主义者;他相信,变化必定是循序渐进的。伯克基本上是
审慎的,不相信抽象的理念("政治理性是一种计算的原理"),坚
持认为环境(亦即具体的条件)无比重要,理念必须受到经验的
检验。伯克深信基督教理念,认为宗教是社会的基础,他全然不
是启示论者。他认为,只有在法律保护下,自由才是可行的,各

种制度代表了一个特定的社会积累起来的智慧,激情必须加以限制,私有财产必须得到保护。他是一个讲求实际的政治学者,经验的现实是他的参照点,他相信妥协的必要性。

伯克和梅列日科夫斯基根本不同的方法见于他们二人所用的建筑物比喻。伯克把法国宪法比拟为一个废旧破损的城堡,209 有几面墙壁和整个地基还是完好的。他指责说,革命者们没有修葺城堡,而是推倒重来。结果是"无法遮蔽的灾难"和法国的凋敝。① 对比之下,梅列日科夫斯基赞扬他的俄国同胞,"你不放弃老的教会,就不能够建造新的教会。"②(是在讨论教会的结构时说的,这个论断仍然显示出他基本的思想)。

他们都对康德和黑格尔、对法治国家和历史逻各斯感兴趣,梅列日科夫斯基更专注于神学的同时代人,别尔嘉耶夫、特鲁别茨科伊和布尔加科夫,都更接近伯克。虽然杰尔诺夫说,别尔嘉耶夫一直对秘教崇拜感兴趣,但是这并没有直接影响他的政治思想。无独有偶,伯克也对美学问题感兴趣;他起初的一部著作(1757)是论崇高与美。

梅列日科夫斯基的神政论更接近原极权主义理论,例如瓦格纳或者索莱尔的理论,这些理论要用一种神话来凝聚社会。神话的不同内容不比其类似的功能重要,这个功能就是激发革命。1848 年,瓦格纳梦想通过美学转换民间传说来创造的新秩序。虽然在晚年他在政治上变得保守,但是在他年轻的时候他呼唤资产阶级文明的"众神的黄昏"。索莱尔的神话是总罢工;他的目的是:通过暴力达到道德的再生。

梅列日科夫斯基神话是第二次降临;以这一神话的名义,他

---

① P. Stanlis 编辑:Edmund Burke:《著作选集与演讲》(New York, 1963),页 440,454。

② 《在寂静的漩涡中》,页 93。

作出直接妨碍他一直坚持的人类价值观和审美价值观的革命最高纲领的姿态。他相信自己的神话（和维亚切斯拉夫·伊万诺夫更为纯粹的审美类型不同，虽然伊万诺夫的宗教信仰是可疑的）不是问题。如果接受神政论中绝对个人自由和绝对有爱的社会之即将到来的和解，就要求搁置批评判断，搁置质疑，无视理性、逻辑和事实，要"一跃进入信仰"。

然而，没有人相信他的神话；他的神话很显然不适合正在出现的大众社会。梅列日科夫斯基仅仅能够令志同道合的知识分子满意，却依然脱离普通人民，也不去转向依从他们。而且，他说"人们"的时候，是指农民。新的无产阶级几乎没有进入他的意识。因为无产阶级作为他所惧怕和憎恨、却又不能消除掉的机械社会的确凿证明令他厌烦。他说"听了《工人赞歌》①感到痛苦"，于是他对工人闭上眼睛、堵住耳朵。在他全部的著述中，他从来没有提及大多数人民生活的凄惨环境。他漠视日常生活的实际细节，对尘世世界充满敌意，预告了法西斯哲学②的明显的反物质主义。对于他来说，繁荣就是小市民习气。改善经济的纲领干脆引不起他的兴趣。在神政论中，基督会提供一切。

然而，梅列日科夫斯基不是一个喧嚣的非理性主义者；他从来没有发誓完全抛弃理性，从来没有真正放弃文化。实际上，勃洛克正是在这一点上批评了他。梅列日科夫斯基的公众形象比他真实的立场更极端一些；他倾向于被他自己的雄辩言辞俘获，他知道，令人震惊的言论引人注意。在受到直接挑战——比如斯特卢威和特鲁别茨科伊的挑战的时候，他承认立即消除国家的种种困难，表示，在"宗教革命"改变了人心之前，国家作为工

①　Meilakh，页171。《工人赞歌》是明斯基的一首诗。
②　关于法西斯主义是一种超验的理论的观点，参看 Ernst Nolte：《法西斯主义的三个面目》，Leila Vennewitz 译，New York，1969。

具可能是必不可少的。他的政治启示论来源于他的信念：俄国
的命运即将被决定，对于俄国的拯救而言这是"抓紧现在、时不
再来"的；他的启示论还来自他对于自己没有能力解决俄国的问
题而感受到的绝望。

　　梅列日科夫斯基只是导向极权主义的"形而上学阶梯"的第
一步；他不愿意为了社会而牺牲个人。但是，他人（参见下文）迈
出了下一步；因为比梅列日科夫斯基远离宗教，对于个人的神圣
特质感受较差，所以他们的非宗教神秘主义代表了进一步的非
理性主义。象征主义艺术家们所没有采取的最后的一步，是寻
求一个世俗的弥赛亚。

　　梅列日科夫斯基特有的启示论没有赢得信徒，但是他以往
的许多同事从这一个启示论大合唱中演变出不同的变体。日积
月累，艺术家们创造了一种渗透了社会的期待启示的总体情绪。
梅列日科夫斯基支持社会革命党人，变得政治化的大部分象征
主义者更接近布尔什维克党人。写作了《阿提拉，再度的荒
原》①的伊万诺夫对他们抱以温和的同情态度，而布留索夫和巴
利蒙特则把革命看作为一种审美的经验；他们器重布尔什维克
党人，因为他们的世俗启示论情绪颇为近似于他们自己。而布
留索夫，尽管一向最为不近政治，却是他那一代人之中惟一加入
了布尔什维克党的诗人。②

　　勃洛克和别雷是那些同意梅列日科夫斯基的神秘假设、却
不同意他的结论之艺术家的范例。他们意欲真正接近人民，提
出了他们自己的弥赛亚式的社会主义。因为他们在梅列日科夫
斯基的方法（抽象而不切实际，脱离人民）中分辨出缺点，他们和

211

---

① Slonim：《从契诃夫到革命》，页188—189。

② Erlich，页92，指出布留索夫没有受到红色恐怖的干扰。

他决裂,进而寻找新的解决方法。他们二人对 1917 年革命态度热情,在 1918 年都加入了"西徐亚人"小组,这是左派社会革命党人的组织,领导人伊万诺夫一拉组穆尼克(Ivanov-Razumnik)支持布尔什维克党人。虽然"西徐亚人"反对马克思主义唯物主义和经济决定论,并且宣称看重"个性",但是他们也认为资产阶级文明是他们的敌人。就这样,与布尔什维克最高纲领在情感上的亲近,砸碎旧秩序的共同愿望,和就勃洛克而言负罪感深重的自我献祭的欲望,①都使得别雷和勃洛克搁置他们各自的乌托邦思想中的众多分歧,倾心革命。他们虽然在理论上和梅列日科夫斯基决裂,但是原来吸引他们接近他的那个神秘的浪漫倾向却以政治的变体形式延续了下来。② 虽然勃洛克和别雷确认需要实际的解决办法,他们却也是把实在地制定解决办法的任务留给了别人;他们没有能够填补意图与效果之间的差距,也没有能够对布尔什维克的世俗启示论展开理性的评判。因为脱离了索洛维约夫的逻各斯(神性理性),所以他们的神秘论以纯粹非理性面目出现。事实上,弗洛罗夫斯基宣称,勃洛克的神秘主义完全不是宗教的,还指出勃洛克对索洛维约夫的神学不感兴趣。③ 和梅列日科夫斯基一样,勃洛克和别雷都敌视政治进程,不懂经济。斯洛尼姆引用了勃洛克的话:"我恨资产阶级、魔

---

① Erlich,页 111,说:"勃洛克问,'我是谁',实际上是要阻挡历史。我是谁,是有产者的儿子,要来判断正在觉醒的群众起初的行动。破坏我自己的小组,我的人工温室生活方式是不是为姗姗来迟的社会变革付出了太高的代价呢?"也参看页 99。

② 他们特别亲近吉皮乌斯。勃洛克常常陪同她去排练她的戏剧《绿指环》,当时正在彼得堡亚历山大剧院上演。参看 Pachmuss:《吉皮乌斯》,页 189。1914 年,勃洛克为她写了一首诗。参看 Olga Carlisle:《街角的诗人》(New York, 1970),页 38—39。

③ Florovsky,页 468。

鬼和自由派。"①

212   支持布尔什维克的其他典型美学学者包括有:把抽象派绘画看成"艺术中的马克思主义"的康定斯基,指望布尔什维克把人从平庸的操劳中解放出来、并且开启精神创造能力王国的夏加尔,马雅可夫斯基,"未来派"和谢拉皮昂兄弟。据格雷认为:"革命把真实给予了(未来派)的活动,把长时间寻求的方向交给他们努力实现。"②他们欢迎共产党的秩序,艺术家会认同这个秩序,并且期望俄国的工业变革。③ 这些人物都以不同的方式代表了世俗启示论的诸方面。

对现在感到的绝望,结束痛苦的炽热愿望,谋求美好未来的破灭的希望——这一切都引导各个典型美学学者支持革命;说明这一情况的是勃洛克的嬗变,他从一个温和的梦想者变成对面临的大变动提出警告的耶利米。据他十分亲近的姨母别克托娃记载:

> 空气里带有革命的破坏精神。它渗入了全部的新文学。巴利蒙特、布留索夫、梅列日科夫斯基夫妇、维亚切斯拉夫·伊万诺夫……都谈论(他们呼吁的)同一件事,都是为抗议平静而稳定的生活,反对家园,要求放弃幸福,放弃安居乐业,要求摧毁家庭和舒适……④

1905 年,勃洛克在一支革命队列里扛着一面红旗。他在1905 年以后写的作品都反映出他纷乱的情绪。有一个人物说:

---

① Slonim:《从契诃夫到革命》,页 203。
② Gray,页 215。
③ 同上。
④ M. Beketova:《勃洛克》(Petrograd, 1922,重印,The Hague, 1969),页 101。

"诸位,我再也忍受不下去了。我在我的白宫里太舒适了。给我力量吧,让我跟它告别,让我看看全世界的生活是怎么样的。"根据半自传作品《报复》：

> 全部正在发展的事件对于他来说都是一种尚未放开的混乱。他激动的心情很快找到一个渠道：他落入一群人当中,这些人嘴里不停地冒出的字眼是"革命"、"反叛"、"无政府主义"、"疯狂"。这儿有美丽的女人,"胸部全年都挂着一朵凋谢了的玫瑰花",总是昂着头,张着嘴。美酒如涌泉。每个人"都像个疯子",每个人都要摧毁家庭,家园——自己的和别人的家园。①

1905 年以后,勃洛克的"美丽贵妇人"变成了一个布娃娃,后来变成一个妓女(俄语词：neznakomka-"陌生女人"),最后变 213 成淫荡妇人俄罗斯母亲,祖国②(梅列日科夫斯基笔下的"永恒的女性"变得更抽象,又更散乱)。

勃洛克 1907 年的散文《宗教探索与人民》也许最清楚地描写了他的新情绪。他渴望"'强力的欢快,激情的沉醉',以便短时间地烧透沉闷"。他说,重开的宗教哲学学会的会议上,他们所有要帮助人民的高谈阔论,都没有能够触及真实的问题。那些"油头粉面"和"脑满肠肥"的到会者们永远也不理解饥寒交迫

---

① M. Beketova：《勃洛克》(Petrograd, 1922,重印,The Hague, 1969),页 101—102。
② 勃洛克 1906 年的戏剧《巴拉干奇克》(Balaganchik)描写一个人物,他追求一个美丽的女人,到最后却发现她是一个硬纸片做的玩偶。妓女的主题最明显见于他的诗篇《妓女》(Nieznakomka,俄语,意为："陌生女人"),1908 年以后,俄国变成他的女性象征。据 Erlich 认为,只有爱的对象有变化；他的题材都是情色的。参看页 103—108。

的人民。他说，一个"自然人"，"外省人"可能偶然跑到这样的会场上来，很快会发现自己走错了地方，立即去找一家咖啡馆"求活命"。他要对知识分子"啐唾沫"，告诉他们去见鬼，对他们提出警告：

> ……知识分子们呀，你们给自己启蒙吧，但是不要想着"纯朴的人"会来找你们谈上帝。我们敬重你们和你们认真的"求索"。我们要看，要办一件"不许干"的事——用一点抒情的酒渣子给你们的脑袋涂油（然后你们可以）擦干秃掉的地方——你们知道怎么擦。

勃洛克承认他渴望暴力，认为几乎一切种类的行动都比知识分子们的空谈好。

> 好啊，我是一个恶棍！一个恶棍！但是一切人都处在一种混乱状态，一切人都因为无所事事而烦闷无聊。今年关于知识分子生活的全部事实都是可恨可叹的，甚至包括和神父们的辩论——辩论的数字不过是自我满足的一个形式，而且还不是最亵渎神明的。

勃洛克得出结论说，"如果这些空谈高手都离开这个世界，俄国不会有所损益。"[①]

不久，勃洛克呼唤建立在工业化基础上的、大众富足的"新美国"。但是，《西徐亚人》(1918)更典型地代表了他的弥赛亚期

---

① Aleksander Blok：《宗教探索与人民》，《两卷本选集》，编辑 Orlov（Moscow，1955），页 56—62。也参看：《1907 年文学总结》，《金羊毛》，1907，No. 11—12（十一月—十二月），页 91—92。

望和启示论预言的结合；向野蛮的逆转会比新世界来临得更早。文化，也许还有知识分子本身，必须首先作出牺牲。在《十二个》(1918)中，基督自身领导了布尔什维克的各个支队：虽然布尔什维克不知道，他们正在做基督的工作(有些评论家宣称，基督的面容几乎是女性的。① 如果他们说得对，勃洛克的基督可能是 索菲亚和/或者"俄罗斯母亲"的一个化身)。在《知识分子与革命》(1918)中，勃洛克把革命比拟为完全改变了世界的大自然的基本力量。他告诉受众："用你整个的心灵，你整个的躯体，你整个的意识，去倾听革命(的音乐)。"②

勃洛克完全依靠直觉去"发现"不符合他的气质。③ 更倾向于系统和逻辑的别雷(他父亲是一位著名的数学家)也转向了神秘社会主义。别雷大概是象征主义最重要的理论家，在 1905 年革命后放弃了 1905 年以前的神智学美梦中的"美丽贵妇人"和马克思主义(当时他正在和"神秘论无政府主义者"格斗)，发表讲演论述把象征主义和马克思主义结合起来的可能性。革命取代了作为社会实践的艺术，他主张接受作为社会生活重要原则的整体。别雷也寻找某种形式的集体气质，摈弃个人主义；他说，社会或者是一个"活的整体"，或者是一个吃人的机器。④ 他的《彼得堡》充满了社会的张力。工人们居住在涅瓦河上的一个小岛；他们在事实上和在心理上都是和社会分离的。他们的世界是一个具有威胁性的迷宫，长着厚厚的黄色嘴唇的丑陋革命者们密谋暗杀。在陆地上，炸弹爆炸，人们在社交聚会上讨论启

214

① 例如，参看 Florovsky，页 468。
② 缩减的英语译本可见于 Marc Raeff：《俄国精神史：文选》(New York, 1966)，页 364—371，特别参看页 366,371。英译《西徐亚人》和《十二个》见于 B. Guerney 编辑的《苏联时期俄国文学选集》(New York, 1960)，页 16—29。
③ Maslenikov，页 147—148。
④ Bely：《绿草地》，页 4。

示,社会意识到了自己被黑暗的敌对势力包围。超现实主义恐怖的渐强音消失;密谋失败,儿子返回神秘的东方。显然,别雷得出结论,恐怖主义不是答案。1914—1916 年这段时间,他是和阿霞·屠格涅娃在瑞士的一个人智学寓所度过的。人智学作为一种伪神学,宣扬个性在宇宙秩序中分解,很可能投合了他对系统的需求。1916 年,他一个人返回俄国,最后是支持布尔什维克的,把他们看作旧秩序的爆破者。1917 年,他重写了《灰烬》(1908)诗集中最有名的一首诗的末行。"在空间里消失吧,消失吧,啊,俄罗斯,我的俄罗斯,"变成"啊,俄罗斯,啊,俄罗斯,弥赛亚依然一定到来。"①1918 年,他写了《基督已经复活》。

　　他们启示论的预言之一部分化为真实;旧世界被砸碎。但是基督没有降临并把受苦受难的俄国带引到福地。

---

① 　Poggioli:《俄国诗人》,页 158—159。

尾　声

梅列日科夫斯基在巴黎

梅列日科夫斯基的流亡年代(1919—1941)的标志是广泛的反苏活动和持续的宗教研究。他长期把布尔什维克主义看作某种世俗的宗教,宣称,弥赛亚狂热不可避免地要推动它走向征服世界。他预言:"我们的世纪,将要见证'伟大的宗教真理与伟大的宗教谎言'的殊死战斗;基督的力量将要在大决战的战场上击败反基督的力量。"①

在各种活动中,梅列日科夫斯基都力图训练基督的支持者们,为即将到来的战斗军事和精神方面做好准备。首先,军事行动领先。他深信,只有强力才能够推翻布尔什维克制度,赞同外国干涉,以强化俄国人击败布尔什维克制度的努力。

在他流亡的第一站波兰,他支持皮乌苏茨基(Joseph Pilsudski),波兰的独裁者,上帝选定的拯救俄国的人。在皮乌苏茨基入侵俄国失败之后,梅列日科夫斯基、吉皮乌斯和兹洛宾前

① 《三者的秘密》,页9。

往巴黎。菲洛索佛夫留下来和萨文科夫一起工作；他们的计划是酝酿在和波兰接壤的俄国外省的一次反叛，然后和弗兰格尔在克里米亚的残兵败将联合起来。梅列日科夫斯基和吉皮乌斯认为这个计划是军事冒险主义，认识到打败布尔什维克一事会牵扯到一场漫长而艰难的斗争。①

　　梅列日科夫斯基1920年秋天来到巴黎，自认为是先知和俄国侨民的精神领导。十分在意自封的角色，他常常重复说："我们不是流亡，我们是在完成使命。"②就像古代以色列，巴比伦的囚徒，俄国人最终会回去的。他和吉皮乌斯专注于思想上的准备工作，写书，写文章，创建讨论小组，每星期天举办晚间聚会。他们的《反基督的统治》定下调子；他们描写了俄国的巨大痛苦，警告说，布尔什维克主义给全欧洲带来危险，宣称只有基督教革命才能击败它，并且通过数字占卦术、十字架和中世纪驱逐妖邪的五角星的象征来"证明"，基督教最后一定胜利。1927年，他们形成了一个小组，"绿灯"，模仿宗教哲学学会。讨论都是在决定好的较低水平上展开的；到会者多是青年作家，他们后来见到不少名人，目睹了比如梅列日科夫斯基吼叫"你是跟基督在一起还是跟阿达莫维奇在一起？"的场面（阿达莫维奇对梅列日科夫斯基的神秘论简介持以怀疑态度，试图要他拿出证据）。他们还创办了刊物《新舟》（暗指教会是拯救之舟），来发表讨论细节，但它只出版了一年。星期天的晚间聚会比较成功；最重要的侨民知识分子，包括别尔嘉耶夫和舍斯托夫，都按时到会。在二战之前不久，聚会终止，战争的威胁打断了侨民会社的活动。

　　梅列日科夫斯基获得1931年诺贝尔文学奖提名，这充分证

---

① Pachmuss：《吉皮乌斯》，页205—213；Gippius：《梅列日科夫斯基》，页295，《华沙日记》，页71—76；Merezhkovsky：《皮乌苏茨基》（London，1921）。

② Mark Vishniak，访谈，1968年6月30日。

明了他在俄国文化中的作用,①但他并不真的就是侨民的精神领袖。痛苦使他返回正教,而他创造一种新教会的异端尝试,使得他脱离了传统的俄国人。吉皮乌斯发表了她的《黑书》(革命期间的日记),在这本书里,她不仅批评了布尔什维克,而且还有社会革命党人、士官生们和全部的"男女犹太人",此后,大家对她和梅列日科夫斯基都持怀疑的态度。② 吉皮乌斯自己承认,他们几乎不理解真正的政治侨民。在1920年代后期,对于那些希望和苏联和解的人来说,他们持续的战斗风格把他们变成不受欢迎的人。所以,他们偏向于右翼组织,支持墨索里尼,对希特勒的态度模棱两可。

　　梅列日科夫斯基对拿破仑的研究显露出欢迎任何反布尔什维克独裁者的倾向。梅列日科夫斯基从不同方面描写拿破仑,把他描写成"驾驭混乱的巨人","保卫神圣欧洲不受红色魔鬼侵害"的救世主,永恒世界灵魂的体现,日神的化身,他相信,和世界大战与革命比较起来,拿破仑战争不过是"儿戏"而已,有一个拿破仑,就能够制止过去十年的痛苦。他得出结论,拿破仑是普世理性的声音,是西方最后的英雄。理性已经演出完毕;新星将

218

---

① 诺贝尔奖委员会请侨民团体提名。梅列日科夫斯基和布宁是明显的选择。大量"政治运作"在暗地里运行,最后,1933年的诺贝尔奖给予布宁。详情参看Bunin:《回忆录》(Paris, 1950); Galina Kuznetsova:《格拉斯克日记》(Washington D.C, 1967),页35,196,260,277; M. Grin:《阿尔达诺夫给布宁夫妇的书信》,新杂志, No.80 (1965),页258—287; Mark Vishniak:《现代纪事》(Indiana, 1957),页134。

② 梅列日科夫斯基夫妇轻易伤人的性格加重了他们的孤独;例如,Marina Tsvetaeva认为他们二人,尤其是吉皮乌斯,是"邪恶,邪恶得像鬼魂一样"。在他们和恪守超于党派至上原则的现代纪事作出一项协议之前,在侨民出版界,他们出版著述遇到了困难。参看Y. Terapiano:《会见》(New York, 1953),页25。Marina Tsvetaeva:《致安娜·杰斯科娃书信》(Prague, 1967),页107,和Vishniak,页133。

在东方,在解放了的俄国升起。[1]

有一段时间,梅列日科夫斯基支持墨索里尼,认为他是大地精神的化身,赋予他在罗马和文艺复兴之国的出现以象征的意义。随着墨索里尼暴露出他不过是一个渴望权力的庸俗政客,毫无宏大的精神理想,梅列日科夫斯基开始寻找不同的英雄。

希特勒的反布尔什维克主义为他作出明确的选择。梅列日科夫斯基和吉皮乌斯都不是纳粹,他们对布尔什维克的怨恨钝化了他们对纳粹主义的反对态度。他们视希特勒为一个狂人,一个野蛮人,一个鞑靼人,但是认为斯大林主义更危险。1939年,梅列日科夫斯基当真做了一次广播演讲,声称希特勒"遵循了基督的道路"。[2] 帕奇穆斯认为,演讲被过分强调了,是兹洛宾迫使梅列日科夫斯基作出演讲,目的是为了挣一点钱买食品和生活必需品。维什尼亚克(Mark Vishniak)指责梅列日科夫斯基和吉皮乌斯为了击败他们所说的"犹太—布尔什维克主义",都在道德上向希特勒投降。吉皮乌斯明确地将布尔什维克革命怪罪于犹太人,侨民们报告说听到过她咒骂他们。梅列日科夫斯基自己不是一个反犹分子。他宣称,拉斯普京等人不是犹太人,但是他们毁坏了俄国;他拒绝和支持希特勒种族灭绝政策的德国将军共同进餐。但他们夫妇强烈希望布尔什维克失败,强烈得甚至愿意接受希特勒。[3]

219　　　在这些年份,比较而言,梅列日科夫斯基得到了内心的平

---

① Merezhkovsky:《拿破仑生平》, C. Zvegintsov, trans.（New York, 1929）,和《拿破仑其人》(New York, 1928)。

② Lev Liubimov 在《在异国他乡》引用,《新世界》,1957, No. 4（四月）,页166。

③ Pachmuss:《吉皮乌斯》,页283;Gleb Struve:《流亡中的俄国文选》(New York, 1956),页385—393;Vishniak,页130,226—227。吉皮乌斯把文稿寄给了复兴,该刊物是直言反苏的,对希特勒报以善意中立的态度。

静。他有相对短期的目标,即打败布尔什维克,还有一个具体的
敌人,苏联的制度;他的婚姻状况风波渐少。事实上,梅列日科
夫斯基夫妇被公认为是相互忠实的。他表面上显得认可了自身
中存在的二分法,不再试图调和信仰和理性。

　　他的宗教著作显示了他"宗教探索"已经变化了的风格。知
识与信仰完全分开。他的著作或者是描写性和客观的,或者是
秘教和神秘主义的。"圣徒传"和宗教领袖传记属于第一类;基
督传和古代近东属于第二类。

　　"圣徒传"①以细节描写了圣保罗的传教活动、圣奥古斯丁
构思上帝之城、圣方济各寻求基督的兄弟情谊和贞德解放法国
的伟绩(最后这一本是在德国入侵的前夕完成的)。关于每一位
圣徒,都有详细的传记资料,但没有加以精神分析的尝试。

　　《但丁传》、《帕斯卡尔传》、《路德传》和《加尔文传》②,每一
本书都像是一个发言人,对基督教作出特别的解释。但丁以实
例解释基督教普世主义,他希望令东方教会和西方教会和解,他
也被当作"达·芬奇—歌德"的纯粹异教的精神对立面来对待。
帕斯卡尔是法国基督教的"灵魂";帕斯卡尔是科学家,却也意识
到了"深渊"的危险。他对世俗主义的敌视,使得他成为西方的
陀思妥耶夫斯基。路德象征了把教会变成纯粹的精神组织的尝
试。布尔什维克革命引导梅列日科夫斯基得出结论:教会需要
真实的刀剑,教会不能还是抽象的和内在的。他说,路德对天主
教的组织和力量反应过度;他没有为他"不可见的教会"设计结

---

①　Merezhkovsky:《从耶稣到我们的圣徒面貌:保罗、奥古斯丁》(Berlin,
　　Petropolis, 1937),《阿西西的圣方济各》(Berlin, Petropolis, 1938),《贞德》
　　(Berlin, Petropolis, 1939)。

②　Merezhkovsky:《但丁传》(Zurich, 1939),《加尔文传》(Paris, 1941),《路德传》
　　(Paris, 1941),《帕斯卡尔传》(Paris, 1931),法语译者都是 C. Andronikov。

构,使得它毫无出路。加尔文是路德的对立面;他的结构严密的日内瓦改革,靠强力聚合在一起,成为梅列日科夫斯基笔下的"历史基督教"压制特质的象征;梅列日科夫斯基说,加尔文对塞尔维特(Michael Servitus)的处决,相当于将基督再次钉上十字架。梅列日科夫斯基也提出,抽象理性是把人和同伴隔离开来的新教原则;这个原则必须和马利亚象征的天主教的爱之原则结合起来。这些著作是阐释性质的,但是以历史证据为基础。

220

他论耶稣和古代近东的著作是完全不同的。福音书的大量引文,神秘的典故,神话和他自己的预言构成了见证。目的不是向过去学习,而是预言未来。没有使用推理和知识,直觉和想象将之完全取代了。

《人所共知的耶稣》和《未知的耶稣》[①]都是要尝试猜测基督真实的涵义是什么,以求预言基督返回大地和实施新秩序的时候,基督将要做什么。梅列日科夫斯基坚持认为,全新的革命秩序将以登山宝训为基础,自由将取代法律。自由是给予罪人和圣徒的;上帝爱所有的人。上帝既不指责、也不评判,在他的孩子中间不加区分。梅列日科夫斯基经常强调"基督从不大笑,他只微笑",目的是要提醒人们拯救是一件严肃的事。

梅列日科夫斯基意识到,富足令人倾向于滋生宗教冷漠感,他强调,富足是在荒野中对基督的三次试探之一(其他两项是不道德的自由和权力欲望)。他提出,基督教是在逆境中成长起来的宗教;"迫害的狂风把火炭吹进火焰";富足有吹熄它的危险。但是,富足状态,"感谢上帝,即将结束"。基督教即将返回其"单独战斗反抗一切人的自然状态"。[②] 确实,对梅列日科夫斯基来

---

① 《明显的耶稣》,引用著作《不为人知的耶稣》,C. Matheson 译(New York, 1933)。

② 《不为人知的耶稣》,页 5。

说,富足状态已经结束。1935 年前后,他贫穷得买不起书,死后
(1941)没有足够的钱买一个墓碑;墓碑是一个法国出版商出于
慈善精神为他竖立的。①

　　梅列日科夫斯基对古代近东的研究著作在语调上也是神秘
的。他相信,在基督之前,已经存在某种形式的基督教,他的历
史三部曲《众神的诞生》(始于战前)提出,克里特岛和埃及是基
督教诞生的土地,强调埃及统治者阿赫纳顿(Akhnaton)尝试发
展一神教和阿赫纳顿的严重痛苦。

　　《三人的秘密》是一个尝试,要追溯在埃及和巴比伦各种宗 221
教中信仰和理性二分法的渊源(根据梅列日科夫斯基的见解)。
他指称埃及为“神圣埃及”,他认定,埃及的整个文明都渗透了基
于太阳崇拜的宗教,而太阳是生命和爱的源泉。这一宗教的统
治者,政府驾驭宗教论的皇帝—上帝,是太阳的后裔,是埃及宇
宙统一的表现。他们的两性体的神,奥西里斯,是爱的上帝;他
的受难和复活预示了基督,他就是古代世界诸“受洗上帝”的原
型,这些“上帝”是巴比伦的塔穆兹、希腊的狄奥尼索斯和墨西哥
的太阳神。梅列日科夫斯基认为,埃及文明衰落,是因为他们缺
乏魔鬼的概念。埃及人只相信幸福和爱,却不能解释邪恶,没有
对于朝向某一确定目标运动的辩证理解;因此,他们的思想绕着
圈子,最后停滞。巴比伦是埃及的反面;他们比较接近现代的意
识,据梅列日科夫斯基认为,他们的宗教强调理性和知识,但是
他们的公民不幸福。他们的史诗主角吉尔伽美什是一个浮士德
式的人物,对于既不导向幸福、也不导向不朽的知识痛感失望;
吉尔伽美什认识到痛苦是拯救的代价,他却不善于设想某种新
的信仰。梅列日科夫斯基对巴比伦的研究很大程度上亚于对埃

---

① 　N. Berberova:《斜体字是我标示的》(New York, 1969),页 427。

及的研究，他将巴比伦认同于知识、将埃及认同于爱的做法是有疑问的，还有，他为了自己的纲领而夸大了它们之间的区别。他的研究是直觉的，而不是历史的；他推出论断，却未加证实，还留下很多内在的矛盾。梅列日科夫斯基指望解决的"三者的秘密"符合于他以往的声言："一"是神学的个性，"二"是性，"三"是社会。

《西方的秘密》尝试解释亚特兰蒂斯神秘文明的衰落。梅列日科夫斯基把自己观点建立在尼采"永恒回归"的被修改的文本之上，认为亚特兰蒂斯的确存在过，并且是"第一人类"，而现代人是第二人类，第三人类尚未诞生。但是，"世界灵魂"是永恒的；因此，"牢记"过去就是预告未来。亚特兰蒂斯骄傲自大，精神上自鸣得意，而且物质主义盛行；忘记了上帝，所以其公民不识爱。最后，他们毁灭了自己。现代人如果不转向基督，也将同样灭亡。

梅列日科夫斯基为解决宗教问题而转向古代东方之做法显示出与亚欧论不寻常的相似，亚欧论是青年俄国侨民强调俄国222 的亚细亚本源的运动。像梅列日科夫斯基一样，他们厌倦了欧洲人对俄国人痛苦的冷漠态度，而且，像他一样，他们对现代学术作出了重大的贡献。

把古代近东诸文化联系起来的近期考古发现表明，梅列日科夫斯基在其对于基督先驱者的直觉研究中，是依靠着历史实据的。他大胆的假设：墨西哥文明来源于近东，已经得到海耶达尔(Thor Heyerdahl)的验证。① 现代人类学家和心理学家都使用了梅列日科夫斯基使用过的神话。他们尽力从理性上来理解这些神话。梅列日科夫斯基的方法完全是神秘主义的，读者几

---

① 《纽约时报》，1969 年 5 月 16 日，版 3：行 5；1969 年 5 月 26 日，版 49：行 1。

乎没有赏识到散见于神话、占星术、象征、符号、征兆、幻觉、数字占卦术和预言中的深入见解的新颖和透彻性质。

梅列日科夫斯基为他的秘教论辩护，他说，人有两个灵魂，"夜间的灵魂"表现在法术或者魔术之中。他说，魔术是智慧和疯狂的结合；而疯狂是受到神性的启发的。通过它产生的魔幻，人能够触及世界的灵魂。关于更高的现实的知识是无意识的，不受个人的经验或者逻辑的限制，表现为神话。通过神话，无意识知识的增长，以往人类的经验得以传输。[①]

他的数字占卦术是数字隐蔽(Gematria，假设圣经是用某种数字密码写成的)的一个变体。预言是通过把一个圣经术语的字母变换为相应的数字，再把这些数字加起来，然后替换另外一个词语，再添加到同一个整体数目上。在《西方的秘密》中，梅列日科夫斯基一再重复提及巨兽的"数字"，据说是 6 乘 6。他有时候几乎是胡言乱语。最后的数字集合没有说服力，而且几乎无法索解。

梅列日科夫斯基对无意识、魔术和神话的依赖显示出他日益脱离周围的世界。流亡年代内心相对的平静，部分地就是他接受这种分离状况的结果。真实的世界对他来说太过沉重；他相对满足于处在一个只有他自己、被选出来的他人和上帝居住的世界。这一状况更加剧了他脱离现实生活的倾向。拯救本身将会在人的智慧不可解的第三启示中来临。直觉的深入，或者 223 至少是浸淫在魔术、秘教、异教众神和神话的下界之中的方法，跟常规的证明与一般的理性所提供的有限的方法相比，能够更有效地协助进入精神真实的世界。

梅列日科夫斯基通过重估每一个组成部分的相对分量的办

---

① 《西方的秘密》，页 54—55,167,193。

法,解决了心灵与智慧、信仰与理性之间的二分现象。信仰与爱
承担了主要的角色;信仰,而不是知识,把握着永恒生命的关键,
爱,而不是理性,带来幸福。在某种意义上,梅列日科夫斯基从
他在 19 世纪 80 和 90 年代的精神探索出发,已经完成了完整的
循环。接着,他尝试缓和他的孤独感,满足他的精神干渴,医治
他灵魂中的分裂——办法就是到达"不同于我们世界的另外的
世界",就是通过象征主义找到信仰。他终于达到了另外的世
界。1941 年,他在比亚里茨逝世;吉皮乌斯在 1945 年逝世。

结　论

梅列日科夫斯基和他所代表和培育的革命思想构成了导致 224
1917 年布尔什维克革命那种无根性的征兆和间接原因。以白
银时代著称的艺术和思想革命也是异化的产物；两个革命在
1917 年同时出现并不仅仅是巧合。

作为导致革命的力量的征兆，梅列日科夫斯基是经济和社
会变革引起的情绪动荡的极端的例证。他个人的问题来源于他
的家庭状况和他自己的性格，使得他的深刻见解与他人相关的
依然是总体的社会和文化状况。他的杰出有力地说明，他的孤
独感和精神不适感是有普遍性的；在一个较健康的社会里，他不
会是如此重要的。

因为旧秩序的解体，梅列日科夫斯基开创了道路，他自己沿
着这条道路从象征主义步步走到宗教探索、到神秘论革命，而在
他后面的许多人也走上了这条道路。随着工业化和城市化使得
传统思想和制度显得过时，个人觉得越来越远离宗教的和社会
的真实状况。这些人不能依靠自己的内在的资源，又丧失了来
自社会情感的或者思想上的支持，和他们的精神支柱栖息的关
系变得松弛。白银时代的普罗米修斯精神是黑暗中的一个哨

声,也是对于人类能力的信心表现;尽管具有辉煌的创造力和欣悦的气氛,其审美论、神秘主义和社会启示论都是一种退却,脱离了真实世界复杂的社会和政治问题。艺术家和思想家都有不同的理由来说明他们自己独特的思想,梅列日科夫斯基传播的审美和神秘主义的方向深入了白银时代的艺术和文学,产生了发展新的世界观的尝试。

　　象征主义是布尔什维克胜利的间接原因,理由有二。第一,225 象征主义助长的激进的唯情论倾向于政治极端主义,使得艺术家及其受众接受千禧年的魅力。作为最极端的革命政党,布尔什维克受益于某种总体的启示论情绪。第二,象征主义的审美神秘主义思维深入了有教养阶级,吸引他们离开创建性质的政治活动,防止了变通革命的方式的发展。

　　象征主义的首要影响可以十分清晰地看到。在十年之内,象征主义潜在的政治极端主义变得明显;起初不过是争取个人自由的非政治的哲学,转变成为助长了政治革命的潮流之一。因为存在着象征主义的基本臆测和价值观,在俄国的语境中,激进的政治革命几乎是不可避免的。

　　象征主义是作为一个抗议运动兴起的;其个人主义本来是非社会性的,明显地反理性的,依据反常规的斗争定义的。叛逆精神为运动提供了情绪的冲力;自由被定义成去除各种世俗限制——道德的、经济的、躯体的、政治的或者社会的限制。许多象征主义者认识到需要积极的理想,但他们没有能力拟定这些理想。

　　其次,在反对现代世界的运动中,象征主义强烈否认科学、理性、事实和逻辑的重要性。缺乏创建新秩序的资材,象征主义的发展一直没有超出作为一种反文化的原有的姿态;一直没有克服起初的虚无主义。这个群体原来是被一个共同的敌人聚拢在一起的,这个敌人在 1905 年被铲除后,它就分解成为一定数量的相互恶斗的集团,每一个都宣称拥有对于整个艺术世界的特殊裁判权。

最后,在和左派的政治说教斗争的过程中,象征主义者们渐渐成势之后,却采纳了他们对手的色彩。特别是,早期的象征主义为艺术和文化辩护,不是为了他们自己,而是奢谈提高人民的精神水平。审美个人主义从一开始在理论上就受到损害;真实的孤独感迫使艺术家们寻找一个精神集体。承认个人不能单独生存,需要他人,所以审美个人主义进一步受到削弱。艺术家和社会的问题被证明是个楔子,它撬开了象征主义运动的裂缝。在 1905 年革命显露出艺术家没有抵御社会巨变的免疫力之后,艺术家们为集体气质而放弃非社会的个人主义。象征主义艺术家们提出了他们自己的政治说教;他们对于其他世界的渴望结合了左派要形成革命启示论的世俗空想主义。展望者们勾勒具有创造性、个人主义和有机整体的乌托邦大纲,但是没有把注意226力引向具体实例;他们从来没有描写他们的乌托邦里不和谐的因素得到协调的精确方式。神秘主义吸收了全部的二分法,软化了现实的坚硬棱角,使之成为美丽而和谐的整体。

政治上的神秘主义被证明是灾难性的。艺术家们的自由必须不受限制的信念,在一个没有受到法律保护的自由之传统的社会里,是特别危险的。他们的政治目标抗拒客观的表述方式;他们太松散,无法完成具体的政治行动。艺术家们不顾实际,他们大胆的见解不能转换成政治现实的语言。他们倾向于用想象力抵御理性,却没有认识到,创造性的想象力固然能够提出目标,却依然需要理性才能达到目标。他们没有区分可能的事物和不可能的事物的标准。更糟的问题是,许多象征主义者的个人困难引导他们寻求逃离真实的世界;创建不是他们的目标。

他们追求自由、幸福和爱的乌托邦的欲望可能是真诚的,但是他们拒绝把原因和结果联系起来,这就使得他们无视个人和公众关切之间的重大区别,被引导到天真的极权主义。

象征主义者造反行为所潜在的无政府主义被灌输到对社会革命的见解之中。社会启示论是对围绕着俄国的各种巨大问题的回应;对付这些令人震惊的问题,理性显得无能。讲求实际的人都感到绝望。看不到现实的解决办法,政治奇迹就显得可以盼望。奇迹是一蹴而就地连接理想与现实之间鸿沟,令知识分子和人民即时和解的惟一方法。在心理上,进化不足为据,苦难的俄国不能等那么久。争论俄国是否取得经济或者政治的进步,在这里是不切题的;原来的美学家们对于逐渐的进步不感兴趣。只有新千年立竿见影的体制才能满足他们。

社会启示论不是一个解决问题的方法,而是避免思考的手段。艺术家们接受了革命的态度以后,他们的战斗精神引导他们蔑视、甚至否认他们曾经追求实现的审美和个性的价值观。他们并不确知如何,革命将会设法造就利他主义的、和具有创造力的新人;各种机构都会变得多余,国家将会消亡。他们等待奇迹,却忽视了过渡时期的种种困难;他们认为,远景就在他们前面。他们断然放弃理性、逻辑、经验和全部类型的客观标准,神秘主义的直觉就是他们惟一的代用品。艺术家本身目的的模糊227 性,再加他们持续的虚无主义,就意味着他们寻求的新秩序是不可能从他们提出的条件构想的。新秩序不得不从外部强加上去。

象征主义者们大谈解放,但极权主义却是他们的态度带来的政治后果。他们的神秘主义是飞离现实,俄国版本的"逃离自由"。他们对理性、法律和经济学的抛弃,对以神话为依据的某种崇拜的鼓吹,他们的情绪倾向,对妥协和节制的厌恶,对中产阶级和资本主义的痛恨,都使得他们跟法西斯分子站在共同的立场上。象征主义者仇恨物质主义和科学,藐视客观证据,乞灵于精神理想而不是对自我的兴趣,强调"自发性"而不是"意识",因而接近法西斯主义。梅列日科夫斯基对梅勒·凡·布鲁克(Moeller van den Bruck)产生了直接的影响,而布鲁克关于"第三帝国"的理论被希特勒采纳。[①]

很多历史学家认为西方的世纪末美学家都是法西斯主义的先驱者。[②] 尽管细节不同,但是德国的拉加德(Legarde)和朗贝恩(Langbehn)、意大利的邓南遮(D'Annunzio)和马里内蒂(Marinetti)、法国的巴雷(Barrès)和莫拉(Mauras)、英国的罗斯金(Ruskin)和莫里斯(Morris)都展现出一种共同的尝试,要把审美的和道德的价值观转换成政治术语;他们都憎恨资本主义,主张某一种重新修饰过的中世纪制度,一种以身份、而不是以金钱为基础的有机的社会。大多数西方的美学家都一直保持非政治精英的身份;直到三十年代,他们才政治化。

形成鲜明对比的是,俄国美学家们政治化得更快、更明显和更激进;俄国的世纪末知识分子远比西方更极端(也许德国除外)。他们的政治处境需要通过斗争来争取自由,尤其是摆脱书报审查的自由;这种审查在西方是做样子的。俄国社会的落后性质使艺术家和人民隔离,极大限制了艺术家潜在的受众。美学家们受到面对长期受苦的民众引发的愧疚感的推动,先是完全否认了对民众的拖欠,然后,感到更加愧疚,就以同样的狂热

---

① 　Fritz Stern:《文化失望感背后的政治》(New York, 1965)。

② 　文献很多,而且还在迅速增加。参看 Nolte:《法西斯主义的三个面目》;J. S. McClelland 编辑:《法国的权利》(New York, 1970); Graham Hough:《最后的浪漫主义者》(New York, 1960); John R. Harrison:《反动派》(New York, 1967)。

悔过。1905 年以后,政治化的美学家们返回知识分子传统的社会说教做法。

228　　俄国社会依然处于世俗化的早期;传统的宗教正在摇摆,世俗的享乐主义哲学依然格格不入。对于习惯于依靠理想、为理想而生活的俄国知识分子来说,生活必须有一个目的。宗教伦理依然受到认真的对待;物质主义是一个禁忌。社会的、经济的、政治的和文化的危机到来之时,正是启蒙主义价值观在西方被摈弃的时候。不善于返回自己的过去或者从欧洲借用,俄国的世纪末知识分子走向对于新信仰的竭尽全力的寻求。共济会在 1912 年后复兴,也许不是一个巧合。① 世俗的宗教填充了思想的真空;他们的极端主义是极端焦虑和极端希望所导致的产物。

和西方美学家不同的是,俄国美学家们转向了革命的左派(作为对于布尔什维克思想的回应,西方的革命右派随后发展起来)。但是,在俄国,除了几个恶棍之外,是没有革命右派的。传统的右派是蒙昧主义者,在精神上是贫乏的,敌视文化,对于未来的超人肯定没有魅力。1905 年革命重新激起社会义务的意识之后,政治化的美学家们受到结束痛苦和开启自由王国之许诺的吸引,被拉到左派来。作为左翼政党中最具新千年意向者,布尔什维克主义是终末论情感的受益者。乌拉姆(Adam Ulam)宣称,革命马克思主义者的精神是根植于落后状态的无政府主义。② 乌拉姆谈到了无特殊技能的工人和流离的农民

---

① Hoskins,页 196。见于 Leopold Haimson 的文章《俄国城市社会稳定问题:1905—1917》,载于 Cherniavsky,页 341—380;Haimson 认为,共济会的复兴证明有教养阶级当中的混乱和挫败感;参看页 369。

② Adam Ulam:《未完成的革命》(New York, 1960),页 188。布尔加科夫在《路标》中提出,知识分子如果取得革命成功,他们最具启示精神的党派将会占上风;他还批评说少年治国(pedocracy)现象是俄国社会精神羸弱的信号。

（通常是同一批人），他的解释可以延伸来解释布尔什维克主义总体的情感魅力。温顺的孟什维克主义愿意在这个制度之内工作，没有深究这些欲求。

布尔什维克主义世俗启示论近似于美学启示论和精英主义。艺术家们可以作为无产阶级先锋队达到集体气质；大肆歌颂，处于革命的癫狂中。布尔什维克强调唯物主义，其最终的视野还是一个没有经济的世界。在从必然走向自由的大跃进之后，人的精神将会得到解放；创造性占主导地位。托洛茨基预言常人将会成为"一个亚里士多德、歌德或者马克思"，并且超过他们，新的高峰将会出现，他的话在这里是适用的。229

布尔什维克主义的末世论因素常常被低估；"老左派"宣称讲求理性，谈论"意识"和阶级利益。但是，马克思自己有一次嘲讽理性是"中产阶级的王国"，他早期的著作表明他和黑格尔的唯心主义决裂得不彻底。在《德意志意识形态》所描写的世界里，工作就是快乐，人在上午狩猎，在晚上读书，随心所欲。他在1844 年对金钱的抨击中所谈论的社会里，经济的考量已经被超越。

马克思和他的布尔什维克继承人都宣讲登山宝训的世俗版本；人人平等，精神变成创造性。这样，布尔什维克鼓动者们就能够把游动的宗教情感拉到自己这一方面来，吸引希求新世界的艺术家。对一个经济力量不再控制人的世界的共同向往，造成布尔什维克们和政治化艺术家们之间在情绪上的亲近，这一点被证明是比二者之间的区别更重要的。例如，象征派诗人索洛维约夫（Sergei Solov'ëv）就把资本主义看作总体的世界邪恶的一种表现。"资本主义对于诗人来说是可恨的，不亚于对于社会主义者，"他说，"诗人和社会主义者的目标在一定程度上是吻合的。"①索洛维约夫是别雷和勃洛克的挚友，他相信神秘主义的兄弟情谊，后来变成一位正教神父。

　　布尔什维克和艺术家都预见到人按照自己欲望建立的世界，他们都痛恨当下。艺术家没有自己的确定的纲领，布尔什维克主义很容易勾住他们。在政治化的艺术家当中，只有梅列日科夫斯基看到了这个破绽，但他不能够提出可以信赖的取代之物。

　　象征主义的第二个影响较难把握；审美论、神秘论和它助长的启示论削弱了有教养阶级推进实际解决办法的愿望和能力。象征主义影响的准确范围难以度量，俄国艺术家作为民族良知的角色表明，象征主义对于社会情绪具有一种明显的、虽然不是可观的效果。1905 年以后，诗歌、散文和音乐都歌颂启示，因而强化了一种本已广泛传播的社会紧张和焦虑的情绪。经常的重230复使得启示录（世俗的或者宗教的）显得不可避免；灭亡的警示刺激出凤凰再生的希望。比起乌托邦，逐步的解决办法（即使可能，也是要引起争论的）看起来多少是二流的。神秘主义艺术家激发了一种追求新信仰的愿望，却又无法满足它，也就创造了一个布尔什维克可以填充的精神真空。

　　像梅列日科夫斯基这样的艺术家独有的政治理想没有被接受，他们所代表并宣扬的从建设性政治活动的逃离，使得启示成为一种自我实现的预言。其影响不是为了个人的发展而退出政治活动，就是推行思考不周的政治活动。在两种情况下，想象和一厢情愿的思想都领先于痛苦的理性。政治实用主义者人数很少；从他们的特性看，他们不能够应付启示论的期待。

　　应时采取的行动，可能会缓解启示论的期待；而情况改善的

---

① 　N. Valentinov：《和象征主义者相处两年》(Stanford，1968)，页123。

具体证明也很可能协调被异化的工人和农民。但是,实际上没有行动。得不到解决的问题积累了起来;改正的措施太少,来得也太迟。海姆森(Leopold Haimson)认为,大量知识分子退出了政治活动,让工人面对着倍感痛苦的少数人的恳求。[①] 以拉斯普京和亚历山德拉为象征的政府的愚昧无知,使问题变得更糟;神秘主义在上层也占有统治地位。帝国的不合作风气造成杜马温和派领导层的瘫痪。政府、有教养阶层和艺术家们一样,对于自己的灭亡将信将疑,面对临近的巨变保持消极态度。甚至在战争期间,企业家和地方自治(Zemstvo)活动分子也不得不发挥影子政府的作用;而在其他所有国家,政府机构是监督军需品生产的,并且组织对于战难地区的救援工作。

在1917年,只有一种激进的解决办法是可能的;危机变得太过严重,无法制止;而且在那个时刻,实行改革也为时已晚。军事上的失败突出了政府的无能;旧秩序已经无法维护。"返回正常状态显然是不可能的;苦难被认为是宗教的考验,是一种美好而正义的新秩序的前奏。因为一次轻微的打击,现存制度就轰然崩溃。反思这一状况,俄国艺术家们不是革命派,就是全然不问政治的人;索洛库勃、罗赞诺夫、阿赫马托娃和帕斯捷尔纳231克属于后者。他们不是布尔什维克,他们也没有采取行动反对布尔什维克。

在一个不同的层面上,对严酷现实同样的拒绝态度导致临时政府的失败。革命前的神秘论表明,领导人当中没有一个人知道政权真的到手之时应该怎么办。对于有创建性的思想的忽

---

① Haimson:《社会稳定问题》,特别是页349—360,在这里他讨论了失控的反叛气氛的传播,他称其为骚乱(buntarstvo),是温和派没有办法对付的。也参看他的《政党与国家:政治态度的演变》,也见于 Cherniavsky,页309—340,特别是页332—333。

视造成恶果。没有一个政府能够满足知识分子和人民的千禧年期待,临时政府尤其是无能之辈。他们道德上的摇摆不定结合了对民众的恐惧,导致对于自己领导俄国的能力严重缺乏信心。临时政府不能抓住行动的主动权,不能采取果断措施,不能利用权力和动员民众的命令——没有延续起初的优势。士官生、孟什维克、社会革命党人都为缺乏勇气而感到内疚。他们就立宪会议争吵不休,表明他们既因循苟且又坚持完美的严重倾向。会议达成协议,但是为时已晚。

作为临时政府的主要人物,克伦斯基易动情的气质是重要的。他和梅列日科夫斯基的紧密联系大概不仅仅是政治盟友的暂时联合;他长时间的摇摆、前后不一、接近疯癫的精神状态、道德论的浪漫言辞显示,他在一定程度上具有他们的那种神秘主义的心理。① 当革命未能自行解决俄国的问题,当预期中的弥赛亚竟然就是他自己,克伦斯基根本就不知所措。他的惶惑变得明显的时候,梅列日科夫斯基夫妇抛弃了他,去寻找强人。

成功的是布尔什维克的政变。布尔什维克也缺乏革命后的计划,但是列宁的理性思维、对"意识"的坚持、有意地采用针对目的的手段,都使他能够临时发挥。列宁和托洛茨基承认权力的必要性,毫无保留地无情使用强力,以历史法则的信心武装自己,因而他们能够控制民众的无政府主义情感和终末论情感,同时又不忘记自己的目标。在对彼得格勒工人和士兵的多次演说中,托洛茨基有意地模仿登山宝训。他说:"你们,资产者们,有两件外套,把一套送给在战壕里受冻的士兵。你们有暖靴子吗?232 那你们就留在家里。工人需要你们的靴子……"左派孟什维克

① 克伦斯基常常陪伴吉皮乌斯去排演她的戏剧《绿指环》,一如勃洛克和别雷。参看 Pachmuss:《吉皮乌斯》,页 189,191。

苏汉诺夫描写了这次演说,问道:"他们(群众)在灵魂中有热情吗? 透过升起的帷幕,他们是否看到了他们正在追求的某种'圣地'的一角?"他没有能够回答。①

旧的宗教过时了;工人和士兵对官方宗教和政府感到幻灭。宗教的意愿保留了下来;人们对千禧年的魅力作出回应。无论苏汉诺夫和孟什维克还是梅列日科夫斯基和迅速解体的社会革命党人,都没有提出真正的与之竞争的办法。实用主义的、温和的、物质主义的士官生们甚至没有参与。

特莱德戈尔德写道,马克思主义"把宗教观世俗化,宗教观依然是俄国遗产中必不可少的一部分"。② 可以设想,他是指伦理,指国家作为一个家庭的概念,和莫斯科作为"第三罗马"的弥赛亚理想。但是"白银时代"的艺术家和哲学家们正在以他们自己的形式实现世俗化。他们对艺术的通灵(或者至少是救赎的)性质的坚持使人想起正教礼仪中对美的强调,而他们相信艺术是实践这一点使人想起正教对世界最终的变形的想象。③ 绘画、诗歌和音乐的复兴,特别是对于"音乐精神"的重视,都使人想起传统俄国崇拜中大钟和圣像④、图像和声音的地位。对理性和法律的敌视大概是对"思维的逻辑性、教会行政的法制和教理定义的精确性"的翻版的厌恶,杰尔诺夫认为这一切都是正教教会的特征。⑤ 从宗教角度来看,对情感的颂扬可能是使心和智、信仰与怀疑对立的一个手段,而反理智主义可能来自基督教中认定智慧为一种骄傲的形式这样一个思路。事实上,在这个

---

① N. N. Sukhanov:《革命纪事》(Berlin，1922—1923) VII，页 90—92。

② Treadgold:《西方文化在俄国和中国》,页 221。

③ Zernov,页 31，285—287，291；Billington,页 5—8。

④ 对大钟和圣像重要性的讨论,参看 Billington,页 30—41,和 Zernov,页 62，77—78。

⑤ Zernov,页 37。

时代最普遍的主题中,毕灵顿不仅找到了基督教的象征主义中
的再生,而且还有前基督教的:火、太阳和女性。他特别谈到东
方的异教太阳神"火舌",谈到崇拜光明之龛的斯拉夫人部落,谈
到对于丰饶"潮湿大地母亲"的神化。他还提醒我们,在上帝创

233 造夏娃之前,亚当是雌雄同体;索洛维约夫不是惟——个把雌雄
同体当作一种神性状态来歌颂的基督教神秘论者。① 这些关联
显得遥远,俄国文化是处在一种流动的状态之中,而在高涨过程
中,包括感性和恶魔观念在内的地下暗流都涌上了表面,互相结
合,向前流动。

　　在布尔什维克取得胜利之后,导致革命的许多潮流都被最
强者吸收。白银时代的浪漫空想家准备不足,不能对付战争与
建设问题。他们除去了理性与客观性;他们基本的精神的和审
美的方针没有导向组织蓝图。他们太看重个人主义,不服管制,
太反对工业化和政府本身,不能和布尔什维克的经济发展计划
合作,所以他们是完全不合时宜的。② 他们个人性质的情感和
精神追求是布尔什维克党不能接受的;革命的第二阶段要求纪
律和意识。

　　象征主义者领袖人物沉默下来,或者流亡。别雷留下了,但
只是得到了容忍;他的作品《基督复活》只给布尔什维克带来困
惑。勃洛克在 1921 年逝世,不再听音乐,早就停止写作。安德
列耶夫和罗赞诺夫在 1919 年逝世,布留索夫在 1924 年逝世,他
的创作时期已经成为过去,而且被"未来派"和"新未来派"认定

① 　Billington,页 21,311,351,515—516。

② 　Besançon 复述了一件众所周知的轶事:夏加尔作为维杰博斯克艺术委员,为了
　　筹备革命游行,用绿色、蓝色和种种匪夷所思的颜色画出来的徘徊漫步的牛马
　　装饰该城镇。据 Besançon 记载,连夏加尔的朋友们都提出了抗议,所以夏加尔
　　不得不离开那里。Cherniavsky,页 404。

是明日黄花。索洛库勃于 1927 年逝世。梅列日科夫斯基、明斯基、巴利蒙特、维亚切斯拉夫·伊万诺夫以及其他许多人都出境流亡；大多数人倾向于右翼组织。巴利蒙特于 1943 年在疯癫中逝世，而伊万诺夫仍然讨厌中产阶级，变成天主教徒，支持墨索里尼。

在俄国国内，象征主义的实验精神依然活跃，形式有变化，延续了整个二十年代。但是，随着时间的推移，布尔什维克压制了他们自己的幻想家们。马雅可夫斯基在 1930 年的自杀反映了推动艺术家成为"人类灵魂的工程师"的官方压力的变本加厉。阿赫马托娃、曼德尔施塔姆和其他人遭受迫害，帕斯捷尔纳克做翻译——从公共视野中消失的白银时代遗留下来的一点痕迹。

因此，象征主义者们没有达到他们的目的；他们拥有自由、创造性和爱的乌托邦从来没有实现。但是他们竭力对付过的种种问题，依然是现代人的基本问题。

附录

梅列日科夫斯基的探秘①

（E. A. 安德鲁钦科）

（E. A. 安德鲁钦科评梅列日可夫斯基《托尔斯泰与陀思妥耶夫斯基》）

> 最终的审判需要只有爱情才能够给予的最透彻的知识。
> 而评论就是关于爱的最透彻的知识……
>
> 梅列日科夫斯基

481　　艺术家和宗教哲学家德米特里·谢尔盖耶维奇·梅列日科夫斯基的巨著《托尔斯泰与陀思妥耶夫斯基》（1898—1902）②的命运和 20 世纪其他许多杰出的著作一样。这部巨著没有到同时代人的理解，没有得到充分的评价，很快成为禁书，从而被忘记。该书作者实际上被从俄国文化史中剔除，他的研究著作长

---

① 评梅列日科夫斯基《托尔斯泰与陀思妥耶夫斯基》，俄国科学院和科学出版社新版，2000 年。

② 在侨居国外期间写作的传记记事中，梅列日科夫斯基本人标示出了类似的写作时间。参见：《梅列日科夫斯基致安菲捷阿特罗夫书信》，出版者引言与注释，托尔马切夫与舍仑，《星》，1995 年 7 期，页 161。

时间被排除在阅读范围之外，没有被列入研究关于陀思妥耶夫斯基和托尔斯泰的浩繁文献之中。

　　但是，这部独特的、引起争论的著作在俄国思想史中形成了一个时代，而且，按照弗里德连杰尔的说法，在对于托尔斯泰与陀思妥耶夫斯基创作的研究中，享有"独特的地位"。① 著作在世纪交替时期写出，表达了整整一代人的处事态度，成为对于他们需求自我意识之心理的回答、对于他们的"世界上正在出现某种事物之感受"的回应。在 20 世纪初俄国一系列作家和哲学家中间，这一著作作者的名字理所当然占有突出的地位，而这些人士在对作为艺术家和思想家的陀思妥耶夫斯基和托尔斯泰的创作提出新颖理解方面，都作出了自己的贡献。与此同时，梅列日科夫斯基的这部研究著作乃是"新的宗教意识"的特殊宣言，它是在"文学的反映"当中形成的。梅列日科夫斯基"唤醒了文学中的宗教情感"，成为"文化与宗教之间的中介人"，"如果不是在俄国的教会中，也是在它的附近，恰恰是在俄国文学中"②看到了伟大宗教转折的预感；他把特别的思想和热情带进评论，而这样的思想和热情给俄国文学带来了前所未有的意义，打开了俄国的创作和俄国的天才之"秘密"的世界性意义。

　　不能不令人感到惊异的是，这一专题研究著作不是终结了，而是，从本质上说，开创了梅列日科夫斯基的创作道路。他才三十出头，就发表了这部著作；它几乎是贡献出了对这两位伟大作家创作之研究的、有分量的第一页，确立了梅列日科夫斯基自己在以后几乎半个世纪的创作和哲学探索的方向。这部著作在全

①　弗里德连杰尔："梅列日科夫斯基与陀思妥耶夫斯基"，《陀思妥耶夫斯基：研究著作与资料》，圣彼得堡，1992，卷 10，页 13。

②　别尔嘉耶夫：《新基督教（梅列日科夫斯基）》，《别尔嘉耶夫论俄国哲学》，第 2部，斯维尔德洛夫斯克，1991，第 2 部，页 147。

世界给作者带来了特殊的声誉,同时影响了国外对托尔斯泰与陀思妥耶夫斯基创作的感受。[①] 如果更为专注地细读本文,就会看出,这的确仅仅是开始,带来了许多许诺的开始,可以说是"高昂的开始",一旦开始,就将有思想和精神的数量巨大的和光辉的胜利。

　　德米特里·谢尔盖耶维奇·梅列日科夫斯基(1865—1941)的遗产是广阔和多样的。他初涉文学的时候是诗人,很快获得了独特的历史散文家和多产评论家的声誉。早在 1912 年,他就发表了十七卷的文集,[②]而在 1914 年,则发表了二十四卷文集,[③]还不包括作家大量的文章和评论、丰硕的戏剧作品。当时,他已经为同时代人所熟知:他是宗教哲学会议和宗教哲学学会刊物《新路》杂志创建者之一,《艺术世界》杂志活跃撰稿者,是社会活动家,鲜明的杂文作者和演说家。他不接受苏维埃政权,一生大部分时间侨居国外,在国外大量地、卓有成效地研究了人类宗教追求的历史。他笔下产出的宗教哲学文章迟至现在才返回读者之手,展现出梅列日科夫斯基人所未知的、令人惊叹的世界。

　　文学评论占梅列日科夫斯基遗产很大的一部分,也许,文学评论是他所写的最令人感兴趣的著作。在最初的文章里,梅列日科夫斯基就宣称自己是评论家,他走进文学,带来了新的、这位年轻作者闻所未闻的言语、不同寻常的思想、新奇的态度和方法。透过尚有学生腔调的《新天才遇到老问题》[④]和《柯罗连科

---

① 例如,参见:弗里德连杰尔:《陀思妥耶夫斯基与世界文学》,列宁格勒,1985,页411。
② 梅列日科夫斯基:全集,17 卷,圣彼得堡,沃尔夫出版公司,1911—1913。
③ 梅列日科夫斯基:全集,24 卷,莫斯科,塞金出版公司,1914。
④ 首次发表:《北方通报》,1888,卷 XI,页 77—99。

的短篇小说》,①他发出了已经强有力的和勇敢的声音,而这一声音的充分的力量,他同时代人在《论现代俄国文学衰落的原因和各种新流派》(1893)和世界文学肖像集《永恒的伴侣》(1897)中就已经听到。这一声音所述说的不仅仅是单纯的文学和美学的问题。他"凭借全部的真诚态度"讲述"自己喜爱的书籍、忠实的朋友、说明默默无声的伴侣对他的智慧、心灵和意志如何产生了影响",这一声音呼唤新一代的读者"以自己的见地、自己的精神、自己的视角"理解"过往世代的伟大作家们"。② 483

　　吉皮乌斯写道,梅列日科夫斯基是"一位宗教作家"。他的"视角"是"他全部生活和信仰的主导思想"决定的,这是"他近几十年全部著作的真正基础"——这是关于"三位一体、圣灵、第三王国或者圣书来临的思想"。③ 对于这一"来临"的预感,梅列日科夫斯基"如果不是在俄国宗教中,也是在靠近它的或者接近它的地方"找到的,"在首先是预言性质的俄国文学中"找到的;俄国文学模模糊糊的预言,他是在诗神"临终前的絮语中"寻找的,在普希金、莱蒙托夫、涅克拉索夫、丘切夫的诗神絮语中寻找,在临终的作家、批评家、社会活动家的轻声细语中寻找。别雷评论说,梅列日科夫斯基"一点也没有丧失自己的个性,在我们大家当中,是他第一个谈论到了……一件事,只有这一件事……一个没有得到理解的秘密,对人们提出请求,因而是在梅列日科夫斯

---

① 首次发表:《北方通报》,1889,卷 V,页 1—29。

② 梅列日科夫斯基:《永恒的伴侣:世界文学肖像》,《梅列日科夫斯基:美学与评论》,前言,"纪念册与文件中的美学史"专辑系列,安德鲁钦科与弗里兹曼:序言、编辑与注释,卷 2,莫斯科,艺术出版社;哈尔科夫,佛利奥出版社,1994,卷 1,页 310。

③ 吉皮乌斯:《德米特里·梅列日科夫斯基》,吉皮乌斯:《生动的面容》:第 2 卷,第比利斯,1991,卷 2,页 247。

基的诚挚而崇高的话语中明亮闪现。"①"他创造了自己的世界，那里有许多事物还未得获取，他所需要的事物，却总是就在那里的，"别尔别罗娃回忆道，"有好多次，就像对勃洛克那样，在听梅列日科夫斯基在舞台上讲演的时候，不由得想要亲吻他的手；虽然谈论的是同一个主题，正在特别惊恐地寻找答案，但答案自然是从来没有找到的。"②

　　发现文化作品中隐藏的宗教内容的愿望，获得了特别的、梅列日科夫斯基所特有的意义。他对人类宗教的未来的设想有别于基督教的世界观。就像中世纪思想家约阿希姆（菲奥雷的）那样，梅列日科夫斯基在思想上完成了上帝的创世设计，正在期待着第三王国，圣灵的王国，这是在圣父的王国（旧约）和圣子的王国（新约）之后出现的王国。"在他看来，人类的历史就是对于某种新形式的不断的寻求。他认为，赋予我们和接近我们的几代人的任务就是寻找新的宗教，在不久的未来要完成这一任务，然后——世界的末日来临……"③这一任务的完成不可能不要求梅列日科夫斯基对历史的基督教提出评判，历史的基督教主张的"无性"、禁欲、为把灵魂绝对化而损害肉体的作法不能满足他。这样的批判充满了他著作的每一个章节，诗歌创作"原始的和永恒的、自然的力量"就像"上帝本能的和直接的赠礼"，本身"不仅包含了全人类的过去，而且也包含了未知的未来"。④

484　　　梅列日科夫斯基时时测量诗歌脉搏的紧张程度，以便确认

---

① 别雷：《梅列日科夫斯基。果戈理与魔鬼》，《金羊毛》，1906，第 4 期，页 247。

② 别而别罗娃：重点标记是我加的，《十月》，1988，第 11 期，页 187。

③ 舍斯托夫：《理念的权力》（梅列日科夫斯基：《托尔斯泰与陀思妥耶夫斯基》），舍斯托夫：《对无根性的崇拜：教条主义思考的经验》，伊万诺夫序言。列宁格勒，1991，页 192。

④ 梅列日科夫斯基：《塞万提斯》，梅列日科夫斯基：《美学与评论》，卷 1，页 340。

他在哪里与等待他的终结,亦即本质上"不连贯的"宗教思想合拍,在哪里创作者的无意识曝露出它的"无中断性质",亦即非中断性质,亦即"反基督"。这一点给梅列日科夫斯基的文章和研究著作带来了特殊的底蕴。他谈论熟悉的和明确的事物,但是是透过三棱镜观看的,这些事物获得了不为人知的、奇异的、与习惯上对它们的想象相矛盾的形体。在他的笔下,伟大俄国作家们和著名的批评家们、社会活动家们和历史人物,都变成了他所说的"不是形而上学的基督教意义上、而是永恒的意义上的基督教"的表现者和拥戴者。在他的概念中,确立了这样的文化创造者和历史的创造者,"他们的理智否定上帝,而心灵寻找上帝",也有相反的情况,"理智寻找,而心灵否认",这些人"不是基督徒,虽然他们信仰基督"。①

　　在这一时期,这一宗教观的基础形成,梅列日科夫斯基感觉到有必要把早期文章中的叙事提高到一个新的水平,宣布这将成为他生活和未来创作的目的——这一个时期正好就在他写作关于托尔斯泰和陀思妥耶夫斯基的研究著作的时期。

　　梅列日科夫斯基转向托尔斯泰和陀思妥耶夫斯基不是偶然的。这两位作家,实际上在他整个的创作道路上,都是他"永恒的伴侣"。他熟悉这两位作家,在文学评论、社会评论中多处写到他们,在自己写作的戏剧中,他反复思考解读他们的创作。远在童年时期,梅列日科夫斯基就曾有机会拜访陀思妥耶夫斯基,为他朗读自己的诗作。在《自传札记》中,他回忆起"库茨涅茨胡同里一个很小的房间","低矮的天花板","狭窄的通道堆满了一本一本的《卡拉马佐夫兄弟》,"他写道,"我羞得满脸通红,又害

---

① 梅列日科夫斯基:《俄国诗歌的两个秘密:丘切夫与涅克拉索夫》,梅列日科夫斯基《在寂静的漩涡中》,《不同年代的文章和研究报告》,丹尼洛娃编辑。莫斯科,1991,页481。

怕得脸色苍白,结结巴巴地为他朗读我幼稚、可怜的诗作……陀思妥耶夫斯基和我握手,我至今记得他浅蓝色眼睛透明而具穿透力的目光。我再也没有见到他,后来很快得知,他已经去世。"①他感受到了陀思妥耶夫斯基的死亡,在他少年时期第一个诗歌笔记本里写了《记陀思妥耶夫斯基之死》:

> 他陨落了……在过度的斗争中死亡
> 把人生痛苦的全部深渊
> 爱的整个天空藏在心里
> 还有存在与意识的全部谜底……②

少年梅列日科夫斯基感到陀思妥耶夫斯基比托尔斯泰亲近。梅列日科夫斯基曾怀疑这个"雅斯纳亚·博利亚纳的隐士"伪善和小气,不能接受这位伟大作家对艺术创作的背弃,从而把目光转向高度意义上的文学家陀思妥耶夫斯基的"功绩"。在梅列日科夫斯基选择文学领域和他对象征派的兴趣方面,③有几485个人发挥了最具本质意义的影响,陀思妥耶夫斯基名列其中。可以说因为受到陀思妥耶夫斯基思想的影响,梅列日科夫斯基才着迷于关于基督教国家的思想,又在第一次俄国革命时期"克服了"这一思想。可以说,在成熟后的年代里,梅列日科夫斯基克服了陀思妥耶夫斯基在自身中的影响这一事实的证据是他未

---

① 梅列日科夫斯基:《自传札记》,《20世纪的俄国文学。1890—1910》,文格罗夫编辑,莫斯科,1914,页291。

② 梅列日科夫斯基:《少年经历:始自1880年5月》,《俄国文学史专刊》,No 24. 269/CL XIV 6,13,列宁格勒,页136。

③ 在为安菲捷阿特洛夫编写的简略自述中,梅列日科夫斯基写道,和陀思妥耶夫斯基的会见给他带来很大的影响,会见就像是"对文学活动的祝福。"参见:《梅列日科夫斯基致安菲捷阿特洛夫书信集》,页161。

完成的一出无名戏剧（1910 年代）①和剧本《欢乐来临》（1914），
两部作品的写作，都是"反对"和违背陀思妥耶夫斯基的。

梅列日科夫斯基是在研究著作《托尔斯泰与陀思妥耶夫斯
基》出版之后认识了托尔斯泰的，1904 年，他和吉皮乌斯一起访
问雅斯纳亚·博利亚纳。他回忆道："托尔斯泰十分友善地接见
了我们。我们在他府上过夜，谈宗教问题谈了很久……告别之
前，他和我一个人单独在一起的时候，他直直地盯着我看，一双
善良的、有点可怕的、像黑熊那样的"适用于森林的"小眼睛盯着
我，那双眼睛让人想起叶罗什卡叔叔：

> "有人告诉我说，您不喜欢我。很高兴，因为不是这么
> 回事……"
>
> 当时我在羞怯中感觉到，我在自己的书里对他是有失
> 公正的，虽然和托尔斯泰有最深刻的精神上的分歧，我依然
> 觉得它比陀思妥耶夫斯基亲近。②

关于这次拜访，吉皮乌斯回忆道："看来，托尔斯泰阅读一切
出版物，不仅关于他自己的，而且包括当时写作和出版的一切。
甚至连我们的《新路》也阅读了。他大概是知道会议上因为他
'被逐出教门'而引起的争论，也知道《托尔斯泰与陀思妥耶夫斯
基》③这本书。"但是，有两个保存下来的证明推翻了吉皮乌斯的
这个断言。阿达莫维奇写道："梅列日科夫斯基和舍斯托夫都不

---

① 　梅列日科夫斯基：《没有名称的戏剧》，《俄国文学史专刊》，No 24.217/CL XIII
　　页 6，19，列宁格勒，页 2—17，最初作为作者专论文章"人所不知的梅列日科夫
　　斯基"一文的附录发表。哈尔科夫：克罗克出版社，1997，页 396—417。
② 　梅列日科夫斯基：《自传札记》，页 294。
③ 　吉皮乌斯：《德米特里·梅列日科夫斯基》，页 240。

喜欢对方,还在俄国的时候就开始争论——原因就是托尔斯泰和他对拿破仑的态度。梅列日科夫斯基关于'肉体探秘者'和'灵魂探秘者'的著作《托尔斯泰与陀思妥耶夫斯基》在当时轰动了整个俄国。"舍斯托夫当时已经在国外,他记述说:"我访问了雅斯纳亚·博利亚纳(1910年3月2日),问过托尔斯泰:'你对梅列日科夫斯基的著作有什么看法?'

'梅列日科夫斯基的哪本书?'

'谈论您和陀思妥耶夫斯基的。'

'我不知道,没有读过啊。难道有这样的书吗?'

'怎么,您没有读过梅列日科夫斯基的这本书吗?'

'不知道,是啊,也许读过,他们写的东西各种各样,不可能都记住啊。'

托尔斯泰没有故意做作,"舍斯托夫肯定地补充说。返回彼得堡之后,他终于得意了:在第一次见面的时候,他就告诉梅列日科夫斯基,他的著作给托尔斯泰带来深刻的印象。① 托尔斯泰本人在去世前不久这样地回答了一个记者的问题:"我没有读过梅列日科夫斯基的这本书,而且,根据您作出的摘要,我觉得没有必要阅读,也无需辩解。"②吉皮乌斯说,"这是很久以前的事了。"从那个时候起,在对待托尔斯泰的态度方面,梅列日科夫斯基经历了可观的变化。他"写了关于他的很多单篇文章","稍微改变了把他视为普通人及其悲剧的看法",③但是他没有改变关于这位"肉体探秘者"的"宗教"见解。

486

---

① 引自:巴兰诺瓦—舍斯托娃:《舍斯托夫生平》,见于同时代人的书信和会议,1983,卷1,页108。

② "一个大学生给托尔斯泰的信",《托尔斯泰与论托尔斯泰》,新资料,莫斯科,1924,页36—37。

③ 吉皮乌斯:《德米特里·梅列日科夫斯基》,页240。

在完成《托尔斯泰与陀思妥耶夫斯基》这部研究著作之后数年,他又接二连三发表了一系列的文章:《托尔斯泰与俄国教会》(1903)、《俄国革命的先知。纪念陀思妥耶夫斯基》(1906)、《托尔斯泰与革命》(1908)、《托尔斯泰逝世》(1910)、《高尔基与陀思妥耶夫斯基》(1913)、《描写永恒女性的诗人》(1917)等,这些文章都证实了梅列日科夫斯基视角的变化、证实了提出问题的范围的扩展;他认为联系起许多作家的创作和社会活动来讨论这些问题是合理的。语气也有所变化:他以更大的惋惜和同情心谈论托尔斯泰,而对陀思妥耶夫斯基渐渐显得严酷,他的许多文章都渗透了和他的论争。

在 20 世纪初期捧起这本书的读者,都经历了双重的情感。一方面,这本书是一位优雅运用语言的大师写作的,他是敏感的艺术家和受到了百科全书式教育的人士。凡是对于这一研究著作出版作出回应的人,对于梅列日科夫斯基的艺术才能和批评家的风范都毫不怀疑。另外一方面,他们面前放着的这部著作的写作动机,却是严格地个人性质的、几乎是作者私密的、个人的世界观,他把这一世界观表现为整整一代人的特征,而且从这一世界观的立场来评判文化现象。梅列日科夫斯基写道:"我们是'颓废派'、'堕落分子'——虽然,很可能,连我们的'颓废'也是某种亲近的、民族的、俄罗斯的——不是来自外部,而是来自内部,不是来自西欧,而是来自深处,来自俄罗斯土地最亲近血缘的、母腹的深层(从古典主义的、学院派的普希金的观点来看,难道陀思妥耶夫斯基不是比我们所有的人都更加颓废吗?);也许,连我们的'颓废'也是在历史上的某种自然的、必要的事物,因为我们如果不是俄国文学自然的、必要的终结的话,我们又是什么呢? 而俄国文学本身就是某种更重大的事物的终结……我们不会接受中间状态,因为我们相信终结,看到了终结,需求终结,因为我们自己就是终结,或者,极而言之,我们自己就是终结的开始。我们眼睛里的表情是认定眼睛里从来没有过的表情;我们心灵里的感受,是 15 个世纪以来,在帕特莫斯隐修士的见证之后,任何一个人所没有感受过的。"

　　他觉得自己属于这样的人群,他"从高处仰视,看到众人头部上方正在向他们临近的、站在下面大众当中的人暂时还看不见世界历史的终结"。从新的意识立场表现出来的对于这一终结的期待、对于它的预感,使得梅列日科夫斯基的同时代人感到这部著作陌生,他们是"这个世纪的孩子,无限的中间状态、信赖无尽的'进步'、世界延续的人们",对于他们来说,"没有比全部基督教界的这个主导思想——关于世界这终结的思想更为可笑、更为愚蠢、更难以置信、更具侮辱性质的了"。

　　对于梅列日科夫斯基来说,"俄国文学的终结"不仅仅是响亮的公式。他在《论现代俄国文学衰落的原因和各种新流派》一书中提出对于诗歌和文学的区分,"诗歌——是上帝原始的和永恒的、自然的、本能的和直接的礼物",而文学——则是"同样的诗歌",被视为"推动着一代一代人民沿着已知道路前进的力量",这一区分理念根植于他的信念的基础,亦即,在俄国"曾经存在真正伟大的诗歌现象",但是"独特而深刻的天才们的联合"没有"创造出足以和伟大的俄国诗歌媲美的俄国文学",①亦即,那是一个为社会作用不允许进行"无意识的"、纯艺术观察的时期。他在《莱蒙托夫,超人诗人》(1914)一文中写道:"当然,不能因为现在俄国文学和俄国现实中正在发生的事而谴责普希金、也不能谴责陀思妥耶夫斯基。"在我们半个世纪的文学和我们半

---

① 梅列日科夫斯基:《论现代俄国文学衰落的原因和各种新流派》,梅列日科夫斯基:《美学与评论》,卷 1,页 140,145。

个世纪的现实之间,在我们恢宏的观察和我们行动的渺小之间,
是应该存在着某种联系的。①

对于历史发展断裂、"破损"的感觉也唤醒梅列日科夫斯基
环顾已经走过的道路,并且在思想行李中为每一位艺术家寻找
适合的地位,因为走上"新路"的新的一代人都随身带着这样的
行李。在《论现代俄国文学衰落的原因和各种新流派》一书中,
他只提出了"战斗"的艺术形象:"在塞瓦斯托波尔战役中,有一
次,俄国士兵发起强攻。在我们的工事和敌人的工事之间,有一
道很深的壕沟。打头阵的士兵都牺牲了,死者和伤者的躯体填
满了半月堡。后续的战士踏着尸体前进。这样的半月堡在历史
上常见。要想通过半月堡,就非得踏过尸体不可。"②在研究文
章《俄国诗歌的两个秘密》中,他已经使用了这个半月堡,以表明
"今日伟大的俄国文学"在俄国知识分子面对的"新战斗"中遇到
了谁:"像被围困的堡垒,大军的某一个山岗要塞,一条深深的大
沟把俄国知识分子和整个过去的俄国,也许是真正的俄国,隔离
开来。大沟此岸——我们这一方——有很小的一群人,他们以
未来的俄国的名义,痛恨、同时又热爱和痛恨整个过去的俄国:
而在他们那一方面,和过去的俄罗斯联系在一起的是伟大的俄
国文学,讲求艺术性的文学。普希金看见了壕沟而退却,和他们
站在一起。莱蒙托夫也和他们在一起,既不是为了他们,也不是
为了我们。果戈理起初和我们在一起,后来向他们走去。屠格
涅夫时而和我们,时而和他们在一起,不断地倒戈。陀思妥耶夫
斯基打着白旗走进堡垒的墙壁,我们没有接受他。我们呼唤了

①　梅列日科夫斯基:《莱蒙托夫,超人诗人》,梅列日科夫斯基:《在寂静的漩涡中》,
　　页413。
②　梅列日科夫斯基:《论现代俄国文学衰落的原因和各种新流派》,页225。

托尔斯泰,但是他没有向我们走来。"①

488　　　梅列日科夫斯基把彼得大帝称作俄国近代史的开端,"俄国第一个革命者"和"俄国第一位知识分子",他不仅为俄罗斯发现了欧洲,而且成为俄罗斯的世界性、"全人类性"的第一位表达者。普希金给予俄罗斯的是"艺术的尺度",而陀思妥耶夫斯基则面临给予俄罗斯以宗教尺度的任务。正因为如此,梅列日科夫斯基把俄国文学表现为金字塔的形象,金字塔的顶峰上是普希金,脚下是托尔斯泰与陀思妥耶夫斯基,而且密切观察着,俄国艺术家们是怎样"一步一步地""耗尽了"普希金的"和谐和均衡",感受到俄国文学正在如何"终结"。

　　研究著作《托尔斯泰与陀思妥耶夫斯基》的前言中,他把自己的新书和论普希金的文章联系了起来,还指出了这篇文章涉及的主题,这些主题将会成为他这一研究著作注意的对象。考察一下梅列日科夫斯基创作的整体,就不可能不看到,普希金,尽管有时候难以察觉,对于他来说,依然是一个标准尺度,这个尺度适用于"全人类性"、目的性、高度的和谐、"不是在形而上学意义上,而是更高的意义上"的宗教性、未来的基督教,它高于历史的基督教,是"超历史的"基督教。

　　研究著作《托尔斯泰与陀思妥耶夫斯基》真正的意义,是不可能被同时代人理解的,他们仅仅从当时批判性的文学的语境来看待它。这部著作的诞生,就是一个尝试,要领会俄罗斯历史的、宗教的、社会的、政治的经验;又因为承载了不同哲学体系的重担,所以脱离了批判性文学的行列。和舍斯托夫一样,梅列日科夫斯基认为,"理解生活之需要"引发出来的

① 梅列日科夫斯基:《俄国诗歌的两个秘密》,页432。

"创作活动",正是这个"需要呼吁出了哲学的存在"。① 梅列日科夫斯基对于托尔斯泰与陀思妥耶夫斯基的谈论进入了另外一个层面,批评家和艺术家的眼光只在解决宗教哲学任务方面帮助了他。

在指出俄国文化的两个极端——从普希金到陀思妥耶夫斯基——之后,他在以后的著作中构建了"宗教文化的世界大厦"。即使在这精神的构建过程中,他也是依靠了某种知识,而这种知识是为他著作的读者所不及的。因此,出现了下列的问题:这部著作在他创作语境中占有什么样的地位,这部著作有哪些脉络和他的活动的其他的方面联系了起来,这部著作和19世纪末、20世纪初俄国思想家和哲学家们创作的关于托尔斯泰与陀思妥耶夫斯基文献著作是如何共存的——在这些问题得到澄清之时,才能得到对于梅列日科夫斯基这部著作的真正的理解。

这一理解是和对于梅列日科夫斯基总体的创作观特点的把握联系在一起的。

别雷曾多次尝试为这一很可能符合于梅列日科夫斯基著作的"创作形式"定型,并且认为,这个形式"在我们的时代"简直就"没有出现":"他似乎更懂得我们所不知的一种语言。但是我们不懂得这种语言。梅列日科夫斯基试图把他自己的语言引进我们的概念,自己却糊涂起来,把词汇搅混……有时候印刷页像雨点一样从上面落在我们身上——这是梅列日科夫斯基尝试和我们谈话呢。"②罗赞诺夫认为,他的才能主导特征是需求注解:"他在注解另外一位思想家或者人士的时候,对于自己的思想表

489

① 舍斯托夫:《托尔斯泰伯爵和尼采学说中的善》,《哲学问题》,1990,第7期,页86。
② 别雷:《作为世界观的象征主义》,莫斯科,1994,页96。

述得要好得多；注解应该成为他工作的途径、方法、方式。"①但是，比他人更准确、更深刻理解梅列日科夫斯基的是勃洛克，他欣喜欢迎论托尔斯泰和陀思妥耶夫斯基的这部著作出版，而长时间地感受到了他的思想的魅力，他写道："在谈论梅列日科夫斯基的时候，几乎是不可能不注意到，他是一位艺术家。这一点十分重要。"这一论断的证明"不仅有他各部小说里的许多人物形象，而且还有他的评论文章的、初看上去平庸的散文书页。"他以细微的厌恶感列数安德列耶夫的修辞缺陷，他说"没有俄罗斯语言和俄国革命你就一事无成"，他引用某一位诗人的两三行诗句（很少引用得更多），关于仅仅在无底深井水中看到的星星，他突然发出具有灵感的话语——在这样的时候，在他身上，是一位艺术家在言说，他讨人嫌、挑剔、常常反复无常，而艺术家应该就是这样的……"②

后来，在遭受完全禁止的岁月里，梅列日科夫斯基的姓氏几乎没有人提起，而布尔索夫在《俄国文学的民族特色》（1967）一书中写道："梅列日科夫斯基是天才的批评家。他专论托尔斯泰与陀思妥耶夫斯基的著作也是天才的。这部著作至今仍然活着。书中有很多准确而深刻的评述。这部著作写得多么鲜明、结构效果多么良好，我就无需赘言。"但是他笔锋突转："然而，正因为它的强有力的特点，它的弱点才变得更加明显。梅列日科夫斯基一向是有倾向性的。在对比这两位最伟大的俄国作家时候显示出来的先入为主和偏执倾向，从著作一开始，就名符其实豁然见于奉献给他们的这部著作的书页。陀思妥耶夫斯基是好的基督徒，托尔斯泰是坏的基督徒。在梅列日科夫斯基的语言

---

① 罗赞诺夫：《论托尔斯泰与陀思妥耶夫斯基的新著作》，《新时代》，1900，第 9736 期，页 2。

② 同上，第 8736 期，页 2。

中,这含义就是:陀思妥耶夫斯基得以升入纯粹思想的境界,而托尔斯泰依然被束缚在尘世,因为他的基督教是可疑的。"①

　　在很多年的过程中,情况一直是这样。读者和批评家们不能不高度评价作家的才能,但也很快地找到了并不欣赏他这部著作的原因。即使是在今天,批评的思想已经不再受到意识形态束缚的时代,关于梅列日科夫斯基的谈话一般也是始于对于他的优点和缺点的总结,始于对"抛物线轨迹"的测量,②而终于"梅列日科夫斯基之谜"。叶尔莫拉耶夫写道:"它的小说,是'历史智慧的',它的研究著作是主观的,他写的传记是创造性的,它的政论文章是宗教的。"他"在俄国文化中扮演了奇怪的角色,而这一点,在他的文学创作活跃时期以降的一个世纪之后,我们依然不清楚,在他那里我们面对的是什么样的事件。明确的只有一点,这还是一个事件。"③

　　我们评估了《托尔斯泰与陀思妥耶夫斯基》这部著作的特点490和文学价值,作为该书基础的宗教思想、叙事方式,厘清了对于梅列日科夫斯基前后矛盾的评价的原因,深入了该书作者的试验过程,重建了该书写作所在的语境——在这一切之后,让我们向前迈进一步,探索"在他那里我们面对的是什么样的事件"。

I

　　梅列日科夫斯基第一次谈到托尔斯泰与陀思妥耶夫斯基的创作对于俄国文化命运的意义,是在《论现代俄国文学衰落的原

---

① 布尔索夫:《俄国文学的民族特征》,列宁格勒,页 219—220。
② 波瓦尔卓夫的文章,发表在《文学问题》上(1986 年第 11 期)。
③ 叶尔莫拉耶夫:"梅列日科夫斯基之谜",梅列日科夫斯基:《托尔斯泰与陀思妥耶夫斯基》、《永恒的旅伴》,莫斯科,共和国出版社,1995,页 561。

因和各种新流派》一书中。在这里，是从广阔的历史—文化语境中来看待这两位作家的，他们被视为伟大的诗人，和普希金、果戈理、莱蒙托夫、冈察洛夫、涅克拉索夫、谢德林并列。梅列日科夫斯基对于组成 19 世纪俄国文化荣耀地位的艺术家宏伟画廊十分欣喜钦佩，他指出，在俄国，"令人震惊地缺少"体现人民意识的"文学"，这样的文学应该体现出能够引导"几代人、整个民族沿着已知的文化道路前进的、特殊的精神运动，应该体现出世世代代沿袭的、得到伟大的历史原理联合起来的诗歌现象的传承性质"。[①] 类似的运动和传承，梅列日科夫斯基见于意大利文艺复兴时期的绘画、法国的文学流派、魏玛的歌德小组、佩里克利斯时代的雅典——在所有这些地方都创造了特殊的氛围，允许天才形成和显现出来其最深刻的诸方面。

　　梅列日科夫斯基写道，在俄国，不仅近年来艺术家感到"孤独无助"。就连普希金也感受到了孤独，觉得自己是在沙漠中写作的。诗人绝对孤独的最具悲剧性现象之一，是托尔斯泰的命运。他身穿农民衣服和树皮鞋扶犁耕地，"全然赤裸地发现了以前在生活中和我们诸位作家作品中闪烁显露出来的事物。这就是这些事物的力量、独特性和弱点。"[②]梅列日科夫斯基说，现代文学的这个特点——艺术家对文化的逃避，把从普希金到陀思妥耶夫斯基的全部艺术家和他们"关于弥赛亚的病态骄傲的幻想结合了起来，认定这是上帝赋予俄国温和的人民的使命，他们将要改正欧洲所做的一切"。

　　俄国作家们的第二个特点是"折磨人的二分法"。陀思妥耶夫斯基"病态而炽烈地"同情世人，同时又是"一个最残酷的天

---

①　梅列日科夫斯基:《论现代俄国文学衰落的原因和各种新流派》，页 140。

②　同上，页 146。

才",在一个心灵里装进"丑陋的情感,嫉恨中的报复"和关于佐
西玛长老的传说。这样的二分现象,也出现在托尔斯泰身上。
"和在他身上的无意识的、至今尚未得到研究的创作力量并列隐
藏着的是一个功利主义的,循规蹈矩的教士,有点像现代的清教
徒。"①在这部著作里,梅列日科夫斯基就已经一劳永逸地把作 491
为《安娜·卡列尼娜》作者的托尔斯泰和书写谈论素食的好处和
抽烟的害处小册子的托尔斯泰分开。

　　与此同时,梅列日科夫斯基准备、并且在以后发表了关于欧
里庇得斯悲剧《伊博利特》的两篇文章,在文章中依然继续谈论
托尔斯泰与陀思妥耶夫斯基。在翻译这出悲剧的同时,他感觉
到了这位古代诗人的美学和现代文学作品有坚韧的相似之处。
费德拉的问题:"世人把什么称为爱情",梅列日科夫斯基在俄国
文化的语境中给予了解释,指出了两种爱情之间的矛盾:托尔斯
泰所代表的"异教的"色欲爱情,和陀思妥耶夫斯基创造的"慈悲
的爱情"、"贞洁者"和"素食者"的形象。②

　　在对于作为艺术家和思想家的陀思妥耶夫斯基的研究中,
真正具有原则意义和成为重要路标的,是收入了《永恒的伴
侣》③这一文集中的文章《陀思妥耶夫斯基》。甚至在沃楞斯基
和安年斯基的研究背景上,这篇评述也以其依据翔实和观点新
颖列入《永恒的伴侣》一书最佳文章。依据对于作家一部小说
《罪与罚》的分析,梅列日科夫斯基实际上提出了后来研究陀思
妥耶夫斯基学者们所注意的对象的全部议题。他不仅透彻鉴定

----

① 　梅列日科夫斯基:《论现代俄国文学衰落的原因和各种新流派》,页183。
② 　指梅列日科夫斯基的两篇文章:"贞洁与淫欲的悲剧"(1899)和"论古代悲剧的
　　新意义,代前言"(1902)。
③ 　首次发表为:梅列日科夫斯基:"论陀思妥耶夫斯基的'罪与罚'",《俄罗斯观
　　察》,1890,卷II─书III,页155—186。

了作家的写作方法，也总结出作为艺术体系他作品的基本特征，对他笔下的人物提出新的解释，例如，把拉斯科利尼科夫的形象和尼采类型人物分开，指出他和世界文学人物形象在基因上的亲缘关系，重新评价了斯维德里盖洛夫的形象，这一点见于20世纪初演员们把这部小说搬上舞台的工作。① 同时，梅列日科夫斯基在俄国批评界第一次注意到小说情节线索并列的原则，这一原则乃是陀思妥耶夫斯基全部作品共有的，他的作品复现了彼得堡的形象，显示出作家关于流血犯罪概念的永恒的意义。

弗里德连杰尔把《陀思妥耶夫斯基》一文列入关于《罪与罚》的"最佳经典评论文献"。② 然而，文章中的叙述仅仅是梅列日科夫斯基对于这位作家的创作和宗教哲学观点更为深刻领会的出发点。

回忆梅列日科夫斯基写作研究著作《托尔斯泰与陀思妥耶夫斯基》的时候，吉皮乌斯提出了这样的一个问题："这是什么呢，是评论呢，还是研究著作呢？当然是研究著作，当然，也是评论……就是对待这位作家和这个人的新颖的、当时还不习惯的方式，因为不同于积习而引发出不信任的态度。"③吉皮乌斯提出的问题没有得到见解一致的回答。当然，梅列日科夫斯基的著作不仅仅是"评论"，也不仅仅是"研究著作"。首先，应该把这部著作和梅列日科夫斯基在国外写的那些文章对比一下。方法、步骤、理念的共同性允许我们，例如，把它和关于拿破仑或者宗教改革家们的书加以比较。在梅列日科夫斯基整个系列的著作当中，这部研究著作具有本质性的优异之处。在19和20世

492

---

① 梅列日科夫斯基密切注视陀思妥耶夫斯基的作品舞台化。其中之一就是"高尔基与陀思妥耶夫斯基"一文的起因，《俄罗斯言论》，1913，第286期，12月12日。

② 弗里德连杰尔：《梅列日科夫斯基与陀思妥耶夫斯基》，页10。

③ 吉皮乌斯：《德米特里·梅列日科夫斯基》，页202。

纪交替时刻,他确信,以后的几代人将会见证伟大的宗教转变,而对于这一点的预感他是在"俄国文学,首先是俄国宗教文学中"找到的。因此,它的研究对象就是这样一些作家:在他们的创作中,按照他的见解,俄国知识分子,亦即未来宗教革命的主导力量,应该看到预言、先兆、"新路"。梅列日科夫斯基没有看到宗教革命,却看到了布尔什维克革命,于是他不再承认知识分子是具有决定意义的力量,从而深入研究了人类的历史。现在,为了寻找历史进步的逻辑、对于超人的未来的"中断"和突破,他深入了解中世纪的各种运动、宗教苦行者和改革者的出现、成为圣徒的罪人的功绩。

有一位书报评论家十分钦佩批评家梅列日科夫斯基的技巧,指出,"如果天才的作家在自己的判断中能够避开先见和极端怪异的思想,"那么,他的"评论文章就会是俄国艺术评论中最好的评论之一。"[1]对于梅列日科夫斯基本人来说,"评论"只是研究的工具,这个工具为了"最后的审判"给予他"爱的最终的知识",而大概正是这"极端怪异的思想"帮助了他看到以往没有被发觉的事物,发现被遮蔽的事物,听到被隐藏的声音。评论的本质首先在于,在俄国文献中发现了具有世界意义的宗教真理,在近代的几代人面前,从彼得大帝时期以来首次提出了理解这一真理、并且在现实的行动中表达出来的任务。托尔斯泰与陀思妥耶夫斯基在这方面乃是两个侧面、两个方面、两个方向,这二者在未来的结合就是那普世的思想;这普世的思想在基督教会、上帝睿智、圣智的保护下,把世界各民族联合起来。

梅列日科夫斯基不仅用这部著作表达了对于托尔斯泰与陀

---

① 罗日杰斯特文:"梅列日科夫斯基对托尔斯泰的批评评价",《在帝国喀山大学几年普希金俄国文学爱好者协会的演讲》,第 XIII 辑,1902,页 23。

思妥耶夫斯基的创作和哲学的特殊观点,还与列昂奇耶夫在《我们的新基督徒:托尔斯泰与陀思妥耶夫斯基》一书中提出的观点、与舍斯托夫的观点展开了争论。有时候,他要使用一般性的传记资料和艺术资料,这当然是不可避免的,他对两位作家的许多生活事件和艺术发现提出了新的解释,形成了对于他们与历史基督教的关系和他们在未来基督教中地位的独特见解。列昂奇耶夫的立场是梅列日科夫斯基难以接受的,前者保卫俄国的基础和历史的正教,他的思想中的反欧洲倾向,拒绝爱与自由,显示号召"听从"教会,接着号召热爱教会,还有他对陀思妥耶夫斯基的艺术创作和思想的评价。

493　　　舍斯托夫的观点更接近他;不能不看到,梅列日科夫斯基虽然使用了他翻译的尼采著作,但没有受到这位同时代人——在某种意义上的先驱者的影响。梅列日科夫斯基坦陈了"另外一种信仰",没有回避"哲学的事物",而是回避了"自然的"、下意识的事物,为自己提出了另外的任务,得出不同于舍斯托夫的结论;舍斯托夫是《公民托尔斯泰与尼采学说中的善》一书的作者。可以说,梅列日科夫斯基是与舍斯托夫平行,而非对立的。舍斯托夫对梅列日科夫斯基这部研究著作的反响证明,不仅某些细节——比如梅列日科夫斯基对拿破仑和托尔斯泰的态度,[1]还有文学家梅列日科夫斯基、抒情诗人梅列日科夫斯基"不务正业"的尝试本身等,都引起舍斯托夫屈尊中的不快。

认为梅列日科夫斯基这部研究著作仅仅是评论文献著作大概是不确切的。这样的见解也许会把"他生活和信仰的主要理念"置于我们的注意范围之外,这主要理念培育了他艺术家、评论家和思想家的思想,这思想是在当时哲学和美学的思想语境

---

① 　参见:舍斯托夫:《理念的权力》,第三章。

中发展的。他提出了俄罗斯发展的特殊宗教前景，转向托尔斯泰与陀思妥耶夫斯基寻求这一前景提出的问题的答案，从这一角度出发，阅读了他们的作品，以求捕捉到可能符合他自己关于基督教"背后"到底有这一设想的艺术体现。杂志上发表时，这一研究之中各章的标题也说明了研究的对象："俄国文学中的基督与反基督"，"托尔斯泰与反基督拿破仑"，"陀思妥耶夫斯基与反基督拿破仑"，"陀思妥耶夫斯基的基督教"，等等。由此而来的是评价的无可置疑的新颖、清新，对比的确切，由此也产生了梅列日科夫斯基某些结论的不够充实，可以看出他不愿意客观地看待现存物，并且将其从富有表现力的、头等的事物序列中剔除。

　　对于他为自己提出的特殊思想任务来说，是需要特殊的叙事形式的，这样的形式允许把"人物"表现为具有宗教哲学意义的事实。这一形式在论普希金的文章中得到赞许，对于诗人"宗教"的谈论，只有在观察了他的"生平"和"创作"之后才有可能展开。从全部的均衡性和连贯性来看，"生平"、"创作"、"宗教"的结构是第一次在研究著作《托尔斯泰与陀思妥耶夫斯基》中实现，不仅仅保存在梅列日科夫斯基的这部著作中，还保存在他的许多文章中。他以相同的方式制定著作章节、以及许多文章和新书章节的标题，当然，只是有条件地标志自己注意的对象。他谈论"生平"和"创作"都是为了说明宗教，归结到宗教，厘清宗教。舍斯托夫认为，"在他开始写作这部著作的时候，他'还没有通过魔幻结晶体来分辨清楚潇潇洒洒的学说的远景'。也许，他甚至没有预见到，他将会考虑出版单独的一本巨著，题为《托尔斯泰与陀思妥耶夫斯基的宗教》"，[①]不能不看到，梅列日科夫斯

────────────

① 　参见：舍斯托夫：《理念的权力》，第三章，页191。

基不仅"清晰分辨了"这部研究著作最后一卷的"远景",而且分辨清楚了未来著作的远景;在这些著作中,按照加缪的话来说,他始终如一地、"明显地单调地",一直在探索这一件事。这样值得信赖的谈话要求梅列日科夫斯基运用独创的整套办法,这样的办法允许他向读者揭示无意识事物的"秘密"。也正是在这里,他鲜明的才能在许多方面显得是有机的。

在托尔斯泰与陀思妥耶夫斯基"生平"的作者身上,首先存在的是一位艺术家,这位艺术家深信,"创作的秘密,天才的秘密,有时候更多地给予诗人评论家,而不是客观的科学研究者。"[1]他一直忠实于在早期文章中就已经形成的"客观艺术方法",在这一方法的帮助下,外貌、生活方式、习惯和围绕"人物"的情况等等全都变得清晰可见。这一方法的特征是"日记风格":作者消除自己与读者之间的隔阂,谈论自己的印象、感受、联想;促进读者参与创作、参与感受的、特别的忏悔语调;广泛涉猎艺术史和文化史,对于重大要闻的简要抽象议论;面对社会生活或者文化生活广为人知的事实,这是和读者共有的行李、共有的知识。

"为他,已经没有什么可说的了,让他自己为自己言说吧,"梅列日科夫斯基在1914年题为"别林斯基的遗言"讲义中写道,"但是,在聆听他的声音之前,让我们先看一看他的面容:为了适当地倾听演说者,应该先看看,是谁在言说。"[2]梅列日科夫斯基规模巨大的遗产中,有很多光辉的文学肖像。在他的笔下,波隆斯基和屠格涅夫、莱蒙托夫和涅克拉索夫的面貌栩栩如生,他"仔细观看了"卡尔德隆和福楼拜、丘切夫和乌斯宾斯基、别林斯

① 梅列日科夫斯基:《论现代俄国文学衰落的原因以及各种新流派》,页158。
② 梅列日科夫斯基:"别林斯基的遗言:俄国知识分子的宗教性和社会性",彼得堡,1914,页9。

基和契诃夫的"面容"。在文化的未来性的语境中,梅列日科夫斯基第一次成功地呈现出作家形象则是在《托尔斯泰与陀思妥耶夫斯基》一书之中。

"他长了一张农民的脸,"他引用了见证者之一对托尔斯泰面貌的描写,"朴实的,乡下人的脸,鼻子横宽,皮肤经过风吹日晒,眉毛浓密、下垂,眉毛下面警惕中露出两只灰色的、目光锐利的小眼睛",这双眼睛"突然闪耀、发光,凝望着对话的人,那眼光是穿透纵深的。"这儿也有陀思妥耶夫斯基的肖像,他的面容"即使在年轻时期'也不显得年轻',塌陷的面颊有苦难带来的阴影和皱纹,前额巨大光亮,令人感觉到理智的全部明晰和恢宏都在那里,嘴唇很薄,似乎被'神圣疾病'的痉挛扭曲,眼睛稍微歪斜,目光黯淡,似乎转向内心,沉重得难以形容,那是预言家的或者着魔者的眼睛。在这一张脸上,最令人感觉痛苦的似乎是运动本身中的静止,似乎是在极度的奋力中,努力突然停止、石化、凝固。"

这些"民族的"面容,还不是"完备的天才"的面容,"他们还过于复杂、激情、叛逆。还没有最终的宁静和明晰,没有那种'端庄仪表'——几个世纪以来人民在自己的和拜占庭的艺术中、在 ⁴⁹⁵ 自己圣徒和苦行僧的圣像中无意识地期待这样的'端庄仪表'。这两张脸都不清秀。看来,一般地说,我们还没有美貌的人民的和世界性的面容,比如,像荷马、少年拉斐尔、老年达芬奇那样的脸。"梅列日科夫斯基意识到普希金是天才,俄国诗歌从他那里开始,在他身上,他没有找到俄罗斯民族全部的性格特征:"这是1830年代彼得堡的花花公子,披着恰尔德·海罗尔德的斗篷,像拿破仑那样把双臂交叉在胸前,眼睛里露出拜伦式的沉思,头发卷曲,长了黑人的或者萨蒂尔厚而性感的嘴唇,也许不是符合俄国人当中最具民族性、最具俄罗斯性格的形象。"评论家在这里看到了"伟大的希望",俄罗斯天才的、俄罗斯面容的"尺度""不是在过去,不是在普希金那里,甚至不是在彼得那里,而是在未来,在未知者中,在更宏大的前途之中。这个未来,第三个、也是最后的一个,最终的'端庄仪表'、最终的俄罗斯的和世界的面容,不是应该就在这儿寻找吗,在当代最伟大的两张面容之间——在托尔斯泰与陀思妥耶夫斯基之间寻找?"

"这就像从一个点向不同方向伸展、要达到尚未合拢,但是能够、而且应该成为合拢圆圈的线条",对于梅列日科夫斯基来说,这标志着,在他那一代人的眼里正在实现一个预言;这是"尚未知晓的、已经是我们期待中的俄罗斯的天才预言,这是像普希金这样自发的和民族的天才,而托尔斯泰和陀思妥耶夫斯基又来源于他;同时又已经是更有意识的(……)、更具世界性的——第二个和最终的、起连接作用的、象征的普希金(……)一个已经开始建造、整体上还不可见的大厦两个互相吸引、又互相对立的部分,而这个大厦是俄罗斯的、同时也是全世界的宗教文化的大厦。"

描写这两位作家形象的同时,梅列日科夫斯基让读者最大限度地接近他们生活和工作的环境。比如,对托尔斯泰庄园的描写、他在莫斯科的房屋、他的衣着、声音、气息……读者见证了作家的谈话。知道了他的习惯、爱好,感受到了他的不快与欢乐,和托尔斯泰这个人的熟悉程度甚至比阅读见证人的回忆录还深厚。梅列日科夫斯基的描写十分可信,所以,这本书的读者之一,大学生巴尔胡达罗夫写信给托尔斯泰:"……您的生活和您的观点很不一样,换言之,在理论上,您是一个人,而在实践上,您是另外一个人。"这位大学生在这本书里找到"一切特别令人感兴趣的东西",这本书被称为"起诉书","里面提供的论据是不能不认真对待的,是不能忽视的。"①

　　梅列日科夫斯基十分注意陀思妥耶夫斯基的生活事实。在读者面前逐渐出现了这位作家充满悲剧色彩的形象,这是一位过着乞丐般生活的"无产阶级"作家,是受苦的作家和思想家。读者也看见了陀思妥耶夫斯基的面容,也看见了他的房间,也听到了他的说话声音和咳嗽声,还有笔尖书写的沙沙声。正如梅列日科夫斯基如果没有参观达芬奇死亡时候所在的小屋就不能写出过于东方情调小说那样,正如他如果没有和旧教派人士谈 496 过话、如果没有访问过与吉切什格勒传说有联系的地方就不会动手写作彼得与阿列克赛的小说那样,在思想上,他也不能不完成它的研究著作《托尔斯泰与陀思妥耶夫斯基》"主角们"生活与工作地点的旅行。梅列日科夫斯基对比了托尔斯泰舒适的和得到很好描写的生活,与陀思妥耶夫斯基鲜为人知的、超常困苦的生活,把托尔斯泰在"宗教转折"时期的话直接用于陀思妥耶夫斯基的生平,用陀思妥耶夫斯基来回答托尔斯泰。这样的比较显得比托尔斯泰的宗教论文和陀思妥耶夫斯基的生平业绩更有力量、更有说服力。

　　在这里,梅列日科夫斯基突出显示了贵族托尔斯泰与文学家陀思妥耶夫斯基之间的差别;早在《论现代俄国文学衰落的原因和各种新流派》一书和《陀思妥耶夫斯基》一文中他就注意到了这一差别,他又返回陀思妥耶夫斯基的形象,"一位平等的朋友",住在"我们中间,在我们悲哀的、寒冷的城市",不畏"现代生活的复杂性及其尚未解决的许多问题"。这里重又产生了"俄国小说巨匠"托尔斯泰与屠格涅夫相互关系的主题,他们两个人都

---

① "一位大学生给托尔斯泰的信",《托尔斯泰与论托尔斯泰。新资料》,页33—37。

是艺术家和贵族，"仇敌"与朋友；这个主题在很长时间之内都是梅列日科夫斯基思考的对象，变成"屠格涅夫"论题，进入了他的许多文章和书籍。

梅列日科夫斯基的阅读范围包括同时代人的札记和回忆录、书信。在这些读物之中，他看到了"心灵的阴郁札记"、坦言、行动，这一切对于作家的述说比长篇大论、竭力发现他的"秘密"的"巨著"更多。由此而来的是叙事的更大真实性，是叙事的很多的引用语不够精确。因为熟悉时间和情况，有时候他凭记忆使用引证，举出对于他来说同时代人或者作家自己言论中乃是特别重要的内容。普希金、屠格涅夫、别林斯基、福楼拜、陀思妥耶夫斯基、赫尔岑等人的书信乃是梅列日科夫斯基的案头书。在整个的创作道路上，他都时常返回到这样的一组书信源泉。在杂文《拿破仑》中，他说，这已经成为他的日常需要：他以后著作的新目的，他各种研究著作每一章节提出的新任务，都要求新的语境，而在这新的语境中曾经说过的话获得了新的声音。大概梅列日科夫斯基所有具有某种程度重要意义的著作都是这样写成的：直到今天依然没有得到充分评价的关于果戈理的著作，关于莱蒙托夫、屠格涅夫、乌斯宾斯基、涅克拉索夫、丘切夫、别林斯基的文章，和在侨居外国期间写的全部文章。这些写作都以传记材料和书信材料为依据，提供了关于"谁在言说"的透彻的表达，重建了生活，把读者引进诞生了"创作"的世界，并且准备潜入不可及物或者"无意识物"的领域，这个领域将被称为"宗教"。

梅列日科夫斯基为什么需要说明陀思妥耶夫斯基在什么样的环境中成长或者托尔斯泰怎样度过了一生的呢？为什么要引证陀思妥耶夫斯基几乎是私密性质的坦言或者托尔斯泰亲友的公开的回忆呢？是为了在比较艺术家的个性及其创作过程中展

示俄罗斯诗歌的"悲剧性的二分现象"。梅列日科夫斯基说，"一方面，是无意识的创作力量，我们所说的天才，另一方面，是意识、智慧的力量——在这二者之间，存在着不同等级的相应、对等的情况，就像在人的躯体的物理方面的尺度、人的身高和人的肌肉的力量之间的对应那样"。在普希金那里，他看到了"这种程度很高的对应性"，它的"精神结构酷似优美人体的结构：在所有的部分和肢体中，一切都配置奇妙、比例恰当"。全部俄罗斯诗歌的作为，就是感受这样的"对应性"和"和谐"，"不是凭借偶然的激情和犹疑，而是结论跟着结论，一步跟着一步，不可挽回地、在辩证法上是正确地，在发扬普希金的和谐气氛和抑制另外一种和谐的同时，最后走到全部艺术发展的自杀的地步……"普希金"最亲近的学生"，果戈理，就第一个背叛了老师，"第一个成为伟大解体的牺牲品"，"第一个感受到病态神秘主义的袭击"。在屠格涅夫"迷人的曲调"中，梅列日科夫斯基听出了"诉苦的调子"，这是正在加深的"精神崩溃"的征兆，而在陀思妥耶夫斯基伟大的灵魂里，和基督教的温顺并存的是"魔鬼疯狂的傲慢"，透过"淫荡之徒"的贞洁"闪烁出奸情的残酷"。"普希金安然舒适的和谐在这里变成了丑陋的疯狂，变成了恶魔脾性的癫痫发作。"①

　　为了理解对于俄罗斯诗歌本质类似观点的依据，必须看到梅列日科夫斯基这部研究著作第三部分最重要的言论之一。这里涉及的是要果断推翻依照他的理解而在历史基督教中根深蒂固关于神圣性的观念："神秘的两极中一个损害另外一个，"正是否定的一极损害肯定的一极——灵魂的神圣损害肉体的神圣：

497

①　梅列日科夫斯基："普希金"，《梅列日科夫斯基。美学与评论》，卷1，页203，207。

灵魂不被理解为与肉体对立的一极,因而具有肯定的意义,被理解为完全否定肉体,是无肉体的。对于历史基督教而言,无肉体物也就是灵魂的,是"洁净的"、"善的"、"神圣的"、"上帝的",而肉体则是"不洁净的"、"恶的"、"有罪的"、"魔鬼的"。因此出现了没有尽头的二分现象,肉体和灵魂之间没有出路的矛盾区别只在于,在异教那里,宗教要在损害灵魂的情况下肯定肉体的办法尽力走出这一矛盾,而在这里,在基督教中,正好相反,要在损害肉体的情况下来肯定灵魂。历史的基督教是"黑色的"和"隐修的",否决肉体的神圣性,否决肉体与灵魂的平等价值,"没有看见"所谓的"有灵魂的肉体",亦即肉体与灵魂最高级的合一,这一点在基督的学说中是预告了的。

梅列日科夫斯基认为,从"神圣性的两极"在普希金那里首次和谐合一开始,俄国文化走过了和谐遭受破坏的道路,而且,俄国作家的灵魂充满了灵魂与遭受曲解的肉体的斗争。在确定了"分解"、反和谐的原因之后,梅列日科夫斯基把自己著作的许多篇章都献给了假定式的谈话,亦即,创作性的个人自发的源头与意识这样才能合一,"超历史的"基督教怎样才能创造出来和得以实现。

在追随托尔斯泰的同时,梅列日科夫斯基在他的生活中发现了"充满新的、尚未被认知神圣性的神圣"行为、觉醒和坦诚表现。这位作家舒适的生活、他儿孙满堂的住宅、丰产的田地和家畜都很像古代的传说,古代的时间消逝得缓慢,而他的形象酷似旧约里的族长。梅列日科夫斯基说,这不是小市民习气,而是早已经被现代人忘记的"原始大自然的呻吟,没有被征服的生活气息",或者,像歌德所说的,"永恒的儿童生活欢乐"。对这一和谐的破坏,在托尔斯泰那里始于对死亡的恐惧,这是某一文化枯竭的第一症状,是这一文化死亡、终结的第一信号。

按照梅列日科夫斯基的评论,托尔斯泰也许能够发挥歌德那样的智慧,把"永恒的和非永恒的合一",或者发挥幽默地称自己是"糟老头子"的普希金的智慧,在"他良好发展有意识的和无意识的方面之间"存在着平衡的条件下,他也许能够把自己生活的转折推移到晚年。但是,在他身上永远有"两个人":一个吃了"涂了玫瑰花蜂蜜小姜饼",另外一个用鞭子抽打自己的后背。内在的分歧,从他的意识不完整性发展出来的二分法,引发出的裂缝后来变成了深渊。托尔斯泰在自己的前半生意识服从于自己生存的自发的方面,在生活和创作中都表现为一个真正的基督徒。后来他决定痛恨自己的灵魂,等同于"基督教灵魂"的"异教的灵魂",让自发性屈服于自己的意识,在创作方面,他就显得没有成果,作为一个人,则显得渺小,无足轻重。与自己无意识的斗争,损害灵魂造成的对肉体的伤害,显得就是"没有灵魂的死气沉沉"、平庸、低俗,成为充满《复活》书页的那种"肉欲"、"及其"和了无生气的话语——这是托尔斯泰创作衰落的证据。

梅列日科夫斯基创作方法的特征之一就是在一部研究著作的范围之内把两个"人物"联系起来,在对比之中,每一个人的特征都显得突出而清晰可见。开始的时候,他指出他们之间既成的不同之处,甚至在细小事物上的对立,后来则展示他们可能的合一、近似、"综合"。就这样,对比和合一了普希金与莱蒙托夫、涅克拉索夫与丘切夫,契诃夫与高尔基。在《托尔斯泰与陀思妥耶夫斯基》一书中,"对立的双生者"第一次合一。

为了展开比较,梅列日科夫斯基选择出陀思妥耶夫斯基个性的最为多样化的特征。他不善于理财发财,这是天生的特点,正如托尔斯泰不会变成穷人一样。陀思妥耶夫斯基"一辈子都做事过分",而托尔斯泰则有节制,深思熟虑。陀思妥耶夫斯基常常赌博,输钱输得倾家荡产,向生人和熟人借钱,被逼迫得低三下四。托尔斯泰有一次输了钱,便顽强地把钱凑齐还债。在对待世界文化和俄国文化的态度上,他们也是对立的。陀思妥耶夫斯基准备为普希金而穿丧服,而同样年龄的托尔斯泰却迷恋于阅读大仲马和费瓦尔的小说;我们可以看到陀思妥耶夫斯基谈荷马和席勒的书信,我们还能看到托尔斯泰论瓦格纳和贝多芬音乐的虚无主义的文章或者关于普希金的言论,说他是一个写出无耻情诗的诗人。梅列日科夫斯基说,托尔斯泰看到的神圣是拒绝文学协会和艺术创作,而陀思妥耶夫斯基则是可以成为"语言的最后主角——文学家"之一。虽然陷入没有希望的境地,疾病缠身,没有生计来源,陀思妥耶夫斯基还是为自己的继子而求助,为怀抱的女儿死亡而哭泣——从她诞生后他就亲自照看她。托尔斯泰在和妻子一起平安幸福生活了三十年之后,仍然拒绝把妻子视为挚友,虽然他妻子在"哺乳和分娩"期间为他抄写《战争与和平》多次。

而二者对待生死的态度是这样的:对于托尔斯泰来说,生与死之间毫无近似之处,彼此排斥,"死之光明"是从外面照耀的,死亡是一个"口袋",虚无,正在熄灭的光线滑落到其中。对于陀思妥耶夫斯基来说,生命像死亡一样,乃是秘密,如果没有其二,则其一是不可思议的,在他的意识中,二者处于永恒的统一之中。梅列日科夫斯基说,托尔斯泰所"幻想"的一切,陀思妥耶夫斯基"都有亲身感受":贫穷、危险、疾病、劳碌。

列出托尔斯泰与陀思妥耶夫斯基二人的惊人差别之后,梅列日科夫斯基总结说,他们的生活,就是两种自发的现象:托尔斯泰那里是"地下清泉、处女般纯洁之水",而在陀思妥耶夫斯基那里是"从最初创造出来的深渊里喷发出来的火焰,混杂着岩浆、灰烬、令人窒息的灰土与油烟"。两种生命都是正当的,但是都没有"完成",没有提高到最高程度,似乎在等待第三个"在他们后面走的先知，这位先知将会把过去与未来合一"。

　　按照梅列日科夫斯基的话来说，两位作家的创作也浸透了这样的期待。如果说在著作第一部里，作家作品与他们生活的密切联系帮助他创造出他们的艺术形象，则在第二部里，正是他们的命运显得对于理解他们的创作必不可少。

　　在一生中最后一本书《小特雷莎》（1941）里，梅列日科夫斯基提出最重要的信念之一，这一信念早在 20 世纪初就规定了他对创作者个性的态度："最深刻的、最能够把人引导到上帝那里去的事，都是在无意识状态下发生的。人不仅能够知道很多事物，而且也能够无意识地存在于很多事物之中。我们超极限的（陀思妥耶夫斯基称此为"无意识的"）来自极限的，'夜间灵魂'来自'白昼的灵魂'，我们的清醒距离类似于最深沉昏厥的梦幻只有毫发间隔，这一间隔之对于我们，像深渊一样不可逾越。从依照存在秩序转入另外一种，从有意识的、'白昼的'，向无意识的、'夜间的'转入，像闪电一样突如其来。这两个概念之间有数学上所谓的'断裂'，而在宗教中这被称为'奇迹'"。①

　　思想家梅列日科夫斯基的对象，正是这"无意识"，"最能够把人引导到上帝那里去"。

　　"无意识的"，或者，换句话说，"自发的"——这就是托尔斯泰与陀思妥耶夫斯基的艺术创作、"诗歌"、"原始的、永恒的、自发的力量、上帝自由的和直接的赠礼"；对于这样的力量，"人几乎是无权干预的，就像对于大自然的没有目的的、和优美的现象一样，对于日月星辰的升降、海洋的寂静和暴风雨……②无权干预一样。"这里显示出两位作家本质中最隐蔽的、秘密的、深刻的

---

① 梅列日科夫斯基："小特雷莎"，梅列日科夫斯基：《西班牙神秘主义者。小特雷莎》布鲁塞尔：《和上帝一起生活》，1988，页 374。

② 梅列日科夫斯基：《论现代俄国文学衰落的原因和各种新流派》，页 139。

因素:托尔斯泰对"肉体的探秘"和陀思妥耶夫斯基对"灵魂的探
秘"。

500 　　　梅列日科夫斯基说,在世界文学中,在描写肉体方面,没有
人能够等同于托尔斯泰,没有人对于肉体有相似的"洞察力",这
一点表现在作家最伟大的创作中——在安娜·卡列尼娜和"伟
大的异教徒"叶罗什卡叔叔的形象之中。他表现了"有灵魂的
人"的"肉体—灵魂"状态,透过描写肉体传达了灵魂最细腻的活
动,因而使得双手、颈部的转动、发卷、香水气息都在言说。"肉
体探秘"只能给予托尔斯泰,因为是跟随着自己的自发的天性走
的。他的人物一旦开始"发出空论",他的语言就"萎靡"、无力,
而依照权利出场的已经不是欢乐的、"喜爱一切"的叶罗什卡叔
叔,而是"笨嘴笨舌的阿基姆长老"。曾有一度,梅列日科夫斯基
在叶罗什卡叔叔身上看到一位"伟大的异教徒",而在阿基姆身
上看到了"阴暗的、修道院里的"基督教,只依据他们性格的一个
特征,把这一特征和他所看到的非本质的、二流的一切分离,把
托尔斯泰的人物变成了特殊之类的"符号",作家的两个实体的
象征:无意识的、真正的托尔斯泰,和思想家、宣教者和宗教思想
家的托尔斯泰。同样的二分现象,梅列日科夫斯基也在陀思妥
耶夫斯基的创作中注意到。他说,"撒旦的深渊"、无底的情欲是
能够达到这位"灵魂的探秘者"、福音书之爱的歌颂者的。

　　比较作为艺术家的托尔斯泰与陀思妥耶夫斯基的同时,梅列
日科夫斯基重又直接展示了他们创作视野、笔法、技巧。他
说,托尔斯泰的人物不是人物,而是被自发性吞噬的牺牲品。陀
思妥耶夫斯基那里,每一张脸都是"被推进到了极限的"人物。
托尔斯泰的小说都是叙事诗,而陀思妥耶夫斯基的小说都是悲
剧,在这些悲剧里,描写仅仅是"逐字逐句的注解",帮助读者理
解剧情是在哪儿、在什么时候发生的。托尔斯泰是叙事大师,而

陀思妥耶夫斯基是对话大师。在托尔斯泰那里，所有的人都说一种语言，而在陀思妥耶夫斯基那里，"凭说话的声音，你就能辨别出人物来"。读者都还清晰记得鲍尔康斯基公爵夫人的"小胡须"，玛丽亚公爵夫人"沉重的脚步声"，拿破仑光润的双手，而陀思妥耶夫斯基的人物则"不再感受到自己的躯体"，他们全然"投入浓缩了十倍的"内心生活，在极为短暂的瞬间重温了几十年的生活。托尔斯泰"常常出去娱乐"，而陀思妥耶夫斯基总是要走向必不可免的厄运，他的人物生活在对于深渊的预感之中，生活在深渊的边缘。托尔斯泰的诗神"称不上智慧"，而陀思妥耶夫斯基的诗神则是"感觉的智慧戳刺"。常常把自己的读者置于特殊的处境，所以，按照梅列日科夫斯基的话来说，对于"现代感觉迟钝的"读者来说，陀思妥耶夫斯基仅仅是一个"残酷的天才"。对于那些寻求未来、等待"终结"、感受到这样的思想对于"欧洲世界现实社会、道德和政治的命运"之影响的人来说，在陀思妥耶夫斯基的创作中可以听到关于"人的变化"之预言。在这里，和在第一部"生平"之中那样，梅列日科夫斯基把注意力集中在两位作家艺术创作的哪些能够帮助他确立、巩固研究著作中宣示的主题的特点，这主题就是基督教的终结、向新的宗教纪元的过渡。即使在这里，他也是自由地运用传记资料和同时代人的见证资料，这样可以"推动"作家及其人物，因而新的"符号"、新的象征形体和言论又能够出现。例如，我们可以回忆一下对 C.A.托尔斯泰娅和玛丽亚公爵夫人的话的比较，安德列公爵对荣誉的追求，托尔斯泰本人对于格奥尔基十字勋章的理想，或者显 501露出的卡拉马佐夫兄弟和他们的"精神的父亲"陀思妥耶夫斯基的亲缘关系，而这一关系在作家的日记、笔记和书信等等中曾经得到多次的确认。这样的做法，无疑是富有成果的。梅列日科夫斯基以前的艺术家们没有被指出的创作特点，他们的思想、形象,突然变得清晰可见。也正是在这里,显露出来了批评家梅列日科夫斯基的弱点:他人为地把托尔斯泰与陀思妥耶夫斯基作品的艺术织物分成小块和细节,不善于把其他"言说的"同样多的形象和思想纳入自己的概念,有时候正因为展示和他的概念有重要联系的事物而拒绝整体上的分析。

实际上,在这里,批评家梅列日科夫斯基到此告一段落,这里可以看出把他的一个工具——批评,和哲学家、思想家的目的分开的界限。的确,作为一个善于思考和"讲究"的(勃洛克语)艺术家,他不会不理解类似的研究方法的某种缺点。作为思想家,他号召读者跟随他去寻找"符号"、接受社会意识的变化,他得到了只谈论为所提出的目的服务的事物的权利。

这部研究著作第二部分的结尾和第三部,对比尼采和托尔斯泰的观点,给陀思妥耶夫斯基作品带来了启示录性质。陀思妥耶夫斯基人物形象的演变、作家对现代俄国人最根本性特征的注意,都允许梅列日科夫斯基提出对于"新的自由悲剧"的综合理解;这一自由已经到来,要取代传统的俄罗斯良知悲剧。在第三部的前言中,梅列日科夫斯基提出两个对于他的大多数读者来说都是突如其来的问题:灵魂与肉体的同等神圣性质,和教会与国家的关系——这两个问题,从本质上看,不仅对于"宗教"、而且对于全书而言,都是主航道。可以理解的是,梅列日科夫斯基是逐渐地把读者导向历史基督教对肉体的损害和对灵魂的绝对化的,他是在示意读者自己作出关于其对立状况的结论的,早在第一部中,就展示出这一对立的扼杀性质,例如,以托尔斯泰的命运为例。

第二个问题——正教与独裁的相互关系——对于梅列日科夫斯基显得重要,首先因为与总结文学发挥的社会作用微弱原因的必要性有关,同时要防止当代的一代人受到威胁——"巨大的政治的、同时也是在低得多的程度上等级制的、社会的和完全不是道德转变"的威胁。俄国历史和陀思妥耶夫斯基的反叛的人物为此提供了多义的资料。在这一语境下，托尔斯泰的命运显得很有意义。

梅列日科夫斯基说，对于现在来说，托尔斯泰尽管颇具艺术才能的力量和宣讲者的强力，但他不是"精神领袖"。只有关于他"脱离"教会的见证把俄国有思想的大众相当的一部分在他的旗帜下联合起来。梅列日科夫斯基拒绝支持表现为共同的"不"、而不是共同的"是"的团结，依然承认知识分子站在"俄罗斯土地上伟大作家"这一方面。东正教承担解决托尔斯泰的宗教命运的问题，但是他怀疑东正教"灵魂"的纯洁。为什么关于这个首先是社会事件的谈话，在这部研究著作中显得必不可少呢？因为梅列日科夫斯基是在俄国文学中寻找俄国人的未来的；他认为俄国文学"首先是宗教文学"。为了未来而询问过去，按照梅列日科夫斯基的看法，就是询问俄国作家、询问俄国教会。

东正教屈服于独裁政权——这是梅列日科夫斯基历史观基础中的问题。这一历史观体现在他的历史小说、戏剧之中，在一系列的文章和文集中得到适时的表达。不能不看到，在研究著作《托尔斯泰与陀思妥耶夫斯基》出版之后，梅列日科夫斯基在很大的程度上改变了对于国家与教会关系问题的观点，在多方面否决了早先的写作。

在梅列日科夫斯基看来，作为俄国绝对君权的奠基人，彼得大帝不仅是俄国命运的历史的，而且也是宗教的路标。梅列日科夫斯基认为，彼得在完成了"父亲的事业"和东正教教会屈服于独裁政权之后，完成了伟大的宗教功绩，他使得东正教摆脱了罗马教会所遭受到的，未得抵御住的诱惑。彼得以"反基督"的形象进入同时代人的意识，他不仅为俄国展现了欧洲，而且"预告"了东正教的未来；东正教面临改造俄国国家特性的任务。在这里，梅列日科夫斯基没有看到，或者拒绝看到，彼得改革的客观意义不是在于欧洲化，而更是在于俄国的世俗化，东正教的屈服把社会变得世俗化，而正是彼得完成的这个"功绩"在俄国永远成为一种迟钝的人，在人民的意识中被认为是"反基督的"事业。承认彼得改革意义的这一真实情况会使得梅列日科夫斯基的概念失去主要的支撑理念之一，使得他在和同时代人就知识分子的先驱者们、他们的本质、关于未来的机遇展开争论的时候被解除武装。

　　这一时期的梅列日科夫斯基，按照别尔嘉耶夫的话来说，思想混乱，不知道如果被期待的三者的王国最终到来的时候，人类应该怎么办。他揭露了奴役东正教的专制制度、创作了从彼得到尼古拉的俄国独裁者们的一个大系列的肖像，创建了自己关于东正教解放的概念，把许多文章献给俄国知识分子和教会的命运问题，但是他没有给出答案，在实际上、在现实中，应该如何形成这个新的人类。后来，在致别尔嘉耶夫的公开信"论新的宗教行动"中，梅列日科夫斯基承认："不仅我，而且还有像陀思妥耶夫斯基和索洛维约夫这样的人，都没有'一下子'意识到这一点，甚至完全没有意识到。所以，我想，总的情况是，诱惑比表面的样子更可怕。魔鬼用地上的王国试探人子，是不足为奇的……您问：我现在是否像在写《托尔斯泰与陀思妥耶夫斯基》的时候那样还承认，国家政权里正面地包含了宗教的原则。不，我不会承认的；我认为我那时候关于国家的观点不仅是政治的、历史的、哲学的，而且也是深刻的宗教的觉醒。对于我们来说，在国家与基督教之间是不可能有什么合一、有什么和解的：'基

督教国家'——这简直是骇人听闻的荒诞。"①在论托尔斯泰与503
陀思妥耶夫斯基致著作第三部分和这封信之间相隔了大约十
年。在这里,梅列日科夫斯基言说不仅深思熟虑,而意识到的事
物比别尔嘉耶夫问到的更多。

早在 1903 年,几乎就在《托尔斯泰与陀思妥耶夫斯基》出版
之后,他作了一个报告:"托尔斯泰与俄国教会",把他在"宗教"
的前言里说的话讲述得更加尖锐。下面是这个报告的提纲,是
和全文一起发表的:

1. 有教养的俄国人反对教会的教条主义和经院哲学,
认为托尔斯泰是自己的领袖,只是出于误解。

2. 托尔斯泰否定全部的文化、科学、艺术、国家、教会,
号召实行佛教的无为,从而令有教养的俄国人感到陌生,证
实了他自己精神的孤独。

3. 肯定陀思妥耶夫斯基的意义何在:"俄国教会从彼
得大帝时代起就是寄生的吗?"关于国家与教会(肉与灵)关
系这个世界性的问题,彼得已经解决,这就是东正教屈服于
独裁。

4. 因为托尔斯泰被逐出教门,这个问题被重新提起。
与此同时,这个大问题又划分为下列的部分性的问题:

一、圣宗教会议是全基督教徒总会的全权代表吗? 在
教会——国家的后面,在教会的权杖后面——没有公民的
刀剑吗?

二、宗教会议的确认就是托尔斯泰脱离教会或者逐出

---

① 梅列日科夫斯基:"论新的宗教行动"(致别尔嘉耶夫的公开信),梅列日科夫斯
基:《病重的俄罗斯》,选集,前言、后记,编辑:萨维利耶夫,列宁格勒,1991,页
95,97。

教门的简单见证吗?

三、在托尔斯泰的艺术创作中,难道没有表现出对于上帝的伟大的寻求吗?

四、在宣布革除托尔斯泰教籍的同时没有对整个俄国社会宣布革除教籍吗?俄国社会都是同意托尔斯泰的非信仰态度的,虽然否定态度的形式不同。这样的革除教籍会给教会本身带来什么后果呢?①

在把关于俄国艺术家命运的谈话转移到社会政治和哲学领域的时候,梅列日科夫斯基向读者展示威胁他那个时代的俄国的、两个同样有害的极端:独裁政权和教会的专制,及其反面:无政府主义的和革命的暴力。早在 1906 年,在《未来的无赖》和《俄国革命的先知》中,他就对这两个概念提出了透彻的鉴定,表达了自己对于人类未来的理解;下文我们还要讨论这个问题。

在《托尔斯泰与陀思妥耶夫斯基》第三部分,拿破仑主题吸引了特别的注意。在这里,梅列日科夫斯基对这一鲜明而意义繁复的人物表现出传统的兴趣,而且尝试透过托尔斯泰与陀思504 妥耶夫斯基对于作为个人和思想的拿破仑的感受的三棱镜提出当代世界感受和世界观的主导趋势。在托尔斯泰对待拿破仑的关系上,他看到了全部"中庸、下流、低俗之物"的恐怖,和实证。面对"超人"对正面事物的恐怖。在指出拿破仑与拜伦和莱蒙托夫的接触点的同时,梅列日科夫斯基表明,托尔斯泰不仅对于巨人般的意志显得充耳不闻,而且对于这一类型个人特有的深刻的神秘主义亦然。相反,陀思妥耶夫斯基在拿破仑身上看到了英雄意志给人以深刻印象的范例,继承了世界文学的传统,体现

---

① 梅列日科夫斯基:"托尔斯泰与俄国教会",《美学与评论》,卷 1,页 614—615。

出了类似于普希金的盖尔曼、司汤达的于连·索莱尔和拜伦的人物,同时提供出他特殊的、病态的"俄罗斯式的"解读方式。梅列日科夫斯基展现了陀思妥耶夫斯基对于"超人"的为所欲为理念的深刻理解,他以何等开创性的方式表达了作家的思想啊!按照他的见解,达到事实上的宏伟意志这样的个人是:他以巨人般的精神奋力上升到上帝那里,爱自己"到爱上帝"的程度,善于和"上帝竞赛",就像旧约里的人物那样。拿破仑在创建了宗教之后,就开始了走向毁灭的道路,听见街道上女商人的尖细话声就感到羞愧。拉斯科利尼科夫认定,他去杀人不仅仅是为了自己,而且也是以亲人的名义,却陷于自己的自我意识和关于社会利益的思考二者之间的矛盾,因而到最后也既没有站起来反抗,也没有认命。

在奉献给拿破仑的章节中,引人注意的是梅列日科夫斯基的研究方法,本质上,这是他的主要著作所特有的方法。这是缩写、辑要形式的"生平"——"创作"——"宗教",以广泛的书信的和传记的资料为依据,写得像是不长的论文,收入了梅列日科夫斯基每一部重大专论的全部主要组成部分。在 1930 年代流亡期间,他又返回了拿破仑的形象,为他专门写作了一部著作;即使在今天,在这一类型的最主要研究著作行列中,也占有一席之地,和泰纳、塔尔列、曼弗雷德的著作并列,本质的区别在于,这部著作不是历史学家写的,而首先是艺术家和宗教思想家写的,是传记小说的体裁,目的在于在这个个人身上寻找"新意识"、未来"超历史的"基督教的特点。理所当然的是,这部独特的、鲜为人知的著作应该得到专门的研究。我们在这里指出,在"宗教"中献给拿破仑的章节,乃是这部著作的基础,也是这些章节使用的素材。

谈论"超人",当然,就不能不注意尼采的个性和哲学。梅列日科夫斯基不止一次受到"热衷尼采"的指责,他同时代人如此,以后几代的学者亦然,尤其是在苏联时期。在文学上,无论怎样夸大尼采思想对梅列日科夫斯基的影响,依然可以理解的是,这位德国思想家的创作仅仅在外表上令他感到亲近。梅列日科夫斯基意识到了尼采是一个悲剧的个性,是表达了现代欧洲思想最尖锐的危机的哲学家,是一个主要追求自己的上帝的人。他对比了尼采和陀思妥耶夫斯基,称对它们的评价、世界观特点的重合(而不是影响)是一种象征,感到惊人的是,两个人都患有"神圣的疾病"。梅列日科夫斯基觉得具有象征意义的是尼采、陀思妥耶夫斯基和斯宾诺莎有意识和无意识的影响的性质,在对于这些影响的感受中,彼岸世界的种种特征是和昆虫(蜘蛛和毒蜘蛛)的形象结合起来的。梅列日科夫斯基的艺术观点给探索这一主题的书页带来了特别的神秘主义色彩。他本人对于表述"另外一个世界"的一切敏感得令人惊奇,他敏锐地感受到但丁地狱的天真性质,他比较了现代智慧的脆弱,这样的智慧把彼岸的"海市蜃楼"变得透明得令人惊骇。也不能不看到,梅列日科夫斯基在著作中谈到的个人主义、"神圣反抗上帝"、"和上帝竞争"的主题,最后,还有反有神论,都是和尼采共鸣的,符合他精神发展的各个阶段。梅列日科夫斯基的活动不是"沿着尼采的路",而是"深入"尼采。他尝试解释"超人"的性质,确定他的特征,指出超人特性和常人、和"凡人"如何互动,如何掩蔽自己"非人"的一面。在《莱蒙托夫:超人诗人》、《拜伦》等文章中,在专著《帕斯加尔》中,在剧本《欢乐即将来临》中,他都返回到了这个主题。

　　一位现代学者在总结梅列日科夫斯基多年的活动的时候,写道:"无论怎样对待梅列日科夫斯基的哲学宗教探索和结论,无论自视很高的哲学家理性主义者们在提及他的姓氏

的时候怎样耸肩膀表示不以为然,无论马克思主义者们怎样
嘲笑讽刺他,他在探索中受到的困境、他提出的'新词语',主
要还有他的分析的优美和广度都不容置疑,而分析的优美和
广度不仅可以解释成为才能,而且解释成为形而上之光明、对
神正论的寻求。"他的文学活动和演说,在 20 世纪初开始吸引
"越来越广大的听众",使得梅列日科夫斯基成为特殊的"寺庙
祭司";听众强烈感受到他探索的新颖和热情,以及巨大的艺
术审美趣味,感受到"宗教、哲学和艺术强大合一"之魅力,看
到的"即使不是对于未来的伟大的综合,也随时都是对于这一
综合的暗示。"①这"强大的合一"成为研究著作《托尔斯泰与陀
思妥耶夫斯基》的主要特征之一,也出现在梅列日科夫斯基宗
教哲学协会的活动之中。

　　《托尔斯泰与陀思妥耶夫斯基》的写作是在青年一代知识
分子知识和精神巨大高涨的气氛中完成的。吉皮乌斯写道:
"经历了复杂的过程,出现了新的路线,完成了新的分化和新
的结合。"但是,把"俄国青年知识分子联合起来的要素是和
'父辈'世界观主要基础——实证主义的决裂",其形式是"宗
教的探索"。"可以展开阐释、争论、情绪激动的"小组很多,都
是随时成立又随时解散的,在这些小组里,诞生了关于建立宗
教哲学会议的设想,这样的回忆是和俄国东正教会代表们活
跃交往的方式相关。作为宗教哲学学会奠基者之一和宗教哲
学会议活跃的参加者,梅列日科夫斯基致力于有关东正教未
来的对话,试图展开关于历史基督教的本质及其与国家的相 506
互关系、俄国文化和知识分子的命运的谈话,而且让谈话及于

---

① 　罗斯吉斯拉沃夫:"论莱蒙托夫与梅列日科夫斯基"(讲义),《戏剧与艺术》,
　　 1914,第 4 期,页 75。

人民大众。在 20 世纪初,他就倾向于关于某种必不可少的共同性的理念,这样的思想应该把分散的人士团结起来,要和那些体现了东正教和完成对知识分子的"审判"的人"面对面会晤。"

众所周知,会议在 1901 年 11 月 29 日开幕,由博学的神学家和热情的东正教教徒捷尔纳夫采夫做报告。他称社会状况"沉重而没有出路",其特点首先是"精神低落和人民经济破产",他提议评价当时教会的现状及其在复兴俄国事业中的力量。"基督教的教会人士目睹和理解的只是死后的理想,而放弃尘世的生活,令全部的社会关系都变得荒芜,"捷尔纳夫采夫说,指出可以接近教会的潜力,直言"新的力量""不是官僚、不是资产阶级、不是贵族、不是有教养的阶级",而是知识分子。报告里说,教会如果和知识分子结盟,和知识分子的优秀代表互动,教会就有希望防止俄国的灭亡。在对报告的讨论中,大概首先是在"新宗教意识"代表的口头上的,而不是在报刊文章和宣言中,提出了一个思想:必须"公开尘世"和教会本身的真实情况,面对尘世间重要的事物、社会问题。在这次会议上,也讨论了托尔斯泰脱离教会的问题,梅列日科夫斯基第一次指出"关于专制政权对东正教的关系、东正教屈服于专制政权"的问题①"已经尖锐到不可复加的程度"。

伴随着和教会代表对话的愿望,梅列日科夫斯基还运用了会议的论坛来讨论他在书中提出的问题。同时,这样的讨论的特点、东正教教会神父们和世俗公众对他的反应都显示出,如果他的目的是指出历史东正教的"缺点"、提出教会与社会的接触

---

① 吉皮乌斯:"第一次会见"("关于 1901—1903 年的宗教—哲学会议史),《我们的遗产》,1990,第 4 期,页 68,71。

点、表明教会在俄国未来的命运中的地位的话，有哪些问题他不能回避。《托尔斯泰与陀思妥耶夫斯基》一书和列入书中、会议上也讨论的问题，具有深刻的基督教人文主义性质，是和波别多诺斯采夫把教会看成独裁专制驯服工具企图对立的。会议的经验、教会和国家对于提出俄国社会精神生活最尖锐问题的反应，都给梅列日科夫斯基带来机会，以修正自己立场、重申以往的某些观点、注意社会政治生活和文化生活的新的方面、积极加入关于俄国实质和未来的辩论。因此，《托尔斯泰与陀思妥耶夫斯基》一书中提出的思想得到对于阅读新书的激励，而梅列日科夫斯基在 1906—1908 年的著作中提出了对阅读的新激励。

II

507

　　在 1902 年以后的四年中，梅列日科夫斯基似乎著述甚少，几乎没有发表新作。他出版了翻译诗集，发表了"基督与反基督"三部曲第三部，小说《彼得与阿列克塞》。对于像梅列日科夫斯基这样多产的小说家和评论家来说，如此的"沉寂"是不常有的。

　　与此同时，这一"沉默"时期经历了第一次俄国革命暴风雨般的事件，梅列日科夫斯基积极地参加了这些事件。后来他流亡国外，中断了常规的工作，因而很多的设想完成得都比预期得慢。

　　在 1906 年，他发表了很多重要文章和研究著作，从而可以看出，这四年乃是他最具有决定意义和多产的年代。他不仅构思了第二个历史三部曲"野兽的王国"，和展开戏剧《保罗一世》（第一部分），而且经历了自己精神生活演变的重要时期。这一事实的证明就是《俄国革命的先知》、《果戈理与魔鬼》、①《未来的无赖》等著作，和近年来发表的文集《沙皇与革命》和《在寂静的漩涡中》。

《俄国革命的先知》一书中，除了同名文章，梅列日科夫斯基还收入《托尔斯泰与陀思妥耶夫斯基》一书中涉及思想家陀思妥耶夫斯基的三个片段。陀思妥耶夫斯基逝世 25 周年（1906年——译按）之际，他的遗孀准备出版作家纪念文集，而本来应该作为该文集引论的文章，显得太过犀利，作家遗孀拒绝收入文集。取而代之的是布尔加科夫的文章《陀思妥耶夫斯基散论：25年之后（1881—1906）》，该文预告了 1906 年出版的陀思妥耶夫斯基全集第六版的第一卷。

提醒陀思妥耶夫斯基遗孀拒绝发表梅列日科夫斯基文章的原因是表面性质的。在这里，他大概是第一次谈论作为政论文章作者和宗教思想家的陀思妥耶夫斯基，把艺术家陀思妥耶夫斯基的形象置于文章范围之外，而实际上，在研究著作《托尔斯泰与陀思妥耶夫斯基》中，他写出了很多光辉的篇章谈论艺术家陀思妥耶夫斯基。根据梅列日科夫斯基本人的话，思想家陀思妥耶夫斯基的面貌有突出的"非周年纪念的性质"，所以也谈不到把这篇文章当作他的作品选集的绪论文章发表。梅列日科夫斯基在自己致陀思妥耶夫斯基遗孀"道歉信"的准备"发表"的附件书信中写道："这篇文章中表述的对于陀思妥耶夫斯基一些最宝贵的信念——独裁、东正教、民族性——的观点，是不符合俄国社会舆论中对这位作家作品已经确立的理解方式的……但是，改变这一观点、甚至以更缓和的形式说出这一观点，我是做

---

① 最初为：《果戈理的命运：创作、生平与宗教》，《新路》，1903，第 1—III 册。梅列日科夫斯基亲自标记了关于果戈理著作和关于莱蒙托夫文章的写作时间，1909年。参见：《梅列日科夫斯基致安菲捷阿特洛夫书信》，页 161。

不到的。"①

　　因为私人原因而表达出来拒绝"改变自己观点"的态度,乃 508
是梅列日科夫斯基的特征之一。他从来没有按照形势的变化而
改变自己的观点,总是维护自己开展严格批评的权利的。不久
以后,在《七个温和的人》(1909)这篇文章里,他说,正是对于你
所喜欢的、亲近你的人,才应该特别要求严格:"他患病更严重,
但以后会更强健。"②他把自己的言论和抑制社会疾病的"药丸"
相比,早在《俄国诗歌的两个秘密》一书中就提及,这药丸虽然味
苦,却是治病良药。③ 这个语调也渗透了《俄国革命的先知》一
文的引言部分。在这里已经创造出亲近梅列日科夫斯基创作世
界的陀思妥耶夫斯基的形象——这是一个"朋友","曾经和我们
住在一个城市里",和自己的同时代人罹患同样的病症。"在全
部俄国的和世界的作家当中,他不仅对我一个人是最亲切的和
贴心的。他给予了我们大家——他的学生们,最伟大的嘉善,这
是人能够给予他人的最伟大的嘉善……评判陀思妥耶夫斯基的
不是我们,历史本身已经完成了对于他的最后的审判,正如完成
了对俄国的最后的审判那样。但是,我们热爱他,我们和他一起
死亡,为的是和他一起得救,在这最后的审判上,我们不会抛弃
他:我们将和他一起被审判,或者和他一起得到辩护。"④

　　当然,写作研究著作《托尔斯泰与陀思妥耶夫斯基》时候的

---

① 梅列日科夫斯基:1906 年 9 月 16、29 日致 A.G. 陀思妥耶夫斯卡娅书信,梅列
　日科夫斯基:《札记与书信》,安德鲁钦科、弗里兹曼娜发表,《俄罗斯言论,1993,
　第 5 期,页 32。
② 梅列日科夫斯基:"七位温顺的人"(关于"路标"文集),《言论》,1909,第 112 期,
　4 月 22 日,页 2。
③ 梅列日科夫斯基:"俄国诗歌的两个秘密",页 420。
④ 梅列日科夫斯基:"俄国革命的先知"(陀思妥耶夫斯基周年纪念),梅列日科夫
　斯基:《在寂静的漩涡中》,页 311。

梅列日科夫斯基是熟悉陀思妥耶夫斯基所写的时评的。他多次从《作家日记》和最后年份的札记中引用他的言论。他在"1905—1906年的革命年份"的感受，"对于他的内在的变迁"、他的发展"具有决定性的意义"。梅列日科夫斯基后来写道："我不是抽象地，而是活生生地理解了……东正教和俄国旧秩序的联系，也理解了，要重新理解基督教不能采取别的办法，只能同时否定两个原理。"①梅列日科夫斯基重又返回陀思妥耶夫斯基的时评，提出加以新的解读，同时指出这位伟大作家的哪些"预言"已经实现，还有，如果他没有"隐蔽自己预言的意义"的话，哪些应该实现。

　　梅列日科夫斯基说，在陀思妥耶夫斯基的"外在的壳"和"内在的本质"之间，存在着"不可调和的矛盾"，为了看到其中"真理的活的核心"，就应该打破"临时谎言的死外壳"。在陀思妥耶夫斯基自发的本质中，对同时代人展现了"真理——关于圣灵、圣体、关于教会和未来的主的王国的真理"，在他的形象之上也浮现出了大法官的影子。区分谎言与真理就意味着"去除面具"，梅列日科夫斯基正是在这里看到了自己文章的目的。他又返回了在研究著作《托尔斯泰与陀思妥耶夫斯基》第三部里提及的问题，这是关于作为深入创造者真正本质工具的批评的重要性和必要性的问题。但是，"俄国批评界的牙齿不够硬"，咬不破对社会掩盖了陀思妥耶夫斯基秘密的这层僵死的外壳，而为它作了509这件事的是揭露了他："伟大谎言的"俄国的革命。梅列日科夫斯基最终地把时评作者陀思妥耶夫斯基和艺术家分开，展示了这位作家认为是真理的因素和他创作中"不朽的核心"之间的矛盾。

---

① 梅列日科夫斯基：《自传札记》，页294。

　　建立在陀思妥耶夫斯基童年的一个回忆上的主题，给这篇文章带来特殊的色彩。在复述《作家日记》中关于农夫马列伊的时候，梅列日科夫斯基不仅把陀思妥耶夫斯基的追求和他联系了起来——这个追求就是藏身于俄国"人民捧持圣像者"农夫马列伊的心胸里，避开一切的社会震荡事件，还有他的神秘主义的最初表现之一。梅列日科夫斯基首先意识到陀思妥耶夫斯基是一个神秘论者，后来说，对于俄国全部的神秘论者来说，"宗教最后都变成反动派"。① 这个论纲首先在《俄国革命的先知》一文中得到发展。陀思妥耶夫斯基接受了基督教人文主义，认为那是"把未来视为现在"，把不可能的是视为可行，从而认为自己的启示录基督教是古老的、历史的。梅列日科夫斯基认为，他不理解，因为他过度赞扬东正教，赋予它俄国改造者的角色，以此"抓住了过去的可疑的城堡"，却没有看到教会后面的独裁专制的铁手。因此，陀思妥耶夫斯基的公式"基督教即农民思想"显得空虚，农民没有从独裁政府得到土地，"肉体"，而基督教因为"升天"，抛弃了大地，成为没有肉体的灵魂，远离人民的期望。农民因为"对于地上的真理感到失望，也做好了对天上的真理感受失望的准备"。

　　陀思妥耶夫斯基为俄国东正教寻找特别的道路，把它和西方基督教对立起来，力求分开世界历史的两条道路——西方的和东方的，把欧洲文化和社会生活理想逐出教门。他没有能够看到，东正教为政府的最亵渎的政治行为祝福，参加了对于知识分子的迫害。在《作家日记》中，他谈论东正教各族人民中最具东正教精神的俄国人，谈论他所认识到的国家政权的神圣性，他

―――――――――

① 　梅列日科夫斯基："在毛猴爪子里"（论列昂尼德·安德列耶夫），梅列日科夫斯基：《内城：文学批评文选》，波瓦尔卓夫比编辑、后记、注解，莫斯科，1991，页192。

对这个政权的理想化、把这个政权和西方的国家典范对立的作法,梅列日科夫斯基认为,都解释了一个"谎言",这个谎言和陀思妥耶夫斯基的"伟大的真理"共存,因为他第一次看到在自发性摧毁君主制的行动后面存在着什么。而梅列日科夫斯基说,取代君主制的无政府主义是在它的内部滋生出来的,这是众人对于每一个人的暴力,而独裁政权则是一个人对所有的人的暴力。按照梅列日科夫斯基形象化的表达,"革命的火焰熔岩",乃是"熔化而四处奔流的熔岩"。

　　在新一代人目睹之下,伟大作家关于"马戏场"的"摇摆"和拆毁的预言前面的一半已经实现。而他预言的第二部分——关于任何取代上一个政权的政权冒充欺骗的思想,是有可能实现的。陀思妥耶夫斯基的这个预感是梅列日科夫斯基感到特别亲切的。在写作《俄国革命的先知》一文的同时,他完成了戏剧《保罗一世》,以这个剧本为契机,他写道,他要努力展示"独裁政权的无限宗教诱惑",而这一点,就连革命家中最优秀者也没有感觉出来。[①] 独裁政权,和革命一样,也是宗教。独裁政权一旦被推翻,就显露出它宗教的本质,陀思妥耶夫斯基是这样地表述的:"他存在,但是没有人看得见他,他虽然隐藏,却必定出现,"这个"沙皇老爷","小红太阳"。而在俄国历史上,一直是很难区分"独裁者和僭称王者"的:每一个新上台的沙皇看起来都是享有权力的,都是新的弥赛亚,要给人民土地。还有甚至民意选出来的僭称王者——也是民意选出来的,怎么能够确定民意是否符合上帝的旨意呢? 教会的声音——这是神话,教会事务"终极的法官"还是那个独裁者。也就是说,为沙皇王国涂油式是由同

510

---

① 梅列日科夫斯基:1908年6月4日致布留索夫信,梅列日科夫斯基:《札记与书信》,页35。

一个沙皇完成的。在这个意义上，"不仅在历史上，而且就神秘论来看，每一个独裁者，都是僭称王者。"①这也就是俄国独裁政权永远受到的那种"宗教诱惑"。

之后不久的事件确证了梅列日科夫斯基对陀思妥耶夫斯基"预言"的阐释。1917 年的事件、内战、军事共产主义、"无政府主义"时代——"一切人对一个人的"暴力，很快变成了延续了几十年的"一个人对一切人"的暴力。

像陀思妥耶夫斯基这样的明察者，梅列日科夫斯基认为还有索洛维约夫。几乎就在这一段时间写的、献给他的文章《沉默的预言家》，在思想上和结构上都接近《俄国革命的先知》。在索洛维约夫身上，就像在全部俄国的诗歌里那样，梅列日科夫斯基看到了"两个方面"：艺术家索洛维约夫光明的一面，和"黑暗的、阴影中的一面"，这一面是"谁也不愿意看到或者不能看到的。"而为了现实出来"浮雕般的形象，就要绕过对象……要看到银币的反面。索洛维约夫的正面，大家都看到了，而反面——是没有人看到的。"②

在"外在的"社会活动中，陀思妥耶夫斯基"痉挛地抓住了""过往世纪的可疑的城堡——东正教、独裁专制、民族性"，但是他不明白，这是"俄罗斯不可绕过的道路上的三个沟壑"。索洛维约夫竭力"保存和支撑正在倒塌的大厦"，试图恢复中世纪的三个巨大的废墟——东正教的极限、无所不在的教条——经院哲学的极限。在陀思妥耶夫斯基这些城堡之后，是"真理的不朽的核心……未来的树木：这就是真理：关于圣灵和圣体、关于教会和未来的主的王国的预言"。在索洛维约夫"神秘的沉默"后

① 梅列日科夫斯基：《俄国革命的先知》，页 335。
② 梅列日科夫斯基："沉默的先知"，梅列日科夫斯基：《在寂静的漩涡中》，页 116。

面，是他“的确是新的教会的先驱”这样的一个希望。①

这两位伟大的预言家没有意识到“独裁专制的魔鬼思想”。陀思妥耶夫斯基不愿意看到，在东方也有这样的野兽的、反基督的王国，和在西方一样，他奇怪地混淆了独裁专制和东正教，不
511 理解“俄罗斯在千年的努力之后……制造出了……一个怪物—东正教的独裁专制”，这个独裁国家“像梦魇般地压迫俄罗斯”。② 对于他来说，俄罗斯思想的一半在于，在“东正教里，有下降、克己、埋葬在基督里的意志”；而另外“一半，在于上升、自我肯定、复活……在独裁专制里”。梅列日科夫斯基说：“而对于索洛维约夫来说呢？也是，也不是。”索洛维约夫问俄罗斯：

你要成为什么样的东方，
薛西斯的，还是基督的东方？

“同时，他认为，归根结底……薛西斯是不妨碍基督的。”梅列日科夫斯基引用索洛维约夫的话：“俄国国家制度现存的基础，我们当作不可置疑的事实来接受。在一切政治制度中……甚至在独裁专制下，国家都能够、也应该满足宗教自由……的要求。”③

索洛维约夫的“实际行动微小得惊人”。在他的哲学著作中，一切都“清晰、光滑、平展、亮丽。没有毛病，没有瑕疵。是一个宏伟的交响乐，一切非谐音都被消除。巨人般的建筑物，很像圣索菲亚大堂”。而“他的教会简直没有注意到他，就像没有注意到恰达耶夫、果戈理、霍米雅科夫、列昂奇耶夫、陀思妥耶夫斯

---

① 梅列日科夫斯基：“沉默的先知”，梅列日科夫斯基：《在寂静的漩涡中》，页 126。
② 梅列日科夫斯基：《俄国革命的先知》，页 348。
③ 梅列日科夫斯基：“沉默的先知”，页 123。

基一样。教会伟大教师在这种教会中的孤独感的确是可怕的"，只有到了生命结束的时候，他才露出自己神秘的面貌。在他的遗产中包含了未来，"不是改革，而是革命，如果不是革命，那还能够是什么……那就等于说基督不是在教会里，不是在信众当中，而是在世间，在不信神的人之中。"陀思妥耶夫斯基的"现实行动"是宏伟的。他一生都在"锻造和研磨"和未来的野兽斗争用的利剑。我们举起这把利剑，宣布"独裁专制来源于反基督"，"我们……所做的事，正是他自己可以做到的，他必须把自己的宗教意识贯彻到底。"

　　这一意识的公式似乎已经见于《卡拉马佐夫兄弟》，在那里，"差不多揭示出来了教会与国家之间的无法解决的矛盾，正如绝对真理与绝对谎言之间的、上帝的国与魔鬼的国之间的无法解决的矛盾。"陀思妥耶夫斯基是宗教革命的先知，而宗教革命的基础是"爱即权力的理念，教会即王国的理念"。它的"预言"是："教会的确是王国，必定展开统治，最后作为王国出现在整个大地上。"思想家和政治家陀思妥耶夫斯基"认为或者愿意认为，它的宗教是东正教。"但是他的艺术创作证明，他真正的宗教是"在基督教的后面，在新约后面，是启示录，未来的、第三个契约，上帝第三个位格的显现——圣灵的宗教"。只有这一宗教引导到"作为王国的神政、教会"。在这里我们应该再一次返回到与研究著作《托尔斯泰与陀思妥耶夫斯基》第二部所说的有关的话。

　　如果没有文学评论，梅列日科夫斯基就不能够托出、表达、确认陀思妥耶夫斯基的"预言"和自己的概念相符合的情况。在他那里，出现了艺术家陀思妥耶夫斯基、"无意识的"陀思妥耶夫斯基的观点。对于陀思妥耶夫斯基所说出来的"真理"思想的这种多样化的解释之所以可能，正是因为思考和研读了他的命运记述与创作的人首先是一位艺术家和评论家——他在少年时期就看出来"两个"陀思妥耶夫斯基,区分了这位思想家和艺术家,而且欢迎这位艺术家只因为他表达了"新的意识"。

在《俄国革命的先知》一文中,梅列日科夫斯基确认:"我现在所做的事,他也是可能做出的。"①随着时间的流逝,就连陀思妥耶夫斯基的这个形象,"亲近我们的"先知的形象,也渐渐黯然变成反动分子、"野兽形象的民族主义"鼓吹者和俄国知识分子迫害者的形象。梅列日科夫斯基是"别林斯基的遗言:俄国知识分子的宗教性与社会性"(1914)这一讲演的作者,他最后的结论是,陀思妥耶夫斯基创作的深刻的先知思想显得让知识分子"承担不了",而俄国社会则强化了他的社会立场最黑暗和反动的方面;它的政治观点被当作武器,变成"威胁我们的一种死亡"。

陀思妥耶夫斯基的行动完成了俄国文学的男性的路线,他的行动培育出一股全世界的敌视和痛恨的炽热毒风,这股热毒风攫获了第一次世界大战时期的俄国和欧洲人民——1917年梅列日科夫斯基在《永恒女性的诗歌》一文中写道。现在,陀思妥耶夫斯基作为深信"世界的根本是恶"的人士,作为非基督徒对于基督徒,和作为艺术家、相信"世界的根本是善"的屠格涅夫对立。这一点首先涉及的事实是:梅列日科夫斯基越来越多地离开了历史基督教,写作许多章节批评东正教会;其次,由于社会政治形势的尖锐化,在这样的形势中,他觉得对知识分子的迫害是打着陀思妥耶夫斯基的旗帜实施的。

梅列日科夫斯基准备拿什么来对抗陀思妥耶夫斯基的"谎言"呢? 按照他的看法,是什么才能把对俄国的观察变成行动呢? 在什么基础上,"新的力量"才能够和教会联合起来呢?

这一组问题,第一次在《托尔斯泰与陀思妥耶夫斯基》一书

---

① 　梅列日科夫斯基:《俄国革命的先知》,页 312。

中得到考察。正是在这里,开始了关于奴役东正教、关于损害肉
体、关于毁灭艺术创造和创作个性悲剧的二分现象的谈话,这不
是偶然的。梅列日科夫斯基认为,俄国的知识分子是俄国文学
的直接继承人,而"伟大的俄国存在与否"取决于知识分子想要
从它那里索取什么。

　　梅列日科夫斯基对于"观察"俄罗斯百年世相的回答是"宗
教社会性";别尔嘉耶夫称这个问题的提出是梅列日科夫斯基
"惟一独特的事物",使他成为一种特殊类型的宗教思想的代
表。① 在《未来的无赖》一书中,宗教的社会性被表达为俄国知 513
识分子有意识的革命的和无意识的宗教性的合一。"宗教社会
性,神人的合一似乎就是总体的神圣秘密,或者,更确切地说,第
三契约的秘密,而在这一契约中,全部的秘密都将成为新的、不
同的秘密,"别尔嘉耶夫在《新基督教(梅列日科夫斯基)》(1916)
一文中写道。宗教的社会性是三位一体的秘密,不同于连为一
体的秘密——婚姻的秘密,和一个人的秘密——个性的秘密。
这个主题,不仅仅是他个人的,不是他构想出来的。《新基督教
(梅列日科夫斯基)》在这一点的后面,隐藏着"对于世界正在完
成的事物的感受"。这一"感受"唤醒梅列日科夫斯基去寻找知
识分子的先驱者们。他深信,在俄国文学具有永恒意义的作品
中,在艺术家的命运中,他会找到俄国文学无意识宗教性的证
据。这是他关于宗教社会性理念的最后一个不充分的环节,而
在1917年各种事件之前写出的论著和文章都是讨论这个问题
的,他复活并且重新解释了命运、书籍、思想。

　　一次也没有直呼托尔斯泰的姓氏,梅列日科夫斯基在
1903—1906年尝试向读者提供一个类似托尔斯泰的创作者的

① 　别尔嘉耶夫:《新基督教》(梅列日科夫斯基),页136。

综合形象:他为了服务于"没有肉体的精神"而砸碎了自己的缪斯,因为"渴望上帝"而没有得到教会的帮助和原谅。这里谈到的是没有得到理解和至今很少得到评价的《果戈理与魔鬼》一书。在俄国批评界,梅列日科夫斯基大概是第一个毫无偏见地阅读了《与友人的通信》,并且从忘却中恢复了果戈理的悲剧形象的——而俄国知识分子却调头背对果戈理。他认为自己主要的任务是继续进行在1901年开始的和教会的对话。他论果戈理的书在最后的一句话是:"让教会作出回答。我们请求。"①

教会答复了托尔斯泰决定"退出"的"问题",他的退出被理解为"逐出教门"。对于果戈理的问题,教会完全没有回答,根本就"没有注意到"这个问题。在梅列日科夫斯基的陈述中,这两个人的命运出奇地相似,谈到果戈理的时候,他首先谈论的是这位神秘主义者艺术家。这一点要求特殊的语调、对细节的注意,而这都不是关于"肉体探秘者"的叙事所特有的。

果戈理身上,像在普希金之后的全部的俄国艺术家身上那样,梅列日科夫斯基看到了这样的"二分现象"。他的"面容"是异教徒,来源地是肉体的自发性。他的"面具"是温和的素食者、像拒绝罪恶一样拒绝艺术创作的隐修士。梅列日科夫斯基在论果戈理的书中使用了在描述托尔斯泰宗教的再生章节的手法。例如,"在多达数月之久的沮丧和恐怖之后","不可遏制的欢乐激情控制了"果戈理,他讲述这个"以往的"、"自由的哥萨克",手里拿着雨伞,在罗马街头跳舞,或者在斯米尔诺瓦亚村里"构想月亮",就像他描写别尔斯的惊奇感,托尔斯泰跳到他的后背上来,托尔斯泰感受到了自己的一次宗教再生,或者扮演"努米吉

---

① 梅列日科夫斯基:《果戈理与魔鬼》,梅列日科夫斯基:《在寂静的漩涡中》,页309。

骑兵队"一员的托尔斯泰。梅列日科夫斯基引证了亲近的人对
果戈理的回忆，说儿童们特别喜欢他，比较了宗教转变时期的果
戈理和异教徒、艺术家果戈理，问道："在这些时刻，他不是比以
往更接近基督吗？跳舞的果戈理不是比哭泣的果戈理更接近基 514
督吗？"①他也是这样地结束关于在托尔斯泰家里"永恒节日"的
叙述的；托尔斯泰和孩子们一起玩，"像小男孩一样，突然在各个
房间里疯跑起来，甚至把成年人也吸引到游戏之中"，令人想到
那永远的异教徒，"以青春的明朗笑容谈自己"："我是快乐的人，
我爱所有的人——我是叶罗什卡叔叔！"梅列日科夫斯基总结
道："如果他的意识的深度符合于他自发的生活的深度，他就终
于会理解，他无需害怕，或者为自己的异教灵魂感到羞耻，这是
上帝给予他的，他会在对自己的无畏的、无限的爱中找到自己的
上帝、自己的信仰，就像有灵魂的人，按照自己的天性，和基督徒
一起，在无限的自我牺牲和自我克制之中找到自己的上帝那
样，"就像在关于果戈理的书中，在那段上下文中要写出的："如
果他理解了这一点，那么，也许，他就会得救的。"②

　　梅列日科夫斯基把托尔斯泰的二分现象比拟为大钟的裂
缝，这裂缝歪曲了大钟平稳而深厚的声音。这裂缝变成了深渊，
而伟大的艺术家坠入其中。他把果戈理的内心世界比拟为一棵
大树，雷电击中了这棵大树，把它劈成两部分，因而大树枯萎、很
快死亡。梅列日科夫斯基对果戈理的"忏悔"——"和友人的通
信"像对待托尔斯泰的"忏悔录"一样地谨慎，同样地试图在字里
行间读出深刻的、深厚的内涵，他也表示谴责、同情、解释、评论。
他为果戈理辩护，不信任托尔斯泰，加以非难，认为两个人的作

---

①　梅列日科夫斯基：《果戈理与魔鬼》，页284。
②　同上。

品都是文献；不注意这些文献，则给予创造者的个性的想象都是不充实的。

　　按照梅列日科夫斯基的见解，艺术家"死亡"的原因——托尔斯泰创作方面的死亡是悲剧性的，就像造成艺术家果戈理躯体死亡的死亡——都在于他的"实体"的"悲剧性的二分现象"。基督教被曲解成为对自发性的损害、和"异教"的斗争、对于创作的拒绝态度，阉割主要要素，成为"一片枯干的土地，不再营养"精神的"根系"，"因为羸弱无力、僵死枯干、干硬"而使一切瘫痪、"萎顿"。①

　　梅列日科夫斯基说，果戈理对教会提出的问题，不仅"教育"的未来，还要整个"基督教的未来"都取决于它。这个问题就是，艺术、文化是否就是那个"有灵魂的肉体"，而如果没有这样的肉体，真正的基督教就不可思议。教会的惟一的声音是马特菲的声音，它是"黑色"东正教的代表，他催促艺术家放弃艺术创作。托尔斯泰不理睬教会。他用猛烈的虚无主义、否认基督教秘密的态度、"对教义神学的批判"和他所解释的圣徒传来恐吓教会。正如梅列日科夫斯基在研究著作《托尔斯泰与陀思妥耶夫斯基》中所说的，教会没有"为最后的审判"的"艺术批判"，看不出艺术家托尔斯泰身上包含的饥渴的上帝，而使向教众宣告他的"脱离"。

515　　在论果戈理的著作中，梅列日科夫斯基依然在谈论精神的绝对化损害了肉体，"世界文化"，转向文化与历史基督教之间悲剧性的互不理解的根源，指出走向新的、"超历史的"基督教的道路，在这样的基督教里，"灵魂与肉体，尘世与上天合一"。

　　论神秘论者果戈理的著作近似于研究著作《托尔斯泰与陀

────────────

① 　梅列日科夫斯基：《果戈理与魔鬼》，页285。

思妥耶夫斯基》中论陀思妥耶夫斯基的章节。在比较论述伊
万·卡拉马佐夫的魔鬼的章节和《果戈理与魔鬼》一书的第一部
分的时候,我们会发现,魔鬼的本质第一次被认为是下流、平庸,
是"我们不同意独立成人的时候"、"要像一切人"这样的愿望的
表现,梅列日科夫斯基正是在《托尔斯泰与陀思妥耶夫斯基》中
确立了这一点的。因此对陀思妥耶夫斯基的作品作出多次的引
用,用陀思妥耶夫斯基确证自己的结论,引用他的话。体现在赫
列斯塔科夫和乞乞科夫形象中的艺术家果戈理的魔鬼,是"实体
的中庸",是"现形"的欲望,伊万·卡拉马佐夫的魔鬼追求的正
是这一点。大胆的对比,引述已经一度找到、并且说出的语句,
对于作为同样一些现象、类型的共同文化理解表现的果戈理作
品的评述,都证明,正是陀思妥耶夫斯基的创作才是梅列日科夫
斯基结论的出发点。他正是从在陀思妥耶夫斯基之后已经变得
众所周知、得到理解的事物开始,把读者引向果戈理的,展现了
俄国最后一位神秘论者的创作和果戈理的创作和命运在基因上
的联系。

与此同时,神秘主义,作为关于彼岸知识的源泉、"另外的世
界的呼吸"、关于意识范围之外还有什么"神圣的"知识——这样
的神秘主义在以后年代梅列日科夫斯基的创作中成为一个单独
的主题。果戈理因为看到了"老朽的丑陋之物",在和他们的坚
决斗争中为寻求支持而走向教会,陀思妥耶夫斯基听见了"狼来
了"的非人的呼叫、俯视地下的深渊、为了拯救而扑向"过去的"
坚硬的"城堡"、奔向"体得神旨者的民族",丘切夫"在森林里"遇
到了一个"绿色的小老头",于是认定,在现实的界限之外"一无
所有——没有上帝,也没有魔鬼",并转向极端的斯拉夫派和帝
国派,莱蒙托夫知道自己灵魂"在世界前"诞生的"秘密",拜伦和
拿破仑"不完全是人",被社会和教会推翻,在波隆斯基看来,把

清爽带给"林中泉水"者是活着的,甚至在临终的床榻上也还关注俄国政治的成就——以上就是神秘论者们不完全的写照,这些人的创作和"宗教"在梅列日科夫斯基整个的创作道路上都一直激励着他。甚至在流亡期间,他为俄国文化和知识分子而悲叹,又重新写作和评论神秘论者——世界文化的神秘论者们,而且,在这个行列上添加了"这样的灵魂之一"——帕斯加尔。

　　"神秘论"主题在梅列日科夫斯基的创作中,似乎有两个方面。他力求研究作为一种现象的神秘主义之产生,并且进入了社会政治范围,以便提出拯救的形式,免遭"反动派"或者政治冷漠主义中"非人的"、"并非全然人性的"因素的损害。作为巨人个性特征的神秘论,第一次成为梅列日科夫斯基注意的对象,是在研究著作《托尔斯泰与陀思妥耶夫斯基》中献给拿破仑的观感之中。拿破仑挣脱了中等阶层的社会,出人头地,感觉到了自己行动的力量和权利——人类会因为他的行动而狂喜和惊骇。梅列日科夫斯基认为,对于自己特殊性的这样的特殊意识,其来源不是尘世的,不能只用认定良知和道德的类别来解释。梅列日科夫斯基认为,因为天生的要征服世界和创造自己的宗教,所以拿破仑是第一个符号,是从行动的、进化的发展向"折断"历史、向宗教革命的不成功的过渡。如果说在政治和道德的类别上拿破仑催生了革命无政府主义,是从一切人对一个人的权力向一个人对一切人的权力的不可避免的过渡——他在研究著作《托尔斯泰与陀思妥耶夫斯基》中说,那么,在"神的本质的世界"中,这就是"超人"的现象。为了让读者更清楚地理解这个思想,梅列日科夫斯基把拿破仑和与他近似的类型的个人相比较:拜伦和莱蒙托夫,把他们的命运联系了起来,几乎是没有证明的,只强调精神的亲缘性、理念的近似、命运的相同。很快他又写出两篇文章,这两篇文章思想的悖论、评估的准确性、艺术嗅觉的精确性和观点的新颖,至今令人叹为观止。这就是《莱蒙托夫:超人诗人》(1909)和《拜伦》(1915)。

"罪恶诱惑人,从少年开始……"①这是《古老的八重奏》中的一行,也许最明晰地确定了年轻的梅列日科夫斯基对于像拿破仑这样的人的原初兴趣的性质。和几代浪漫主义者一样,他热爱这个欧洲征服者,经常地感受到有必要说出自己评论他的话。所以,普希金对拿破仑主题的器重吸引了他:这样的器重态度符合梅列日科夫斯基自己对这个人的观察。

"拿破仑、歌德、拜伦、莱蒙托夫——这些高峰已经远离我们……但是,他们在徘徊的同时,绕了一个圈子,又返回到他们启程离开的地方。于是,永恒的高峰——永恒的伴侣,重又兀现,"②他在论拜伦的文章中写道,似乎稍微迟些时候才把这些姓氏引进自己著名的名单中来。在论莱蒙托夫的文章中,他解释了把这些姓氏连接在一起的原因。他们"来自像拿破仑这样的一种人……似乎这些人完全不是一般的人——他们飞越我们地球上的空气,像陨石一样……从某处抛来,向下或者向上('上'在哪里、'下'在哪里,我们不知道;我们地球上的几何学到此终结)。""就是第四量度的几何学,洛巴切夫斯基几何学",也不能度量他们。③ 在流亡期间,梅列日科夫斯基又把帕斯加尔的姓氏加在这一个名单上:"有时候觉得,帕斯加尔有与其他人完全不一样的空间感——似乎是别样的、不是欧几里德的、不是地球上的几何学,也许是取决于另外一种结构的灵魂,还有肉

①　梅列日科夫斯基:《古老的八行诗》,《四卷集选集》,莫斯科,1990,卷4,页620。

②　梅列日科夫斯基:《拜伦》,《过去与现在。日记,1910—1914年》,彼得堡,1915,页69。

③　梅列日科夫斯基:《莱蒙托夫,超人诗人》,页392。

体的。"①

517   关于这些"完全不是"一般的人的叙述的开篇书页,梅列日
科夫斯基都列入了同时代人的大量书信和回忆文章的引用语。
比如拜伦,和保姆争斗,"从上面往下撕拽围嘴,"站在保姆面前,
"沉着脸,很坚决,想要表示他藐视保姆的愤怒";因为自己瘸腿,
他痛恨母亲,在写给姐妹的书信里变着花样痛骂母亲。比如莱
蒙托夫,从儿童时代就显露出"恶魔般的凶恶"。"在花园里,他
常常折断灌木,折断最好的花朵,洒在小路上","压住可怜的苍
蝇,感到真正的欣喜,扔一块石头、把一只母鸡打翻在地,感到十
分高兴。"比如拿破仑,这个凶狠而爱报复的科西嘉人,招人反
感,又令人害怕。成年的莱蒙托夫对待"女人的生活"态度"恶
劣"。而拜伦是对母亲这样,结婚之后常常"魔鬼似的"把妻子吓
得半死,在她生病的时候还不断地折磨她。拿破仑回复全部的
指责,都"以我为中心","对几百万人的生命吐唾沫(在法语里,
意思比这个还难听)"。梅列日科夫斯基写道,莱蒙托夫的法官
是弗拉基米尔·索洛维约夫,给了他最后的一击:"马丁诺夫开
始,索洛维约夫完成;一个判以临时的死亡,另一个判以永久的
死亡……"卡莱尔同样"处死了"拜伦——"当时对活人,后来对
死人,都……投掷了石块。"全世界都审判了拿破仑,但是向他投
出最后一块"石头"的是托尔斯泰,在《战争与和平》里。"法官
们"没有找到谜底,"没有看见"这个谜。他们只看见了莱蒙托夫
"沉重的目光","他外貌中某种凶险的和悲剧性的东西",拜伦的
"魔鬼式的冷漠和无动于衷",听见他说:"你们别靠近我,魔鬼在
我身上。"他们一看见这个"暴发户,矮个子将军",就感到"恐

---

① 梅列日科夫斯基:《帕斯加尔》,《改革者:路德、加尔文、帕斯加尔》,布鲁塞尔,
1990,页29。

怖",按照拜伦的话说,"魔鬼"就在拿破仑身上。

　　梅列日科夫斯基是在哪里看到了"不完全是人的"、"超人的"源泉呢？为了解释这一点,他在论莱蒙托夫的文章里引用了圣经的传说。"在天上就有了争战。米迦勒同他的使者与龙争战,龙也同它的使者去争战,并没有得胜,天上再没有它的地方。大龙就是那古蛇,名叫魔鬼,又叫撒旦,是迷惑普天下的。它被摔在地上"。(启:12—7)梅列日科夫斯基写道:"但丁在《神曲》中提及的古代传说,讲述了世间对于天上的战争的态度。在两种状态之间作出最后选择的天使们,是不需要出生的,时间不能更改他们的永恒的选择;他们在光明与黑暗之间摇摆、犹疑,上帝的恩典把他们送到世间来,为了他们能够及时作出在永恒之中没有作出的选择。这些天使便是正在诞生的人们的灵魂。这一恩典对他们隐蔽了过去的永恒,为了让二分现象、在过去永恒中意志的动摇不至于预示出意志的这一倾向,他们在未来的永恒中的得救或者灭亡都取决于此。"所以,人"这样自然地"认为,死后会遇到什么情况,从来不考虑诞生之前的情况:"我们应该忘记从何处来……为了更清晰地记住到哪里去。"①

　　梅列日科夫斯基写道,"神秘经验的总体规律"就是这样的。这条规律的例外"很少","例外的"是那些灵魂,对于他们来说,518 "掩蔽前世秘密帷幕的一角被掀了起来。"在这些"灵魂"的行列中有:拿破仑、拜伦、莱蒙托夫。

　　在他们身上似乎存在着"两个人"、"两种恶魔思想"。梅列日科夫斯基说,莱蒙托夫似乎"不完全是人,它是另外一种秩序、另外一种维度的存在物,像彗星一样,从某种未知的空间向我们投射而来。"他自己也感觉到了自身的这个"不完全是人的"方

----

① 梅列日科夫斯基:《莱蒙托夫,超人诗人》,页388。

面,这一点他应该"隐藏,不显示给世人,因为世人永远不会原谅这一点。"隐藏——这就是要封闭看起来显得是傲慢、凶恶的东西。"他要报复这个世界,因为他不是来自这个世界",而他的"下流"、"对妇女的流氓行为"——"不是别的,正是疯狂的奔逃"、疯狂的欲望,像伊万·卡拉马佐夫的魔鬼那样,"体现成为七普特(俄制:一普特等于 16.38 公斤——译按)中的胖大女商人",让人人知道,他"正好就是一切"。拜伦同样感觉出来自己身上这种"不完全是人的"东西,把"自己的脸隐藏在种种面具之下":"恶魔、该隐、恶棍、奸夫、杀人犯、乱伦者",[1]像拿破仑;拿破仑"蔑视上帝的"统治,"给欧洲带来恐怖",透过他的面容闪现出来"其他的世界的呼吸"。

　　只有最亲近的人"才理解事情的真相"。只需审视和看到"第二个莱蒙托夫"、"另外一个拜伦"、"再一个拿破仑"即可。"儿童那样柔软的嘴唇"、笑容之中"某种儿童的天真"、"儿童的和柔和的"——这是莱蒙托夫。"他的脸似乎是儿童的,几乎是透明的"——这是拜伦。莱蒙托夫"摆脱卑劣",是在亲近的人到来之时,在决定为普希金的死而决斗的决心之中,在对受辱低级官员的指责之中,在对于钟爱之女人的女儿的温柔之中。拜伦如果没有"外在的恶魔气质",就是一个不幸的丈夫、忠实而慷慨的朋友,谈论"另外一个"拜伦的人有农民、穷人、土耳其女人加托;他用这个女人取代了母亲、雪莱、马志尼。而真正的莱蒙托夫一生都在回忆"母亲唱过的一支歌",而祖母因为为他哭泣几乎失明。真正的拜伦是哈罗伊的小孩,准备"接受一切打击","小儿拜伦!"——姐姐奥古斯特常常抚摸他的头部说。真正的拿破仑是工作不知疲倦,喜爱士兵,是一个总是想着母亲的儿

---

[1]　梅列日科夫斯基:《拜伦》,页 82。

子,要为穷人建造房子,命名为"母亲之家"。

"这就是人的灵魂在前世界的状态,"梅列日科夫斯基解释道,"他们是犹疑不决的天使,在上帝和魔鬼的斗争中既不站在这一面,也不站在另外一面。为了克服二分现象的谎言,就不应该向后看,观看过去的永恒,因为这场斗争在那里开始,而是向前看,看未来,因为斗争在那里结束。"

莱蒙托夫广阔无限的力量是"不可抑制地飞奔、要撞在地球上的、彗星的力量"。由此产生了他的宿命、他的无畏、他对死亡的预见。拜伦的力量也是没有"支撑点"的:他跳进雪莱溺水之地的海洋,参加革命,失去了金钱、健康、生命。谁也不会像莱蒙托夫那样发泄委屈、平静地挑战、苦涩地微笑、这样尖锐地"提出关于恶的问题"——"关于用人来为上帝辩护,人和上帝的竞争的问题",只有拿破仑才高喊"上帝给了我皇冠",还残酷地征服了很多国家和民族,只有拜伦说出:"恶呀,你就是我的善!"这是 519 跟随弥尔顿说出的话——"撒旦呀,你就是我的上帝!"梅列日科夫斯基在这里看到了"伟大的二重的秘密",在这一秘密的两个原则之间,拿破仑、拜伦和莱蒙托夫的心灵分裂——这是人"在诞生之前"的"灵魂"。

对于知道"前世秘密"个人的这一观点,在世纪之初就给予了梅列日科夫斯基机会发表言论说,描写"中、高阶层的托尔斯泰与"超人"拿破仑的关系,就是一切中庸、平庸、卑劣之物对于"中断性的"和必然之物的关系。在《战争与和平》中,把拿破仑描写得"这样矮小"、"这样地猥琐,和我们大家一样",这是一种欲望,要损伤人类灵魂具有历史意义的、心理学的和神秘论的现象,将其和普通大众比拟。同时,有一个细节值得注意。

梅列日科夫斯基写作研究著作《托尔斯泰与陀思妥耶夫斯

基》时期手边放着常常使用的同时代人的回忆录和托尔斯泰的言论集,这些资料中,莱蒙托夫的名字占有重要的地位。梅列日科夫斯基把莱蒙托夫和拿破仑联系在一起,骨子里是在和不接受拿破仑的托尔斯泰争论,他崇敬莱蒙托夫,视其为自己的先驱者。对于托尔斯泰来说,莱蒙托夫几乎只是俄国文学中惟一的"作家",而其他人都是"文人"——据卢萨诺夫回忆,在一次谈话中,托尔斯泰自豪地把自己归属于创作者,而在创作者的行列中,首先应该提及的是莱蒙托夫。① 他以"贵族习气"吸引了托尔斯泰,就是说,对于他而言,艺术创作永远也不是"劳动",不是谋生手段,服务办法。对于梅列日科夫斯基来说,"文人"这个词语表示了从"观察"向"行动"的过渡,他正是把"行动"或者"行动意向"看作为莱蒙托夫的主要功绩,甚至和普希金对立。这是"形而上学意义上"的行动,诗歌是"刀刃",是"匕首",不是"灵感"和"甜蜜的声韵"——在俄国社会选择自己的道路,梅列日科夫斯基感觉中的"新"道路的时候,这一点显得重要。但和托尔斯泰的分歧还不限于这一点。托尔斯泰完全不懂莱蒙托夫的神秘主义和在他面前的"不完全是一个人"的感觉;而这是世人同时代人的发现,后来梅列日科夫斯基又著文探讨的。

III

梅列日科夫斯基在启程侨居国外之前最后十年的创作,从体裁和主题方面来看,都是多样化的,表现了这位作家精神方面和思想方面的变迁;在这一演变过程中,托尔斯泰与陀思

---

① 卢桑诺夫:"访问雅斯纳亚·博利亚纳:回忆录",《同时代人回忆托尔斯泰》,两卷集,莫斯科,1960,页301。

妥耶夫斯基占有几乎是中心的地位,在表现当时俄国生活中全部反动的因素和反基督教的因素现象之中仍是耳熟能详的人物。

这一时期的梅列日科夫斯基的创作主题是俄国知识分子的命运与前途问题。梅列日科夫斯基没有接受 1909 年发表的《路标》文集,而他的著作、文章、戏剧等都充满了与该文集的争论。520 他感觉十分有必要提出见解来反驳《路标》作者们在多方面是忠诚的和公正的评价,"保护"知识分子不遭受被梅列日科夫斯基称为"陀思妥耶夫斯基的学生"的"忏悔的知识分子们"的攻击。在这一语境下写出了最后论托尔斯泰的文章之一:《托尔斯泰之死》,梅列日科夫斯基在文章中谈到了这位作家精神探索得到巨大的社会反响,和知识分子感到亲切的、他反对官方教会和国家的立场。"雅斯纳亚·博利亚纳隐士"没有接受"被围困在城堡里的"、"一小批人"的援助之手和"召唤",他的孤独感是俄国现代社会生活的苦涩现实:知识分子都被隔离,在 1905 年革命后没有了理想和精神领袖。

梅列日科夫斯基觉得震惊的是知识分子先在契诃夫、后来在高尔基周围联合起来的现象,知识分子对他们的"理解不符合实际";他还为乌斯宾斯基的命运感叹,这是首批认识到了俄国土地与天空、肉体与灵魂合一的人士之一,但因严重的精神病症而去世;他还谈到缺乏能够成为知识分子灵魂、思想探索和追求的、真正表现者的艺术家。安德列耶夫扮演的这个角色他是不满意的。他表现了没有宗教思想的知识分子的命运,表达了知识分子的宗教渴望,他自己的宗教图景就是和陀思妥耶夫斯基神秘主义的"哥白尼太阳系"比较的一本日历。① 而托尔斯泰和

---

① 梅列日科夫斯基:《在毛猴爪子里》(论列昂尼德·安德列耶夫),页 132。

陀思妥耶夫斯基显得是知识分子"不能理解"的。①

在回复《路标》作者们的时候,梅列日科夫斯基大概是第一次谈到,一般意义上的,知识分子是什么人,②还证明,知识分子的开端——就是彼得和普希金,③而精神的先驱者则是波隆斯基和赫尔岑,④引用了知识分子无意识宗教性显现的事例。实际上,这是文集《未来的无赖》的主题第一次显露。社会政治生活事件唤醒了梅列日科夫斯基返回那里提出的问题,致力于充分说明谁是知识分子真正的领袖和预言者,在俄国诗歌里,对于俄国的"新生力量"而言,什么才是最重要的。

研究著作《俄国诗歌的两个秘密:涅克拉索夫和丘切夫》、文集《重病的俄罗斯》、《过去与现在:1910—1914 年日记》和《从战争到革命:非军事日记》、讲演《波隆斯基的遗嘱:俄国知识分子的宗教性和社会性》、戏剧《浪漫派》和《欢乐来临》——这些就是梅列日科夫斯基对于俄国文学、俄国政治和社会生活的回答。争论语气激烈、也不总是公正而依从严厉而火热辩论的逻辑,这些作品表现了艺术家和浪漫主义者、独特的思想家和批评家、公521 民和自由主义者梅列日科夫斯基的形象。他目标明确,要保护俄国知识分子,而在这一努力之中,准备好真诚地谅解和痛恨,言辞热烈而真挚。

正是在这一语境下,存在着过去的标志,无可争议的社会性权威,但又是其可疑的预言家和秘密仇敌——就是陀思妥耶夫

---

① 更详细,参见:梅列日科夫斯基:《契诃夫与高尔基》,《美学与评论》,卷 1 ,页 620—670。

② 参见"知识分子与人民"一文,《言论》,1908,第 279 期,11 月 16 日,页 2。

③ 参见:《未来的无赖》第 IV 和 V 章,梅列日科夫斯基:《在寂静的漩涡中》,页 366—371。

④ 指"未来的无赖"和"别林斯基的遗嘱:俄国知识分子的宗教性与社会性"这两篇文章。

斯基。梅列日科夫斯基认为丘切夫是斯拉夫派分子陀思妥耶夫斯基的精神之父；而陀思妥耶夫斯基形象的产生不仅和丘切夫有联系，尤其和别林斯基有联系。讲演《别林斯基的遗嘱》实际上是一篇谈话，谈的是别林斯基和陀思妥耶夫斯基、俄国知识分子的无意识宗教性及其革命社会性——和《群魔》作者的反动性对比。我们都记得，在研究著作《托尔斯泰与陀思妥耶夫斯基》中，梅列日科夫斯基第一次引用了陀思妥耶夫斯基说的关于别林斯基的话，别林斯基对着他"辱骂了"基督。若干年以后，陀思妥耶夫斯基的这些话被记入《未来的无赖》一文最后的章节，梅列日科夫斯基在《别林斯基的遗嘱》中是这样回答陀思妥耶夫斯基的："灵魂的探秘者"怎么能够没有注意到，是谁在奔赴基督，"不敢直呼其名"，而且"经过了三十年"也不敢对他作出自己的"判决"。

　　关于别林斯基的讲演是写成了文章的，一如梅列日科夫斯基所有重要的研究著作。丰富的书信资料和传记资料帮助他表现了"俄国第一位知识分子的二分现象"、他在思想上的动荡和只有俄国人才具有的否定的能力，这一能力使得别林斯基接近彼得，也接近为了信仰而在木架上自焚的旧教派教徒。梅列日科夫斯基认为，缺乏渐进性、他内心世界的非和谐性、受折磨感、素食主义——这都是俄国知识分子的历来的特征。正是这些现象的"俄国特性"，陀思妥耶夫斯基没有注意到，从而把别林斯基称为俄国生活"最迟钝和气味最难闻的现象"。知识分子都"在他一人之中，正如儿童都在父亲之中、孙子都在祖父之中"，从他那里取得了虚无主义的开端，和对于自我牺牲与殉教的追求。从他那里也接受了对于养育了俄国知识分子的革命意识之自由的追求。对于这两种原理——无意识的宗教性和革命性——，陀思妥耶夫斯基是不相信的，在这里，梅列日科夫斯基认为他是知识分子的对立面。

　　谁掩护知识分子呢？作为社会力量和精神力量，知识分子应该依靠谁呢？在研究著作《俄国诗歌的两个秘密》中、在献给屠格涅夫的《歌颂永恒女性的诗人》一文中，梅列日科夫斯基回答了这些问题。

　　纵观梅列日科夫斯基创作的总体，不能不注意他对自己的"人物"的"宗教"所作出的严厉的判断。大概，这些人当中很少能够被他称为"永恒意义上的基督徒"。即使顾及梅列日科夫斯基观点的多样性，在他的著作或者文章的字里行间我们也未必能够找到对于反驳既定观念之评价的明确浅显的解释。在他最重要的著作被搁置的时候，在他的言论受到多次指责和嘲笑的时候，他提出了鲜明而透彻的解释，为什么在他的观念中有些是基督教的，有些不是。他在《俄国诗歌的两个秘密》中写道："人分为两种：一些人相信，而且知道（在这里，知识和信仰是一回事），虽然世界上有很多的不真实和恶，这世界在根子上依然是善：'一切皆至善'。从信仰进入善——和从善的意志……这就是——基督徒，不是在历史的临时的意义上，而是在形而上的意义上，在永恒的意义上，虽然他们不信基督。另外一些人相信，或者知道，世界在根子上是恶：'一切皆极恶'，一切向恶。无论善有多大，恶都要滋生。这不是基督徒，还依然是在永恒的意义上，虽然他们相信基督。"①在这里，梅列日科夫斯基把涅克拉索夫归于第一类，把丘切夫归于第二类。但不能不看到，这个标准——对于创作者而言，世界是什么样的——对于他来说，永远是具有确立意义的。也不能不看到另外一点。"永恒意义上的基督徒"——他们大多数是俄国文化的"女性路线"的代表，属于

522

──────────

① 　梅列日科夫斯基：《俄国诗歌的两个秘密》，页481。

这一路线的,梅列日科夫斯基只提出"天上处女圣母马利亚的歌手"莱蒙托夫("我是圣母,现在祷告……")、"尘世间得到热爱的女性之歌手"丘切夫("你,你,你是我在人间的形影……")、"人间母亲的歌手"涅克拉索夫和"不仅是俄国的、也是全世界歌颂永恒女性的诗人"屠格涅夫。

在这里,梅列日科夫斯基把文化现象转换成为"神性本质"的语言,而且,和以往一样,进入了社会生活的范围。涅克拉索夫和丘切夫——两个人,作为表达了社会性真实(涅克拉索夫)和个性的真实(丘切夫)的诗人,都是俄国知识分子所需要的,莱蒙托夫是取代俄国"观察能力"的"现实"的体现。

屠格涅夫是梅列日科夫斯基后来喜爱的主题之一。在最后的年代里,在致安菲捷阿特罗夫的书信中他说感到索洛维约夫和罗赞诺夫特别亲切①,屠格涅夫是拥护他的人,有共同的思想,得到他始终的敬爱,是他的教父之一。他不仅先给他两篇光辉的文章:《屠格涅夫》和《永恒女性的诗人》,而且还有《论现代俄国文学衰落的原因和各种新流派》这部著作和论其他作家文章中完整的章节;屠格涅夫的形象也活跃在梅列日科夫斯基的戏剧作品中。屠格涅夫也是俄国小说"泰斗"之一,和托尔斯泰与陀思妥耶夫斯基并列,作为艺术家和个人,却是他们的反面,而且作为反西方派托尔斯泰与陀思妥耶夫斯基的对立面,是俄国文化与西方文化之间的连结环节,没有把俄国和西方联系起来,而是将二者分开,令其对立;他是神秘主义者和"歌颂永恒女性的诗人"。当然,梅列日科夫斯基对屠格涅夫的态度经过了演变,在最后的年代里对于他的社会立场和人品品格提出了更高的要求。一直到最后,他都感觉有必要谈论屠格涅夫,并且依照

① "梅列日科夫斯基给安菲捷阿特洛夫的书信",页160。

他的创作分类来思考。

　　索洛维约夫和罗赞诺夫更可以说在知识上令他感到亲近，而屠格涅夫则是在内心上、深层上、灵魂上。一般都认为，对于梅列日科夫斯基来说这种偏向在很大程度上是无意识的，就像他所喜欢说的那样，"对于我们"是可以理解的。这里涉及的是梅列日科夫斯基本人的个性、他本人灵魂的天性。

523　　　在现代评论思想和哲学思想中，形成了对于具有下意识创作者展开研究的特殊方式的传统。① 但很难询问梅列日科夫斯基本人：他甚至拒绝书写自传，交给霍夫曼"最近十年俄国诗人评传"文库，为的是不泄露、不公开"两个不能展示的秘密：性和宗教"。关于这一点，"不可克服的羞耻""阻碍他以第一人称谈论"，因为"全部的生活都仅仅是展示这两个秘密"。"我怎样地恋爱过，怎样地信仰过，我是不能够说的，而我全部的生活就在于此。"②

　　这封信是寄给一位生疏的人士的，不是为了发表。在这里制止了梅列日科夫斯基的"羞耻"，在致亲近的罗赞诺夫的书信中都退却了。"您是否知道，为什么这对于我来说是一个奇迹呢？"梅列日科夫斯基写道，"最近以来，我一直考虑这件事，同时有很多奇怪的、昏暗的思想涌来——好像我身上有一个什么人在为我考虑问题。而且同时，我常常想到您，却既感到羞耻，又感到害怕，还感到需要您。可是您来了，来得很奇怪，也没有必要，正是在现在，对我来说，像对一切人那样，是不需要您的……此时此刻，我觉得，主是十分有力和亲近的。不对，在他面前，我们是无处藏身的。迟早要引导我们大家的。我一直觉得，迄今

---

① 著名的事例是帕拉莫诺夫的传播和出版行动。正是从梅列日科夫斯基与屠格涅夫的关系上看，才应该记得，帕拉莫诺夫把宗教探索和两性问题联系了起来。
② 梅列日科夫斯基："（1907 年 10 月）致霍夫曼的书信"，《札记与书信》，页 33。

为止,Z. N. 和您是和我在一起的,而主就在咱们之间。一切伟大的奇迹都要出现。我们所需要的一切,都会有的。"①在这里,梅列日科夫斯基几乎没有公开什么事物,又似乎撩起个人生活的帷幕一角。巴赫金在和杜瓦金的谈话中提及这个"令人望而生厌的文人"以及他的三位一体,他和吉皮乌斯与菲洛索佛夫一起出入宗教哲学会议大厅;还提及这个小联盟中"某一个蓝色的"梅列日科夫斯基"是最后一个"的地位,提及梅列日科夫斯基说,基督教的婚姻已经陈腐……②

　　当然,梅列日科夫斯基关于被改变的肉体之理念不可能是在空旷的地方产生的。这个理念是在和罗赞诺夫的交往中产生的,在和吉皮乌斯的"家庭场景"中调整的,在这里,受到灵魂感召的肉体也是讨论的对象,就像彼得的形象或者与勃洛克的相互关系那样。和罗赞诺夫的三人同盟没有组成——罗赞诺夫是一个很顾家的人,子女多、勤俭,像对大地母亲那样忠诚于"小妈妈"瓦尔瓦拉·德米特里耶芙娜——因而转入关于婚姻和爱情的理念辩论。早在 1903 年,梅列日科夫斯基就给罗赞诺夫写信,没有感到"羞耻"和恐惧,而只有对几乎抽象的问题的兴趣:"如果您最后中断了和一切庸俗习气、一切中庸作法——和家庭的这种无所不在的原理的联系,那您的话还具有什么不可战胜力量吗?"还有:"对于基督来说,贞洁高于婚姻,而他仅仅允许了家庭……一般地说,不是婚姻,而是情欲,才是和基督揭示的深度对立和平等的深度。在这里,不是魔鬼——我也不相信魔鬼——而是另外的一个,第二个上帝,世界另外的'一极',另外一个基督——反基督——婚姻与反基督——这一点,我还是可 524

---

① 梅列日科夫斯基:"1899 年 10 月 14 日致罗赞诺夫的信",《札记与书信》,页 26—27。

② 参见:《杜瓦金和巴赫金的谈话》,莫斯科,1986,页 85—89。

以接受的。还有更切实的规则:基督是贞洁,反基督是情欲。婚姻是贞洁与情欲的低俗、生存和机械的(虽然也是自发的)、实用的结合——阿尔泰米达(情妇)和阿芙洛蒂特(妻子)。"①

　　再来谈谈屠格涅夫。在引用过的那封信以后的三十年,流亡期间,梅列日科夫斯基寄信给兹洛宾,吩咐他"按时"、"尽快地"摘抄《克拉拉·米利奇》里面的一页或者数行文字,描写的是克拉拉到阿拉托夫那里,并且和他交媾,死人——与活人……"我需要这个——对于贝阿特丽切,她无疑是这样出现在但丁面前的,并且和他交媾,死了的,又活了——复活了——和死的活人("恋尸癖"——罗赞诺夫也许会说,在"维伊"坟墓里的巫婆是"多么可怕的、耀眼的美丽")。这是解读但丁全部作品的钥匙之一……"②

　　在梅列日科夫斯基这里,这也是打开屠格涅夫全部作品的"钥匙"。

　　在收入文集《永恒的伴侣》中的《屠格涅夫》一文中,梅列日科夫斯基谈的正是婚姻,是个性在婚姻中受到的损害,是个性的终结和传宗接代,"火把传递者的行列",把创造个性的权利一代一代传下去。"在这里,性的矛盾没有解决:种族的无限性——个性的结束、死亡……个性的不朽——种族的结束。"③"为了个性能够诞生,"个人应该死亡。因此"初恋——是最后的爱恋。爱要求奇迹,在自然的秩序中是不可能有奇迹的;在大地上……不可能有婚姻、爱的满足和成果。"在这里,我们看到屠格涅夫

①　梅列日科夫斯基:"(1903 年初)致罗赞诺夫的信",梅列日科夫斯基:《札记与书信》,页 27—28。

②　梅列日科夫斯基:"1936 年 9 月 7 日致兹洛宾的信",《小特雷莎,生平,书信》,切诺弗莱:《埃尔米塔日》,1988,页 148。

③　梅列日科夫斯基:"屠格涅夫",《美学与评论》,卷 1 ,页 432。

"不能生育的"姑娘和托尔斯泰生儿育女的女人们的对比。屠格涅夫笔下的姑娘们都很轻盈、"透明"、而脸部都像木乃伊似的，好像完全没有躯体，而托尔斯泰笔下的女主角们是安娜·卡列尼娜、吉蒂、娜塔莎。就像梅列日科夫斯基在研究著作《托尔斯泰与陀思妥耶夫斯基》中写道娜塔莎把婴儿褓裸拿到客厅里的细节："我们再也看不到个性如何。"现在的娜塔莎是一个象征，世界的"性"。

还有一个意味深长的对比。

梅列日科夫斯基在《论现代俄国文学衰落的原因和各种新流派》中说，托尔斯泰和屠格涅夫是仇敌。在研究著作《托尔斯泰与陀思妥耶夫斯基》中他为这一"超验的敌对"提出一个解释。他们彼此吸引，谁缺了谁也活不下去，但是又彼此排斥，不能容忍彼此在场，似乎一个人的存在排除另外一个人的存在似的。梅列日科夫斯基在这里提出设想，大概是屠格涅夫具有明察秋毫的特殊能力和艺术，能够看到托尔斯泰持以缄默的事物，就像一面镜子，反映和加深镜子里反映出来的事物影像。梅列日科夫斯基在《歌颂永恒女性的诗人》一文中又返回这个特性。屠格涅夫"内在地"只看到了自己笔下的女主角们，而在反映男主角们的时候似乎是从旁而过，等于和他们平行。在生活中，屠格涅夫是女人们的"亲兄弟"，他理解她们、体贴她们，她们在他面前 525 丝毫不感到羞怯。他对托尔斯泰和陀思妥耶夫斯基感到"杂念和情色"，感到愤恨和不齿。

梅列日科夫斯基说，在屠格涅夫身上，在这个"头发灰白的高身材老头"身上，有一个"女性的、柔和的、游动的、柔弱的灵魂"。①

① 梅列日科夫斯基："永恒女性的诗人"，《从战争到革命，非战日记》，彼得堡，1917，页 74。

他却不展示对女人的宽容。梅列日科夫斯基引用了很多书信的和传记的例证来确定的软弱、背叛、怯懦和低俗，令很多人抛开了他，从而给他造成一种特殊的声誉。作为一个人和公民的屠格涅夫对梅列日科夫斯基没有吸引力。他觉得这位作家的生平是一系列的"背叛"：背叛母亲、热爱他的女人、祖国，最后，还有语言——他拒绝使用俄语来写作。但是，这位艺术家的屠格涅夫，"无意识的"屠格涅夫，却是梅列日科夫斯基的教父和偏爱对象。正是屠格涅夫向欧洲介绍了俄国文学，把俄国文学和欧洲联系了起来；正是他运用对于美与和谐的宣示来对抗了托尔斯泰"对文化的冰冷否定"和陀思妥耶夫斯基"野兽形象的民族主义"；正是屠格涅夫促成了俄国文化的"妇女路线"，屠格涅夫乃是"俄国"对世界大战的回答，也是对"男人的灵魂"所发起、并且传播到全世界的那股"灼热的飓风"的回答。

　　尽管屠格涅夫对宗教"绝对论者"冷漠，在自己的创作中却无意识地接触了基督教的主要问题之一，按照梅列日科夫斯基的话来说，这"首先就是公开个性……基督教的爱是更高的、非尘世境界的爱……——改变性，像改变个性那样。"基督教之爱的完满是"婚姻的"：上帝的国是"婚宴"，而进入上帝的国的人是"婚姻华堂的儿子"。这位作家不谈基督，不说出他的名字，比上帝寻求者托尔斯泰与陀思妥耶夫斯基走得更靠近他。屠格涅夫"现实的缪斯没有看到基督现身"，但是"在梦境这看到了他，在自己最实际的梦境中，在最可怕的痛苦中，性的悲剧当然也是屠格涅夫最可怕的痛苦。于是他领悟到，除了基督，谁也不能解除这一痛苦"。

　　与此同时，屠格涅夫"在和托尔斯泰与陀思妥耶夫斯基的比较中被遗忘、可有可无、无足轻重"，[1]前二者是"巨人般的像柱，

---

① 　梅列日科夫斯基：《永恒女性的诗人》，页 64。

当然,挡住了我们,使我们不能看到屠格涅夫。"①梅列日科夫斯
基认为十分重要的是,再谈屠格涅夫,不仅仅作为一个人类"永
恒的伴侣",还因为是在这样的"不重视屠格涅夫的岁月里",一
位"非合法的勇猛"时代重又来临。分成两半的世界的和解应该
从东部斯拉夫人的俄罗斯开始,这个东部知道"其他人不知道的
道理:世界乃是和平,不是战争和仇恨,而是永恒的爱,永恒的
女性。"②

　　在一个"极端革命和宗教的最高纲领的国家,自焚的国
家……最疯狂的极端行为的国家里","在普希金之后",屠格涅 526
夫"几乎是唯一的一位知晓度量的天才和……文化的天才",因
为,按照梅列日科夫斯基的话来说,文化就是"对各种价值观的
度量、积累和保存",同时也是"崇拜、宗教的一部分"。③

　　纵观俄国的历史,梅列日科夫斯基注意到完善、改造俄国生
活的不少的尝试,但是,全部的尝试都没有成功,原因只有一个:
他们"俄国式的行事过分做法太多,缺乏欧洲人的度量感"。屠
格涅夫是"度量感的天才,知西欧的天才",因为他的努力,国外
才有人明白,"俄国也是欧洲"。如果说西方高度评价和知道托
尔斯泰和陀思妥耶夫斯基,则"俄国的终极的深度对于欧洲来说
依然是陌生的:这两个人令人钦佩、令人诧异,而屠格涅夫是光
辉迷人。"

　　俄国知识分子不可能意识不到屠格涅夫是他们的先驱者。
须知,他"不信上帝的面容"也是"全部俄国知识分子的面容"。
其他伟大的作家"都信上帝,谈基督,谈得很多,甚至太多",和他
们截然不同的是,无神论者屠格涅夫永远地忘记了宗教和基督

---

①　梅列日科夫斯基:《屠格涅夫》,页 430。
②　梅列日科夫斯基:《永恒女性的诗人》,页 76。
③　梅列日科夫斯基:"1906 年 2 月 2 日致布留索夫信",《札记与书信》,页 30。

教,几乎从来"不谈基督,似乎忘记了他,不想知道他。"但是,在无意识中,他接触了"谁也没有辨识出来、没有直呼其名的基督"。他在创作梦境中见到的一个人,面容"像一切人的面容",有"一般的特征,虽然还不为人知"——这不是托尔斯泰的基督,"人子,而仅仅是人",却也不是陀思妥耶夫斯基的基督,"拜占庭教会的基督"。"不是的……那个是在祭坛上,伴有神父或者穿了亮丽道袍的圣像。"屠格涅夫的基督是"世间的基督……有常人的面容。具有人的躯体的、全世界文化背景的当婚青年"。屠格涅夫是俄国新知识分子的先驱者,给他们的遗产是"对待世界文化宗教的态度",他成为"衰亡的俄罗斯惟一的拯救者"。他是"我们最亲近的和需要的人","依然健在者中的活跃的人",因为"我们所喜欢的是,他爱这里,却也不能不爱那里"。①

在梅列日科夫斯基以后的创作中,托尔斯泰和陀思妥耶夫斯基、他们的命运、主题和人物都变成为符号般的形象。在梅列日科夫斯基的许多著作里,他们都被取代,如果没有安娜·卡列尼娜或者吉蒂,没有大法官或者伊万·卡拉马佐夫的魔鬼,他就不能够形成自己的理念,他无法推拒什么事物,也无处可去。梅列日科夫斯基的创作世界中,19世纪的俄国文化不是作为客观现实、不是作为某种思想和智慧的行李而存在,而是作为在他同时代的文化和社会有机体中呼吸和发展的活的物质存在的。他创建自己的"世界宗教文化"大厦,是要让过去不仅作为基础,还是新的构建物的直接参与者。在这一构建过程中,托尔斯泰和陀思妥耶夫斯基,不像同名研究著作所说的那样,不是"终结",而仅仅是"开始"。

在这第一部重大的著作中,梅列日科夫斯基预告了席卷天

① 梅列日科夫斯基:《永恒女性的诗人》,页438—439。

地的启示录大灾难,他说,俄国人的观察为俄国社会舆论贡献良 527
多,而沉思探索的时代已经完成,要被伟大的时代所集中关注的
事物所代替。他是相信这一点的,无论在俄国第一次革命的日
子里,还是在第一次世界大战期间,甚至在无产阶级政权治国年
代,最后,他还号召国社(纳粹)党的党魁推翻他所憎恨的布尔什
维克制度。吉皮乌斯说,梅列日科夫斯基"早就知道这一切",他
未必意识到,他自己将会成为某种现实情况的"预言者"。因此,
他在托尔斯泰和陀思妥耶夫斯基的小说和书信中所阅读的内
容,并没有总是为他所做的阐释提供解释的依据。

　　不仅同时代人,而且各代的人也常常拒绝相信梅列日科夫
斯基可能的正确见解和他的真诚。舍斯托夫呼唤梅列日科夫斯
基返回他的本行,专门从事文学家的事业,不要去建构什么新的
思想;别尔嘉耶夫不接受梅列日科夫斯基对于"对照和极性"永
恒的追求,但是,他评论托尔斯泰所写的东西一如梅列日科夫斯
基:①他们二人都很少受到精神的未来王国的鼓舞,而这样的王
国是需要个性、自由和爱情的,就像雅斯纳亚·博利亚纳文集的
那位女作者,她在动荡多变的年代里称研究著作《托尔斯泰与陀
思妥耶夫斯基》是一篇"杂文,一篇从东正教教会立场出发,发出
攻击的杂文",一开始就是"屈尊和势利小人的口气,继而变成好
为人师的腔调",还引用了托尔斯泰的话"梅列日科夫斯基不值
一提"。②

　　……曾有一度,不知为何事而"走来的"涅克拉索夫的某种
"怀念的阴影"激荡了梅列日科夫斯基。阴影"在我们近旁徘徊,

---

① 参见他的文章"托尔斯泰"——别尔嘉耶夫:《俄国宗教思想类型》,1989,页
　　112—118。
② 尤利梅托娃:"托尔斯泰与'路标派'",《雅斯纳亚·博利亚纳文集》,1988,文章
　　与资料,图拉,1988,页 63,64。

似乎有话要告诉我们"："不是我们向他走去，而是他向我们走来，似乎他是不速之客，没有受到召唤，没有受到邀请，——不管我们愿意与否，接待他还是必要的"①……然后他感觉到有必要"转向，面对"莱蒙托夫"沉重的目光投向我们所在的那个方向。他突然变得高大，毫不退让地向我们走来"。②

　　……于是，在一百年之后，梅列日科夫斯基自己向我们"走近"，而且，用我们一位同时代的话来说，③他的"梦游症患者的眼睛"吸引了我们的注意，召唤我们去寻找作家之谜的谜底，去努力理解时而十分理性判断的、时而洋溢着爱和真诚的、谈论近在眼前诸事的话语……

　　从实质上说，这部著作开始了梅列日科夫斯基的成熟的创作时期；这部著作恰恰在现在返回自己的读者面前，这不是偶然的，新的几代人，就像在一百年以前那样，身处旧世界的废墟之上，急欲解决"折磨人的矛盾：矛盾的一方是生活、生活的外在的规则、既定的形式，另外一方则是与这些规则和形式矛盾对立的深刻的内在的需求"。他"展现文化和宗教哲学种种探索（不是

528 来源于一个根子吗？）的业绩"在今天依然极度地诱因我们前往一个秘密的远方。一种深刻的感觉无意识地告诉我们，"如果不能展示真理，那就不能沿着赤裸裸的逻辑、赤裸裸的思想的图景去接近它，而是要沿着一系列深刻得多的发觉的图景、宗教哲学的和艺术观察的途经。"④

　　梅列日科夫斯基可调和的对手之一，别尔嘉耶夫，一直到生

---

① 梅列日科夫斯基：《俄国诗歌的两个秘密》，页 424。
② 梅列日科夫斯基：《莱蒙托夫，超人的诗人》，页 385。
③ 巴辛斯基：《正在离去的无赖：我们经验世界中的梅列日科夫斯基的'未来的无赖'》，"新世界"，1996，第 11 期，页 212。
④ 罗斯吉斯拉沃夫：《论莱蒙托夫与梅列日科夫斯基》，页 75。

命结束之时也不愿意在见面的时候向居住在同一个城市的梅列日科夫斯基伸出手来,但是,早在俄罗斯国内的时候就写出了关于他的诚实而见识深刻的评语:"梅列日科夫斯基是一位现代的新人,我们动荡时代的人。他自己不理解自己,不知道在他身上什么是真正的和本体的,什么是透明的和不现实的。别人也不理解他。常常怀疑他缺乏真诚。我却认为,他以独特的方式表明他是一位十分真诚的人,寻求信仰,并且为此忍受千辛万苦。"对于这位"在虚空之沙漠上不幸的漫游者的不光彩的知恩不报的态度,说明现代人灵魂可怕的荒芜……让我们对梅列日科夫斯基采取公正的态度,让我们感激他。在他的面貌中,俄国的新文学、俄国的审美趣味过渡到了宗教的主题。他花费多年来唤醒宗教思想,他是文化与宗教之间的中介,在文化中焕发了宗教情感和意识。"①

　　梅列日科夫斯基努力唤醒自己同时代人的感觉和意识,一向不肯接受裁判的角色,只愿意保留"19世纪末期的一个读者"的身份。他环视重新冉冉升起的"山峰",选择爱作为自己评论的工具,于是在他面前展现出来"创作的秘密"和"天才的秘密",这些秘密显得为任何他人所不及,甚至包括哪些极为客观和严格评判艺术与文化形象的人士。

　　现在,梅列日科夫斯基,就像他的研究著作中的人物那样,"正在向我们走近",我们受到了诱惑:要把"指责改变成为赞扬",这不仅是还给他以本来的面貌。同时,谈自己只需要"和读者保持联系",对于这种联系的"珍惜,高于他自身"。并非"文学的外在的成功",而是"在对合一的敬爱之中,和读者的活的联

---

① 别尔嘉耶夫:《新基督教(梅列日科夫斯基)》,页147。

系"。①

　　"在冰水中,索取火焰",直到自己最后的日子,他都没有放弃这个希望。今天,新的一代又一代的人正在寻求新的理想,"火焰"正在"溶化"坚冰。

---

① 　梅列日科夫斯基:"论新的宗教行动"(致别尔嘉耶夫的公开信),页92。

参考书目

首要著述(梅列日科夫斯基)

《亚历山大一世》，Aleksader Pervyi，St. Petersburg，1913.

《亚历山大一世与十二月党人》，Aleksander i Dekabristy，Berlin，1925.
Trans. N. Duddington. New York，1925.

《病重的俄罗斯》，全集，第 15 卷，Bol'naia Rossiia. In Polnoe sobranie soch-
inenii. Vol.15. St. Petersburg，1914.

《欢乐即将来临》，Budet radost'. Petrograd，1916.

《过去与将来：1910—1914 年日记》，Bylo i budet：dnevnik 1910—1914.
Petrograd，1915.

《加尔文》，Trans. C. Andronikoff. (Paris)，1941.

《但丁》，Zurich，1939.

《12 月 14 日》，Trans.trans.N. Duddington. London，1923.

《俄国诗歌的两个秘密》，Dve tainy russkoi poezii. Petrograd，1915.

《果戈理与魔鬼》，最初在《新路》上连载(1906 年 1—3 期，题名为"果戈理
的命运")Gogol i chort. Moscow，1906. First serialized in Novyi Put'
(1903 no.1—3，as "Sud'ba Gogolia."

《未来的无赖》，全集，第 14 卷，Griadushchii Kham. In Polnoe sobranie
sochinenii. Vol. 14. St.petersburg，1914.

《人所共知的耶稣》，Jesu Manifest. Trans. E. Gellibrand. London，1935，
　　New York，1936.

《不为人知的耶稣》，Jesus the Unknown，trans. C. Matheson. New
　　York，1933.

《欧洲面对苏联》，L'Europe face a l'URSS. Paris，1944.

Gippius，Zinaida；Filosofov，Dmitri. 沙皇与革命 Le Tsar et la Revolution.
　　Paris，1907.

《拿破仑生平》，Trans. C. Zvegintsov. New York，1929.

《圣徒面容从耶稣转向我们：保罗、奥古斯丁》，Litsa sviatikh ot Iiususa k
　　nam：Pavel，Avgustin. Berlin，Prtopolis，1937.

《芳济各》，Franksisk Assizkii. Berlin，Petropolis，1938.

《贞德》，Zhanna d'Ark. Berlin，Petropolis，1938.

《路德》，Luder. Trans .C. Andronikoff. (Paris)，1941.

《弥赛亚》，Messia. Petrograd，1916.

《米开朗基罗》，Michelangelo，New York，1930.

《拿破仑其人》，Napoleon，the Man. Trans. C. Zvegintsov. New
　　York，1928.

《不是和平，而是刀剑》，全集，第 13 卷，Ne mir，no mech. In Polnoe
　　sobranie sochinenii. Vol. 13. St. Petersburg，1914.

《帕斯加尔》，Pascal. Trans. C. Andronikoff. Paris，(1941).

《自由先锋》，Perventsy svobody. Petrograd，1917.

《皮乌苏茨基》，Pilsudski. London，1921.

全集，共 15 卷，Polnoe sobranie sochinenii，15 vol. St. Petersburg，1911.

全集，公 24 卷，Polnoe sobranie sochinenii，24 vol. St. Petersburg，1914.

1.《众神之死》(背教者尤利安)，Smert' bogov. (Yulian Otstupnik).

2.《众神复活》(列奥纳多·达·芬奇)，Voskresshie bogi (Leonardo da-
　　Vinchi).

3. 同上.

4.《反基督》(彼得与阿列克塞)，Antikhrist. (Petr i Aleksei).

5. 同上.

6. 《保罗一世》,《亚历山大一世》, Pavel I, Aleksandr I.

7. 《亚历山大一世》Aleksandr I.

8. 同上.

9. 研究著作:《托尔斯泰与陀思妥耶夫斯基》Izledovaniia——L. Tolsoi i Dostoevsky.

10. 同上.

11. 同上.

12 同上.

13. 《不是和平,而是刀剑》, Ne mir, no mech.

14. 《未来的无赖》, Griadushchii Kham.

15. 《病重的俄罗斯》, Bol'naia Rossiia, Gogol.

16. 《在寂静的漩涡中》,《莱蒙托夫》, V tikhom omute, M. Yu. Lermontov.

17. 《永恒的旅伴》, Vechnye sputniki.

18. 《永恒的旅伴》,《论现代俄国文学衰落的原因和各种新流派》, O prichinakh upadka i o novykh techeniiakh sovrenennoi russkoi literatury.

19. 《意大利小说》,《米开朗基罗》, Ital'ianskiia novelly, Mikel'Anzhelo.

20. 下列悲剧代序:索福克勒斯:《俄狄浦斯王》;埃斯库罗斯:《被缚的普罗米修斯》;索福克勒斯:《俄狄浦斯王》;索福克勒斯:《俄狄浦斯王在科洛诺斯》, Vmesto predisloviia k tragedii Sofokla "Edip-Tsar';" Eskil, Skovannyi Prometei; Sofokl, Edip-Tsar'; Sofokl, Edip v Kolone.

21. 索福克勒斯:《安提戈涅》;欧里庇得斯:《美狄亚》;欧里庇得斯:《伊博利特》, Sofokl, Antigona; Evripid, Medeia; Evripid, Ippolit.

22. 《诗歌》Stikhotvoreniia.

23. 《象征,歌曲与传说》, Simvoly, Pesni i legendy.

24. 《古老的八行诗》,《近年诗作》,《中国睿智格言》,《自传札记》, Starinnyia oktavy, Stikhotvoreniia poslednikh godov, Izrecheniia kitaiskoi mudrosti, Avtobiograficheskkia zametki.

《俄国革命的预言家》,Prorok russkoi revoliutsii. St. Petersburg, 1906.

Gippius, Zinaida; Filosofov, Dmitri; Zlobin, Vladimir.《反基督王国：俄国与布尔什维克主义》,Das Reich des Antikhrist: Russland und der Bolschewismus. Munich, 1922.

《西方的秘密》,Trans. Jodn Cournos. New York, 1931.

《象征》,Simvoly. St. Petersburg, 1892.

《保罗一世之死》,Smert' Pavla I. Berlin, 1908.

《诗集》,Stikhotvoreiia. St. Petersburg, 1888.

《三者的秘密》,Taina trekh. Prague, 1925.

《托尔斯泰与陀思妥耶夫斯基》,全集,第9—12卷。最初在《艺术世界》连载。Lev Tolstoi I Dostoevsky. In Polnoe sobranie sochinenii. Vols. 9—12. First serialized in Mir iskusstva 1900—1901.

《阿列克塞皇太子》,Tsarevich Aleksei. Prague, /N.D.

《永恒的旅伴》,也见于：全集,第17—18卷,Vechnye sputniki. St. Petersburg, 1899. Also in Polnoe sobranie sochineni. Vols. 17—18.

《在寂静的漩涡中》,全集,第16卷,V tikhom omute. In Polnoe sobranie sochinenii. Vol. 16.

《从战争到革命：非战日记》,Vom Krieg zur Revolution. Ein unkriegerisches Tagebuch. Munich, 1918.

《为什么复活》,Zachem Voskres? Petrograd, 1916.

《别林斯基的遗言》,Zavet Belinskogo. (Petrograd) (c 1916).

文章与期刊

"俄狄浦斯王",《外国文学通报》,"Edip, Tsar'." *Vestnik Inostrannoi Literatury*, 1894 no. 1 (Jan.), pp. 5—36.

"暴风雨已经过去",《劳动》,"Groza proshla." *Trud*, 1893 no. 1 (Jan.), pp. 107—145.

"柯罗连科",《北方通报》,"Korolenko." *Severnyi Vestnik*, 1889 no. 5 (May), pp. 1—29.

"法国文学中的农民",《劳动》,"Kresiianin vo frantsuzskoi literature." *Trud*, 1894 no. 7（July）, pp. 185—202.

Gippius, Zinaida; Folosofov, Dmitri. "罂粟花",《俄罗斯思想》,"Makov tsvet." *Russkaia Mysl'*, 1907 no. 11(Nov.), pp. 96—164.

"小市民习气与俄国知识分子",《北极星》,"Meshchanstvo i russkaia intelligentsia." *Poliarnaia Zvezda*, 1905 no. 1（Dec.）pp.32—42.

"我们时代的小市民运动",《劳动》,"Misticheskoe dvizhenie nashego veka." Trud. 1893 no.4（Apr.）, pp 33—40.

"新路",Novyi Put'. St. Petersburg. 1903—1904.

"论现代俄国文学衰落的原因和各种新流派",全集,第18卷,第175—275页,"O prichinakh upadka I o novikh techneniiakh sovremennoi russkoi literatury." Polnoe sobranie sochinenii. Vol. 18, 175—275.

"被唾弃者",《北方通报》,"Otverzhennyi." Severnyi Vestnik, 1895 no. 1（Jan.）pp. 71—112; no. 2（Feb.）, pp. 73—125; no. 3（Mar.）, pp 1—52; no. 4(Apr.), pp. 1—46; no. 5(May), pp. 41—88.

"纺车后面的骑士",《田野》,"Rytsar za prialkoi." Niva, 1895 no. 52, pp. 1,238—1,247.

"西尔维奥",北方通报,"Sylvio." Severnyi Vestnik. 1890 no. 2—5（Feb.—May）.

"有关我们的天才的老问题",《北方通报》,"Staryi vopros po povodu novago talanta." Severnyi Vestnik, 1888 no. 11（Nov.）, pp 77—99.

"洗手",《天平》,"Umytyia ruki." Vesy, 1905 no. 9—10（Sep.—Oct.）, pp. 50—57.

"蓝色之灯",Zelenaia Lampa. Paris, 1927.

"黄脸实证主义者",《外国文学通报》,"Zeltolitsye positivisty." Vestnik Inostrannoi Literatury, 1895 no.（Mar.）, pp. 71—84.

"1901—1902年彼得堡宗教哲学学会纪事",也在《新路》上连载,Zapiski Peterburskago Religiozno-Filosofskago Obshchestva: 1901—1902. St. Petersburg, 1906. Also serialized in Novyi Put' 1903—1904.

"纪事",Zapiski ...《十月》,3,1907,St. Petersburg,1908.

"纪事",Zapiski ... 1916. Petrograd,1916.

未公开发表的资料

Temira Pachmuss at the University of Illinois at Champaign-Urbana 美国
伊利诺伊大学 Temira Pachmuss 据有梅列日科夫斯基–吉皮乌斯档案。

次要著述(其他作者的)

亚历山大罗维奇:《现代俄国文学史,1880—1910》,Aleksandrovich,Y. is-
toria noveishei russkoi literatury:1880—1910,1911.

——契河夫之后,Posle Chekhova. Moscow,1909.

阿达莫维奇:《孤单与自由》,Adamovich,Georgii. Odinochestvo i svoboda.
St. Petersburg,New York,1955.

安尼奇科夫:《文学形象与见解》,Anichkov,Evgenii. Literaturnye obrazy i
mneniia. St. Petersburg,1910.

巴拉吉安:《象征主义运动》,Balakian,Anna. The Symbolist Movement.
New York,1967.

别克托娃:《勃洛克》,Beketova,A. Aleksander Blok,Petrograd,1922,re-
printed The Hague,1969.

贝努亚:《回忆录》,2 卷,Benois,Alexander. Memoirs. 2 vold,trans. M.
Budherg,London,1960.

别尔别罗娃:《斜体是我的》,Berberova,Nina. The Italics are Mine. New
York,1969.

别雷(布加耶夫):《小品集》,Bely,Andrei(Boris Bugaev.)Arabeski. Mos-
cow,1911.

《史诗:回忆勃洛克》,Epopeia:Vospomimaniia o Bloke. Moscow,1922.

《绿色的草地》,Lug zelionyi. Moscow,1910'.

《两次革命之间》,Mezhdu dvukh revoliutsii. Leningrad,c 1932.

《世纪的开始》,Nachalo veka. Moscow,1933.

《在 两 个 世 纪 的 交 替 时 刻》, Na rubezhe dvukh stoletii. Moscow-Lenibgrad，1931.

别尔嘉耶夫:《梦与现实》, Berdiaev, Nikolai. Dream and Reality. New 237 York，1951.

——.《知识分子的精神危机》, Dukhovnyi krizis intelligentsii. St. Petersburg，1910.

——.《信 宗 教 意 识 与 社 会 性》, Novoe religioznoe soznanie i obshchestvennost'. St. Petersburg，1907.

——.《在永恒的外表下》, Sub Specie Aeternitatis. St. Petersburg，1907.

毕灵顿:《圣像与斧头》, Billington, James. The 1con and the Axe. New York，1970.

勃洛克:《两卷集作品选》, Blok, Aleksandr. Sochineniia v dvukh tomakh, ed. V. Orlov Vol. II. Moscow，1955.

布留索夫:《往昔—近期的人们》, Briusov, Valery. Dalekie i blizkie. Moscow，1912.

——.《1891—1900 年日记》, Dnevnik：1891—1900. Moscow，1927.

——.《我的生活点滴》, Iz moei zhizni. Moscow，1927.

契诃夫:《论文学艺术》, Chekhov, A. P. O literature i iskusstva, ed., D. A. Polityko. Minsk，1954.

——.《契诃夫作品与书信全集》, 20 卷(13—20 卷为书信) Polnoe sobranie sochinenii i pisem A. P. Chekhova, 20 vols. (Pis'ma are in vols. 13—20). ed., A. M. Egolin and N. S. Tikhonov. Moscow，1949.

丘 尔 科 夫:《漫 游 的 年 代》, Chulkov, Georgii. Gody stranstvii. Moscow，1930.

许泽维:《梅列日科夫斯基:俄罗斯灵魂与我们》, Chuzeville, Jean. Dmitri Merejkowski, L'ame Russe et nous. Paris，1922.

达维多夫:《十月革命与文艺》, Davydov, Yuri. The October Revolution and the Arts. trans. Bryan Dean and Bernard Meares. Moscow，1967.

东钦:《法国象征主义对俄国诗歌的影响》, Donchin, Georgette. The Influence of French Symbolism on Russian Poetry. The Hague，1958.

厄利奇:《俄国形式主义，历史与学说》，Erlich，Victor. Russian Formalism，History and Doctrine. The Hague，1955.

——.《双重形象》，The Double Image. Baltimore，1964.

费多托夫:《俄国宗教意识》，Fedotov，Georgii. The Russian Religious Mind. Cambridge，Mass.，1946.

菲洛索佛夫:《言论与生活》，Filosofov，Dmitri. Slovo i zhizn'. St. Petersburg，1909.

弗列克谢尔(沃楞斯基):《为理想主义而斗争》，Flekser，A. V.（A. L. Volynsky）. Bor'ba za idealizm. St. Petersburg，1900.

弗洛罗夫斯基:《俄国神学之路》，Florovsky，Georgii. Puti russkago Bogosloviia. Paris，1937.

弗朗克:《索洛维约夫文选》，Frank，Simon L. A Solov'ev Anthology. trans. N. Duddington. New York，1950.

吉皮乌斯:《文学日记:1889—1907》，Gippius，Zinaida. Literaturnyi dnevnik: 1889—1907. St. Petersburg，1908.

——.《德米特里·梅列日科夫斯基》，Dmitri Merezhkovsky. Paris，1951.

——.《蓝色之书:彼得堡日记，1914—1918》，Siniaia kniga: Peterburgskii dnevnik 1914—1918. Belgrade，1927.

——.《生动的面容》，Zhivye litsa. Prague，1925.

戈夫曼:《最近十年俄国诗人之书》，Gofman，Modest. Kniga o russkikh poetakh posledniago desiatiletiia. Moscow，1909.

戈洛文:《俄国小说与俄国社会》，Golovin，K. F. Russkii roman i russkoe obshchestvo. St. Petersburg，1904.

格里夫卓夫:《三个思想家》，Griftsov，B. Tri myslitelia. Moscow，1911.

戈恩费尔德:《书与人》，Gornfeld，A. Knigi i liudi. St. Petersburg，1908.

格雷:《伟大的实验:1863—1922年的俄国艺术》，Gray，Camilla. The Great Experiment: Russian Art 1863—1922. London，1962.

古萨罗娃:《艺术世界》，Gusarova，A. Mir Iskusstva. Leningrad，1972.

哈斯科尔：《佳吉列夫：艺术与私人生活》，Haskell，Arnold. Diaghileff，His Art and Private Life. London，1955.

霍尔图森：《俄国象征主义美学与诗学研究》，Holthusen，Johannes. Studien zur Aesthetik und Poetik des russischen Symbolismus. Goettingen，1957.

——.《20 世纪俄国文学：批判研究》，Twentieth Century Russian Literature：A Critical Study. trans. Theodore Huebner. New York，1972.

《纪念梅列日科夫斯基》，In Memoriam Dmitri Sergeevich Merezhkovsky. Paris，1944.

《俄国文学史》，卷 X，Istoriia russkoi literatury，Vol. X. Moscow，1954.

《俄国文学史》，三卷本，卷 III，Istoriia russkoi literatury v trekh tomakh. Vol. III. Moscow，1968.

伊万诺夫，格奥尔基：《彼得堡的寒冬》Ivanov，Georgii. Peterburgskie zimy. New York，1952.

伊万诺夫，维亚切斯拉夫：《遵照众星指导》，Ivanov，Vyacheslav. Po zvezdam. St. Petersburg，1909. Izmailov，A.

伊兹马伊洛夫：《彩色斑斓的旗帜》，Izmailov，A Pestryia znamena. Moscow，1913.

康定斯基：《论艺术中的精神》，Kandinsky，Wassily. Concerning the Spiritual in Art. trans. Nina Kandinsky. New York，1947.

克莱因：《俄国的宗教思想与反宗教思想》，Kline，George. Religious and Anti-Religious Thought in Russia. Chicago，1968.

娄里：《反叛的先知：别尔嘉耶夫生平》，Lowrie，Donald. Rebellious Prophet：A Life of Nicholai Berdyaev. New York，1960.

仑德贝格：《梅列日科夫斯基及其信基督教》，Lundberg，EvgeniL Merezhkovsky i ego novoe Khristianstvo. St. Petersburg，1914.

马科夫斯基：《在白银时代的帕纳斯善上》，Makovsky，Sergei. Na parnase serebrianogo veka. Munich，1962.

马克西莫夫:《俄国新闻学的过去》,Maksimov, V. E. and D. Iz proshlogo russkoi zhurnalistiki. Leningrad, 1930.

马斯连尼科夫:《癫狂的诗人们》,Maslenikov, Oleg. The Frenzied Poets. Berkeley, 1952.

米哈伊洛夫斯基:《文学回忆录与现代的论争》,Mikhailovsky, N. K; Literaturnyia vospominanii i sovremennaia smuty, II. St.Petersburg, 1910.

明斯基(维连金):《关于社会题材》,Minsky, N. (N. Vilenkin). Na obshchestvennyia temy. St. Petersburg, 1909.

米尔斯基:《现代俄国文学》,Mirsky, D. S. Contemporary Russian Literature. New York, 1926.

——.《俄国文学史》,A History of Russian Literature. New York, 1958.

Mochulsky, K. Andrei Bely. Paris, 1955.

——.《勃洛克》,Aleksandr Blok. Paris, 1948.

——.《索洛维约夫》,Vladimir Solov'ev. Paris, 1936.

帕奇穆斯:《吉皮乌斯:精神剪影》,Pachmuss, Temira. Zinaida Hippius: An Intellectual Profile. Carbondale, 1971.

珀希瓦尔:《佳吉列夫的世界》,Percival, John. The World of Diaghilev. New York, 1971.

佩尔卓夫:《俄国诗歌的哲学流派》,Pertsov, P. P. Filosofskiia techeniia russkoi poezii. St. Petersburg, 1896.

——.《文学回忆录:1890—1902》,Literaturnye vospominaniia 1890—1902. Moscow-Leningrad, 1933.

——.《论诗信札》,Pis'ma o poezii. St. Petersburg, 1895.

派普斯:《斯特卢威:左翼的自由派》,Pipes, Richard. Struve: Liberal on the Left. Cambridge, Mass., 1970.

波乔利:《俄国诗人:1890—1930》,Poggioli, Renato. Poets of Russia: 1890—1930. Cambridge, Mass., 1960.

——.《罗赞诺夫》,Rozanov. New York, 1962.

——. 先锋派理论,Theory of the Avant-Garde. trans. G. Fitzgerald. Cambridge，Mass. 1968.

萨拉比昂诺夫：《1900 年代和 1910 年代初期的俄国写生画》，Sarabianov，D. Russkaia zhivopis' kontsa 1900-kh-nachalo 1910kh godov. Moscow，1971.

施穆洛：《梅列日科夫斯基的思想》，Schmourlo，Alexis de. La pensde de Merejkowski. Nice，1957.

斯洛尼姆：《从契诃夫到革命》，Slonim，Marc. From Chekhov to the Revolution. New York，1962.

——.《现代俄国文学》，Modern Russian Literature. New York，1953.

——.《俄国戏剧》，The Russian Theatre. New York，1962.

索洛维约夫：《神学论谈与评判论谈》，Solov'ev，S. Bogoslovskie i kriticheskye ocherki. Moscow，1916.

索洛维约夫：《论神人》，Solov'ev，V. Lectures on Godmanhood. trans. Peter Zouboff. London，1948.

斯塔夫鲁：《末代沙皇治下的俄国》，Stavrou，Theofanis，ed. Russia Under the Last Tsar. Minneapolis，1969.

斯泰彭：《往事与并未发生之事》，Stepun，Fedor. Byvshee i nebyvsheesia；New York，1956.

——.《神秘世界观，俄国象征主义的五种形态》，Mystische Weltschau，fuenf Gestatten des russischen Symbolismus. Muenich，1964.

斯特卢威：《流亡中的俄国文学》，Struve，Gleb. Russkaia literatura v' izgnanii. New York，1956.

斯特卢威：《教父学》，Struve，Peter. Patriotica. St. Petersburg，1911.

杰拉皮安诺：《会见》，Terapiano，Y. Vstrechi. New York，1953.

特莱德戈尔德：《西方文化在俄国和中国》，卷 I：俄国：1472—1917，Treadgold，Donald. The West in Russia and China. Vol. I. Russia：1472—1917. Cambridge，Eng.，1973.

特里方诺夫：《20 世纪俄国文学：革命前时期》，Trifonov，N. A. ed. Russkaia literatura XX veka Dorevoliutsionnyi period. Moscow，1962.

瓦连分诺夫：《和象征主义者共事两年》，Valenfinov，N. Dva goda s sim-volistami. Stanford，1968.

温格罗夫：《当代俄国文学主要特征》，Vengerov，S. A. Osnovnia cherty is-torii noveishei russkoi literatury. St. Petersburg，1911.

——.《20 世纪俄国文学：1890—1910》，Russkaia literatura 20-ogo veka 1890—1910. Moscow，1914.

维诺尔：《托马斯·曼与俄国文学的关系》，Venohr，Lilli. Th. Mann's Ver-haeltnis zur russischen Literatur. Meisenheim，1959.

维什尼亚克：《现代纪事》，Vishniak，Mark. Sovremennye Zapiski. Indiana，1957.

沃尔特曼：《俄国民粹派的危机》，Wortman，Richard. Crisis of Russian Populism. Cambridge，Mass.，1967.

239 尤什凯维奇：《新思潮》，Yushkevich，P. Novyia veianiia. St. Petersburg，1910.

维德列：《俄国：过去与现在》，Weidle，Vtadimir. Russia，Absent and Present. New York，1952. Zernov，

杰尔诺夫：《俄国宗教的复兴》，Zernov，Nicholas. The Russian Religious Renaissance. London，1963.

曾科夫斯基：《俄国哲学史》，Zenkovsky，V. V. History of Russian Pholos-ophy，2 vols. New York，1953.

日尔蒙斯基：《德国浪漫主义与现代神秘论》，Zhirmunsky，V. M. Nemetskii romantizm i sovremennaia mistika. St. Petersburg，1914.

兹洛宾：《沉重的灵魂》，Zlobin，Vladimir. Tiazhelaia dusha. Washington D. C.，1970.

报刊文章和著作摘抄

论梅列日科夫斯基与白银时代的文章名符其实以百千计，本书作者只选最主要者

安年斯基："论现代抒情"，Annensky，I. "O sovremennom lirizme." 《阿波

罗》Apollon, no. 1—3, 1909. Asmus, V.

阿斯姆斯: "俄国哲学与美学",《文学遗产》,Asmus, V. "Filosofiia i estefika russkogo simvolizma." Literaturnoe Nasledstvo, Moscow, 1937, XXVII—XXVIII, 1—53. Bedford, D. H. "Dmitri Sergius.

贝德福: "梅列日科夫斯基: 被遗忘的诗人",《斯拉夫与东欧评论》, Bedford, D. H. "Dmitri Sergius Merezhkovsky, the Forgotten Poet." Slavonic and East European Review, XXXVI (Dec. 1957—June 1958), pp. 159—80.

——. "梅列日科夫斯基: 知识分子与 1905 年革命",《加拿大斯拉夫研究论文集》"Dmitri Merezhkovsky, the Intelligentsia and the Revolution of 1905." Canadian Slavonic Papers, 1958, pp. 22—42.

——. "梅列日科夫斯基: 第三契约与第三人性",《斯拉夫与东欧评论》, "Dmitri Sergius Merezhkovsky, the Third Testament and the Third Humanity." Slavonic and East European Review, XLII (Dec. 19634une 1964), pp. 144—60.

贝桑松: "俄国绘画的异端",Besancon, Alain. "The Dissidence of Russian Painting." Michael Cherniavsky, ed., 见于:《俄国历史的结构》,The Structure of Russian History, New York, 1970, pp. 381—411.

博尔特: "俄国象征主义与'蓝色玫瑰'运动",《斯拉夫评论》,Bowlt, John. "Russian Symbolism and the 'Blue Rose' Movement." Slavonic Review, Vol. LI, no. 123, (Apr. 1973), pp. 161—81.

布留索夫: "谜底,还是错误?",见于:《俄罗斯思想》,Briusov, V. "Razgadka ill oshibka?" Russkaia Mysl', 1914, no. 3 (March), pp. 16—19.

博格达诺维奇: "转折的年代:1895—1905",《批评论文集》Bogdanovich [?] "Gody pereloma: 1895—1906." Sbornik kriticheskikh statei. St. Petersburg, 1908.

丘多夫斯基: "论梅列日科夫斯基、涅克拉索夫与艺术中的政治",见于: 《阿波罗》,Chudovsky, V. "O Merezhkovskom, Nekrasove i o politike v iskusstve." Apollon, 1913:2, no. 7 (July), pp. 47—52.

达姆:"哲学的前景与斯拉夫派乌托邦的命运",Dahm,Helmut. "The Outlook for Philosophy and the Fate of the Slavophil Utopia." 奥贝兰德,卡特科夫,珀普,冯·兰奇:《俄国进入 20 世纪》,Oberlaender, Katkov, Poppe, von Ranch, ed. Russia Enters the Twentieth Century. New York, 1971, pp. 236—62.

埃利斯(列夫·科贝林斯基):"论现代象征主义,论自然神论,论魔鬼",《天平》,Ellis (Lev Kobylinsky). "O sovremennom simvolizme, o 'deistve,' i o 'chort'." Vesy, 1909, no. 1 (Jan.), pp. 75—82.

菲洛索佛夫:"环绕和接近安德列耶夫",《言论》,Filosofov, D. "Vokrug i okolo Andreeva." Rech', no. 79 (April 22, 1908), p. 2.

弗朗克:"宗教与文化",《北极星》,Frank S. L. "Religila i kultura." Poliarnaia Zvezda, 1906, no. 12 (March), pp. 46—52.

格林斯基:"疾病还是广告",《俄国进步简论》,Glinsky, V. V. "Bolezn ili reklama." Ocherki russkogo progressa. St. Petersburg, 1900, pp. 388—423.

格里尼亚金:"新路",《传教通报》,Griniakin, N. "Novyi Put'." Missionerskoe Obozrenie, June, 1903, pp. 1379—89.

贡布里奇:"列奥纳多的秘密",《纽约图书评论》,Gombricht, E. H. "The Mystery of Leonardo." New York Review of Books, vol. 4, no. 1 (Feb. 11, 1965), pp. 3—4.

格罗沃:"俄国的艺术世界运动",《俄国评论》,Grover, Stuart. "The World of Art Movement in Russia." Russian Review (Jan. 1973), pp. 28—42.

海姆森:"政党与国家:政治态度的演变",切尔尼亚夫斯基编辑:《俄国历史的结构》,Haimson, Leopold. "The Parties and the State: The Evolution of Political Attitudes." Cherniavsky, ed., The Structure of Russian History. New York, 1970, pp. 309—40.

——."俄国城市的社会稳定问题","The Problem of Social Stability in Urban Russia,"Cherniavsky, pp.341—80.

伊瓦斯克:"勃洛克的时代与曼德尔施塔姆",《桥梁》,Ivask, Yuri.

"Epokha Bloka i Mandel'stamm," Mosty，no. 13—14（1968），pp. 209—27.

伊万诺夫-拉祖米克："僵死的技巧"，《创作批评文章与批评》，*1908—* 240 *1922*，Ivanov-Razunmik. "Mertvoe masterstvo." Statei kriticheskiia tvorchestva. I Kritika 1908—22. St. Petersburg，1922，pp. 85—144.

麦特劳："俄国象征主义宣言"，《斯拉夫与东欧杂志》，Matlaw，Ralph，E. "The Manifesto of Russian Symbolism," Slavic and East European Journal. XV—XVI，no. 3 (Fail，1957)，pp. 177—91.

梅尔古诺夫："包围梅列日科夫斯基"，《往事的声音》，Melgunov，S. P. "Zashchita Merezhkovskogo." Golos Minuvshego，1913，no. 4（Apr.），pp. 264—68.

明斯基（维连金）："围绕和接近劣质的思想"，《言论》，Minsky（N. Vilenkin). "Vokrug i okolo chuzhikh ideia." Rech "no. 91（April 17，1908），p.2.

梅拉赫："象征主义者在 1905 年"，《文学遗产》，Meilakh，B. "Simvolisty v 1905 gody." Literaturnoe Nasledstvo，XXVII—XXVIII（Moscow，1937），pp. 167—96.

帕奇穆斯："吉皮乌斯日记:忆往昔"，《复兴》，Pachmuss，Temira. "Dnevnik Zinaidy Nikolaevny Gippius：'O Byvshem'." Vozrozhdenie no. 217 (Jan. 1970)，pp. 56—79，no. 218 (Feb. 1970)，pp. 53—71，no. 219（Mar. 1970），pp. 56—75，no. 220（Apr.），pp. 53—75.

——. "吉皮乌斯与萨文科夫书信集"，《空中道路:年鉴 V》，"Perepiska Z. N. Gippius i B. N. Savinkovym." Vozdushnye puti：Almanakh V. ed. R. N. Grinberg. New York，1967，pp. 161—67.

——. "吉皮乌斯:爱情的故事"，《复兴》，"Zinaida Hippius：Contes d'amour." Vozrozhdenie，no. 210（July，1969），pp. 57—96，no. 211 (Aug. 1969)，pp. 25—47，no. 212 (Sep. 1969)，pp. 39—54.

——. "吉皮乌斯:艺术世界的时代"，《复兴》，"Zinaida Gippius：Epokha

Mira Iskusstva" Vozrozhdenie, no.203 (Nov. 1968), pp. 6—73.

——. "吉皮乌斯:解释与问题",《复兴》,Zinaida Gippius: Ob'iasnenia i voprosy. "Vozrozhdenie no. 223 (Jul. 1970), pp. 73—83.

——. "吉皮乌斯:选择吗?",《复兴》,"Zinaida Gippius: Vybor?" Vozrozhdenie, no. 222 (June, 1970), pp. 50—77.

佩塞尔:"斯特拉文斯基与法-俄风格",见于:佩塞尔:《新音乐:声音背后的涵义》,Peyser, Joan. "Stravinsky and the Franco-Russian Style." in Peyser The New Music: The Sense Behind the Sound: New York, 1971, pp. 81—138.

波戈列洛夫:"蝎与天平",《新杂志》,Pogorelov, V. "Skorpion i Vesy." Novyi Zhurnal, vol. 40 (1955), pp. 168—73.

斯坎兰:"新宗教意识:梅列日科夫斯基与别尔嘉耶夫",《拿大斯拉夫研究》,Scanlan, James, P. " The New Religious Consciousness: Merezhkovskii and Berdyaev. "Canadian Slavonic Studies, Spring 1971, no. 4, pp. 17—35.

舍贝尔特:"彼得堡宗教哲学学会纪事,1902—1903",《东欧历史年鉴》,Scheibert, Peter. "Die Petersburger Religioes-Philosophischen Zusammenkuenfte vom 1902—1903." Jahrbiicher fuer Geschichte Osteuropas, 1964, X/I, no. 4 (Apr.), pp. 513—60.

施塔姆勒:"背教者尤利安-梅列日科夫斯基:先驱者与后继者",《斯拉夫人世界》,Stammler, Heinrich. "Julianus Apostate Redivivus: Dmitri Merezhovsky: Predecessors and Successors." Welt der Slaven, XI, 1966, pp.180—204.

——."梅列日科夫斯基:1865—1941",《斯拉夫人世界》,"Dmitri Merezhkovsky: 1865—1965." Welt der Slaven, XII, 1967, pp.142—52.

斯坦博客-佛莫:"1890—1917 年的俄国文学",Stenbock-Fermor, Elizabeth. "Russian Literature from 1890—1917." In Oberlaender et al. pp. 263—86.

温格罗娃:"法国象征派诗人",《欧洲通报》,Vengerova, Zinaida. "Poety

simvolisty vo Frantsii." Vestnik Evropy, no. 9, 1892, pp. 115—43.

维什尼亚克："书信中的吉皮乌斯"，《新杂志》，Vishniak，Marc. "Zinaida Gippius v pis'makh." Novyi Zhurnal, vol. 37 (1954), pp.183—93.

尤什凯维奇："现代宗教探索概论"，《文学的崩溃，I》，Yushkevich，P. "Ocherki sovremennykh religioznykh iskanie. Literaturnyi Raspad I (1908—1909),pp. 93—121.

兹洛宾："吉皮乌斯与魔鬼"，《新杂志》，Zlobin, Vladimir."Gippius i chort." Novyi Zhurnal, vol. 86 (1967), pp.63—75.

——."吉皮乌斯与菲洛索佛夫"，《复兴》，"Gippius i Filosofov." Vozrozh- denie (Feb. 1958), pp. 90—98.

——"梅列日科夫斯基与吉皮乌斯最后的日子"，《复兴》，"Poslednye d'ni Merezhkovskago i Gippius." Vozrozhdenie (Sept. 1958), pp.137—71.

——. "吉皮乌斯：她的命运"，《新杂志》，"Zinaida Gippius：ee sud'ba." Novyi Zhurnal. Vol. 31 (1952),pp. 139—59.

深人研读参看的刊物如下

The following journals have been consulted intensively.

《阿波罗》Apollon. St.Petersburg，1909—1917.

《火炬》Fakely. St. Petersburg，1906—1908.

241

《帝的世界》Mir Bozhii. St. Petersburg，1892—1906.

《艺术世界》ir Iskusstva. St. Petersburg，1898—1904.

《传教通报》issionerskoe Obozrenie. St. Petersburg，1901—1905.

《田野》Niva. St. Petersburg，1894—1896.

《新时代》Novoe Vremia. St. Petersburg，1900—1914.

《新路》Novyi Put'. St. Petersburg，1903—1904.

《出版与革命》Pechat' i Revoliutsia. Moscow，1921—1926.

《北极星》Poliarnaia Zvezda. St. Petersburg，1905—1906.

《俄国通报》Russkii Vestnik. St. Petersburg，1896—1904.

《俄罗斯思想》Russkaia Mysl'. Moscow，1890—1918.

《俄罗斯财富》Russkoe Bogatstvo. St. Petersburg，1889—1915.

《北方花卉》Severnye Tsvety. Moscow，1901—1911.

《北方通报》Severnyi Vestnik. St. Petersburg，1882—1898.

《现代世界》Sovremennyi Mir. St. Petersburg，1907—1908.

《天平》Vesy. Moscow，1904—1909.

《欧洲通报》Vestnik Evropy. Moscow，1901—1916.

《外国文学通报》Vestnik Inostrannoi Literatury. St. Petersburg，1893—1896.

《哲学与心理学通报》Voprosy Filosofii i Pskihologii. Moscow，1890—1905.

《生活问题》Voprosy Zhizni. St. Petersburg，1906.

《金羊毛》Zolotoe Runo. Moscow，1906—1909.

未公开发表的材料

麦提奇："吉皮乌斯的宗教诗歌"，博士论文，Matich，Olga. "The Religious Poetry of Zinaida Gippius." Ph.D. diss.：UCLA，1969.

赖斯："布留索夫与俄国象征主义的兴起"，博士论文，Rice，Martin. "Valery Briusov and the Rise of Russian Symbolism." Ph.D. diss.：Vanderbilt，1971.

杰菲："论梅列日科夫斯基夫妇"，Teffi （Buchinskaia）. "O Merezhkovskikh." Columbia University：Russian Archive.

——."吉皮乌斯"，"Zinaida Gippius." Columbia University：Russian Archive.

曾科夫斯基：《回忆录：1900—1920》，Zenkovsky，V. V. "Vospominaniia：1900—1920." Columbia University：Russian Archive.

采访

采访马克·维什尼亚克，With Mark Vishniak，New York，July 30，1968.

采访弗拉基米尔·维德列，With Vladimir Weidle，New York，April 30，1968.

图书在版编目（CIP）数据

梅列日科夫斯基与白银时代：一种革命思想的发展过程 /（美）罗森塔尔著；杨德友译.
——上海：华东师范大学出版社，2014.3
　ISBN 978－7－5675－1691－5

I.①梅… Ⅱ.①罗…②杨… Ⅲ.①梅列日科夫斯基（1866～1941）－文学研究
Ⅳ.①I512.065

中国版本图书馆 CIP 数据核字（2014）第 020172 号

华东师范大学出版社六点分社

企划人　倪为国

经典与解释　　西方传统

梅列日科夫斯基与白银时代：一种革命思想的发展过程

著　　者　（美）罗森塔尔
译　　者　杨德友
责任编辑　古　冈
审读编辑　温玉伟
封面设计　卢晓红

出版发行　**华东师范大学出版社**
社　　址　上海市中山北路 3663 号　　邮编　200062
网　　址　www.ecnupress.com.cn
电　　话　021－60821666　　行政传真　021－62572105
客服电话　021－62865537
门市（邮购）电话　021－62869887
地　　址　上海市中山北路 3663 号华东师范大学校内先锋路口
网　　店　http://hdsdcbs.tmall.com

印刷者　上海景条印刷有限公司
开　　本　890 ×1240　1/32
印　　张　12.5
字　　数　282 千字
版　　次　2014 年 3 月第 1 版
印　　次　2014 年 3 月第 1 次
书　　号　ISBN 978－7－5675－1691－5/I · 1104
定　　价　48.00 元

出 版 人　朱杰人